U0906474

追赶我可能丢了的爱情

陈 枰 著

华 龄 出 版 社

责任编辑：苏　辉　高志红
装帧设计：刘苗苗
责任印制：李浩玉

图书在版编目（CIP）数据

追赶我可能丢了的爱情/陈枰著. —北京：华龄出版社，2009.12
ISBN 978-7-80178-721-7

Ⅰ.追…　Ⅱ.陈…　Ⅲ.长篇小说—中国—当代　Ⅳ.I247.5

中国版本图书馆CIP数据核字（2010）第001425号

书　　名：追赶我可能丢了的爱情
作　　者：陈枰　著
出版发行：华龄出版社
印　　刷：三河科达彩色印装有限公司
版　　次：2010年1月第1版　2010年1月第1次印刷
开　　本：710×1000　1/16　印　张：19.5
字　　数：280千字　印　数：1～6 000册
定　　价：28.00元

地　　址：北京西城区鼓楼西大街41号　邮编：100009
电　　话：84044445（发行部）　传真：84039173

序

陈枰说她想写一个长篇，名字叫《追赶我可能丢了的爱情》。我说她书名起得好，比她以前的哪一部作品的名字都好。

陈枰向来反感虚伪浮泛的概念。生活中这样，写作中也是。而眼下的市面上，没有什么比爱情这两个字重复率更高的了，满眼都是那种酸文假醋的伪浪漫，瞎激动。我认为此现象恰恰反映了我们这个时代爱的匮乏和无能。陈枰和我的看法相似。而这一回她大大方方地把这两个字塞进了书名，令我暗自吃惊。

看了这本书才知道，陈枰写的是常人的人性之爱。故事既不轻贱，也不沉重，写得轻松自然，作风一如既往：不矫情，不造作，不耸人听闻，不故作高深；情节发展到紧要之处必刀刀见血，不拖泥带水，耍花架子。因为这一回是纯粹的原创，没有原作，也就没有顾忌，反倒发挥得淋漓尽致，使我一不留神看了进去，还挺过瘾：一个人如何对待自己的爱人，女友或者丈夫，前男友或者前妻、前夫，以及父母、兄妹、儿女；他喜欢的人或者怨恨的人，以及如何确认自己的这种爱和恨是有道理的，值得的，并且使之贯彻到底。真是不容易啊!

爱情是稀少的，碰上了未必抓得住，运气不好一辈子也碰不上。但对我们朝夕相处，血肉相连的人该怎么办？既然是常人的人性之爱，其中必包含了恨、怨、苦、乐，一个也不能少。每个人都有他或她自己的情感难题，解决不了就活得不舒服，难受，闹心。

在创作上，闹心比闹事难。闹事讲究一波三折，说穿了是技术活儿。闹心则不然，创作者必须把自己搭进去，进不去则已，进去了就身不由己了。对写作者来说，只闹事不闹心者不算正经练家子。当然，也不是作者舍得自己就能搭得进去，练得出来。光靠胆大不行，还要有天分。这让我想起了陈枰早先创作的《激情燃烧的岁月》，其中石光荣就是这样一个闹心的人，处处跟自己过不去，跟家人过不去，满腔热血，一身毛病，整日神经兮兮，我说他是中国版的堂·吉诃德一点也不过分；你可以不满意他的行为，但不可以怀疑他的真诚。这便是人物的可爱之处。果然，石光荣一夜之间成了家喻户晓的人物。此外，电视剧《青衣》中的筱燕秋也是；还有《民工》中的诸等人物。

《追赶我可能丢了的爱情》中没有一个坏人，甚至没有一条贯穿始终的情节主线，可是陈枰照样让人看得津津有味，这便是她的本事。比如故事一开篇，石若玉一家人聚在了一起，他们不是碰到了最不愿意碰到的人，就是遇见了最不愿意遇见的事。一家老小各怀各的心事，人人一肚子邪火，满脑子疑问，都觉得自己受了天大的委屈，各说各的，东一榔头西一棒槌，表面上互不搭界，内里都息息相关。作者陈枰则沉浸其中，声色不动。好玩儿得很。

生活本来就是这样，我们算计得再周密，事到临头还是感觉意外。感情更是，人人都以为能把握住自己，现实中未必。要是真有一条阳光大道就好了，我们尽可以放心大胆地往前走，不回头，找到自己所爱的，抓住自己想要的。但那是可能的吗？即使可能又有什么意思呢？原本是奔北面跑的，不知道什么时候，在什么地方拐了一个弯，结果到了西边。这种情况在生活中屡见不鲜，不稀奇。重要的是，我们不能因此丧失了追求的勇气和希望。我理解，陈枰所说的追赶，实际上是一种坚持。

面包会有的，爱情也会有的。

·冉平·

一

1

很多年没回来了，过去他的家就在附近，二十四年前，这里很清静。现在到处是人。跳舞的，练拳的，打网球的，踢毽子的，放风筝的，滑旱冰的，一脚踩进来，就像被按进了粥锅里，喘口气，冒出来的气泡都黏糊糊的。

关守家裹在人流中，耳膜朝外鼓着，像飞机降落的时候一样憋得难受。冷不防被人推了一掌，这才发现他走进了秧歌队的锣鼓阵中。唢呐手的脖子像眼镜蛇一样朝两边奓着，鼓乐声震起的灰尘在眼前飞舞。关守家的鼻子里突然蹿出来金属的甜腥气，他觉得有点晕，转身想往外走。这时，场子里的秧歌队突然转换队形朝他包抄过来，领舞的石若玉猝不及防地堵在了他的面前。

世界顷刻间变了颜色，左边黑，右边白，关守家两腿发软，脊梁上冒出来一层鸡皮疙瘩。他一眼就认出了她，回北京的第一个回合应该是她。这么想着，猝不及防地撞到了一起，他还是蒙了，耳朵里飞进去苍蝇似的嗡嗡乱响。

石若玉没有看到他，她在秧歌乐中扭得眉飞色舞，花枝乱颤。她的皮肤细致紧绷，几乎没有什么皱纹，头发很浓密，腰身也没有往枣核的形状上憋。可是她明显地老了，她的老是从身体的角角落落，旮旮旯旯里散发出来的。年轻的时候，她皮肤细白，毛发漆黑。年纪大了以后，她的皮肤黯淡了许多。头发和眉毛也掺杂进去了很多白色。原本的黑和白往相反的方向搅和了一下，石若玉的脸模模糊糊地柔和慈祥了起来。

石若玉是红队秧歌的领军人物，她打头的红队以强有力的势头压倒了绿队。伴舞的老耿比她还高兴，一个锣鼓点里能把身子扭出八道弯来。老耿喜欢扭秧歌，更喜欢看扭着秧歌的石若玉。这女人举手投足，一颦一笑，都裹着一股烫人的火苗子。老耿被这股火苗子烤得又热又躁，这滋味老耿没尝过，就算尝过，也早就被他忘了。石若玉是他脊梁上的一块怎么使劲也挠不着的痒肉。

使劲这个词，让老耿觉得前面有视野了。

老耿这个人的打扮，总是着三不着六的。头上戴着礼帽，礼帽上插着一只带弹簧的小鸟，脑袋一晃，小鸟就跟着摇头摆尾“吱喳”乱叫。红绸长褂外面挎着一条黄缎带，缎带上绣着“我为你狂”四个字。这个“你”半遮半掩欲盖弥彰的，老耿要的就是这个含糊劲。石若玉看不上老耿，老耿在她的眼睛里，是一只爱抖搂尾巴的公孔雀，顾头不顾腚的，看着就替他臊得慌。石若玉不相信男人，生活更不靠男人。她不到四十岁就离了婚，靠着自己，让三个儿女都受了高等教育，儿子关键还读了硕士，已经娶妻生子。大女儿关海黎也结婚十几个年头了。小女儿今天回来，准备完婚。石若玉是个幸福的母亲，是个有成就的母亲。石若玉心里高兴，手里的扇子和绸帕抖成了两团红云，招来了观看者的一片掌声。石若玉耍了个扇花，她的目光和关守家的目光撞在了一起。她听到胸膛里“嗵”的一声巨响，眼前一片炽白，接着就黑了。石若玉使劲瞪大了眼睛，她看见地平线歪了，扇子无声地掉在地上，弹了两下展开了。

老耿一把扶住她。

“老石，你怎么了？”

石若玉的汗涌出来，身子软得像被吸干了元气。她哆哆嗦嗦地靠在栏杆旁边，努力调整着自己的呼吸。

老耿模糊的脸渐渐清晰了，他瞪着眼睛关切地问她：

“不舒服了？用不用上医院？我陪你去。”

石若玉没有说话，她抬起头往人群里看，关守家已经不在那里了。

2

石小余和杨旭排在长队中等候安检，两人为离开上海去北京的事，整整忙了一个星期，弄得疲惫不堪。石小余捂着嘴不停地打着哈欠。

“唉，怎么都把行李票贴到我票上了？”她问。

杨旭抹搭着眼皮说：“又不是我贴的。”

石小余顶不喜欢他用这种口气跟自己说话。她转过身盯着杨旭的眼睛问道：“我说是你贴的了吗？”

“我爱丢东西，你拿着吧。”石小余把票塞到他手里。

“还是各拿各的。”杨旭不买账，他把票扔回来。

石小余生气了，她说：“好，有本事你就把 AA 制进行到底。”

石小余和杨旭就像是两只刺猬，冷了知道抱在一起暖和，可抱在一起了，又被对方的刺扎得直跳脚。抱着肉疼，离开心疼，不是扎得疼，就是想得疼。杨旭说过，爱情给他的主要感受是疼痛。钝疼、酸疼、刺疼、绞痛，没有一剂止痛药能止了这个疼。石小余说他有严重的疼痛癖，没人用刀剜他，他也会自残。石小余翻了杨旭一眼，转过脸去。前面一对恋人脸对着脸，鼻子尖对着鼻子尖，缠缠绵绵地说着听不明白的车轱辘话。男人伸手把女人滑下来的头发撩上去，女人抓住男人的手，脸埋在他的手心里像只猫一样地蹭着。

杨旭知道石小余肯定是一只眼睛欣赏着他们，另一只眼睛瞄着自己。在爱情这个问题上，她敢于创意，勇于攀登。永远这山望着那山高。杨旭经常被她搞得腿肚子发软肝发颤。

杨旭垂下眼皮看着脚面，浓密的睫毛给熬青了的眼眶上又添了一层阴影。杨旭是个英俊的男人，高鼻梁，大嘴巴，结实的下巴中间有一道欧洲人一样的浅沟。石小余常常捧着他的脸，叹着气说："狗杨旭，你知道你长这张脸，占了多大的便宜吗？不管你多么不是东西，我一看你这破下巴，就没有办法不原谅你。"

杨旭和石小余的关系很奇怪，看上去石小余嘴不饶人，处处占上风，可她占了上风以后，常常心软。结果最后的主动权，永远在杨旭的手里。石小余讲不清楚这个理，就把书上看到的话挂在嘴上："家不是讲理的地方，是说爱的地方。"

石小余相信爱情，为了爱情，大学一毕业，她就不顾母亲的强烈反对，跟着杨旭跑到上海来了。两个人好了恼，恼了好，纠缠了整整四年，石小余最终笑到了最后。这个笑是用多少次哭换来的？她记不清了。反正闹腾一回，他们房间的墙上的合同条款中就会多出来一项。合同中，甲方石小余，乙方杨旭，甲方永远以压倒乙方的优势占着上风。比如条约中的三项五款：甲方生气，乙方一定要耐着性子开导，直到甲方高兴为止。如果哄劝失利甲方离家出走，乙方一定要出去寻找。但是必须在甲方离家两小时以后方可去寻找，如果在家门口就被截住，走得太不过瘾……

杨旭经常违约，不违约的时候，甲方和乙方也经常莫名其妙地互换位置。想起过去的一千多个日夜，石小余的心里滋润得能下起一场连阴雨。

马上要回北京结婚了，看看这个狗杨旭，他没有一点做新郎官的意思。脸色发青，无精打采的，衬衣的领子还一半在里，一半在外。石小余皱着眉头去给他拽，杨旭像被电打了一样迅速闪开。石小余吓了一跳，她硬把他拽回来给他整理好衣服，顺势挽住了他的胳膊。石小余心里别扭，凭直觉，她觉出了不对。这个不对藏在哪儿，她还没有确切地看清楚。她劝自己，不要生气，起码不要在今天生气。石小余长长地吸了一口气，她要调整好心境。对面墙上的镜子里映出了她的影子，那个石小余，脸色晦暗，眼圈乌青。

石小余吓了一跳："天哪！我的眼袋都出来了。"

杨旭目光散着，一副心事重重的样子。

"想什么呢你?"石小余捅了他一下。

"啊?"杨旭哆嗦了一下："你说什么?"

"你到底怎么了?"

"你老问这话干什么？你到底希望我怎么着?"

石小余瞪着眼睛看着他。

"你别像警察审罪犯似的好不好?"

"户口本带了吗?"

石小余的思维太跳跃了，杨旭的脑子一时跟不上，他怔怔地看着她。

石小余说："我跟你说，身份证、户口本，缺一个证件，咱俩的婚就结不成。"

结婚，结婚，莫非她的全部生活是结婚这两个字组成的吗？杨旭腻歪至极，他不想回答户口本之类的愚蠢问题，他皱了一下眉头把脸扭到了一边去了。

"杨旭，你犯不上魂不守舍，易燃易爆，不就是结婚没房子吗？那也不至于这样嘛！我们到上海的时候有什么？什么都没有，北京好在还有我们家能帮忙呢。"

杨旭心里发虚，手心里有冷汗冒出来。

"你是不是有点紧张?"石小余关问。

杨旭用牙齿撕扯着嘴唇上干裂的皮，眼睛都不往石小余的脸上转。

"别紧张，不就是见见我们家里的人吗？我妈，我哥，我姐，都是善良的人，就算是有点小不善良，看在我的面子上也不会为难你。我妈有点儿爱挑理，可那也是小打小闹地挑，形不成气候。"

杨旭突然想抽烟，刚掏出来，石小余一把抢过去塞进自己的包里。

"机场不让抽烟，你忘了吗?"

杨旭耷拉着脑袋不说话。

石小余说："回北京咱们先住在我妈那儿，结了婚就出去租房子，等攒够了首付，再去买房子。你放心，我妈不是封建老太太，不会跟你较真的。领了结婚证咱们请家里人吃一顿饭就行了，该省的钱咱们省，不该省的你必须得花。"

"哪个是不该省的?"

"我嫁给你一回，你总得给我买个带钻的戒指吧?"

“钻戒？俗气不俗气？”

“俗翻天了我也要，我喜欢钻戒，哪怕那上面的钻石小到用放大镜找都没关系。记得电视里的那句广告词吗？钻石恒久远，一颗永留传。那钻石代表恒、久、远这三个字，杨旭，你娶了我，就得恒久远地爱我。”

杨旭心里“咯噔”一下，眼睛盯在石小余的脸上。

“探照灯似的扫什么？趟雷呢？”

“我在看前景。”杨旭说。

“你和我的？”

“我们有前景吗？”

石小余愣了一下，随即点点头，她说：“当然有。”

“看来我们必须谈一谈了。”

石小余急忙制止他：“别现在谈，我现在很高兴，我已经很多天没这么高兴过了。你让我多高兴一会儿好不好？”

“不谈，我不高兴。”

“看来总得有个人不高兴。”

石小余伸出胳膊搂住了杨旭。

“既然你已经不高兴了，就再坚持一会儿吧，为什么非得让两个人都不高兴呢？”

杨旭把她的手拽下来，扔在一边。石小余不服输，她硬把手插进杨旭的衣服口袋里，她从口袋里摸出来门钥匙。

“房子没有退吗？”

“没退。”

“我就不明白你为什么这么不愿意退房？两年的租金三万多块钱呢。”

“又不是你一个人出的钱，你要是心疼，我还你的那一万五。”

“少来这一套，结了婚以后你的钱也是我的。为什么不退房？你给我一个理由。”

“那么多东西往哪放？总不能扔了吧？先这么放着吧，有机会再回来处理。”

“要回来你自己回来，我不跟你回来，上海我早就呆腻了。”

杨旭的火拱到了脑门，机场大厅里人来人往，每个人的脸上或多或少都带着笑容。生活中真的有那么多叫他们高兴的事情吗？如果没有，他们为什么要笑？对着一群完全陌生的人假笑又有什么意义？

工作人员示意杨旭出示票证，他醒过神来，这才看见石小余已经通过安检进去了。两手突然成了负担，因为无处可放，手心里蓄满了汗。排在后面的人小声催促着，杨旭心慌气短，他从上衣口袋里掏出来打火机、驾驶证，又从裤子口袋里掏出来一把瑞士军刀，最后才从屁股后面的口袋里摸出来机票和身份证。

工作人员指着瑞士军刀说："这个不能随身带，你去办托运吧。"

杨旭没反应过来，木呆地看着他。

"要不就寄存在机场，回来再取或者是让别人来取。"

工作人员的态度很好，没有强制的意思。杨旭匆忙把刚才掏出来的东西重新塞回口袋里。石小余不知道他出了麻烦，她站在安检口里面大声地问："怎么了？杨旭。"

杨旭晃了晃手里的瑞士军刀大声回答道："我去托运这把刀，你在登机口等我，我马上就回来。"

杨旭冲她笑了，这是今天他第一次笑，他笑得很舒展，脸上的每一条细小的纹路都带着渴望谅解的诚意。石小余张了下嘴，她知道这时候说什么也没用了，拉着旅行包往登机口走了几步，下意识地回头看了一眼。她看见杨旭在跑，他跑得身轻如燕，眨眼间就消失在机场的人群中了。

杨旭说是去托运瑞士军刀，可一走就再也没有回来。石小余心急如焚，给他打电话，他关机了。播音员柔和的声音在候机楼的各个角落里软绵绵地响着。

"女士们先生们，您乘坐的前往北京去的3010次航班马上开始登机了，请携带好您的行李物品在39号登机口登机……"

石小余疯了一样一遍遍地拨打着杨旭的手机，手机突然通了。

杨旭在手机里"喂"了一声。

石小余如释重负后，马上大发雷霆："杨旭，你有病啊？这时候关手机干什么？啊？飞机马上就要起飞了，你知道不知道？"

"知道。"

"知道你还不着急？你这人怎么这么别扭？成心往死气我是不是？你要是不想跟我结婚，早点儿说！"

"石小余，我不想跟你结婚。"

"你说什么？"她不相信自己的耳朵。

"我不想结婚。"杨旭提高了声音。

"杨旭，都什么时候了你还开这种玩笑？你没听到登机的广播吗？"

"我没有开玩笑，这话我早就想跟你说，可是不知道该怎么说，一直拖到现在才说出来。"

闷棍砸在头上，眼前金花乱飞，石小余克制着自己的情绪竭力把声音放平和了，她说："咱们没有时间闹了，快过来检票，我在检票口等你。"

"别等我，我肯定不跟你去北京了。"

"杨旭，你想逼疯我是不是？"石小余喊起来。

"你别喊，你一喊我就心慌。这几天我整夜睡不着觉，一想结婚这件事，就焦虑紧张，一身一身地出汗，得了病一样。我想我是害怕结婚，真的害怕。刚才我下了最后的决心，小余，咱俩不能结婚。"

"你怕什么？你到底怕什么？"

"我怕感情束缚我，我怕生活束缚我。因为我对未来不能确定，所以我现在不能结婚。"

石小余蒙了，她结结巴巴地问："你不确定我们之间的感情？"

"现在咱俩不错，可不能保证永远好下去，你不能保证永远，我也不能。"

"我爱你，你心里很清楚。"

"清楚什么？我不清楚，你也不清楚。"

"杨旭！"石小余声嘶力竭地叫了一声。

"你别喊，喊也没用。我在你眼里一直是个没有责任感的男人，你的直觉是对的。"

"杨旭，你到底想干什么？"

"能说清楚我就不会拖延到上飞机前才说，我觉得咱们都不够冷静，应该分开一段时间，各自冷静下来好好想一想自己的未来，这样对你对我都好。"

石小余要崩溃了，她疯了一样往安检口外面跑，跟往登机口走的人流形成了明显的逆流。

"杨旭你不是人！你简直不是个人！"

"石小余，你要是决定恨我，那就恨好了。我们俩以后的关系完全由你决定。我不结婚为了我好，也是为了你好。"

"为了我好？为了我好就马上跟我上飞机去北京！"

"石小余，你别这么感情用事，我办了退票手续，已经坐出租离开机场了，你还是按照你的精神需要，回到你妈妈的身边吧。以后的事情我们以后再谈。这一段时间你不要找我，我也不去找你。咱俩在一起的能量已经消耗得差不多了，彼此都需要补充。"

手机里传来嘟嘟的声音，杨旭挂了电话。石小余哆嗦着重新拨过去，对方已经关了手机。石小余眼前一阵阵发黑，她绝望地往登机口走。悲伤铺天盖地地拍过来，眼泪噎得她几乎闭过气去，她张开嘴巴想喘一口气，号啕声突然喷涌而出。身边的旅客吓了一跳，纷纷回头看她。石小余撑不住了，她"扑通"

一声跪坐在传送带旁边，声嘶力竭地哭起来。昏天黑地中，她隐隐听见了有人在一遍一遍地叫自己的名字。

“石小余，石小余，乘坐3010航班去往北京的石小余女士和魏劲戈先生，你们乘坐的班机就要起飞了，请马上登机，请马上登机。”

魏劲戈在机场停办手续的前十分钟买到了这张退票。他来上海开会，然后飞北京转机去银川，开另外一个会议。会议的时间是定好的，机票却订不着。他决定自己跑到机场来碰碰运气，运气还真叫他碰到了。他在广播声的呼叫声中一路狂奔，带着风从传送带旁边跑过去。跪在地上的石小余差点把他绊倒，他踉跄几步用手撑住地，他的脸距石小余只有一尺远。他看见这个女人像猫一样弯着脖颈，脸上的眼泪暴雨一样肆意横流。绝望把她逼到了完全目中无人的境界中。魏劲戈捡起来机票放到石小余的膝盖上，嘟囔着道了声歉。他历来不喜欢这种缺乏理智的女人。从上海到北京，再从北京转银川，两个航班的飞机时间卡得很紧，他要分秒必争，没有时间管别人的闲事。

检票的时候，工作人员告诉他说，飞机晚点了，还有一个叫石小余的乘客到现在都没有露面，她不登机，飞机就起飞不了。石小余？他想起了刚才见过的那个名字。

石小余相信直觉，可是这一次她哭昏了头，所有的直觉都不起作用了。过去杨旭也耍脾气，耍完就过去了，该干什么还干什么，这样做，是第一次。石小余不相信杨旭能在这个人生的关口上，真的能把自己一个人扔在这儿跑了。他是想用这个手段吓唬吓唬她，以便获得一个永久的爱情保证。这次，他玩过了头。手里的双刃剑伤了自己也伤了别人。石小余的脑袋抵在移动电梯的护栏上，把断了的哭泣重新连接上。懵懂中她意识到，杨旭把自己像导弹一样发射了，出去就再也不会回头。魏劲戈跑到她身边用指尖扒拉了她一下说：“喂，登机了。”

石小余没有动弹，她的白皙的脖颈天鹅一样地弯着，魏劲戈知道自己跑神了，他劝她说：“有什么想不开的事？咱们上了飞机再说！”

小余无动于衷，雕像一样地趴着。

“小姐，这是公共场所，你要有公共道德。你买的是一张飞机票，乘坐的也不是私人包机，你除了为自己想也得学着为别人想想。你总不能因为自己的心情不好，就让飞机上的二百多人陪着你活受罪吧？”

石小余像没听见一样，魏劲戈生气了，他一把把她拽起来说：“你给我起来吧！”

石小余甩开魏劲戈撒腿朝登机口的反方向跑。魏劲戈追上去使劲把她拖回来，强拉硬拽地拖进了检票口。

3

关海黎挂了妇科的专家号，汤正远也请了假，陪她一起到医院里来了。护士在候诊台前用麦克风重复着就诊规则：“我叫到谁，谁就到指定的诊室去，请不要大声说话……”

关海黎心里害怕，她抓着汤正远的手恳求他说：“叫到我的时候，你一定要陪我进去。”

“我倒想进去，人家不让老爷们进去。哎，我说，你的手怎么这么凉?”

“我身上都是冷汗。”

“你看你，咱是检查一下，又不是得了绝症。”

汤正远拿过来她的手给她焐着。

“张虹医生的6号赵杰，李丽珍医生的10号关海黎……”

关海黎激灵一下站起来，她紧张地看着汤正远。汤正远搂着她的肩膀，连哄带劝地把她送到了诊室门口。

“别紧张，别紧张，我就在外面等你。”

关海黎在医生的指导下做完了一系列的检查，B超、尿检，血液化验，哪一项都没落下。回到诊室医生又细细地给她摸诊，问了她月经的情况，问了她是否有孕史，关海黎都明确地作了回答。医生洗干净手，重新坐在桌子旁填写诊断。

关海黎问：“大夫，我是不是怀孕了?”

“没有怀孕。”

“啊？没有?”关海黎不相信自己的耳朵。

“从化验指标和检查结果上看，你没有怀孕。”

“我停经两个月，头晕，恶心，所有怀孕的反应我都有。”

“这是假孕现象，假孕不仅能停经，恶心，而且还会呕吐呢。”医生耐心地解释着。

“不对！不对！大夫，我六点就起来排你的号，你得再好好给我查查!”关海黎叫了起来。

汤正远不知道诊室里的情况，他一直伸着脖子往这边看，脖子都挺酸了。看见关海黎出来了，慌忙问道：“怎么样？怎么样?”

关海黎又聋又瞎，脸色铁青地从他身边走过去。

“嘿，我问你话呢!”

“想听什么？你想听的大夫一句都没说。”关海黎没好气地说。

汤正远心里一沉，知道他在床上做的各种努力都白费了。

“咱不都是按书上说的做的吗？连姿势的角度都不差，怎么还不行？”

“你问我，我问谁去？”

“你看你这人，一说就掉眼泪，书上说怀孕这事不能急，得放松，彻底放松了才有机会怀上。”

“你要是想让全世界人都知道我是个生不了孩子的废物，就再大点儿声喊！”

汤正远看了一眼恼怒的关海黎，把后面的话咽了回去。

世界就是这样奇怪，没想要孩子的时候，关海黎的眼睛里根本就看不到孩子，这个念头刚冒出来，遍地就开满了鲜花一样的孩子。街上走着的女人，跟自己年龄相仿的，拉着齐肩高的孩子，比自己年龄小的，怀里抱着孩子。看看自己，马上奔四十了，怀里和手里还都是空的。想到这里关海黎腿一软，差点跪在马路上。汤正远一把扯住她。

“你看你，走路看着点儿。”

“看着呢，怎么没看？”

“你看什么了？”

“我看哪个女人都比我命好。”

“瞎说！”

“我瞎说？你要是到现在还看不出来我命不好，那才是瞎了呢。”

经验告诉汤正远，这女人来劲的时候千万不能硬顶，要顺着她的意思捋。否则少则三天，多则一个礼拜，你横竖都没有好日子过。

“我瞎了，我瞎了还不行吗？”汤正远马上和稀泥。

“我饿了。”关海黎斜着眼睛看着他。

“忍一忍吧，妈叫咱们回家去吃呢。”

“我走不到家了。”

关海黎推门进了自助店。汤正远一百个不情愿地跟了进去。自助台上的食品色彩缤纷，琳琅满目，没有一样对汤正远的胃口。

汤正远皱着眉头扒拉着盘子里的酸黄瓜、薯片等不值钱的东西，他心疼得直嘬牙花子。

“还三十八块钱一位，白给我都咽不下去。”

“没人请你来。”

“请我？我花一份钱请你，人家都不让我坐在这儿看你吃，我还得给我这份难吃再掏一份钱！”

汤正远叉了一块泥肠扔进嘴里没滋没味地嚼着。

“我就不明白，你一生气为啥非得吃东西，吃不要紧，还非得到外面花着钱吃。你说你这肚子里面又是气又是鸡腿的，搅和在一起能舒服？”

关海黎把吃完的空盘子放到一边，开始吃色拉。汤正远喝了一口汤，奶油味儿呛得他打了个冷战。

“甜不甜咸不咸的真闹得慌，比我做的疙瘩汤差远了。”

“你的肚子除了疙瘩汤还认识谁？”

汤正远站起来，专拣油大肉多的食品弄了满满的一盘子放在关海黎面前。

“我看了，这里就这几样肉值钱，可我一样也咽不下去，咱家的钱不是大风刮来的，我那三十八块钱你得替我吃出来，要不非把我急得脑血管破裂了不可。”

关海黎“扑哧”一声笑了。

“你看你这人，做人就是含糊，哭就好好哭，笑就好好笑，哭和笑掺和在一块算啥意思？”

4

飞机起飞后，空姐告诉魏劲戈，飞机大概晚点了半个小时。

魏劲戈心里着急，让她跟北京机场联络一下，问问去银川的那班飞机能不能等等他？

空姐答应了并给他端来了咖啡。

“这位小姐喝什么？”

石小余没听见一样，她红肿着两只眼睛，坐在那里一言不发。她想到了家里等着她回去的妈妈，眼泪又噼里啪啦地掉下来。

石若玉心神不定地坐在沙发上。突然想起来小女儿的飞机已经飞在天上了，急忙站起来，顺手打开电视。她习惯一边看电视，一边干活。菜放到哪了呢？石若玉里里外外转了一圈，也没见她刚才到市场买回来的菜。

“活见鬼！这才是活见鬼呢！”

她气哼哼地一屁股坐在沙发上，她看见了菜兜子，就在茶几下自己的脚旁边。石若玉开始择菜，刚择了几个豆角，就心烦地干不下去了。关守家像块石头堵在她的胸口上。她给儿子拨通电话，当关键的声音从电话里传过来的时候，石若玉又不知道该怎么跟他说了。

关键问：“妈，你有事吗？”

“这话问的，没事就不能跟你说话了？”

“我这儿开会呢。”

“开会也得吃饭吧？早点回来，千万别忘了到机场去接小余他们。”

石若玉压了电话，石头还堵在胸口里。灶上的水开了，水壶发出了尖叫。她灌了暖瓶，下意识地把水壶盖盖在暖壶上，把暖壶盖扔进水壶里，热水溅出来烫了她的手。她愣愣地站在那里，憋闷的感觉从胸口蔓延到脑袋上，关守家不停地在她眼前晃动着。人到了他这个年纪不是面包一样地暄起来，就是腊肉一样地风干了。他没胖，也没瘦。腰板很直，头发很浓密。眼睛看着她的时候还像二十四年前一样地专注霸道。石若玉晃晃脑袋，强迫自己不再去想他，可是脑子根本不听她指挥。他的眼睛在各个角落里牢牢地盯着她，石若玉被他看得头晕眼花。

妈的话就是圣旨，关键哪敢违逆，开完会他就驱车直奔机场。还好，刚进大厅他一眼就瞅见了推着行李车走过来的石小余，她耷拉着脑袋闷着头一副无精打采的样子。魏劲戈大步流星赶了上来，两人一前一后走出接站口。

关键迎上去，一只手接过来石小余手里面的行李车，另一只手热情地朝魏劲戈伸过去。

“杨旭，欢迎你到北京来！”

魏劲戈愣了一下，明白他认错了人，他冲关键笑了一下，做错了事似的跑了。

“哥，你乱叫什么？他不是杨旭。”

“杨旭呢？”

“他就没上飞机。”

“啊？没上飞机？为什么？”

“他跟我吹了。”

关键不明白了，他看着石小余：“吹了？在这个节骨眼上吹了？为什么？”

“要能说清楚为什么，我还不这么难受了呢。”

关键火了，他掏出来手机说：“把号码给我，我给他打电话。”

“他把手机关了。”

“这个混蛋！”关键火冒三丈地骂。

做饭的时候，石若玉洒了米，还摔碎了两个盘子。关海黎和汤正远回来的时候，石若玉正坐在那里生自己的气。关海黎弯腰捡起来掉在地上的西红柿和土豆，看着母亲问：“妈，你怎么把菜都扔地上了？”

石若玉叹了口气站起来，走到案板旁边重新拿起菜刀切菜。

“我来！我来！”

汤正远殷勤地接过来丈母娘手里的菜刀，他看了一眼盆里泡着的肉问道：“妈，这肉都烧成这样了，怎么还用凉水泡啊？”

“没放盐，还把醋当酱油了，泡一会儿，去去味儿。”

关海黎觉得母亲神色不对，她问：“怎么了？妈。”

“有点累，没事。”

“妈，你歇着，我把肉重新回回锅。”

汤正远解下丈母娘的围裙，围在自己的腰上，把炒锅坐到灶上点着火。

石若玉想起来他们是从医院里回来，忙问道：“检查结果怎么样？”

关海黎眼圈红了，她耷拉着脑袋不说话。

石若玉从关海黎的脸上知道了结果，她摇摇头。

“天不帮你，谁都没办法。”

关海黎的眼泪流下来，汤正远凑热闹似的把切好的葱姜蒜扔进油锅里面，带起一片炸响声。

“哭能解决问题，我陪你一起哭。真不知道你的脑袋是怎么想问题的。刚结婚的时候，怀上一个刮一个。我就弄不清楚，你怎么就那么见不得孩子呢？现在好，眼看奔四十了，又疯了似的要孩子。你以为你的身子骨那么由你做主？你以为这个妈是你想什么时候当就能当上的？”

石若玉的话又狠又重，一锤一锤地敲在关海黎的穴位上，她恼羞成怒了。

“别人的妈这时候都是安慰，你偏偏怕我难受得不够，还要扒开伤口撒点盐。”

“你的伤口哪来的？是我剜的还是你自己割的？”

“我不要孩子有不要孩子的道理，想要孩子也有想要孩子的道理。”

“你的那些道理哪条都站不住脚，当初你要是听我的话就不用满世界找后悔药吃。”

“我什么事没听你的？找对象我听你的，结婚我也听你的。”

“你是对象找错了？还是婚结错了？这一辈子你就这两件事做对了。汤正远哪点不如你？他处处对得起你！我要是他，就凭你在生孩子问题上的这通瞎折腾，早就把你打到外面去了，让你家门都找不着！”

石若玉嘴里面飞的话，都是汤正远想说、打死也不敢说的。他看了一眼丈母娘，脸上流露出抑制不住的畅快淋漓。

关海黎涨红着脸说：“怀孩子是我的事，我愿意生就生，不愿意生就不生！”

“这么有谱你还哭什么?”石若玉冷笑。

关海黎站起来就往外走，汤正远知道丈母娘火候没把握好，把事情捅大了。他冲过来一把拉住了关海黎。

“你看你，妈这么大岁数了……”

“岁数大怎么了？你见过谁家的妈这么跟孩子说话?”

“你说我该怎么说？你去给我找本书，我照着给你念!”

“没有你这样当妈的!”关海黎哭了起来。

“你说怎么当？啊？我总不能反过来管你叫妈吧?”

“你不讲理!”

“你的理在哪呢？指给我看看，我看它在不在理上?”

“汤正远，你不走，我走了!”

汤正远死死地拉住她：“海黎！海黎!”

“想走赶紧走！正远，你别拉着她!”

“走就走！以后再回这个家，我不姓关!”

“姓不姓关，别跟我说，我又不姓关。”

关海黎号啕大哭，把推门进来的关键和石小余吓了一跳。石若玉看到了关键身后的石小余，她眼睛红肿，披头散发像刚刚遭了劫难。

石若玉的心马上揪了起来，她问：“这是怎么了？出什么事了?”

见到母亲石小余的泪水破堤而出，她的哭声盖住了关海黎的哭声。

“哭！哭！就知道哭，你倒是说话啊，哎哟！冤家，想急死你妈吗?”

关键替石小余说：“杨旭临上飞机改了主意，他不来北京跟小余结婚了。”

屋里所有的人都惊呆了。

关海黎忘了自己的悲痛，她问妹妹：“半路撤军他得有个理由啊？你做了什么事叫他这样对待你?”

“不知道！我不知道!”石小余摇着脑袋。

“祖宗！我怎么养了你们这些个祖宗?”石若玉气得手脚冰凉。

这样的场面，汤正远只是在电视连续剧里面看到过，在现实生活中他不知道该怎么参与和判断。

石若玉说：“这个杨旭到底是个什么东西？我每次在电话里问，你都是一百个好，夸得他浑身上下连个黑点都看不见，这下好大劲了不是?”

“妈你就别说了!”关海黎觉得母亲很不近情理。

“我不说她不长记性，当初叫她毕业以后回北京来工作，她偏不回来，婚也没结，就跟人家不清不白地住在一起。我真是上辈子做了孽，生下女儿就知道作践自己。”

“妈！你说什么呢？”关键也觉得母亲过分了。

“别妈妈的叫！叫得我堵心。”

“我又怎么了？”

“你怎么了？一个大男人当不起老婆的家！你媳妇说要到美国去，你就让她去，她要我孙子，你就给。说出去你结婚六七年了，实际上还是光杆司令一个。你看看你那日子是人过的吗？家里外头除了你连第二个人影都没有。屋子里除了暖壶，就再没有冒热乎气的东西！”

稀里糊涂地撞在枪口上，关键张了张嘴，什么话也没说出来。

“冯小沛一走就是六年，到现在都没有回来的意思，她不回来，你也不去，你到底想怎么着，心里有谱没谱？”

石若玉越说越生气，话说得太急，她有点喘不匀气了。

关海黎倒了杯水递给她说：“妈，你今天到底怎么了？怎么逮谁骂谁？”

汤正远把做好的菜一盘一盘摆在饭桌上，他咋咋呼呼地说：“吃饭！吃饭！有天大的难事也得吃饱了肚子再解决。”

他殷勤地给大家摆好碗筷，一家人闷声不响地围坐在桌子旁边吃起来，原本的喜筵成了丧席，石小余和关海黎谁也不动筷子。

“怎么，跟我绝食示威啊？”石若玉问。

汤正远赔着笑脸说：“海黎刚才在街上吃了，她那份我替她吃。小余，你旅途疲劳得好好吃点东西。”

“我吃不下去。”石小余耷拉着脑袋无精打采地说。

石若玉叹了一口气说：“生你们有什么用？没一个叫我省心的。”

“我也这么想，当初你就不该生我。”石小余嘟起了唇线很清楚的嘴巴。

石若玉手里的筷子掉到腿上，她拣起来重重地往桌子上一拍。

“知道你这么不省心，我该生下来就掐死你。”

“现在掐也来得及。”

“多余，你真是个三多余啊，当初要是不生你，我也不会离婚，咱家的日子也不会过得连个顶梁柱都没有。”

这是这个家庭第一次触及父母离婚的实质。话一说出口，石若玉就后悔了，她截住话头不再往下说。

石小余不甘心，她追问道：“你们离婚跟我有什么关系？难道我是插在你们中间的第三者吗？”

汤正远差点笑了，他赶紧夹起一块肉塞到嘴里，经过再次加工的肉味儿还是很怪，他喝了口啤酒压下去。

“妈！我问你呢。”

石若玉白了她一眼说："问什么问？好好的提他干什么？"

"是你自己提起来的。"关海黎提醒她。

石若玉沉默了一会儿，叹了口气说："人这一辈子这么一眨眼就过去了，我也快熬到头了。"

关键不愿意搅到这个话题里面，他大口大口地吃着饭，关海黎和石小余看着母亲，揣摩着她话里的真正含意。

"妈，你到底想说什么？"关海黎问。

石若玉说："他回来了。"她的声音又软又轻，有点气息奄奄的。

"谁？"

"关守家。"

桌上的人吃了一惊，全部抬起头看着她。

关键问："妈，谁告诉你的？"

"我自己看见的，在广场上，我一眼就认出来那个老东西了。"

"二十几年没见了，你认错人了吧？"关海黎不相信。

"把他锉骨扬灰撒在路面上，我都能认出哪是他的鼻子哪是他的眼。"石若玉说得咬牙切齿的。

"干吗说那么狠？"关键皱起了眉头。

"我有他狠吗？啊？我跟他在一起过了十几年，说不要，他甩手就把家扔了。二十四年里连点儿动静都没有，今天突然冒了出来，来者不善哪！他这是从峨眉山上下来，直奔我的果园子来摘桃子的。"

石若玉点着儿女们的鼻子说："我警告你们，如果他来找你们，你们谁也不许搭理他。我辛辛苦苦把你们拉扯大，不图别的，就图你们做人要善恶分明，要有志气，这是我对你们唯一的要求。听到了没有？"

三个儿女面面相觑，谁也没说话。

"我这一辈子样样不如意，唯独可以庆幸的一点，就是你们三个谁也不像他。这么多年我最害怕的一件事就是从你们的脸上和身上看到他的影子。不许见他！你们听到了？"

"妈，你何苦呢？"

石若玉指着关键说："你心里要是还有我这个妈，就听我的话。你妈我眼睛里揉不进沙子，我和他之间你只能选一个。"

关键叹了口气，他放下筷子。

"吃！吃！谁回来了，也得吃饭是不是？"汤正远殷勤地给大家添菜盛汤。

5

晚上回到家，关海黎抱着靠垫坐着发呆。白天的事叫她脑袋发木，心发蒙。电视里，羚羊在跟豹子赛跑。小羚羊凌空蹦了几个高以后还是被豹子追上，按在草丛里咬断了喉咙。汤正远洗漱完毕穿着睡衣从卫生间里出来。

“打坐呢？还不睡觉？”

“你睡去吧。”关海黎眼睛盯着电视，心不在焉地说。

“我就不愿意听你这样说话，一共就两口人，睡觉还弄成两班倒，人为地制造困难。你看看表，都十一点了，你明天早上不是还出窑呢吗？”汤正远挨着她坐下。

“躺那儿也睡不着。”关海黎揉着手腕说。

汤正远问她：“手腕怎么了？”

“酸。”

汤正远拿过她的手给她捏着手腕说：“这保健医生哪儿找去？”

关海黎说：“脚后跟也疼，有点儿不敢着地。”

汤正远顺手抄起她的腿放到自己的膝盖上，手法熟练地给她捏脚后跟。关海黎舒服地闭上了眼睛。

“好了吗？”汤正远问。

“抠门劲儿的，再捏一会儿。”

汤正远尽心尽力地给她捏着。

关海黎小声地哼着：“哎哟，哎哟，这几天浑身不舒服，真想找个盲人按摩师好好给按摩一下。”

“等我找个墨镜戴上。”

关海黎扑哧一声笑了，她转身打了汤正远一拳：“你讨厌不讨厌！”

“典型的打情骂俏。”汤正远嘿嘿笑。

“我踹死你！”

“你看，你看，你把一天的火全发到我身上了，好像我跟自己的孩子有仇似的，我不想你马上就给我生个大胖儿子？不过要孩子这事还真是不能急，得慢慢来。”

“还慢慢来？我都三十九了。”

“四十岁生孩子的有的是。”

“万一我的更年期提前了呢？”关海黎瞪着眼睛看着他。

“你这人怎么总把倒霉事往自己身上拉？”

“我还不够倒霉？”

“别不知足，嫁了我这样一个丈夫，你就是生生地掉进福窝子里了。”

“上次我的排卵期是几号？”

“你不是都记在那个本子上了吗？”汤正远指了一下沙发角。

关海黎探过身子拿起记事本，顺便把两只脚都搭在汤正远的腿上，她晃着脚丫子认真地研究着记事本上的内容。

“从明天开始重新测体温，你帮我记着点儿，别错过了日子。”

“你这么压着我，我沉不沉？”

汤正远把她的脚挪开放到一边。她又把脚放上去。

“不沉。”

“那我把脚放到你的腿上行不行？”

“你怎么这么爱占小便宜？”

汤正远笑了：“哎，是你把脚放到我腿上，怎么成了我占你的小便宜呢？”

关海黎跳起来，骑坐在汤正远的腿上，脸压着他的脸，对着他的耳朵使劲往里面吹气。汤正远最怕这个，他缩成了一团。

“唉！唉！姥姥！你是我姥姥行不行？”

“说，是你占我便宜，还是我占你便宜？”

“我占你便宜！我占你便宜！”汤正远连连求饶。

关海黎搂着汤正远的胳膊，脑袋靠在他的肩膀上。关海黎眯着眼睛的样子很妩媚，汤正远色眯眯地拍拍她的脸说：“你想要孩子的时候就是我占便宜的时候，日子一到，你小手一招，就是天塌下来我也不管，撒谎撂屁地往家跑。可惜便宜不能天天占啊。”

关海黎伸手捂住他的嘴。

“你看你怎么就听不了实话呢？”汤正远掰开她的手。

关海黎撒娇，她把脑袋拱进他的怀里，手在他的胡子茬上来回摩擦着。

“你说，男人都愿意当爸吗？”

“不知道别人，反正我愿意。”

“你说他这时候冒出来，到底想干什么？”

“谁啊？”汤正远被问糊涂了。

“我爸。”

“你们家的事别在咱家说。走，睡觉去！”

关海黎赖在他身上不动，汤正远抄起关海黎的腿，把她往肩上一扛，大步走进了卧室。

二

1

石小余穿着睡衣坐在床上给杨旭打电话，电话通了没人接。她一遍一遍固执地拨着。

杨旭终于接电话了："喂。"

"为什么不接电话?"

"电话忘在车上了。"

"你是故意不拿的。"

"你可以尽可能地把我往坏了想。"

"杨旭，咱俩是不是不能成夫妻，就必须是敌人?"

"我没这么说。"

"你已经做了，还想怎么说?"

杨旭不说话，石小余很伤感。

"杨旭，你一点儿都不爱我对吗?"

"我要是一点儿都不爱你，也不会跟你在一起生活这么长时间。我愿意跟你谈恋爱，愿意跟你同居，但是让我正经八百儿地去领个结婚证，跟你成为法定的夫妻，我不愿意。"

"为什么?"

"这话你问了一百六十遍了，我能说清楚早就说清楚了。"

"只有不能说的，没有说不清的，杨旭，咱俩的事情闹到了这个份上，关系基本上已经完蛋了，你还有什么说不清的?"

"到什么份上我也说不清，我只能说清楚一点，那就是我不愿意结婚。"

"我到底哪儿叫你这么讨厌?"

"你这个人爱上了谁，就必须让他承担你的精神。如果娶了你，就必须对你负形而上和形而下的双重责任。我真的没有这个能力，我不愿意养家糊口，生儿育女，我不愿意早早地就被这些责任弄得万念俱灰。”

“我没要求你为我负责。”

“怎么没要求过？你跟我定的满墙协约不是要求吗？”

“约束你的同时，我也约束我自己了。”

“完全是不平等条约。”

“条约可以废除。”

“你别跟我搅和，我知道搅和是你的强项，在这个上，我不是你的对手。我没有你的韧劲，也没有你的耐力。”

“我搅和什么了？你指出来我改正。”

“江山易改本性难移，石小余，我有改造你的工夫，还不如重整江山呢。”

“重整江山？你爱上别人了吧？”

“石小余，你别搅和行不行？”

“我搅和，还是你搅和？是你把一出喜剧，生生搅成悲剧的。”

“我这人天生的悲剧性格，不合适跟你一起演喜剧。”

“当初你死追我的时候，怎么不这么说？”

“这话问得多幼稚，你不知道人是在发展中成长的吗？”杨旭冷笑着说。

“总是朝着有利于你的变化发展？”石小余气得声音都哆嗦了。

“你这样，咱俩没办法谈。”

“你希望我怎么样？”

“你怎么样，我无权干涉，我只想改变自己。”

“改变自己就先从我身上开刀？”

“你这么想，那是你的自由。”

石小余哭了：“杨旭，你不能这样对我！”

“你别哭，你一哭我特别不舒服。”杨旭的声音疲惫不堪起来。

“你真是自恋，看到别人伤心，你首先检查一下是不是损害到了自己的细胞。”石小余怒不可遏，出语刻薄。

“你这个人愤怒的结果就是智力衰退，不过能看到我的弱点证明你还是有进步。”

“我还会进步下去！”石小余冲电话吼起来。

“能进步到改变生活态度才是最大的进步，你改变了态度就会改变命运。”

“你别给我转这套理论，去年咱俩搬到一起的时候，你答应过要跟我结婚。”

“结了婚还能离婚呢，我不能为不成熟时的一句话，为你负责一辈子。”

“我不要你负责一辈子，你先跟我结婚，结完了咱们再离！”

通完话，石小余坐在床上发了一会儿呆。她从包里掏出来杨旭的烟点着，深深地抽了一口，呛得她流着眼泪拼命咳嗽起来。

2

石若玉也没有睡觉，她在翻箱倒柜地找东西。石小余听到动静推门进来，看到房间里像洗劫过一样，箱子里面的东西凌乱地堆放在地上。看见石小余进来，她指着衣柜顶上的箱子说："你帮我把这个皮箱抬下来。"

皮箱里放着丝绸被面，婴儿服，小围嘴，绒线帽等东西。石小余拿起一件一件的小衣服好奇地看着，衣服上绣着关海黎和关键的名字，她没找到一件自己穿过的。

石小余问："我小时候穿的呢?"

石若玉没有说话，她从箱子最底下翻出来一本纸张发黄的老影集。

她抱着影集走到床边坐下，一页一页地翻看着。石小余从来没见过这本影集，她凑过去看。影集上年轻的关守家和石若玉抱着儿时的关海黎和关键冲着镜头笑着，幸福的气息从照片里的边边角角渗透出来。

石小余看着照片上的关守家说："妈，这人长得还挺精神的。"

石若玉鼻子里"哼"了一声。

"这影集里面怎么没有我?"

"没生你呢。"

这绝对不是理由，石小余拿过来影集飞快地翻着。

"生我以后，他也没跟我照过相。"

"生你以后我们就没再照过相。"

"为什么不照了?"

"没那心劲儿了。"

"你不说，我也猜得出来，这个人他压根就不喜欢我，他不跟我照相，还不准我姓他的姓。"

"姓我的姓委屈你了?"

"妈，你还别激我，急眼了，我谁的姓也不姓。"

"小余，你什么时候能懂点事呢?"

"你们的事我不想懂。"

石若玉把影集从女儿的手里拿过来合上，她叹了一口气说："小余，妈跟你说，女人不能离婚，一离就毁了一辈子。你妈就是个例子。"

"妈，你这个人总爱从最不利于自己的角度想问题。"石小余懒得和她理论。

“你还别不服气，你妈是过来人，找个好丈夫是女人一生中的大事。你跟姓杨的那个小子吹了，坏事变成了好事。他配不上你，好好再找一个，妈也托托人，北京的好小伙子有的是。”

“妈，我的事你别掺和。”

“你要是早听我的，也不能让那个姓杨的骗了。”

“他没骗我。”

“没骗你，你哭什么?”

“跟你说不清楚。”

“你不用拿眼睛翻我！等你当了妈就知道我今天心里的滋味了。”

“我不想当妈，也不想知道你心里的滋味，我心里的滋味已经足够我受用一辈子的了。”

“小余，你不用跟我顶嘴，这个世界上最疼你的人是你妈，谁疼你，也疼不过我去。你就这么气我吧，等我两眼一闭，两腿一蹬，看你找谁哭去?”

石小余心烦意乱，她躲回到自己的屋子里去了。

石若玉开始收拾着扔在地上的杂物，眼前混乱的场面让她想起了二十四年前。

那一年关海黎十四岁，关键十二岁，石小余不到两岁还抱在怀里。石若玉和关守家离婚了，判决一下来，关守家捆了行李就要把关键带到云南去。关键要跟妈妈在一起，他把自己关在房间里死活不出来。关守家疯了一样砸门，嘴里骂着没出息的儿子。

石若玉一把推开关守家，她流着眼泪对着门里的关键说：“儿子！儿子！你把门打开……”

话没说完，她已经泣不成声了。身边的关海黎和怀里的石小余扯着嗓子，跟着母亲一起哭。屋里眼泪不断，屋外阴雨连绵。关守家憋闷得胸膛快爆炸了，他想砸东西，可惜房间里的东西没有一件是属于他的。

石若玉满脸是泪地劝着儿子，她许诺自己会去云南看他，许诺暑假和寒假会接他回来，石若玉越说越绝望。关键不愿意让母亲伤心，他拿着行李从房间里出来。屋子里的人这才发现关守家已经走了。

关海黎第一个追出家门，她看见了关守家背着行李大踏步行走着的背影。关海黎哭着喊道：“爸爸！你回来！回来！”

关守家满眼是泪，他无法回头。关海黎冲出胡同口，一辆突然冒出来的三轮车把她挂倒。关守家听到惊叫回过头，他看见关海黎满脸是血地坐在地上。

关守家脑袋嗡的一声，他扔了手里的东西，疯了一样跑回来，他伸手去抱女儿，关海黎怨恨地把他推开，关守家心疼地使劲往怀里搂她。石若玉跑过来，她一把把关海黎从关守家的怀里抢过来，紧紧地搂在自己的怀里。

关守家走了，他没有勇气再回头看一眼。

3

关键是个舍不得睡觉的人，他说，人死了就永远睡在那了，趁活着，能多睁一会儿眼睛，就赶紧多睁一会儿。晚上他常常坐在电脑前查看资料，一查就是半宿。屏幕上挂着的QQ上有陌生人点他，关键顺手删掉了。QQ上一只调皮的兔子图标跳出来，伸着红舌头摇晃着脑袋。

这是儿子关怀，关键笑着点了他的图标。对话框里面出现了一排数字一。关键打开耳麦，里面传来关怀稚嫩的声音："嘿，老关!"

关键嘿嘿笑："小关，起床了?"

"你看现在几点了？我在冯小沛同学的单位里呢。"

"噢，你们那快中午了。"

"老关，我上来好几次，都没见到你。"

"今天乱事挺多，刚回来。"

"老爸，你有没有私自去滑旱冰?"

"我哪敢?"

关怀压低了声音说："你快早点把我弄回去吧，冯小沛同学天天学习学习的把我快烦死了。"

"只有好好学习，长大才能成材啊。"

"我才不想长大呢，你们大人整天愁眉苦脸的一点都不好玩儿。"

关键吃了一惊："你这么看我们?"

"冯小沛同学叫我呢，爸爸，我要是上来等不着你，就给你留言。写一个1就是我想你，写一排1就是我想死你了。"

关键笑着点头："行。"

"爸爸再见!"

"再见!"

图标暗了下来，关键看了一下表，他关了电脑上了床。

关海黎梦见了父亲。他拎着行装，风尘仆仆地在楼梯口等她。关海黎骑着楼梯扶手哈哈笑着滑下去，她从三十九岁滑到了五岁。父亲张开双臂接住了她还算幸福的童年。

梦里她揪着父亲长满腱子肉的胳膊双脚离地吊在他的身上，关守家一级一级很费力气地把她拎上了台阶。

关海黎被梦累惊醒了。她坐起来，瞪着眼睛看着窗外。汤正远翻了个身，看见坐在黑影里的关海黎吓了一跳。

“怎么起来了？”

“睡不着。”

汤正远坐起来，他把关海黎按倒在枕头上，给她盖好被子：

“闭上眼睛一会儿就迷糊了。”

他轻轻地拍着关海黎，拍着拍着他的手不动了，关海黎翻过身看着他。汤正远胳膊搭在她肩上，腿压在她的腰上，呼吸吹在她的脸上一下比一下沉一下比一下重。关海黎的心慢慢平静了，她也很快睡着了。

关海黎一觉醒来已经是早上七点半了，她叫了一声跳到地上，气急败坏地冲进盥洗间匆忙洗漱。

汤正远摆好了餐具，盛好了豆浆，又把小笼包子一个一个地夹到盘子里。关海黎把头发挽到头顶上用发卡夹好，坐在餐桌旁边没好气地翻了汤正远一眼。

“怎么不叫我？你看几点了？”

“叫了你好几次，你不起来，还怨我？”

关海黎端起碗，喝豆浆，不小心烫了嘴。

“烫死我了。”

“急什么？那屋的挂钟快二十分钟呢。”

关海黎一愣，她死死地盯着汤正远。

汤正远嘿嘿笑了，他指了一下卧室说：“为了对付你，我专门拨快的。”

关海黎扔下手里的筷子，扑过来要咬汤正远。

汤正远急忙拦住她：“等会儿！等会儿！”

他小心翼翼地撩起来身上的线衣：“这是件羊绒衫，太贵了，你还是直接啃肉吧。”

关海黎笑得快上不来气了，她使劲捶汤正远：“你怎么这么讨厌？我打死你！”

4

广场上扭秧歌的人散了，老头、老太太们三三两两地聊着天，离开了。石若玉拎着兜子，准备去菜市场买菜。今天早上扭秧歌，她一直不在状态里。眼睛不由自主地往人群里面溜，连着两次踩掉了老耿的鞋。秧歌扭完了，关守家也没露脸。石若玉的心放回了肚子。

老棋友招呼石若玉去下棋。她是这一带很有名气的好棋手，可是今天她没有下棋的心思。老棋友看搬不动她，遗憾地走了。石若玉拎着菜兜去菜场，走出不远，就觉得身后有人跟上来了。凭直觉知道是他。石若玉心慌气短，眼前发黑，她急忙伸手扶住路边的树。关守家走过来了，站在她面前看着她。石若玉死死地抓着树枝，生怕一松手，身子飞走了。

关守家说："我一眼就认出你了。"

"你是谁?"石若玉听见自己的声音又抖又飘。

"你认不出我了？我是关守家。"

石若玉看到了自己的手。手在抖，树枝和树叶随着抖动发出了沙沙的响声。

关守家说："我是跟旅游团到北京的，想顺便看看孩子。"

听到他提孩子，石若玉一下镇定了，她说："我的孩子不会见你。"

"这是你的想法，不代表他们。"

石若玉冷笑了一声："你跟他们在一起才生活过几天敢这样说?"

"他们是我的骨血。"

"骨血？你不是又结婚了吗？你现在有家有老婆还有跟你贴得更近的骨血呢。"

话里带着醋味儿，一说出口，石若玉就后悔了。

关守家说："她有病，我又做过手术，我们没有孩子。"

得知那女人不如自己，石若玉的口气居高临下起来："什么病啊，连孩子都不能生?"

"高血压，糖尿病。"

"她多大啊？怎么得这么缠磨人的病?"

"死的时候五十四。"

"死了?"石若玉一愣。

"死了五年了。"

"这么说，家又散了?"

"散了。"

"难怪呢，你是无利不起早啊。"

"你还是这样，从来不把我往好处想。"

"你把我往好处想过吗?"

关守家不愿意在这个话题上纠缠下去了。

“过去二十几年的事了，老抖搂它干什么?”

“二十几年，也是一天天数过来的。别说伤口还没有结疤，就是好了伤疤，我也不能忘了疼。”

关守家截住这个话头，他直奔主题了。

“他们都好吧?”

“谁们?”石若玉明知故问。

“孩子们。”

“我的孩子能不好吗？这条街上，谁都知道我石若玉养了两个本科生，一个研究生。我的三个孩子挨肩走出来，能羡慕得人把眼珠摔出眼眶去!”

“好！好!”关守家高兴地连连点头。

“这个好跟你有什么关系？没有一点关系!”石若玉突然翻了脸。

关守家被噎得半天说不上话来。

“关守家，如果我没记错的话，你今年也六十六了。人到这个岁数，脾气再硬，骨头也软了。就算你是英雄，气也短了。”

“你什么意思?”

“你说什么意思？二十几年了没有动静，今天冷不丁地冒了出来，你打的什么主意，我心知肚明。你想等你到了挪不动窝的那天，让我的姑娘和儿子给你养老送终？是不是？关守家，你现上轿，现扎耳朵眼儿，不觉得晚了点儿吗?”

“石若玉，你怎么把话说得这么难听?”

“当年你甩了他们的时候，不嫌做得难看，现在倒嫌话说得难听了？我的孩子是我一手养大的，想见他们？做你的梦去吧!”

“他们也是我的孩子!”

“他们？他们是谁？你给我说清楚了!”

“关键和海黎。”

“关守家，这么多年过去了，你心里还是这么想?”

石若玉脸色煞白，她盯着关守家问：“只有关键和海黎是你的孩子？好，那我今天要和你好好说道说道，咱俩离婚这二十四年里，你对他们尽过什么责？你给他们付过一分钱的抚养费吗?”

“我寄过钱，你都给我退回来了。”

“我告诉你，我就防着你这一天呢。从你离开家的那一天起，我的眼睛就在我的孩子身上盯着。我不能让他们花一分你买良心的钱，我不让他们身上有一点儿你的影子，发现一点儿我就连根给抠了。”

关守家头皮发麻。这女人发起狠来，咬一口下去，连骨头都不吐。好！既然你不仁，也别怪我不义。

“你不承认我是他们的父亲根本没用，法律承认。”

“那你就跟法律去谈吧。”

石若玉撂下这句话转身走了，她搅起一股凉风，打透了关守家的身子，他哆嗦着蹲在马路牙子上。

石若玉料定关守家的眼睛沾在她的后背上，于是她昂首挺胸，气宇轩昂地走着，努力不让自己透出一丝一毫衰老的迹象。拐过街角，走出了关守家的视线，石若玉腿一软，坐在了路边的台阶上。她头上的汗嘀嘀嗒嗒地落下来。

老耿追上来问她：“累了？”

“气压低，腿沉。”

“我帮你拿东西。”

“不用！不用！”

“老搭档了，客气什么？”

“我什么还都没买呢，你帮我拿什么？”

“那走，我陪你去早市。”

“真的不用，你忙你的去吧。”

“我去买点棒骨，咱俩正好一路，走吧。”

5

石小余的新公司在立交桥旁边，桥上天天车水马龙很热闹。在电脑跟前忙累了，石小余就站在窗台边看着下面火柴盒一样的车辆和蚂蚁一样的人群。办公室里飘来一股饭菜味儿，送餐公司的人把盒饭送来了。石小余无精打采地回到座位上坐下。

对面的钱承说：“从开始上班就天天吃盒饭，弄得我一闻盒饭的味儿就想吐。”

石小余说：“我也是。”

钱承说：“楼下有一家新开的川味馆，想吃吗？”

“我不去。”

“走吧！走吧！”

钱承强拉硬拽地把她拉走了。

川味馆生意火爆，刚到饭时就座无虚席了。钱承不死心，伸着脖子四处看，希望能从地底下生出两个座位来。

“钱承!”

坐在角落里的葛军看见她，站起来冲她招招手。钱承像遇见救星一样，拉着石小余跑过去。

葛军说：“这个点儿来哪有地方？坐下，坐下。”

“葛军哥哥！你真是比我亲哥都管用。”

钱承安排石小余坐下，葛军招呼服务员再添两套餐具。石小余觉得坐在对面的魏劲戈有些眼熟，想不起来在哪见过他。

葛军给她们介绍说：“这是我的同学魏劲戈，这是我们隔壁公司的钱承小姐，这位小姐我是第一次见。”

“石小余，我们公司新来的美女。这是永乐公司的电脑师爷葛军。”

石小余礼节性地冲他们笑了笑。

葛军把菜单递给她们：“想吃什么随便点。”

“说好了 AA 制。”钱承事先声明。

葛军不乐意了，他说：“干吗搞得这么生疏?”

“不占小便宜自在啊。”

“你自在了我就不自在，妹妹，你让我在你面前自信一回行不行?”

“这可是你求我的啊，当着别人我不能叫你没面子。石小余，想吃什么?不用往死里宰，伤筋动骨足以表示敬意。”

葛军哈哈笑：“你看！你看！这样的妹妹你们医院趁吗？不趁!”

魏劲戈嘿嘿笑着递给葛军一根烟说：“那是，那是。”

“你也是 IT 行的?”钱承问魏劲戈。

“不是。”

葛军说：“我们俩是高中同学，上大学就兵分两路了，他是学医的。”他问石小余：“这位妹妹学什么的?”

“金融。”

“干本行?”

“是。”

菜陆续上来了，葛军殷勤地给大家倒酒让菜。

“吃菜，吃菜。”

钱承吃得飞快，她被水煮鱼辣得直吸凉气。

“石小余，使劲吃，把他吃哭了才算本事，谁叫他那么能挣钱呢。”

葛军说：“妹妹，你别把我举起来，再使劲往地上摔好不好？谁不知道现在哪行都比我们这行好做。”

“又有房子又有车的，你叫什么苦?”

“车和房子算什么? 哪天我混不下去，卖了房子，卖了车，重新过租房子、挤公共汽车的日子。奋斗了十几年的一切，转眼就没了。好像生活从来就没开始过一样。照照镜子才发现，头顶秃了，眼袋掉下来了，葛老爷子的好日子已经稀里糊涂地过丢了。”

“好日子不能总被你一个人霸着。”

“妹妹的话说得真掏心窝子。”

他感慨地拍拍魏劲戈的肩膀说：“我择业不如魏老弟有远见，一个人从生到死都离不开医院，他永远有饭碗端着。”

“得了，得了，谁不知道谁啊?”魏劲戈不买他的账。

钱承眨巴着眼睛看着魏劲戈说：“你有点儿像足球运动员。”

“别抬举他，他是一个骨科屠夫。”

“我在医院骨科工作，你们有事可以去找我。”

“找你能有什么好事? 咒人家呢?”葛军奚落他。

魏劲戈看着石小余，目光意味深长。

“我见过你吗?”石小余问。

“见过。”

“在哪?”

“你好好想想。”

“这瓷套的，一点儿新意都没有。是吧，妹妹?”葛军嘲笑魏劲戈。

钱承跟着起哄：“咱爷爷套咱奶奶的时候用的，已经过气了。”

“别咱咱的，你一咱，咱俩连表哥表妹都做不成了，你不能既吃我的饭，又绝我的情吧?”

桌上笑声一片，钱承的手机响了，她“喂”了一声后，声音立刻成了慢火煲煮的八宝粥，糯中带甜。

“好的，好的，我马上回去。拜拜。”

葛军打了个激灵：“谁呀，甜出这动静来了，这不是把人往糖尿病上逼吗?”

钱承骂了他一句，手忙脚乱地收拾自己的东西，她对石小余说：“总经理要的票据，我忘了给送过去了。我得马上回去，你慢慢吃。葛军，你帮我招呼好她啊。”

说完她一阵风似的跑了。葛军殷勤地把菜夹到石小余的碟子里，石小余有些拘束，低着头一声不响地喝着碗里的汤。

葛军和魏劲戈聊天，他问：“昨天你见到班长了吗?”

“见了，那孙子穿得像要去参加自己的葬礼一样。”

石小余觉得他们说话很有趣，她扑哧一声笑了。

葛军一脸鄙夷地说：“班上的那帮王八蛋，个个把自己弄得很牛逼，很趁钱的样子。”

魏劲戈回敬他说：“那还不是跟你这个王八蛋学的？”

葛军的手机响了，他接电话。

“我是，在哪呢？在公司里？好，好，我马上回去。”

葛军一脸的歉意，他说：“来了大客户，我得马上回去，你们俩慢慢吃，账我结了。对不住！对不住！”

葛军走了，桌上剩下魏劲戈和石小余，魏劲戈打破沉默问她：“还没想起来在哪见过我？”

“没有。”

“上海机场，当时你坐在地上死活不起来……”

石小余想起那天的情景，脸刷地一下红了。阳光照着她细嫩的脸，像一颗晶莹透亮的樱桃，魏劲戈意识到自己跑了神，慌忙转了话题。

他问：“接你的那个人，是你哥哥？”

“嗯。”

“当过兵吧？”

“你怎么看出来的？”

“我在军医大学读的书，在部队医院干了几年后来才转到地方医院的。我跟不少军人打过交道。你哥哥在哪里当的兵？”

“内蒙。”

“毕业实习的时候，学校规定要我们到艰苦的地方锻炼四个月，我被分到了西北山沟里的一个连，那儿挨着内蒙边界。”

“好玩吗？”

“连女的都没有，好玩什么？”

“不会吧？”

“真的，那儿除了炊事班养着一头母猪，剩下的全是和尚。我到那里过的第一个节，是光棍节。11月11日，1连着1一共十一个光棍。那是一次集体光棍大联欢。”

石小余觉得那样的生活很好玩，她好奇地问来问去，问到业余生活的时候，魏劲戈说：“山里信号弱，接收不到什么节目。报纸倒是一个星期来一次，可惜是那种花五毛钱买了一个爹的庸俗报纸。”

石小余哈哈大笑。她是那种笑起来特别好看的女人，长长的睫毛弯成两条黑色的弧线。嘴角往上翘着，粉红的舌头从整齐的牙齿里俏皮地伸出一点点，充满了孩子气。魏劲戈愣愣地看着她，石小余以为脸上有东西，她急忙用面巾纸仔细擦着嘴角。

“杨旭是谁?”魏劲戈突然问了一句。

“你认识他?”石小余吃了一惊。

“不认识，你哥哥接站的时候把我当成他了。”

石小余沉默了一会儿说：“杨旭是我男朋友。”

“以前的?”

“为什么是以前的?”

“你想想，一个女人能在大庭广众中那样哭，肯定是遇到了天下最糟心的事，最糟心的事对女人来说，除了失恋几乎没有别的。”

“怎么是对女人？你就没失恋过?”

“失过，可是我不觉得多么难过。”

“你怎么这么幸运?”

“没按那个程序吧。”

“你按程序做事?”

“也不全是。”

“那你是怎么处理那段感情经历的?”

魏劲戈想了一下说：“我忘了。”

“健忘是你们男人的通病?”

“医学上不这么解释。”

“医学上怎么解释?”

“那可太学术了，说了你也未必听得懂，女人爱说感情，其实我觉得你们女人关注最多的感情无非是两种，一是喜欢，二是爱。喜欢是一种情绪，来得快去得也容易。爱情就不一样了，它是一种疾病，俗话说病来如山倒，病去如抽丝。就是好了，也会落下星星点点的后遗症。”

“爱情是疾病?”

“对。”魏劲戈回答得很肯定。

“该怎么治疗?”

“像对待感冒发烧一样，别大惊小怪，也不能掉以轻心。得过这种病会产生抗体，自带免疫力。”

石小余吃和说的欲望突然同时消失了，她站起来说：“我吃完了，你自己慢慢吃吧。”

魏劲戈看着石小余急匆匆走出去的背影，他摸摸脑袋笑了。这是一个敏感的女人，从系统工程的角度讲，过于敏感的系统都是不稳定的系统。

三

1

石若玉心神不定，她想象着可能发生的各种事情，越想越紧张。关海黎从班上打来电话，她把自己的忧虑说给她听。

关海黎说："妈，你把他说得也太神了，这么大个北京，他想找我，就能找着啊？"

"他能在广场上堵住我，就能找着你。他要是急眼了，什么损招都能想出来。哎哟，今天我这右眼皮直跳。"

关海黎说："妈，你别这么迷信好不好？"

石若玉的直觉是对的，一个人要找另外一个人，说难也难，说容易也很容易，全看你是否尽力，是否上心。关守家此次来北京主题就是寻亲，天大的困难都阻挡不住他。关守家找到关键单位的时候，已经是下午了。隔着接待室的玻璃墙，关键一眼认出了父亲。他心里面发热，鼻子发堵。两人互相看着，血缘中蕴藏着无形的力量拼命把他们往一块吸。父亲和儿子握了手，二十四年的距离一步就跨过去了。

小时候，关键很怕父亲。关守家搞地质工作，经常携家搬迁。适应陌生的环境，对男孩子来说并不是一件容易的事。关键十岁那一年，被同院的小朋友欺负，哭着跑回家，迎头撞上刚从野外回来的关守家。他沉着脸问他，哭什么？因为哭，关键不止一次挨过父亲的打。他不敢说话，关守家拽着脖领子把他拎到面前。

"哑巴了？说！"

"院子里的孩子不跟我玩，见我就打我。"关键小声说。

"你不会还手吗？"关守家气得扒拉一下他的脑袋。

"我妈不让我打架。"关键的声音更低了。

"你是男孩子，怎么没一点战斗精神？马上给我滚出去，打不胜别回来！"

关键吓坏了，他盯着父亲，眼泪围着眼圈转。

“哭是最没种的事，你把眼泪给我换成拳头！”关守家吼了起来。

关键拖着哭腔说：“我打不过他们！”

“打不过，也要拼命去打。你是男人，想在这个环境里站住脚，只能靠自己。你必须使劲去拼，你要是不敢去拼，别人没把你打哭了，回来我拿皮带抽哭了你。”

关键背靠着墙一步一步往后退。关守家脖子上的青筋蹦起来，他一脚踢开门，拎着脖领子把儿子扔了出去。门“咣”的一声关上，关守家听见关键的脚步声慢慢走远了。他听见一群孩子们在胡同里疯跑，好像屁股后面追着一条恶狗。关守家开门出去，他看见了追在后面的关键。他满头大汗，两眼冒火，手里挥舞着一根凳子腿，疯了似的拼命追赶那群孩子。看得出这一仗他打得挺顺手。

两个岁数大一点的孩子突然从另一个胡同里面冲出来，关键猝不及防撞在他们身上。孩子们混战在一起，关键寡不敌众被按在下面。

关守家在心里替儿子使着劲。关键拼尽全身的力气，把压在他身上的胖孩子翻到了身下。他挥着拳头使劲打那个胖孩子，胖孩子和关键的脸上都糊着血。

胖孩子的胖父亲拎着一桶水从井台跑过来，看见这般情景，他扔了水桶把关键揪起来，照着他后脑勺就是一巴掌。“啪”的一声脆响，关守家觉得那一巴掌扇在了自己的脸上。

胖子父子俩，从精神上到肉体上都把关键压垮了。他想哭，突然看见了人群中的父亲。他看见父亲阴沉着脸，朝自己走过来。关键打了个寒战，差一点尿裤子，他紧紧夹住了腿，眼前一阵发黑，他觉得自己马上要昏过去了。这时他脑袋上又挨了一巴掌。

胖男人的嗓门像女人一样尖锐高亢：“谁家的野种？翻了天了！”

关键眼前金星乱飞，他看见父亲紧紧地抓住了他的手腕往前一抡，他踉跄两步站在胖男人面前。胖男人的肚皮随着呼吸在他眼前一起一伏的，肚脐深陷着像张惊讶的嘴。

“这是你儿子？我跟你说，你得好好管教管教他……”

胖子的话还没落音，关守家的拳头铁锤一样，又准又狠地砸在他的脸上。胖子像团面一样堆在地上。关守家飞起一脚，踢翻了他身边的水桶。桶里的水冰得胖男人打着哆嗦。关守家狠狠地跺了两脚把桶踹扁了。胖男人被关守家的气势吓坏了，跪在地上半张着嘴目瞪口呆地看着他。关键激动得喉头哽咽，眼泪哗哗流出来。逆光中的父亲非常高大，金色的太阳照在他的头顶上，给他勾了一个英雄的轮廓光。这一刻永远留在了关键的记忆里。

眼前的父亲神态温和拘谨，当年的霸气已经荡然无存。二十四年的一步跨越，简洁残酷得叫人心里非常难受。关键没有叫他爸爸，二十四年没用过这个称呼，他叫不出来了。关守家尴尬地抹了一下湿润的眼睛。

他说："这到哪认去？在大街上走个对面我也认不出来。"

"我一眼就认出来你了。"

"真的？"

"小的时候，记得你个子很高。"

"老了，缩了，你真壮实，比我高这么大一截！"

关键给父亲倒了一杯茶。关守家看着儿子，时光飞速倒流，他看见了年轻时候的自己，不由得精神恍惚了。

2

公司的例会永远是汇报和总结搅到一起，又臭又长没完没了。石小余迷迷糊糊几次差点睡着了。回北京的日子里，她一直睡眠不好。睡梦里杨旭经常来搅扰她，他是她身上一个病灶，能时时感觉到它的存在和侵蚀，疼痛难忍却又无药可医。钱承不喜欢她这副鬼样子，晚上要带她去蹦迪，她告诉石小余，适当地放肆一下，绝对是对自己的一次善举。石小余喜欢钱承的理论。可是她不愿意对自己行善，钱承骂她自虐。这个时候关键来了电话，他叫石小余下班以后到蜀国演义饭店去吃饭，他请客。石小余高兴地答应了。

给石小余打完电话，关键又给姐姐打了一个。关海黎接到关键的邀请也很高兴。关键是个大忙人，难得有空请自己和妹妹吃饭。下了班，她慌忙往饭店赶。走进大堂，她一眼就看见了坐在角落里的关键，他正跟对面的一个男人说着什么。关键看见了她，高兴地冲姐姐招手，关守家知道女儿来了，他动作缓慢地转过身来。

关海黎一眼认出了他，身上的血"呼"地一下全部涌上了头。

关守家看见了年轻的石若玉，这个石若玉比那个石若玉身材高挑，脸上多了许多书卷气。他站起来往前迎了两步。关海黎踉跄着往后退了两步。

"海黎吗？"关守家问。

关海黎的眼睛里一下涌满了泪水，她短促地"不"了一声，转身跑了。关键追了出去。

"姐！姐！"

关海黎喘息着站住了："你这是干什么？啊？关键，你到底要干什么？"

“这么激动干什么？不就吃顿饭吗？”

“这饭能吃下去吗？”

“姐，他是爸爸！”

“叫得挺亲啊，他用什么收买你了？”

“他老成那样了，你真的不可怜他？”

“当初他可怜过我们吗？你忘了他是怎么对妈妈的？他对你，对我，对小余，哪一个尽过责？他对我们的感情就是这样，招之即来，挥之即去吗？我恨他还来不及呢，凭什么陪他吃饭？”

“姐……”

“别叫我！我问你，刚才为什么不在电话里说清楚？”

“我怕你不来。”

“来了我照样走。”

“姐，你给我个面子行不行？不就是一顿饭吗？”

“给你就是给他，这个面子我绝不给！”

“别这样，爸刚才还说他记着你出生那天的情景呢。”

“他记着我出生的情景，我记着他离家的情景，我俩扯平了。”

石小余从出租车上下来，看见哥哥和姐姐站在饭店门口大声争吵，觉得很奇怪。

“你们俩在这里吵什么？”

关海黎一把拽过来妹妹说：“小余，他就在里面，你见还是不见？”

“谁啊？”石小余被问得一头雾水。

“关守家！”

“我连认识都不认识他，为什么要见他？”石小余完全一副局外人的腔调。

“他是老人。”关键说。

关海黎反问道：“人老了就有理了？我们小的时候他还没老吧？怎么就那么理直气壮地扔下我们走了？今天真的老了，他又理直气壮地杀回来。翻手云覆手雨，他什么意思，真想把我们全家人当猴耍啊？”

“你们女人怎么这么狭隘？”关键生气了。

“我就是狭隘，你愿意跟他豁达，就豁达去。我没工夫奉陪！”

关海黎甩手走了，石小余看了哥哥一眼，转身追姐姐去了。

关键生了一肚子气，回到饭桌旁。关守家从儿子的脸上看出了答案，他没再问什么。父子俩抢着往对方的酒杯里面倒酒，两人很快就喝高了。关键问父亲：“为什么走了二十四年才回来看我们？”

关守家说：“嗨，千头万绪的，我也说不清楚。能说清楚的是，那边，她身体一直不大好。”

关键明白那边是指那个后来跟父亲结婚的女人，他心里一阵不舒服。关守家也意识到了，两人突然没了话，一声不响地喝起了闷酒。

3

石若玉听完两个女儿的汇报，她气不打一处来。他可真够有本事的，这么快就达到了目的，把想看的都看着了。

石小余急忙解释说：“他没有看着我。”

“他根本就不想看你。”

石小余愣了一下，她说：“那我真该进去，恶心恶心他！”

“我给关键打个电话，叫他回来。”关海黎拿起电话。

“叫他回来气我啊？”石若玉伸手按了电话，她叹了口气说：

“唉！儿子都是给别人养的。离婚的时候，他谁都不要，只要关键。那是因为关键死活不愿意去，他才绝了这个念头。现在你们都长大成人了，这个老东西又找后账来了。你们看谁响应他？还不是这个儿子？”

石小余说：“妈，我是盲目地捍卫你的利益，其实我真的不明白你，见一见又能怎么了？他还能一个眼神就把我哥哥弄政变了？”

关键推门进来，他笑嘻嘻地问：“谁政变了？”

石小余说：“说曹操曹操到！”

“叛徒回来了！”关海黎冷嘲热讽。

“妈，你看她们。”关键叫道。

石若玉瞪着他说：“她们怎么了？比你有原则，有立场。”

“哥，你喝酒了吧？满身的酒气。”

“老头挺能喝的，我们俩喝了一瓶子。”

“他找死你也跟着去啊？”石若玉问。

“妈你看你怎么说话呢？”

“我怎么说？摊上你这么个不争气的儿子，我还能怎么说？”

“妈，还有饭吗？”

“熬了二十四年才见一面，他还没让你吃饱啊？”

“光喝酒了，没吃什么东西。”

石若玉心疼儿子，起身进了厨房。孩子们一窝蜂都跟了进去。饭菜是现成的，热好了，重新端上来。关键坐在餐桌旁喝粥，三个女人坐在旁边看着他吃。她们想知道关守家都说什么了。

“老头说他不想在云南呆了。”

“他想干什么?”

“他想迁回北京来。”

“你们看！你们看！被我猜中了不是？这可不行！他不能回北京来!”

石小余说：“妈，你这是无理要求，北京又不是咱家的，这个城市谁想来都能来。”

“他来了，咱们家就没好日子过!”

关键说：“妈你净给人下注。”

“不信你们就走着瞧，关守家就是根搅屎棍子，啥好日子他都能给搅和黄了。”

石小余说：“那你还嫁给他?”

“我不嫁给他行吗？他死缠烂打，软磨硬泡，生生把我和曾老师搅和散了。”

石小余问：“就你那个初恋吧?”

石若玉心里堵得慌，她没有说话。

关海黎说：“那个曾老师出身不好，妈嫁给他，也有顾虑。”

“妈你可真差劲，连五四时期的女青年都不如。”石小余批评母亲。

“一步错，步步错啊。”石若玉摇摇头。

石小余说：“看照片你们年轻的时候挺恩爱的嘛。”

关海黎把咸菜盘放在关键面前说：“小时候他们俩总领我和关键逛公园，看电影，下饭馆。出去的时候，他推着车子，妈妈走在旁边，关键踩在脚蹬子上，我坐在后座上。”

“我呢?”石小余问。

“没你。”关海黎回答。

“你就是多余啊，如果没有你，我们的日子也就这么过下去了。”

石小余一脸的无辜：“我怎么了？一说你们离婚的事，总要连带上我。你们离婚的时候我才一岁多，话都说不全，怎么搬弄是非?”

“不该要你，你偏来，一切都在意料之外。”

“你们根本就没打算要我？我怎么这么倒霉?”石小余叫了起来。

“我一直没跟你们说过我和他离婚的真正原因，因为丢人，说不出口！我整整憋了二十四年，说了没什么好处，尤其是对小余。如果他不找上门来，这事我会让它烂在肚子里。”

“你可千万别让它烂在肚子里，跟我有关系，起码得让我知道。我有知情权。”

关海黎站起来给母亲倒了一杯水。

石若玉说："海黎大关键三岁，有了你们两个以后我就不想再生了。我身体不太好，他去做了绝育手术。十年后我又莫名其妙地怀上了小余，他认定小余不是他的，我怎么解释都没用。"

关海黎和关键吃惊地看着母亲，石小余脑袋的转速一下慢了，她问："怎么回事？我到底是谁的孩子？"

"你是他的孩子。"石若玉语气很肯定。

关海黎说："我也有点不明白。"

"当时我也不明白，只是觉得这里面有什么问题，我不好意思到医院去问，他先入为主，绝不怀疑自己。一口咬定小余是我和曾老师的孩子，因为这个期间曾老师来北京开过研讨会，到家里来看过我。"

"我记得，他还给我买了一个足球。"关键说。

石小余蒙了，傻子一样看着石若玉。

"怀上小余以后，我们俩之间就战争不断，小余生下来，我们的战争升了级，他一眼都不看小余，明确地告诉我，小余不许姓他的姓。我让小余姓了我的姓。"

关海黎说："我们一直以为你喜欢她偏心眼呢。"

"小余一岁的时候，日子没法再往下过了，我俩离了婚。他调工作去了云南，我带着你们三个留在北京。"

石小余觉得冷，她起身关了窗子还是冷得发抖，她抱着肩膀摇摇晃晃地走出去。关海黎追了两步，又站住了，她看着石小余进了自己的房间，紧紧地关上了门。

石小余呆呆地坐在床上，脑袋又凉又硬，像一块石头。她点着烟抽了一口，呛得咳嗽起来，越咳越厉害，她边咳嗽边哭。

关海黎不安地看了母亲一眼。

石若玉说："你们谁想哭，就痛痛快快地哭吧。"

4

关海黎回到家，屋子里黑着灯，她大声问："汤胖子，你怎么连灯都不开？"

没有人应答，关海黎打开灯，看到茶几上放着汤正远留的字条，告诉她今天晚上加班，还告诉她冰箱里面有吃的，要自己热一热。

又是加班，这个月他怎么老加班啊？关海黎一脸不高兴地给汤正远拨通了电话。听见是关海黎的声音，汤正远笑呵呵地说："哎，领导。"

关海黎问他："你几点回来?"

汤正远说："还得写一会儿。你吃饭了吗?"

"本来有人请我吃饭，我没吃。"

"谁请你吃饭？男的女的?"

"男的。"

"他为什么要请你吃饭?"汤正远警惕起来。

"套瓷拉近乎呗。"关海黎故意逗他。

汤正远提高了声音说："海黎，你可别忘了你是结了婚的人，男人都希望别人的老婆越轻浮越好，你要是真的轻浮了，他占了便宜，马上又瞧不起你。"

关海黎生气了："汤正远，你说什么呢?"

"我一说这事，你就不高兴。我这是为了谁？还不是为了这个家?"

"我干什么对不起这个家的事了？弄得你剑拔弩张的?"

"有男人请你吃饭，就不是好迹象。"

"我三十九了，你以为我还豆蔻年华啊?"

"三十九怎么了？你不知道现在流行姐弟恋吗?"

"我是你姐!"

"你还是我妈呢!"

关海黎"扑哧"一声笑了。

"说，到底是谁要请你吃饭?"汤正远没忘了这个茬。

"关守家呗。"

汤正远松了一口气说："咳！算了，算了，他好歹是你父亲，不就一顿饭嘛，吃就吃了，别弄得那么苦大仇深的。"

关海黎说："唉，这两天是我的排卵期，你早点回来。"

"行，我这儿完了，马上就回去。"

汤正远心里高兴，他想起什么狐疑地问："你不是说你闭经两个月……"

关海黎打断他的话："少废话，我叫你回来你就回来，多用一回力气吃亏啊?"

汤正远嘿嘿笑着挂了电话。他知道她是个对性生活缺少热情的女人，这么火烧火燎的完全是为了怀上个孩子。关海黎认真，她干什么都认真，认真起来就使犟劲，犟起来后劲十足。按时按点再苦再累也咬牙忍着。想着老婆在身子下面一脸认真的样子，汤正远真想马上把她抱在怀里。

5

房间彻底清扫过了，恢复了旧时生活的原样，墙上的合同条款，想撕考虑了一下又算了。石小余在的时候，这个四十多平方米的房间，显得拥挤不堪。现在到处空荡荡的，没有一点人气。杨旭落寞地坐在沙发上。

手机铃响了，知道是石小余，杨旭把电话掏出来扔在桌子上。电话铃声固执地响个不停，他叹了口气接通了电话。

石小余的哭声洪水一样铺天盖地涌来，杨旭急忙把电话拿离开耳边。

“你说天底下还有比我倒霉的人吗？我还没出生，就被一个不愿意给我当父亲的男人甩了。二十五岁的时候，又被一个不愿意当我丈夫的男人甩了。”

杨旭一声不响。

“你为什么不说话?”

“你要我说什么?”

“你应该说什么?”

“不是我应该，是你应该。”

“我应该什么?”

“你应该学会换位思考，你觉得伤心的事，别人也不见得会觉得愉快。”

“你会伤心？你会不愉快？鬼才相信呢。”

“你这样说咱俩就没法谈。”

“你刚发现没法谈吗？我早就发现咱们没法谈了。你以为我打电话是要跟你恳谈吗？不要自我感觉这么好行不行?”

“你是提出要求提出问题的人，我是身体力行还要写出答案的人，石小余你永远比我有理。”

“你也承认我有理了?”

“如果你每次打电话都是为了发牢骚，或者是辱骂我，那我以后不会再和你通话。”

石小余不说话。

“你到底有什么事？没事，我挂了。”

“当然有事了。”

“什么事?”

“你把我放在上海的东西都给我寄过来。”

“这么多东西，我怎么给你寄?”

“一天一个邮包慢慢寄。”

杨旭气坏了，他“啪”的一声压了手机。

石小余以为找个发泄口发泄完了，心情会好一些。没想到恶劣的情绪迅速鼓成了气球，而且越涨越大。再涨下去，准会“砰”的一声炸得满天飞屑。石小余一点一点地把气喘匀了。她重新拿起了手机给杨旭拨电话，她要把气放了，杨旭就是给气球扎眼的那根针。电话“嘟”“嘟”地响着，杨旭不接电话，石小余锲而不舍地一遍一遍地拨着。

6

夜深了，关键还在电脑上设计图纸，QQ栏上一个叫“大漠落日”的陌生网友点他。

“我能跟你说会儿话吗?”

关键敲了一行字：“对不起，我没有时间聊天。”

“那你挂在QQ上干什么?”

“等我儿子查岗。”

“你儿子这么晚还不睡?”

“他那里是早上。”

“他在美国?”

关键“嗯”了一声不再说话。

大漠落日又送过来几个字：“还不睡?”

“你怎么不睡?”

“想跟你说话。”

“说什么?”

“你是什么样的人?”

关键想了一下，敲了一行字：“我不对自己作任何评价。”

“你会打枪吗?”

“怎么问这个?”

“你的语气像军人。”

“我当了十六年兵。”

“能串糖葫芦吗?”大漠落日问。

“没有人站一溜让我串。”关键机敏地回答。

大漠落日发过来一串笑声。

关键也笑了，他打了一行字：“睡觉去，时间不早了”。大漠落日答应了一声，下线了。

7

汤正远写完报告，已经是夜里十二点了。街道上行人很少，偶尔有零星的车辆穿梭而过。汤正远兴致勃勃地在单车道上飞快地骑着自行车。他知道晚了，可再晚也得赶回去，海黎还在床上等着他出大力流大汗呢。远处一辆蒙着苫布的大卡车开过来，一辆丰田面包车跟在卡车的后面。起风了，汤正远抬头看了一眼天，脚下加了力气。卡车追上来，车灯照亮了前面的路。汤正远扭头看了一眼跟在后面的面包车。卡车上的蒙布突然被风掀掉，蒙到后边面包车驾驶楼的玻璃上。司机急忙打方向盘，面包车失控冲到自行车道上，撞向骑在自行车上的汤正远。一声闷响，挡风玻璃碎了。汤正远被一股巨大的力量挑起来，扔上车顶又摔到地上。面包车撞向路边的大树，“砰”的一声，熄火了。汤正远坐在地上，眼前一片模糊。他听见警车鸣叫着由远而近，他听见有人从警车上跳下来。眼前的黑雾渐渐淡了，周围清晰起来，他看见交警穿着皮鞋的脚站在自己面前。

交警问蹲在树旁的面包车司机：“怎么回事？”

司机是个二十岁出头的年轻人，因为害怕，身子抖得快要零碎了，他说：“不知道，我真的不知道。我没喝酒，也没疲劳驾驶。车开得好好的，这块苫布就飞过来蒙住车头，我啥都看不见了。”

交警蹲下来，他看着汤正远的眼睛问：“你怎么回事？”

汤正远亢奋起来，他两眼放光，语速很快地说：“我怎么知道是怎么回事？我在自行车道上骑着好好的，突然就飞起来了，你看我这车子被祸害成啥了？这哪是捷安特？简直是天津大麻花！”

“你哪难受？”交警关切地看着他。

“不难受。”

“那血是从哪流出来的？”

“血？”

汤正远摸摸头，他摸到一块碎玻璃和满手的血。他觉得胸腔发闷，上不来气了。他呼吸急促地问：“我脑袋碎了？”

“你站起来试试，看看能不能动。”

汤正远试着挪了一下身子，发现自己根本动不了，他的脸“刷”地白了。

“动不了，我一点都动不了！”

他被胸腔里涌上来的热流呛了一下，咳嗽起来，越咳越厉害，鲜血从嘴角喷涌而出。汤正远看见流到衣襟上的血，身子朝后一仰，晕了过去。

汤正远被送到医院的时候，关海黎还在睡梦中，电话铃声惊醒了她。电话里陌生的声音一下叫她彻底清醒过来。关海黎扔了电话，手忙脚乱地穿衣服穿鞋，她把两条腿穿进一个裤腿里。她撞倒了椅子，撞倒了衣架。茶几上的喝水杯子也被她带到了地上打碎了。

关海黎不记得她是怎么来到医院的，她披头散发疯了一样地冲进了抢救室。她看见了躺在移动车上的汤正远，他满头满脸的血。高大的身子躺在移动车上显得那么扁，那么无助，好像一碰就会零碎了。关海黎腿软得撑不住身体了，她拉了把椅子瘫坐在汤正远身边。汤正远看着关海黎，他的眼神里有一种很陌生的东西。关海黎嘴唇哆嗦着刚叫了声，“正远”，眼泪就“哗”地流下来。

一阵剧痛袭来，汤正远龇牙咧嘴地叫了起来：“大夫！大夫！”

“正远！正远！你怎么了？”关海黎哭喊起来。

护士走过来，她看看汤正远对关海黎说：“你别跟着哭了，赶紧弄点水给他擦擦脸。”

关海黎抽泣着用湿巾纸一点一点地给汤正远擦着脸上手上的血。汤正远直勾勾地盯着她的脸，他的手因为疼痛，而颤抖不止。关海黎紧紧地抓住他的手。

魏劲戈走进来，他问关海黎：“你是他的家属？”

“是。”

“把病人推到X光室去。”

关海黎试着推车，她推不动车。

“就来了你一个人？”

关海黎点点头。

魏劲戈接过推车，对她说：“我来吧，你再找个帮手，检查的项目挺多的，你一个人忙不过来。”

关海黎给家里打完电话，跟魏劲戈一起把汤正远推进X光室，X射线室的男医生帮着往拍照床上抬汤正远。汤正远疼得像杀猪一样嚎叫着。关海黎的汗湿透了衣衫。

“再挪一下，位置摆正了。”

“看样子不止一处骨折。”

魏劲戈和X光医生小声说着话，他们走进小房间看拍摄结果。

石若玉、石小余、关键冲进来。

“这孩子半夜三更的怎么不在家呆着？谁撞的？啊？肇事司机呢？”石若玉气急败坏地问。

关海黎说："被交警带走了。"

石若玉怒不可遏："他得负全部责任！关键，这事你盯着，你姐姐没遇到过事，你得帮她。"

关键安慰母亲："这事交警队会处理的。"

"处理和处理还不一样呢，往那边稍微偏一点，咱们只能哑巴吃黄连。"

"我知道了。"

关键问汤正远："你感觉怎么样？"

"上不来气，疼。"汤正远的声音很微弱。

关海黎无声地落着泪，石小余心疼地搂着姐姐。魏劲戈拿着X光片子边看边从小房间里面出来，看见石小余他吃了一惊：

"哎，怎么你……"

"你在这个医院？"石小余又惊又喜。

"我在外科，碰巧今天晚上值班。"

"这是我姐夫。"石小余指指汤正远说。

关键认出来魏劲戈，连忙过来跟他握握手说："咱们在机场见过面。"

魏劲戈笑着回答："对，对。"

关键把他拉到一边，压低声音问他汤正远的伤情。石若玉跟过来站在一边听。魏劲戈把照片插到灯箱上让他们看。

"四根肋骨骨折，肺部血气胸，锁骨骨折，小腿胫骨骨折。头部两处外伤，没有伤着头骨。"

"这不残废了吗？"石若玉急了。

"妈你别着急。"关键安慰母亲。

"人都撞零碎了，我能不着急吗？"

"妈，你得稳住，要不我姐怎么办？"

石若玉一阵长吁短叹："命，这都是命啊。"

魏劲戈说："他得马上做手术，你们去个人办住院手续吧。"

石小余拿过来他填好的单子去了。

魏劲戈对关海黎说："家属得在手术单上签个字。"

关海黎的脸顿时变了颜色，她紧张地看着魏劲戈。

"小手术，这是例行手续。"魏劲戈安慰她。

关海黎无助地看看母亲又看看弟弟，当她知道这个字必须由她来签时，哆嗦着在手术单上签了字。放下笔，她扭头看了汤正远一眼。汤正远的眼睛正盯在她的脸上。

手术整整做了三个小时，汤正远被从手术室里推出来的时候还在昏睡。因为失血的缘故，他的脸有点黄，关海黎坐在椅子上目不转睛地看着他。魏劲戈说病人还有一阵才能醒过来，让她抓紧时间睡一会儿。关海黎睡不着，因为缺觉，眼睛里又干又涩，嘴巴里又干又苦，一夜间身上所有的水分都被耗干了。这是一场噩梦，她身体的所有部分都为了摆脱这场噩梦而努力挣扎着，可是毫无用处。梦里的汤正远看上去有点陌生，好像不是她熟知的那个人。

四

1

汤正远出了车祸以后，石若玉就不去扭秧歌了。女儿给汤正远陪床，她负责女婿的全部营养。早市上非常热闹，卖蔬菜的，卖衣服布料的，卖米面粮食的，卖早点的，卖鱼卖肉的，人声嘈杂，拥挤不堪。石若玉喜欢逛早市，早市上的东西便宜，而且好讨价还价。这不是一毛钱两毛钱的事，讨价还价能带给她快感。快感就是快乐的感觉，在烦心的日子里，能找到快乐的感觉，也不是一件容易的事。石若玉决定买些棒骨回去熬汤，老话说，吃什么补什么，她信这个。骨头很新鲜，石若玉挑剔地说："这可真叫骨头，连点儿肉都看不见。"

"才两块五一斤啊!"

"两块五就不是钱了?"

"你买排骨吧，排骨上的肉多。"

"我要喝骨头汤。"

"那你看，这骨头不正适合吗?"

老耿拎着一兜子菜走过来，他跟石若玉打了个招呼。

"买什么了?"石若玉问他。

"买条鱼，这几天你怎么没去扭秧歌?"

"家里出了点事。"

"啥事?"

"女婿被汽车撞了。"

老耿吓了一跳："啊？伤着哪了？"

"全身六处骨折。"

"事故怎么处理的？"

"肇事车辆的单位负全部责任，出钱看病，还给配了护工。"

"这还好。"老耿松了一口气。

"好？没看遭那份罪呢，我女婿一米八的大个儿，躺在床上不能动，谁一碰，就疼得嗷嗷叫。叫得我家海黎脑门子上的汗珠，水一样往下淌。"

老耿深表同情地点点头说："伺候病人的滋味不好受。"

石若玉挑了几块肉多的骨头放进秤里。老耿买了一只柴鸡塞给石若玉。

"也没什么买的，这个拿回去熬汤补补身子。"

石若玉坚决不收，她说："我哪能要你的东西？"

老耿急赤白脸地说："什么你的我的？这不是摊上事了吗？"

"你的好意我领了，你老伴也是病人，还是给她熬汤喝吧。"

石若玉拎着骨头头也不回地走了，老耿看着她的背影好一会儿才说："这人，不就是一只鸡吗？又不是炸弹。"

2

石若玉把保温桶放在桌子上，两个保温桶，一桶装饭，一桶盛菜，关海黎拎起保温桶就往外走。

"急什么？你吃完了再走，来得及。"

"饭菜一捂就不好吃了，妈你吃吧，别管我。"

关海黎急匆匆地出去了。母亲的家离医院很远，为了保证饭菜的新鲜和热度，她自行车蹬得飞快。到了医院，浑身上下都是汗。她把保温桶放在床头柜上，气喘吁吁地从床头柜里拿出来饭碗和勺子给汤正远盛饭。

"怎么才来？"汤正远问。

关海黎说："我进家拿了饭就来了。"

"我都快憋不住了。"汤正远皱着眉头说。

关海黎急忙停住手，扭头对旁边的护工说："你怎么搞的，快给他放便盆啊。"

护工一脸无奈地说："大哥不让我给放。"

"为什么？"关海黎觉得奇怪，她看了汤正远一眼。

汤正远说："别人接，我尿不出来。"

关海黎笑着问："什么好事啊？非得等我？"

"不愿意伺候拉倒。"汤正远突然生气了。

"不是跟你开玩笑吗?"关海黎急忙解释。

"有你这么开玩笑的吗?能说这种话,证明你心里有这个念头。"

关海黎生气了,她克制着自己,把尿壶塞进汤正远的被子里面给他接尿。

"大姐,我去吃点饭。"护工说。

关海黎叮嘱他:"去吧,快点回来。"

护工答应了一声走了。

关海黎倒了尿壶,倒水给汤正远擦干净手和脸,又把床头摇起来。整个过程中,汤正远沉着脸一眼都不看她。关海黎忍气吞声地把盛好的饭菜端过来说:"吃饭吧,汤还热着呢。"

汤正远靠在床上等着她喂,关海黎舀一勺汤吹了吹,送到他嘴边。汤正远闪开了,他说:"太烫,你好好吹吹。"

"我吹过了,不烫。"

"我吃还是你吃?我说烫,它就是烫。"

关海黎僵在那儿,她愣愣地看着汤正远。

"你看着我干什么?"

关海黎压着心里的火又吹了几口,她把汤喂进汤正远的嘴里。汤正远吃了一口不吃了。

关海黎劝他说:"喝骨头汤骨头长得快,你多喝点儿。"

"连点咸味都没有,怎么喝?"

"抽屉里面有盐,我再给你放点儿。"

"不喝,不喝,我想咳嗽。"

关海黎赶紧放下手里面的碗筷,两只手紧紧地护住汤正远的胸口。嘱咐他说:"轻点,匀着点劲儿,千万别震着伤口。"

汤正远小心翼翼地咳嗽着,他咳得很费力,脸憋得通红。关海黎暗自替他使着劲,汤正远不咳了,关海黎摇下来床,让他平躺着。

汤正远说:"我想翻个身。"

手术以后,翻身成了一个大问题,汤正远全身六处骨折,肺部有没愈合好的伤口,动得稍微不得法,就会造成内出血和重新错位。不翻身,病人难受不说,还会生褥疮。为了对付这个问题,关海黎想了一个办法,她在汤正远的身子下面铺了一个非常结实的大毛巾被,翻身的时候,她出去找站在走廊里聊闲天的男护工,求他们帮一下自己的忙。护工们对关海黎的印象很好,有求必应。三个男人加上关海黎四个人,一人拎着毛巾被的一个角,轻轻往一侧一翻,汤正远顺着劲儿把身子移过来了。

“谢谢！谢谢！这下舒服多了。”汤正远满脸是笑地感谢着那几个护工，他叮嘱关海黎把单位送来的苹果拿给他们吃。护工推挡着不要，关海黎硬塞给他们。护工们拿着苹果出去了。

“给我拿药。”汤正远说。

关海黎拿出药来，又倒了杯温水放到床头柜上。

汤正远说：“吸管。”

关海黎翻抽屉找，不小心碰翻了水杯，水洒在床上。

“你怎么搞的?”汤正远生气了。

关海黎连忙用手巾擦。

“总是这样，那天把汤洒在床上，今天又把水洒上来了。一天心不在焉的，你说你到底想什么呢?”

关海黎的眼圈红了，她强忍着不让眼泪掉下来。

汤正远警惕地看着她：“哭什么？家里出什么事了?”

“什么事也没出。”

“是不是我瘫痪了?”

“不是。”

“这也不是，那也不是，无缘无故地你哭什么?”

“我没哭。”

“你这人怎么不说老实话呢？你告诉我到底出了什么事了?”

汤正远一着急，又咳嗽起来。关海黎害怕，赶紧过来紧紧地给他护住胸口。汤正远咳得满脸通红。

石小余拎着水果进来：“怎么了?”

汤正远喘息着摆摆手：“没事，没事。”

石小余在他床边的椅子上坐下来：“好点了吧?”

汤正远点点头：“还行，你没上班?”

“出来办事，顺便过来看看你。”

汤正远问她：“吃饭了吗？没吃叫你姐陪你出去吃点。”

关海黎看了汤正远一眼，他低着头喝水吃药没有察觉，护工回来自觉地给汤正远按摩手和脚。

汤正远问他：“这么快就吃完了，跟你说过吃饭别着急，我这躺着也没什么事。”

护工憨厚地笑笑没有说话。

关海黎拿起保温桶和书包对汤正远说：“我回去了，晚饭想吃什么？我叫妈给做。”

“随便，其实我在这订饭也一样。”汤正远一副无所谓的样子。

石小余说：“还是让老妈做吧，医院的饭能吃吗？闻着就想吐。姐夫我走了。”

汤正远叮嘱她：“路上注意点儿车。”

关海黎跟着石小余走了，汤正远眼巴巴地看着她们的背影。

3

关海黎推着自行车跟石小余在街上走着，两人走到公共汽车站牌下站住。石小余看着关海黎问：“姐，你怎么把自己折腾成这样？看你的脸干的，眼睛下面的皱纹都出来了。”

“出来就出来吧，早晚也得出来。”关海黎的语气很冷漠。

“听口气有点厌世啊，怎么了？”

“没怎么。”

“我姐夫不会是瘫痪了吧？”石小余紧张起来。

关海黎生气了，她推了妹妹一下：“你胡说什么？”

“只要不出一辈子坐轮椅这样的事，剩下的都是小事。”石小余松了口气。

关海黎说：“生活没你总结得这么简单。”

“呵，你还深刻起来了。”

“摊上这些事，逼得人不得不多想。”

“姐，你怎么有点怪兮兮的？”

“我怪？你不觉得他怪吗？”

“没觉得，他怎么了？”

关海黎叹了口气说:“对外人他还是他,对我,他完全已经变成了另外一个人。”

“你具体点儿说。”

“他现在特别恨我。”

“恨你干什么？又不是你把他撞成这样的。”

“他在心里觉得是我把他撞的。”

“他心里想的你怎么知道？”

“从他对我的态度上看出来的，以前什么样？现在什么样？完全是一百八十度的变化。”

“他都那样了，你还想让他跟你起腻？”

关海黎语气很认真地说：“我不是那个意思。”

“那是什么意思？”

“我俩面对面的时候，他从来不用正眼看我。可我一转身就能感觉到他盯着我的后背，目光阴冷而且有距离。”

“刚才我还真没注意。”

“你注意也没用，有外人的时候他跟往常一样，病房里面就剩我们俩的时候他的冷和狠才显露出来。”

石小余担心地看着姐姐。

关海黎沉默了一会儿说：“想想真可怕，在一起生活了十几年的人，突然变成了另外一个人。也许这才是他的本来面目，过去一直藏着掖着压抑着，憋到今天，终于找着机会爆发了。”

“你别说得这么吓人，他躺在那，动都不能动，能把你怎么样？”

“精神虐待。”

“他怎么虐待你？”

“不让我吃饭，不让我睡觉。”

石小余吃了一惊：“不会吧？”

“怎么不会？每天三顿饭全是我送，从我家到妈妈那里，路上要骑三十分钟自行车。来回六趟，你说路上我得搭进去多少时间？”

“妈叫你在家住，你怎么不住呢？”

“他不让我住，说怕家里没人，丢东西。这样我早上五点半就得起床，到妈妈那儿取了饭再骑车子到医院。送早饭，喂完他，就赶去上班。中午回家取完饭，赶紧往医院赶。他吃完，我又到点了。晚上送饭过来，一直忙到给他洗漱完。病房往外轰人了，我才能回去。哪天到家都是十一点多了。”

“你得跟他说呀。”石小余心疼地看着她。

“他现在一点就着，我敢惹他吗？”

石小余没有这样的生活经验，不知道该怎么安慰姐姐。

“除了我，身边的人，都是他的亲人。那个护工他几乎不用，所有的活，包括大便小便全都给我攒着，一进病房，我就马不停蹄地干。脏和累我都认了，谁叫他是我的丈夫呢。问题是这么干，我就没干对过一件事情，事事必须我动手，我一动手，他就挑我的茬。他越挑，我越紧张，越紧张，就越是错误百出。他越是不满意，以至气得能把碗摔了。”

“他会发脾气？我不信！”

“脾气大着呢！”

“这个汤胖子，我得找他谈谈。”

“你可别找他谈，这时候好话他都能听出歹意来。”

“身体不健康会导致心理不健康，姐你忍忍，等他伤好了，对你的态度也就自然好了。”

“我也是这么想的。想是想，可还是觉得委屈。我每天下班就来送饭，送完饭就拎着保温桶直接上班去。他剩下，我就吃点。剩不下，我就饿着肚子。你看他对那个护工多上心？一见面就问他是不是吃了，吃好了没有？他住院这么长时间来没关心过我怎么吃饭，什么时间吃，在哪吃。”

“这他可真是有点儿过分了。”

关海黎嘱咐石小余：“你千万别在他面前露出来我跟你说过他的事。我从来没说过，他还觉得我天天回家告状呢，总是敲山震虎地审问我。”

石小余生气了：“什么人？自己出了车祸，弄得全世界的人都对不起他了。”

关海黎说：“车来了，你走吧，我也得赶紧走，厂里很忙。我的事你千万别跟妈妈说啊。省得她着急。”

“我不跟她说。”

石小余上了汽车，关海黎也骑上车子走了。

晚上，关海黎伺候汤正远吃完了饭，去水房刷洗碗筷，还没洗完，护工就进来叫她说：“大姐，大哥找你呢。”

关海黎急忙拿着碗筷回到病房，她问汤正远有什么事？

汤正远说：“头痒痒，想洗头。”

“头发湿着，睡在枕头上不舒服，明天中午再洗吧。”

汤正远绷起了脸，他说：“我一求你，你就推三挡四的。”

关海黎看见他上来劲了，马上不说话了，一声不响地去打水准备给他洗头。护工帮关海黎把汤正远挪到床沿边上，汤正远脸朝上，关海黎一只手托着他的后脑勺，一只手给他洗着头。汤正远舒服地闭着眼睛。石若玉带着关键和石小余进来。看见这个情景，石若玉问：“这么晚了还洗头？”

汤正远听到声音急忙睁开眼睛，他满脸是笑地说：“妈来了？”

石小余打抱不平，她说：“姐夫，你这么大个脑袋，不怕把我姐的细胳膊压断了？”

关键赶紧伸手帮姐姐托住汤正远的头。关海黎拿干毛巾仔细地给汤正远擦头发。关键扶着汤正远靠好。

石若玉问汤正远：“菜咸不咸？”

“不咸，好吃。”

关海黎把保温桶收拾好，递给母亲说：“你拿回去吧。”

石小余故意问关海黎：“姐，你吃了吗？”

关海黎心里面委屈，她没有说话。

石若玉一愣："怎么，饭不够？"

汤正远忙说："够了，够了。"

石小余语气中流露出明显的不满："你是够了，你媳妇还没吃呢，你知道不知道？"

汤正远听出了话外之音，他飞快地扫了关海黎一眼。关海黎督促他们赶紧回去休息，说查房的医生要来了。

关键对汤正远说："好好养着，有事说话。"

汤正远礼貌周到地说："妈，你们走好。"

"姐，你也走吧，省得妈不放心。"石小余说。

关海黎说："行，我跟你们一起走。"

汤正远不满地看了她一眼。石小余看在眼里，她拉着关海黎和母亲哥哥一起出去。路过医生值班室，石小余看见门口挂着值班医生的牌子上面写着魏劲戈的名字。

她说："哥，你先把妈和姐送回家。我找魏大夫问点儿事。"

"你也早点回家。"关键叮嘱了一声，跟母亲和姐姐先走了。

石小余敲敲医生值班室的门，里面传出来魏劲戈的声音："进来！"

石小余推门进去，看见一个女孩子坐在魏劲戈的对面正跟他说着话。魏劲戈站起来跟石小余打招呼：

"来了？"

石小余的眼睛在女孩子周身上下扫了一圈说："你出来，我问你点事。"

石小余和魏劲戈站在走廊的角落里，先谈了汤正远病情，又谈了他和姐姐关海黎之间的问题。石小余说："他现在敏感多疑，不是事的事，到他这都成了事而且是大事。这些事哪一件他都不往好处想，越往坏处想就越生气。生气了就得找个人撒出来，我姐现在就是他的出气筒。"

魏劲戈说："这种情况在临床上经常出现。"

"那该怎么办？"

"这是心理疾病，不归我管，得找心理医生。"

石小余生气了："你还转上了。"

魏劲戈笑了："叫你姐多跟他沟通沟通。"

"能沟通我还找你这医生问什么？"

魏劲戈挠着脑袋不知道该怎么对付这个问题。石小余突然转了话题："女朋友？"

魏劲戈没明白："嗯？"

“屋里那个。”

“嗨，我们主任硬塞给我的，第一次见面就叫你撞上了。你觉得怎么样？”

“不怎么样。”

“哦？从哪儿看出来的？”

“她那是眼睛吗？分明是俩钻头，往你身上一戳，就知道有没有石油，有又能卖什么价。”

“眼睛挺毒啊！英雄所见略同，佩服你。”

石小余洋洋得意地看着他。

魏劲戈突然反戈一击：“我就纳闷，这么毒的眼睛怎么就看不明白自己那点事呢？”

石小余一下卡壳了，她磕磕巴巴地问：“我有什么事？我怎么不明白了？”

魏劲戈得意洋洋地说：“这是我问你的问题，你反过来问我干什么？”

石小余上下打量着魏劲戈。

“你这么看我干什么？”

石小余说：“失败者最大的乐趣就是和其他失败者相互攻击，骂个你死我活。”

魏劲戈哈哈笑：“精辟！实在是精辟！”

4

石小余和杨旭分手以后，她的最大乐趣就是在电话里拼命地攻击他。杨旭接了她的电话生气，接不着她的电话心慌。今天这个电话很晚才打来，杨旭让电话响了半分钟才拿起来，他“喂”了一声。

石小余气冲冲地问：“你怎么这么半天才接电话？”

“你没有别的话可说了吗？”

“是不是又穿着鞋在床上躺着呢？”

杨旭斜了一眼对面的墙，墙上写着：甲方有权利和义务监督乙方做好卫生工作，一天一澡，一周换一次床单，乙方不许擅自挖鼻孔，剔牙齿……

“我问你话呢！”

“这房子我也交了一半房租，穿不穿鞋上床，你无权干涉。”

“床有我的一半，我当然有权干涉了。我告诉你杨旭，不许你带女人来，更不许你随便乱动我的东西。”

“后一个要求你有权利提，前一个要求，你侵犯了我的人权。”

“少跟我来这套，我还不知道你？别给你的见异思迁找借口了。”

“石小余，你每天花着长途费说这些个废话烦不烦?”

“烦怎么了? 你烦我也不是一天两天了。”

杨旭不说话了。

“杨旭，你告诉我，你的感情为什么消失得这么快?”

“多伟大的感情都是有寿命的，何况我这样的小人物。”

“你什么意思?”

“咱俩的感情是老房子着火，已经没救了。”

“咱俩的感情是你和我的，你一个人说了不算，我觉得有救，那就还有二分之一的希望。这段时间里，我也想了很多，做你的老婆，我确实还有很多需要学习的地方。比如，严以律己，宽厚待人，我不会做饭，也不会干家务，这些我都得从头学起。昨天我妈妈教我做排骨鲜笋汤，味儿相当不错呢。怎么不说话? 我学做菜可完全是为了你……”

杨旭急忙打断她的话：“别为我，你为自己做一回。”

“杨旭，你真不是个东西!”

“电话费很贵，咱们别用钱进行这样的人身攻击好不好?”

“以后再给你打电话，我不是人!”

关键在电脑上查资料，儿子关怀从QQ上跳出来跟他打招呼。关键急忙戴上耳麦，关怀的声音清晰地传过来。

“老关，你有女朋友吗?”

关键笑了，他问：“你有吗?”

“我有。”

“谁啊?”

“我们幼儿园的哈妮，我们已经约过会了。”

“在哪?”

“肯德基。”

“就你们俩?”

“还有冯小沛同学和哈妮的妈妈。”

关键哈哈大笑。

5

汤正远醒了，窗外的阳光照在他的脸上，他费力地侧过脸去往旁边看。他看见护工在折叠床上睡得正香。门口有脚步声走过来，汤正远扭过脸眼巴巴地盯着门口，他希望关海黎能早一点来。脚步声走远了，汤正远失望地扭过脸看窗外。有人推门进来。汤正远回头看，是关海黎。

她笑盈盈地问他："醒了？"

汤正远语气急迫地说："我要小便。"

关海黎忙把尿壶递给汤正远，她用脚踹了下折叠床大声说："快起来。"

护工睡眼惺忪地爬起来，他把床折起来，立在一边，接过尿壶出去了。

汤正远埋怨她："怎么来晚了？"

"妈早上煮的肉粥，不太好熟。"

关海黎给汤正远倒水洗脸刷牙，喂早饭，她的动作利落熟练了很多。护工刷洗完尿壶进来。

汤正远对他说："你去吃饭吧。"

护工答应了一声走了。

关海黎开玩笑一样地问他："你怎么不关心关心我？"

"我怎么不关心你了？"

"你关心身边所有的人吃饭的问题，可从来不问我吃了没有。"

"你什么意思？你是想让我这个全身六处骨折的人起来给你做饭去？"汤正远火了。

关海黎的火也顶到了脑门上，她看了汤正远一眼，汤正远摔了手里的勺子。关海黎压着火拣起来勺子，用酒精消了毒，又递给汤正远。汤正远不伸手，关海黎舀了一勺子粥，仔细吹凉了喂到他的嘴边。汤正远不张嘴，关海黎尴尬地举着勺子。

护工看不过去了说："大哥，快吃吧，一会儿大姐上班又晚了。"

汤正远这才张开嘴，把粥喝了下去。

石若玉有日子没出来扭秧歌了，今天扭出了一身的透汗。秧歌散了，石若玉拎着菜兜子准备去菜场买菜，棋友叫住了她。

"老石，下两盘。"

"不行，我得买菜去。"

"菜我找人给你买还不行？"

石若玉有点心痒，她说："跟你下？跟一个手下败将下有什么意思？"

周围的老头们起哄了。

"不是跟我，是南城的来这儿叫阵，咱不能认熊是不是？"

石若玉说："下不赢，你可别怪我。"

"你要是赢不了，咱这片就没有人能赢他了。"

菜买回来了，石若玉坐在石桌旁边手里剥着豆角，有一搭没一搭地跟南城来的黑壮老头下棋，石桌旁边围了一圈人。

黑壮老头被石若玉步步紧逼，头上的汗流了下来。

石若玉不知道关守家已经回北京了，知道了怎么也不会坐得那么稳当。关守家把家全都搬来了，五十多平方米的房间里堆满了东西，关守家指挥着搬家公司的人给他收拾着。

“桌子靠墙放着，沙发靠这边墙，小心点别把地板蹭坏了。”

“桌子放哪儿?”

“靠东边放，对，别紧贴着门。”

从这间房子的客厅里能远远地看见石若玉居住的那个楼，关守家站在窗子前，心里揣测着这女人在干什么。

石若玉还没有回来，关海黎看着菜谱做饭，石小余给她打下手。

两人商量着往汤里下佐料。

“先放料酒。”石小余说。

关海黎说：“姜，赶紧给我切点姜。”

石小余手忙脚乱，带得锅碗瓢勺一阵乱响，汤熬上了，姐妹俩坐在餐桌旁边聊天。

“姐，你说男人是不是都害怕结婚?”

“谁说的？汤正远就喜欢结婚。”

“他不算数。”

“他怎么了?”

“跟你比，他的条件差得太多，他当然愿意赶紧结婚了。”

关海黎急忙提醒她：“这话你千万别到他跟前说去。”

“怕什么？我又不是没说过。”

“那是过去，现在他最怕听这样的话。”

“姐，他结婚前和结婚后有没有变化?”

关海黎想了一下说：“有，怎么没有？结婚前他干什么都小心翼翼的，在我面前从来不敢大声说话。领了结婚证，他马上变得理直气壮，腰杆子硬了，说话底气也足了，动不动还想威风一下。他是生生的叫我给拧回来的。”

“你怎么拧的?”

“撒泼耍赖，寸土不让呗。”

石小余笑：“这个我信，这种方法对汤胖子最合适。”

关海黎叹了口气说：“过去合适，现在不适合了。过去我以为我闭着眼睛都知道他在想什么。经过这么一场车祸，我才明白我完全把他估计错了。我根本就不了解他。他这人看着老实随和，其实骨子里自私狭隘，有一种很绝情的东西。这个发现真的叫我没办法接受。”

“姐，说实话，你嫁给他后悔不后悔?”

关海黎回答得很干脆：“不后悔。”

“是不是因为你不接触别的男人，所以没有比较?”

关海黎想了一下认真地说：“可能是吧。”

“如果有来世，你还愿意跟他结婚吗?”

关海黎想都没想就回答了：“愿意。”

石小余说：“那就证明你这辈子选对了对象。我也看出来了，你这个人有受虐倾向。”

“你呢？杨旭那么伤你，你不还是要嫁给他吗?”

石小余看了一眼姐姐：“我们跟你们不一样。”

“怎么不一样?”

“我们是自由恋爱，你们是老妈包办的，没有可比性。”

石若玉推门进来：“又说你妈什么坏话呢?”

关海黎叫了一声：“妈，你怎么才回来，你看几点了？正远还在医院等着吃饭呢。”

“我又不是你们的老妈子，就不能有点个人活动时间了?”

“妈，你尝尝，我跟我姐炖的这个汤。”

“祖宗！煨汤有用这么大火的吗？连味都没出来就得煳了。”

石若玉冲到灶前急忙拧小了煤气火。

“赶紧找个盆给我把豆角洗了，我炒菜。”

6

房间全部收拾利落了已经是晚上了，关守家从这屋走到那屋，上下左右端详着，他很满意这所房子，价位和房型布局都很合理。关键拎着一些食品进来。

“好找吧?”关守家高兴地问他。

“好找，跟我妈那就隔一条街。”

“我特意找的，告诉你姐了没有?”

“还是先别告诉她了，我姐夫出车祸住院，她除了上下班，还要忙着送三顿饭。已经够辛苦的了，就别让她再分心了。反正你也不走了，以后有的是时间见她。”

关守家关心地问："正远好点儿没？要不你带我去看看？"

"还是别去，万一碰上我妈，我姐更不知道该怎么处理和你的关系了。"

关守家点点头："你说的对，不急，有的是机会。"

关键打量着四周："这个二手房还真不错。"

"原来的户主是我们同事的亲戚，他卖了房到孩子那儿去了，人上了岁数就是没出息，老想着落叶归根。"

"人老了都喜欢怀旧。"关键表示赞同。

"其实年轻的时候我也想你们，因为有工作干，忍忍就过去了。岁数越大，越拿自己没办法。知道回来看你们，你妈根本不会给我好脸看。可我还是要回来，看她这个冷脸。你说我已经是六十几岁的人了，要面子有啥用？看着孩子们好，比什么都好！"

关键感慨地点点头："你的心情，我能理解。"

"你理解什么？"关守家问。

关键说："没当爸的时候我真的不理解你，现在我儿子已经六岁了，作为一个父亲我完全能理解你的感情。"

"关怀六岁了？"

"马上要上小学了。"提到儿子关键满脸都是笑。

"你有孩子的照片吗？"

"有。"

关键从钱包里面掏出照片给父亲看。关守家看着孙子的照片，眼圈不由自主地红了。关键被父亲的情绪感染，两个人默默地看着照片谁也不知道该说什么了。

关键说："爸，能帮你的事，我肯定帮。帮不上手的地方，只有你自己去使劲了。"

关守家心照不宣地点点头，他说："自己来，我自己来。"

石若玉拎着大大小小几个塑料袋，气喘吁吁地走着。她走走停停，不时倒着手。倒手的时候，一袋鸡蛋差点掉到地上。关守家突然冒了出来，及时接住了鸡蛋。石若玉脑袋"嗡"的一下，差点坐在地上，她努力站稳了脚，警惕地看着关守家。

"你要干什么？"

"我能干什么？帮你拿东西呗。"

石若玉从他手里把鸡蛋抢过来："我用不着你拿！"

"你看，鸡蛋流汤了。"

石若玉低头看鸡蛋，果然有两颗鸡蛋破了，她没理睬他，拎着鸡蛋头也不回地往前走，关守家一声不响地在后面跟着。石若玉心里紧张，越走腿越软。她站住脚，回过头，两眼瞪着关守家。

“你老跟着我干什么?”

“你看萝卜把豆腐也压碎了。”关守家指指她手里的塑料口袋。

石若玉赶紧把手里的鸡蛋放在地上，倒腾另外的几个塑料袋子。

关守家顺手把最沉的两个袋子拎起来。

“远点去，我不用你拿。”

关守家像没听见一样，自顾自地往前走。石若玉追上去，刚要抢他拿在手里的东西，两个街坊走过来跟她打着招呼。

“家里来客人了?”

“啊，啊。”

“快走吧，别让人家等着。”

石若玉追上了关守家，她气喘吁吁地问：“姓关的，你到底想干什么?”

“想跟你聊聊。”

“我跟你没话。”

“老石，咱俩不是敌人吧?”

石若玉回答得很干脆：“是敌人。”

关守家说：“就是敌人还有机会坐在谈判桌上对话呢。”

“谈判? 你熬到那个级别了吗?”

关守家叹了口气：“咱俩都这么一把岁数了，老把这些气话拎来拎去的没意思。”

“这个没意思是你自己找的。”

“是我自己找的。”

有熟人跟石若玉打招呼：“老石，买菜回来了?”

石若玉一抬头，这才发现她已经把关守家带到家门口了。

石若玉强挤着笑容回应着熟人：“啊，你出去啊?”

熟人走远了。石若玉进楼门，关守家跟进去。

石若玉压低声音，语气强硬地说：“姓关的，你离我的家门远点!”

关守家退后一步。

石若玉掏钥匙开门进屋，门即将被关上的那一瞬间，关守家伸出一只脚挡住了门。

“你干什么?”石若玉厉声喝道。

“我要进去。”关守家说。

“你有资格进吗?”

“有，当年离婚的时候分给过我一间房子。”

“那又怎么样?”

“关键没跟我走，我把那间房子留给了他。关键的房间就是我的，我进我自己的房子天经地义。”

石若玉说：“那房子早就拆了，你到砖头堆上坐着去吧。”

关守家提高了嗓门：“拆迁费已经算在这所房子里面，你不让我进就是非法侵占我的财产。”

有人从过道里面出来奇怪地看着他们俩。

石若玉怕人笑话，气冲冲地转身进屋，关守家急忙跟进去。他在房间里面转来转去，石若玉抱着两条胳膊靠在门口防贼一样盯着他看。

关守家的眼睛停留在墙上的照片上面，他看见了儿子关键，看见了孙子关怀，看见了女儿关海黎，同时也看见了陌生的石小余。

他盯着石小余的脸看了几秒钟，视线移开了又移回来，他上上下下地仔仔细细地看着照片里面的姑娘。

石小余突然开门进来，石若玉吓了一跳。

石小余问：“妈，你堵在门口干什么?”

看到家里有人，她愣了一下，马上客气地问了声：“你好!”

关守家猝不及防干在那里：“啊……啊……”

石小余觉得家里的气氛有些异常，她没话找话地问：“妈，吃什么饭啊?”

石若玉急忙往厨房走，她说：“还没做饭呢。赶紧，赶紧，赶紧过来帮我择菜。”

石小余跟她进了厨房。

关守家在沙发上摆了个舒服的姿势坐下，他竖着耳朵听着厨房里的动静。

石小余从冰箱里面拿出来一瓶酸奶慢慢喝着。

石若玉问她：“今天中午怎么回来了?”

“在这边办事顺便回家吃点饭，天天吃盒饭吃得我快自杀了。”

“炒菜做饭怕是来不及了，我给你下点鸡汤馄饨吃。”

石小余凑到母亲跟前嬉皮笑脸地问：“外面那个帅老头是谁?追求者?”

石若玉眼睛一瞪：“你找打是不是?”

“你看你的表情，多不自然，妈，你不是真的动心了吧?”

“我瞎了一回眼，不能再瞎第二回。”

“干吗说这么瘆人的话?他到底是谁啊?”

“关守家!”石若玉没好气地说。

石小余吓了一跳：“啊?他怎么敢来?”

“他可就有这胆子呢!”

石小余放下手里面的酸奶瓶子往外走,石若玉急忙伸手去拽她,没有拽住。

石小余冲动地走到关守家跟前，上下打量着他。关守家镇定地和石小余对视着，两个人谁也不说话。

石若玉追出来叫了声：“小余!”

“干什么?”

“饭好了。”

“我没有胃口了。”

石小余对关守家说：“在这个家你不受欢迎，知道不知道?”

关守家说：“知道，解决完问题我就走。”

“你们的问题二十四年前已经解决了。”石小余提醒他。

“这是我跟她的事，没有必要跟你说。”

石小余气得转身往门外走，石若玉一把拉住了她。

“到哪去? 吃了饭再走。”

“妈，你别拉我。”石小余使劲挣扎。

关键推门进来。关守家如释重负，急忙站起来跟关键打招呼：“下班了?”

“嗯，你来了? 妈，做什么饭吃啊?”关键的语气很自然，好像天天在家里能见到他一样。

石若玉没好气地说：“想吃自己做去，我没工夫伺候!”

关键挠挠脑袋看着父亲。

关守家急忙给儿子找台阶下：“咱们到外面吃去，路口拐弯的地方有个挺不错的餐馆。”

“行，妈，小余，一块去吧。”

“你没下过饭馆啊? 怎么那么馋呢?”石若玉骂儿子。

“我想吃你做的饭，你不给我做，我只能下饭馆了。”

关键推门出去，关守家紧跟着他出去。石若玉气得一屁股坐在沙发上，她红着眼圈骂道：

“白眼狼! 我怎么养了这么一只白眼狼?”

石小余说：“妈，那馄饨别吃了,他们能下饭馆,咱俩也能下,走,我请你。”

石若玉骂小女儿：“我看你是有钱烧的!”

五

1

汤正远的伤还没好利落，就闹着要出院。他说住在医院里吃饭不方便，拉屎不方便，洗澡就更别说了。眼睛里看到的除了大夫的冷脸就是病人的苦脸，凄风苦雨的，心情怎么会好？他威胁关海黎说，再让他躺在这张床上，疯不了他，也得傻了。关海黎拗不过他，只好办了出院手续。回到家里没了护工，没了帮手，关海黎既要上班，又得伺候汤正远的吃喝拉撒睡，忙得她脚打后脑勺。自从受伤以后，汤正远热爱上了洗头，不分时间场合，说洗就得马上洗，否则脸上就会阴云密布。这段时间关海黎根本顾不了自己在单位的形象和影响，她上班晚来，下班早走，紧赶慢赶地回到家，看到的依旧是他拉长了的脸。刚开始她还赔着笑脸，后来干脆不看他的脸。每次洗完头，总是把他的脑袋往枕头上一挪。转身端着水盆出去，回来的时候手里拿着拖布低着脑袋把洒在地上的水渍仔仔细细地擦抹干净。她不看汤正远，汤正远的眼睛却一直盯她。

“想好吃什么了吗?”关海黎问。

“打卤面。”

“什么卤?”

“茄子肉丁。”

关海黎答应着进厨房了，汤正远冲着她的背影大声说：“炝点花椒油，再炸点干辣椒。”

面条很快端上来了，汤正远吃完了，关海黎用热手巾给他擦手擦脸。

汤正远点评她：“面煮得过火了，卤也太咸。”

关海黎从沙发上拿起书包说：“我走了。”

“你不吃饭了?”

“到点了。”

“你这人手脚就是慢，做碗面条跟摆一桌子席一样，晚就晚点儿，你好歹吃一口啊。”

“面没了。”

“怎么就买这么一点儿面，做了这么多次饭，心里还这么没数？”

关海黎把茶杯里面倒满了水放在床头柜上，又把尿壶放在床底下，转身把电话挪到汤正远跟前，汤正远不高兴地看着她。关海黎推门走了。

石小余不知道汤正远已经出院了，推开病房门，看见病床上换了人她吃了一惊。

魏劲戈问她：“你不知道你姐夫出院了？”

石小余说：“我姐学会做饭，就不天天回家了。他出院怎么也不跟我们说一声？”

魏劲戈说：“护工走了，你姐一个人手忙脚乱，估计是什么都顾不上了。”

石小余神情沮丧地说：“我走了。”

“有事吗？”魏劲戈问。

“没事，心里闷想找我姐说说话。”

“她不在，你可以跟我说啊。”

石小余看了他一眼：“我现在需要的是一个垃圾筒，你胜任吗？”

“我是竖着两只耳朵的智能垃圾筒。”

石小余笑了：“好吧，给你个面子。”

“你得等我一会儿。”

“我可不在这儿等你。”

魏劲戈想了一下说：“干脆你跟我去吧。”

“去哪？”

“我们主任又给我介绍了一个。”

石小余转身往门外走，她说：“我才不去给你们当灯泡呢。”

魏劲戈一把拉住了她说：“你这人怎么没有一点儿同情心呢？”

“挺幸福个事儿，干吗用同情这个词？”

魏劲戈问她：“幸福什么？”

“嫌受罪，你别去呀！”

“不去，回来怎么交待？我还得在主任手下当差呢！去吧，去吧，你在一边坐着，没人知道你是跟我来的。”

“我不去！”石小余的语气很坚决。

魏劲戈强拉硬拽地拖走了石小余。

咖啡馆里的会面没有几分钟就结束了，相亲的女人走了以后，石小余趴在桌子上笑得眼泪都流出来了，魏劲戈使劲扒拉了一下她的脑袋。

“笑什么你?”

“你们主任怎么什么样的人都敢给你介绍啊？你看她那俩小眼睛，远看跟两个黑痞子似的。哎哟！哎哟！我的肚子。”

魏劲戈也笑了：“你说我遭罪不遭罪？介绍两人认识，对我们主任来说是一件很简单的公式，年龄相当，个头相当，学历相当，社会地位相当，不是一加一等于二，就是一减一等于零。”

石小余说：“真这么简单就好了。爱情就像电梯一样，你在一楼它就在十楼，你在十楼它准在地下室，急死你它都不上来。”

“你说得太对了。”

“你相信不相信一见钟情?”石小余问。

“那是文学语言，文学都是虚构的，用医学解释这四个字可以变成三个字，那就是荷尔蒙。”

“你怎么又用医学解释爱情?”

“本行嘛。”

“老实说，你谈过几次恋爱?”

“到什么程度的?”

“刻骨铭心，至今不忘的。”

“大学毕业的时候我和一个同学确定了恋爱关系，两年以后我们结束了这个关系，从那天起，我对一个叫爱情的词从根本上产生了怀疑。”

“她是什么样的人？怎么有那么大的破坏力?”

“不好说，看上去小鸟依人，弱不禁风的。跟她在一起时间长了，你就会觉得进入了一种失控状态，好像一脚踩进了漩涡里，先把你拖下去，然后又劈头盖脸地扔出来，憋得你七窍喷水。”

石小余哈哈笑。

魏劲戈说：“跟她在一起你很难直来直去，一剑封喉。”

石小余问他：“你是怎么样把心弄得跟石头一样硬的?”

“你这是多项选择，还是一道假设问题?”

石小余说：“本来是个冷酷的人，可偏偏长了一副老实相，你憨厚得让女人看着就心碎。”

魏劲戈嘿嘿笑，他说：“你这人聪明就聪明在这儿，普普通通的一句话就让人不知道该怎么回答。”

石小余说：“告诉你，别爱不会恋爱的人。”

魏劲戈点点头说：“千万别爱甩不掉的人。你上联，我下联，还缺个横批。”

石小余说：“幸亏我一点也不喜欢你。”

魏劲戈说：“幸亏咱们俩是医患关系。”

石小余黑亮的眸子冷冷地盯在魏劲戈的脸上。

魏劲戈连忙改口说：“不对，我是劈柴，你是斧头。”

“劈你，是抬举你。”

“你别抬举我，还是让我抬举抬举你吧。在个人感情这件事上，你比我走得远，都弄到要结婚的关口了。”

“讽刺我？”

“真的，真的，我也算搞过一回对象，可我真的不知道爱情到底是什么样的，你那么崇尚爱情，能给我描述一下吗？”

石小余眨巴着眼睛，不知道该怎么回答。

“说不出来，是不是？那东西捧不出手，说不出口，就是心里有，从嘴里一喷出来，准走样。感情里面，我最不相信的就是爱情。”

“你相信什么？”石小余问他。

“我相信亲情和友情。”

“那我们来谈谈亲情。”

“谈谁的？”

“我的。”

“好。”

“我没有父亲。”

“单亲家庭？”

“对，我一岁的时候他就跟我妈妈离婚了，我对他没有一点印象。”

“你们多少年没见了？”

“二十四年。”

“他们为什么离婚？”

“因为我。”

“你？”

“我妈妈生了我哥哥后，那人做了绝育手术，十年后我妈不小心又把我生出来了，那人认定我是我妈偷情的产物，两人离了婚。”

“你妈怎么说？”

“她当然一口咬定我是他们俩的孩子。”

“从医学的角度上说，男人做了输精管结扎术并不是百分之百的不会再出问题，也有很多年以后又通了的。”魏劲戈说。

“真的?”石小余问。

“我可以给你找资料看。我们实习的时候在下面接触过两例这样的病例。”

“我怎么才能知道我到底跟他有没有血缘关系?”

“你们俩去医院验一下血就知道了。”

石小余摇摇头：“他才不会跟我去。”

“你想办法弄他的一滴血或者是几根头发，实在不行就把他使过的牙刷弄出来，那上面有他口腔里脱落下来的细胞。我找人给你做个DNA。”

石小余兴奋起来：“你挺够意思。”

“朋友嘛!”

“这么一会儿就成朋友了?”

“男人和男人的友谊是加法，男人和女人之间的友谊是乘法。进展的速度不一样。”

2

厨房里面凌乱不堪，到处堆着没有洗过的碗筷，关海黎满头大汗地收拾擦洗着。突然刺耳的哨声响了。

关海黎喊了一嗓子：“来了！来了!”

她扔下手里面的活，端着凉好的中药出去。

用足球裁判使用的哨子，是汤正远的发明，关海黎在别的房间干活的时候，经常听不见汤正远喊她，受球赛的启发，他让关海黎买回来这个哨子做传唤她的工具。

汤正远说：“我要坐起来。”

关海黎把药放在床头柜上，两只手插进他身子的下面，使劲往起一托。汤正远坐起来，关海黎顺手把枕头掖在他的背后，让他坐稳了。汤正远太重了，每次扶他起来后，她都得跪在床边喘息一会儿才能站起来。

“给我药。”

关海黎把药和水递到他手上。汤正远皱着眉头喝着。关海黎一声不响地看着他，他把喝完药的空碗递给关海黎。关海黎准备回厨房接着干活，汤正远叫住了她。

“我跟你说个事。”

“什么事?”

“咱俩别在一张床上睡了。”

“怎么了？”

“今天我妈在电话里面特意嘱咐我，说男人有红伤不能沾女人。”

关海黎觉得这话特别不顺耳，她问：“她说的是哪个朝代的话？”

“她是我妈，她说哪个朝代的话，都是为了我好！”

“行，我晚上到那间屋子睡去。”

关海黎把一肚子的火硬压了下去。

“我起夜怎么办？”汤正远问。

“吹哨。”

“你睡觉那么死，听不见呢？”

“不能在一个床上睡，又不能到别的房间里睡，你让我怎么办？”

“把客厅里的那个折叠沙发推进来，你睡在那上面。”

“我推不动。”

“你不是想让我下去帮你推吧。”汤正远跟她急了。

关海黎一声不响地出去了，厨房里的地面很脏，她蹲在地上用去污剂一点一点地擦着，眼泪一滴一滴地砸在地面上。

哨声又响了，关海黎擦干眼泪冲进来。汤正远靠在沙发上，他一脸的不耐烦：“怎么动作这么慢呢？”

“你有什么事？”

“我想活动活动。”

关海黎扶着架着单拐的汤正远在客厅里一圈一圈慢慢地走着，汤正远体力不支，累得气喘吁吁满头大汗。

“不行，我得坐一会儿。”

关海黎把他扶到沙发上让他坐好。

“我去给你放点水，你好好泡个澡。”

“行，水热点儿。”

关海黎答应着进了卫生间。汤正远想起来什么，他冲卫生间里大声喊了一嗓子：“我说！”

关海黎探头出来：“嗯？”

“今天白天我哥来电话了。”

“嗯。”

“我妈想来看看我。”

关海黎一愣，她没说话。

“我一提我们家的人，你就这态度。”

关海黎问他：“我说什么了？”

“看你那脸，此时无声胜有声!”

关海黎“砰”的一声关上了卫生间的门。汤正远气恼地盯着那扇门。

关守家坐在沙发上看电视，有人敲门，他打开门，看见站在门口的石小余不由得一愣。石小余不等他让，自己就进来了。她打量了一眼房间语气很随便地说：“我哥告诉我，你住在这儿。”

关守家说：“坐吧。”

石小余在沙发上坐下，她看着关守家说：“你跟我妈的事，我妈都跟我们说了，其实这是你们之间的矛盾我不该过问，可是你们的恩怨把我牵扯了进去，我不得不插手进来，我必须弄清楚我的亲生父亲到底是谁。”

“你的亲生父亲是谁，你问你妈去，问我没用。”关守家的态度很生硬。

石小余说：“当时你是她的丈夫，我妈妈再能耐，她一个人也生不出孩子来，除非她能自授花粉。”

关守家被她的话吓了一跳，好半天没说出话来。

“我妈一口咬定我是你的女儿，你一口咬定不是。我该信你，还是信她?”

“陈糠烂谷子的，我不跟你翻腾这些。”关守家转过脸去。

“关守家，我根本就没申请过要出世，是你们硬把我拽进你们的生活里来的。我就是把未来预料得再糟糕，也没想到我的出生能毁了一个家庭。”

“我跟你说过，咱俩没有血缘关系，我对你不负任何责任。”关守家急了。

“是你突然跑到我们家让我知道我是个来历不明的人，是你搅乱了我的生活，我来找你就是要找着我的出处，要找着那个在法律上被我称作父亲的混蛋。”

关守家心里“咯噔”一下。

石小余冷笑了一声：“别以为我找他，是为了孝敬他，我找他是为了有目标地恨他。他生了我，又抛弃和恶心了我，我要当面告诉他，如果这身的血能换，我就把身上流着的他的那一部分血全部抽干，换上新鲜的干净的血。”

“这事我帮不了你。”

“互助，谈不上帮。”

“我跟你有什么可互助的?”

“咱俩一起到医院去做个亲子鉴定。”

“亏你想得出来!”

“你宁肯相信自己，也不相信科学?”

关守家不理她，他转过身拿起一张报纸看，报纸在他手里簌簌抖着，他扔了报纸。

石小余问："你真的不去？"

关守家的态度非常坚决："不去！"

石小余二话没说，起身进了卫生间"砰"的一声关上了门。关守家打开电视机，他拿着遥控器一阵乱按，不知道要看什么。

石小余拿起漱口杯里的牙刷看了看，这是一把还没除掉包装袋的新牙刷。石小余失望地把牙刷扔回到杯子里。

关守家眼睛看着电视，心却在卫生间里。里面传出来冲马桶的声音，石小余开门出来。她在房间里面转了一圈，绕到关守家的身后站住了。关守家用余光注意着她。石小余突然伸手拽住他后脑勺上的几根头发使劲往下一薅。关守家动作机敏地一闪躲开了。

他厉声喝道："你想干什么？啊？"

石小余没得手，她气急败坏地开门走了。关守家站在那里好一会儿也没明白过来她要干什么。她怎么可能是我的女儿？怎么可能？往上翻三代，老关家都没出过这么混蛋的人！

3

石小余告诉魏劲戈，她跟那老头谈崩了，做鉴定用的几样东西她一样都没弄到手。魏劲戈说，还有一种方法，就是 DNA 手足鉴定法。这项鉴定，能鉴定你和你的哥哥或者姐姐是否是亲生的兄妹或姊妹。

石小余马上给哥哥打电话，她让他明天上午陪她上趟医院。

关键问她："你怎么了？"

"做个 DNA 鉴定，看看咱俩是不是同父同母的亲兄妹。"

"你疯了？"

石小余说："你要是不跟我去，我肯定就疯了。"

关键想了一下说："好吧，好吧，我跟你去。"

关键压了电话，上了网。儿子关怀在 QQ 里跟他打招呼。他点了一下，对话框里跳出一连串的 1。关键满脸笑容，他打开耳麦跟儿子说话。

"小关好！"

"老关，你晚了。"

"老关最近杂事太多。上个星期六我没等着你。"

"冯小沛同学不让我上网，天天逼着我学数学。"

这时大漠落日点他。关键用键盘敲下一行字："我在跟我儿子通话。"大漠落日送给他一个笑脸，表示理解。

“老关，你能不能把我弄到你身边读书啊？”

“你妈妈不同意。”

“别忘了我还是你的儿子呢，在我的问题上你也有发言权。”

关键笑了：“你成精了吧？”

“冯小沛同学一天总是让我学习学习，我都快烦死了。老爸，我想你领我滑旱冰去。行吗？”

“行！”

话筒里传来冯小沛的声音：关怀走了！

关怀无奈地跟关键再见了一声下线了。

关键呆呆地看着屏幕，看见大漠落日的头像还亮着，他点了一下，在对话框上打出来两字：“在吗？”

大漠落日马上回话了：“在等你说话。”

“别这么执著。”

“你要我怎么样？”

“随意自然。”

“等你说话，就是我的随意和自然。”

关键笑着自言自语道：“反应很快。”

“有耳麦吗？”大漠落日问他。

“有。”

关键挂上耳麦：“能听见吗？”

大漠落日笑着说：“你的声音很好听啊。”

关键也笑了，他问：“你喜欢白马还是红马？”

大漠落日说：“我喜欢红马。”

“我也喜欢红马。红马是战马，醉卧沙场是我过去的追求。”

“你在哪里当的兵？”

“这个不重要。”

大漠落日马上道歉：“对不起，我忘了聊天的规矩了。”

“我聊天没有规矩，想说就说，不想说就不说。”

“互相介绍一下自己好吗？”大漠落日提议。

“我，男性，36岁，当过14年兵，在军校读的书，后来考到地方学院读了研究生。现在在一家科技公司里面就职。”

“我，女性，32岁，当过五年兵，后来转业考上大学。现在医院里做麻醉师。”

关键问：“你也当过兵？”

“我们一家子都是兵。”

“什么兵种?”

“这个也不重要。”

关键笑了:“报复?你可不太善良啊。”

关海黎蜷在沙发上熟睡,汤正远瞪着眼睛看着屋顶。墙上的挂钟嘀嗒嘀嗒地走着,汤正远打开床头灯,看了一眼挂钟,刚刚三点。

汤正远叫了一声:“哎!”

关海黎太累了,她睡得很沉,没有听见。汤正远拿起挂在脖子上的哨使劲吹了一声,哨声在寂静的夜晚格外的刺耳。关海黎惊醒了,她惊恐地从沙发上跳到地上,跑了几步“咚”的一声撞在墙上,又一屁股坐在地上。汤正远嘿嘿笑了,关海黎迷迷糊糊地站起来,东倒西歪地走到汤正远身边。

她闭着眼睛问:“小便吗?”

汤正远看着她这副样子心里生气说:“不尿!”

关海黎二话没说,扭头回到沙发旁边,一头窝在那里不动了。汤正远更生气了,他提高嗓门叫道:

“哎,你动动我行不行?我快躺出褥疮来了!”

关海黎睡眼惺忪地爬起来走到床边,她把两只手插在汤正远的身子下面,使劲往起一托,汤正远坐起来,关海黎顺手把枕头掖在他的身后让他坐稳了。关海黎跪在床边给他按摩大腿和屁股,她的动作越来越慢。汤正远使劲推了她一下:“哎!”

关海黎清醒过来,接着揉。

汤正远气不打一处来,他说:“行了,行了,你去睡吧。”

“你一会儿还得躺下呢。”

“我自己往下出溜吧。”

“干吗?”

“大不了再接着回去住院去。”

“你是惩罚我?还是惩罚你自己?”

“我哪敢惩罚你?”

关海黎的眼泪涌了上来。

“干吗把自己弄得跟小可怜似的?跟你说,我见不得你这个样子。”

关海黎抹掉眼泪,站起来回到沙发上坐下。两人谁也不说话,房间里很静。

“你很讨厌我是不是?”汤正远问。

关海黎低着头不说话。

“别说你讨厌我，我都讨厌自己。你看我这俩肩膀，一个高一个低。受伤的这条腿一直麻，走路在地上拖着，根本使不上劲。”

“大夫说你的腿没什么问题，能完全康复。”

“你怎么那么相信他的话?”

“我不相信大夫的，相信谁的?”

“我，难受的是我，我最有发言权!”

汤正远拿起遥控器一个台一个台地找节目看，中央6套在放一部老电影，他一声不响地看起来。电视里面的光在关海黎的脸上一闪一闪的，她瞪着眼睛想着自己的心事。

“哎。”

“嗯。”

“我要躺下。”

关海黎走过去扶汤正远躺下，她转身要走，汤正远一把拉住她的手。

“在这儿陪我躺一会儿。”

“你不是说你妈不让吗?”

汤正远的表情像孩子一样：“咱们不干那个事。”

关海黎差点笑了：“你还能干吗?”

汤正远嘿嘿笑着拍拍身边的床，关海黎小心翼翼地在他身边躺下，汤正远伸出一只胳膊搂着她。关海黎把脸埋在他的怀里，闻着熟悉的气味，她很快就迷糊了。关海黎柔软温热的身子叫汤正远的燥热迅速膨胀起来，他鼻息粗重地喘息了一会儿，一掌推醒了关海黎。

“你起来！快起来!”

关海黎惊醒了：“怎么了?”

“你往我怀里一靠，我就控制不住，你赶紧回沙发上躺着去吧。”

关海黎走了，汤正远的身子凉了脑袋更加清醒起来，他怎么也睡不着了。

4

魏劲戈给石小余打电话说，化验结果今天出来，让她过来取。石小余拉着关键早早地来到医院。魏劲戈进了化验室，石小余和关键坐在椅子上等着。

“哥，我有点儿紧张。”

“紧张什么?”

“如果我真的跟你们不是一个爸怎么办?”

“那有什么大不了的？咱们在一个家里不是已经生活了小半辈子了吗？”

石小余笑了：“你倒挺会安慰人的。”

关键说：“血缘这东西重要也不重要，关键看怎么认识了。”

魏劲戈从化验室出来，两人迎了上去。魏劲戈看着石小余刚要说话，石小余急忙拦住他。

“你别跟我说，我不敢听，你跟我哥说吧。”

“不想听？我告诉你，过了这村，可没这店了。”

石小余把关键推到魏劲戈跟前，魏劲戈把鉴定书递给他。

“化验室把你们的血样进行了单独的 DNA 分析，又把经过分析得到的基因位点，加以计算分析，从而得出你们两个人拥有完全相同的父母。”

石小余笑着使劲抱着关键：“哥！哥！”

笑着笑着她的眼泪流了出来。

魏劲戈开玩笑：“你看她这人，从笑到哭连转变开关都不用。”

关键说：“是啊，挺好的事，你哭什么？”

石小余哭着叫道：“不公平！命运对我简直是太不公平了！”

“谁告诉你命运是公平的？我早就告诉过你，命运是不公平的。”

“魏劲戈，我讨厌你这套理论！”

关键急忙制止她：“小余！你怎么跟人家说话呢？”

魏劲戈宽容地笑笑：“你算是批评对了，就算我是她的服务器，也不能用完就翻脸啊！”

“我请你吃饭。”关键诚心诚意地邀请他。

“不了，不了，我还在班上，有病人等着呢，改日吧。”

一连几天，扭秧歌的时候，石若玉都看到了关守家。他站在人群的最前面，眼睛直勾勾地盯着她。老耿也看到了关守家，他问石若玉：“那人是谁？怎么天天来看你扭秧歌？”石若玉说：“这还用问？追星族呗。”

过去扭秧歌是为了放松心情，现在成了一场紧张的迂回战。既要跟关守家斗勇，又要跟老耿周旋，一场秧歌扭下来，石若玉走路都有点拉胯了。回到家，她把买回来的菜扔在茶几上，一屁股坐在沙发上，靠在那里愣神。关海黎推门进来，她叫了一声：“妈。”

石若玉抬头看到她，吓了一跳：“你怎么瘦成这个鬼样子了？”

关海黎把包扔在沙发上，顺势躺下了。

“连一个整觉都没睡过，还能活着就不错了。”

石若玉担忧地摸摸女儿的额头：“没病吧？”

“没有。”

“一直想到你那里去看看，就是倒不出来工夫。”

“快别去了，看着还不够你心烦的呢。”

“正远怎么样了?”

“能出去走走，吃喝拉撒也都自理了。”

“总算熬出头了。”石若玉舒了一口气。

“妈，小余给我打电话说，他来咱们家了。”

“嗯，现在还隔三差五地到广场上去堵我。”

“他到底想干什么?”

“这还用说?不明摆着吗?想跟你们重新疏通血缘，搞好关系。”

“跟你说啊，我可不见他。”

“俗话说，女儿是妈的小棉袄，这话一点儿都没错，你们就是比关键懂事。”

“妈，给我做点儿烧茄子吃。”

“茄子我买了，还想吃点什么?妈给你做去，吃完了，你再给正远带点儿回去。”

“你不用管他。”关海黎的声音透着疲惫。

“雇保姆了?”石若玉问。

“他妈来了。”

石若玉已经进了厨房，听到这话又从厨房里面出来了，她看着关海黎问：“刚出事的时候那么叫她来，她找遍了借口死活不来，现在儿子能走能蹽了，她倒来了。”

关海黎说：“肇事单位给我们赔了一笔钱，她是奔那笔钱来的。”

“这老太太，精明过分了，眼睛不大，可挺有准头，知道该什么时候下笊篱捞。海黎，妈提醒你，那笔钱也是你的，该把住的绝不能撒手。”

“肇事单位究竟赔了多少钱，我根本就不知道。”

“你怎么这么缺心眼?”

“正远不告诉我。”

石若玉的神情严肃起来，她问：“他为什么不告诉你?”

“我不知道，现在他干什么都跟我隔着一层。他的我的分得很清楚。这些天他们娘儿俩嘀嘀咕咕热热乎乎的，弄得我在自己家里倒成了外人。”

石若玉看着女儿，她摇摇头说：“海黎啊，海黎，你可是真能愁死我。”

“你有我愁吗?我愁得连家都不想回了。以前是汤正远一个人折腾我，现在又加上一个他妈。我婆婆那个老太太别看是小地方人，见谁都不打憷，歪的正的，到她嘴里都成了理，挑起别人来一套一套的。白天我上班，他们娘儿俩整天在家憋足了精神头等我回来对付我。我根本就不是过日子，是熬日子，熬过一天是一天。”

“你跟我那厉害劲都哪去了？啊？你怎么不敢跟那老妖婆使呢？啊？”

关海黎翻了个身转过脸去：“搭理她是抬举她，我才懒得抬举她呢。”

石小余回来的时候，关海黎已经迷迷糊糊地睡着了。石小余一屁股坐到沙发上，惊醒了她。

“你轻点儿行不行？”

石小余阴沉着脸坐在她旁边不说话。

“怎么了？”关海黎问她。

听到动静，石若玉从厨房里出来了。

关海黎坐起来，她盯着石小余的脸问：“干吗把脸拉这么长？”

“祖宗，谁又惹着你了？”

“哎呀！哎呀！你们别烦我了！”

关海黎抽着鼻子闻她身上的味儿：“你去医院了？一股消毒水味儿。”

“病了？哪不舒服？”石若玉紧张起来。

石小余从口袋里掏出医学鉴定书放在茶几上。

“拿去好好看看吧。”

关海黎拿起鉴定书，她喝了一口水，突然呛着了，她咳得满脸通红。

“急什么你？”

关海黎把鉴定书推到母亲跟前：“你看！你看看！”

石若玉看了一遍，没有看懂，她问：“这是什么？”

“关键和小余的DNA鉴定。”

“吃饱了撑的，做这个干什么？”

“这个鉴定能证明我和哥哥是不是同父同母的亲兄妹。”

石若玉明白了她的意思，紧张地在鉴定书上寻找答案。

关海黎指着鉴定书给母亲看：“结论在这儿呢，你看这上写着，石小余和关键两人拥有完全相同的父母。”

石若玉瘫坐在沙发上。

“老天有眼，老天真是有眼哪！当初我怎么就不知道领你们去做这个鉴定呢？”

关海黎说：“过去这种鉴定不向社会开放，2000年才开始对外开放的。”

石若玉用拳头使劲敲敲沙发的扶手。

“关守家啊！关守家！我让你看看我石若玉是怎么活到沉冤昭雪的这一

天的!”

石小余咬牙切齿地说:“关守家是个大混蛋!”

“怎么说话呢?不管怎么说,他也是你的生身父亲。”

“我情愿没有这个狗屁父亲!可我偏偏有。你们说,我该拿我生就的这份感情怎么办?啊?我恨他!我真是恨透了他!”

石小余哭起来。

“你恨他能超过我恨他吗?他夺走了我整整一辈子的幸福。一辈子啊!一个人只有一个一辈子。”

石若玉说得心酸,她哭了起来。关海黎也跟着哭了起来。三个女人哭着,她们哭着各自的伤心事。

关键把鉴定书的复印件送到了父亲手里,关守家坐在沙发上,他戴着花镜一遍一遍地看着鉴定结果。

“这东西准吗?”他不相信地问。

关键说: “DNA 亲子鉴定是目前亲子测试中最准确的,准确率达到 99.99%。”

“你不是为了安定团结,去医院走后门了吧?”

“爸,这是科学!”

看见儿子变了脸,关守家不说话了。

“结论在这放着,剩下的事你只能自己去办。”

“怎么办?”关守家问。

“我只能解决我跟你的事,解决不了你跟她们三个的事。”

“唉,脚上的泡都是自己走的。”

他拍了下沙发扶手说:“行,这事我自己去解决!”

六

1

汤母在厨房里摸摸索索地干活,她把所有的瓶瓶罐罐都打开看看,再用筷子捅出来点儿尝尝。汤正远拄着拐杖蹭进厨房。

“妈，你干什么呢?”

汤母看见儿子走出来，她吓了一跳。

“上厕所你叫我一声，怎么自己起来了？这要是摔一跤，怎么办?”

“没事练练腿脚，你没来之前，我经常这么走。”

“那也得小心点儿。”

“妈，你一来，厨房都亮堂了。”

“连擦带洗用了两大锅碱水，这哪是厨房？简直是泔水桶。”

“她不会料理家务。”

汤母回头看了儿子一眼说：“她会干啥？看看我儿子瘦的，她给你做的是饭哪？还是减肥汤?”

汤正远坐在餐桌旁，他从盘子里拿了半张饼吃。

“她做饭不好吃，妈，我最爱吃你烙的发面饼，吃饱了还想吃。”

“想吃就吃，吃完妈再给你烙。”

“妈，这次来你多呆些日子。”

“那得看你媳妇眼里容不容我。”

石若玉在早市上买菜，她挑着西红柿，老耿在她身边挑土豆。关守家背着手在远处盯着他们。

石若玉说：“这种小西红柿好，有柿子味儿。”

“对，东西不能买又大又壮的，准是上了什么成长素，看着就叫人犯嘀咕。”

“你先走吧，我还得买点鸡翅膀。”石若玉说。

“回去也没事，我陪你去。”

两人一路走一路闲聊，聊到老耿老伴的时候，石若玉忍不住问：“你老伴是怎么骨折的?”

“孙子看完电视没关，出去玩了。她嫌费电，下地去关，水磨石地滑，摔了一跤，把胯骨摔坏了，在床上瘫了两年了。”

“她病了，你怎么还天天来扭秧歌?”

“她以后就得在床上躺着了，那我还永远不能出来活动了?”

“你要是瘫在床上，她天天出来扭秧歌，你这么想吗?”

老耿眨巴着眼睛，看着石若玉半天没说出话来。

“男人能做出来的事，女人就做不出来，要不说你们男人不是东西呢!”

石若玉把自己气着了，她拎着东西走了。老耿莫名其妙地望着她的背影。关守家跟上了石若玉，他不由分说地从她手里抢过来菜拎着。石若玉想从关守家的手里抢过来自己的菜，又怕被老耿看了笑话，她和关守家一前一后转弯了。老耿远远地很失落地看着他们。

2

回到家石若玉“砰”的一声锁上了门，转过身怒气冲冲地看着关守家。关守家假装没看见，他把菜送进厨房里。石若玉换鞋进客厅。关守家从厨房出来，眼睛落到了一双石若玉穿过的旧鞋上，他拿起来看了一下又放在那里。

关守家坐在沙发上，两手规规矩矩地放在膝盖上，等着石若玉训斥。石若玉冷着脸，不看他。

关守家打破沉默，他咳嗽了一声说：“那个检查结果我看了，确实是一起冤假错案，我负主要责任。”

石若玉眉毛一挑，反问道：“听你这意思，我得负次要责任了？”

“一个巴掌拍不响，姓曾的不在那个茬口上来，我也不会往那想。当年你俩好我知道。跟我结了婚以后你就不应该再继续跟他来往。”

“我跟他来往怎么了？犯法吗？”

“不犯法，犯嫌疑。”

“你给我滚！”石若玉把门拉开。

关守家被骂醒了，这才记起了来这的初衷。

石若玉站在门口怒视着关守家，邻居从门口经过，跟她打着招呼说：“老石，缴煤气费的通知单来了，在信箱里。”

石若玉意识到自己的失态，她答应了一声，急忙把门关上。

关守家重新调整好自己的态度，他说：“你批评得对，我收回刚才的话。”

石若玉翻了他一眼。

“在这个问题上我确实应该做自我批评，我当时太不冷静，没好好搞调查研究，没用科学的头脑分析问题，导致了今天这个局面。”

“你一句话就把这么多年的冤屈了了？你知道这几十年，我是怎么熬过来的？七年前我大病一场，那场病差点要了我的命，我是为了和你讨清这笔债，硬咬着牙挺过来的。我不能死，我得睁着眼睛等着，等着你跪在我面前，等着你亲口跟我说上一百遍道歉的话。”

“你让我给你下跪？”

“你不是已经在心里给我跪下了吗？”

关守家心里非常不舒服，依照性子他应该摔门就走。出去容易，再进来就更难了。关守家压着火，憋得额角上的青筋噗噗直跳。

石若玉说：“这一辈子我经历了很多事，也跟许多人有过矛盾，我跟谁的矛盾都能化解，就是跟你不行，因为你是我的敌人，咱俩之间是不可调和的敌我矛盾。”

“我可没把你当过敌人。”

“不把我当敌人你不会那样对我。”

关守家抬起头看了石若玉一眼，石若玉掘地三尺，不依不饶地瞪着他。

“毛主席早就说过，没有无缘无故的爱，也没有无缘无故的恨，我对你的仇恨是一天一天攒起来的，小余多大我就攒了多少年，你说这恨得摞多高?”

关守家叹了口气，他没有说话。

“你怎么不说话?”

“你把话都说成这样了，我还能说什么?”

关键开门进来，看见关守家，他很自然地打了个招呼说：“巧了，我刚买了条鱼，咱们做鱼吃吧。”

石若玉明白这父子俩已经沆瀣一气勾结串通好了，她心里骂了一声，两手抱在胸前，用白眼球看着儿子。

关守家心里念叨着儿子的好，他站起来说：“我来，我来，看我给你们露一手，我做的香辣鱼叫人吃了这一口，还想下一口。”

“不用，你们等着吃现成的就行。”

关键拎着鱼往厨房走，石若玉阴沉着脸跟着走了几步。关键转身看了母亲一眼，眼神里满是哀求。石若玉白了儿子一眼，转身坐在沙发上。关键进了厨房，关守家紧跟进去。石若玉竖着耳朵听他们在里面说什么，两人的声音很低，听不清楚。石若玉蓦然产生了一种感觉，儿子跟自己很远，在这里自己倒成了不折不扣的外人。不由得心里一阵凄凉。

饭菜上桌了，有鱼有菜，荤素搭配得很好。关守家在桌子旁边坐下。关键两只手扳着母亲的肩膀，把她推到桌子旁边强迫她坐下，筷子塞到她的手里。石若玉把筷子重重地放在桌子上，她不会跟姓关的混蛋在一个桌子上吃饭的。关键知道母亲的脾气，没有劝她，父子两个人埋头吃起来。过去，石若玉一直认为关键长得不像关守家。看到他们两个人坐在一起，才知道自己错了。人的遗传真是了不得，这对父子俩几十年没见过面，看看他们的眼神，再看看他们拿筷子的架势，简直就是一个照着另一个的样子生生学出来的。

关键给关守家倒酒，他说：“记得五岁那年，你给我买了一双鞋，是紫红色的。是吧，妈?”

“天生色盲。”石若玉冷笑了一声说。

“那是减价鞋。”

关守家看了她一眼，他的眼神出奇的柔和。

“那是女孩子穿的鞋，我不穿，你先揍了我一顿，然后用墨汁把鞋染成了黑色，鞋黑了，袜子也黑了，连我的脚丫子都黑了。”

“床单也黑了。”石若玉没好声调地补充了一句。

关守家龇着牙嘿嘿笑着问：“你还记得什么？”

“我还记得你们俩经常下棋，下围棋。你下不过我妈，我妈经常闭着眼睛等你走。”

石若玉听着心里很得意。

关守家说：“你妈下得一手好棋，我下不过她。这些年我什么都扔了，就是棋没舍得扔，老想赢她一回。”

关键起身进了母亲的卧室，关守家和石若玉不知道他要干什么，都盯着他看。关键手里拿着多年不用的棋盘从屋里出来，他擦干净上面的土，推开碗碟，在桌子上摆好。

“下一盘吧，我看看你们俩到底能差多少？”

石若玉说：“我不跟他下！”

关键也不强求她，他摆上棋子跟关守家下起来，两人边下棋，边喝酒。石若玉收拾厨房，她擦抹着油烟机，竖着耳朵听着父子俩下棋的声音。

关键和关守家棋下得激烈，石若玉禁不住诱惑，凑到餐桌边上看他们下棋。

“关键你的脑袋里进水了？棋走得这个臭！”

关键连忙让开位置，石若玉推让了两下，实在手痒难耐，终于坐下了。关守家和石若玉相隔二十四年后第一次坐到了棋盘旁边，抬眼相望，心里不禁百感交集。

石若玉语气庄重地说：“重新开盘。”

“白棋先走。”

两人一声不响地开战了，关键坐在旁边有滋有味地看着他们。

小时候父母常把桌子让给自己和姐姐做作业，两人盘腿坐在床上下棋。他们下得天昏地暗连饭都想不起来做。邻居家的老太太手里拿着张单子进来收电费，关海黎得在旁边大声提醒。

“妈，周奶奶要电费来了。”

石若玉目不斜视，她拍了拍床上的褥子，关海黎掀开褥子从下面拿出一卷钱，抽出来一张递给老太太。老太太边找钱，边絮絮叨叨地说：“这院子里有人偷电，害得咱们多交钱。这事得好好查查。”

石若玉把一颗棋子响亮地按在关守家的死穴上。关守家惨叫一声，吓得老太太手里的钢镚撒了一地。

父亲和母亲二十多年没有交过手了，胜负结果依旧没有改变。关守家沮丧地研究着棋盘上的棋路，他想不明白自己是输在哪一步上了。

“爸，你呆着，我得上班去了。”

“咱俩一起走。”

儿子进了卫生间，关守家趁人不备，把石若玉的那双旧皮鞋塞进一个旧塑料口袋里面。

关键从卫生间里出来说：“走吧。”

关守家把塑料口袋夹在腋下，跟着关键出去了。

石若玉菩萨似的坐在那里一动不动，门“咣当”一声关上了。石若玉身子一软，靠在椅子背上。

“臭棋篓子，你还想赢我？”

3

关海黎手慢，她把米饭和炒菜端上桌子的时候时间已经不早了。汤母用眼角扫了一眼桌子上的饭菜，沉着脸站起来走到灶前打着火。

“妈，你还做什么？”关海黎跟过去问。

“连个汤都没有，干巴巴的不噎得慌？”

“我做吧。”

“不用，你做的东西没滋落味的没法吃。”

关海黎回过头，求助地看了汤正远一眼。

“人笨不笨，看做饭就能看出来。一样的料，一样的火，一样的锅，味儿怎么就差那么远呢？”汤正远的话里有话。

关海黎心里的火冒了上来，她硬压了下去。汤母把刚做好的疙瘩汤给儿子端来一大碗。汤正远稀里哗啦地吃起来。关海黎心里发堵，咽不下去，她放下筷子站起来。汤母嘴里嚼着饭，拿眼角扫了关海黎一下。

“不吃了？”汤正远问。

“我上班去，碗放在那，我回来洗。”她头也没回，开门出去了。

汤母嘴里含着饭，她没好气地叨咕了一句：“你看谁家的碗能在盆里泡一天？”

“她上班的地方远，得赶紧走。”

“我就见不得你这个死德性，男人没个男人样，整天猫着个腰冲她晃什么尾巴？”

汤正远被母亲骂得一口呛住了，他使劲咳嗽，汤母给他捶背。

“急啥？你说你急啥？”

汤家吃完晚饭时间也不早了，关海黎收拾完碗筷忙着洗衣服，汤正远陪着母亲坐在沙发上看电视。关海黎端着洗好的衣服穿过客厅到阳台上晾衣服。

汤母的眼睛盯着关海黎的背影，她叹了口气说："人得服命啊。"

汤正远不明白母亲的话是什么意思，他问："怎么了？"

汤母冲关海黎的背影努了一下嘴，说："放在过去，这个岁数都当婆婆了。你看她连个蛋都下不出来，更别说孵了。你的身子骨被撞成这样，将来有没有后遗症，谁都说不好。人一过了四十岁，日子跟跑似的，撵都撵不上。你说你身边连个孩子都没有，等老了动不了窝那天，苦日子怎么往下熬？"

母亲的话戳到了汤正远的痛处，他脊梁软得腰都直不起来了。

"跟妈说实话，她是不是不能生？"

"妈，你就别问了。"

"你是我儿子，我抱不上孙子，总得问个缘由吧？"

关海黎从阳台回来，看见他们俩窃窃私语，顺口问了一句："说什么呢？"

"说你呢。"汤母直言不讳。

"嗯？"关海黎愣了一下。

汤母单刀直入，她说："你生养不了，我回老家给你们抱一个来，都是老汤家的骨肉，不白养活。"

关海黎的脸一下子从额头红到了脖子根，她恼怒地看了汤正远一眼。汤正远避开她的目光，眼睛盯到电视上去了。

"你别看他，我是他妈，我做得了我儿子的主。"

关海黎冷下脸问："谁告诉你我生不了孩子？"

"结婚十三四年，也没养下一男半女。这还用别人告诉？"

关海黎被她堵得半天没说出话来，她进了卫生间，"哐啷"一声把盆扔到地上。

汤母从沙发上跳了起来："摔谁呢？你摔谁呢？啊？"

关海黎一言不发，抹搭着眼皮从卫生间里出来，她进了自己的房间。汤母嘴唇哆嗦着，死死地盯着儿子。汤正远站起来一瘸一拐地推门进了房间。

关海黎坐在梳妆镜前，一丝不苟地往手上抹着护手霜。

"对我有意见，你可以跟我提。冲我妈撒什么气？"汤正远气得鼻孔涨得老大。

关海黎抬起眼皮，斜了他一眼，没有说话。

"你想拿眼睛夹死我们娘儿俩啊？"汤母大声替儿子助威。

"我没那么大本事，我天生就这样看人，你看着不顺眼可以不看。"

汤母被噎得一口气窝在胸口，她打了个嗝，气鼓鼓地瞪着儿子。汤正远被关海黎突如其来的反抗弄得有点犯蒙，眨巴着眼睛不知道该如何是好。

汤母不甘心这样败下阵来，她指着儿子的鼻子骂起来："正远，老汤家没有一门媳妇敢这样跟我说话，我生你养你一场，没有功劳还有苦劳，你就让你媳妇跟你妈这么杵倔横丧的？"

汤正远好像被烧红的刀子捅了一下，脸疼得变了颜色，他指着关海黎的鼻子说："关海黎！你给我记住，你可以跟你妈这样说话，但你绝不能这样跟我妈这样说话！"

关海黎完全豁出去了，她扯着脖子喊道："汤正远！你也给我记住，你妈可以这样跟你说话，但她绝不能这样跟我说话。"

"你让我咋跟你说？跪着说？莫非我儿子瘸了一条腿，我就矮了你两辈儿？"汤母口沫横飞。

汤正远气得七窍生烟，他说："关海黎，我知道你那心眼里转的是什么，你看我残废了，以后指望不上了，所以你才敢这样对我！"

"你是怎么对我的？"关海黎反问他。

"你让我怎么对你？我一直将心比心地跟你过日子，出了这场车祸，我才知道我把你看错了。"

"我怎么对不起你了？"

"你心里压根就没有我，我被撞的那天，你看你有多冷静。"

关海黎磕巴了一下问道："你，你想让我怎么样？用脑袋撞墙？还是满地打滚？"

"你对我有那样的感情吗？没有！你心窝子里揣着一盆子冰。你恨不得我当时就撞死了，省得日后拖累你。"

"汤正远，你的良心叫狗吃了？"关海黎气得嘴唇直哆嗦。

"我没良心，还是你没良心？结婚十四年，我伺候了你十四年。你才伺候我几天？你有什么资格站在这儿教育我？"

关海黎的脑袋里出现了空白，汤母的眼睛利剑一样地扎过来，她不由地往后一闪，心口一阵剜痛，眼泪掉下来。

汤正远步步紧逼："有理你说，哭什么？"

汤母冷笑："嘁，早知今日何必当初？"

关海黎像处在短路状态的仪器一样，身体里有高速穿行的电流，却不能产生出任何工作效率，胸口憋闷得要炸了，她"嗷"的一声喊出来。

"这儿没你说话的份儿！"

汤母惊愕得眼睛瞪成了两只小号粽子，她问："你身上多啥了，不能让我说？”

“你没生没养我，更没伺候过我，我不受你这个！”

“正远哪！正远！”汤母把大腿拍得噼啪乱响。

“妈，她这是冲我呢，她受不了给我做媳妇。”

关海黎回答得很干脆：“对，我受不了。”

汤正远跳了起来，他拄着拐杖冲到关海黎跟前说：“日子过到这个份儿上，只要不想离婚，受不了也得受，忍不了也得忍。”

关海黎情绪完全失控了：“忍？我凭什么忍？从你出事的那一天我就开始忍，实指望你伤好了情绪好了，一切就都好了。没想到熬到今天，这种苦反倒变本加厉了。我到底做错了什么？叫你们这么对待我？”

“苦？你苦什么？谁叫你受苦了？你不想伺候我，完全可以不伺候！犯不着在我这池子苦水里泡着。关海黎，你要是说声走，我连一句留都不说！”

关海黎眼前漆黑一片，身子晃了一下才站起来。她看见汤正远的嘴像濒死的鱼那样费力地开合着。

“我现在这个德性都是被你克的，你是我命里的克星。那天要不是你死乞白赖地叫我回家，我能被车撞吗？根本不能！”

关海黎上下牙齿打着架，她像一只撞在玻璃上的鸟，晕头转向，气急败坏。她看见了门，如同在漆黑的隧道里看到了井口，她不顾一切地冲了出去。

屋里静得喘气的声音都能听见。

汤母害怕了，她紧张地问：“她去哪？”

“爱死哪死哪去！”汤正远黑着脸吼了一嗓子。他的声音带回来一阵颤响。

汤母喉头哽噎，眼泪顺着脸流淌下来。

“妈，你哭什么？”

“坏事变好事，这场车祸把我儿子的骨头撞硬了。”

4

关海黎自行车骑得飞快，她泪眼模糊，气喘吁吁，几次差点骑到马路牙子上去。到了母亲家门口，腿软得像被抽掉了骨头。她掏出钥匙开门，手哆嗦得伸不进钥匙眼里去。她闭住眼睛把全身的重量都靠在了门上。屋里石小余在和母亲说话，她的声音很高。

“一句软话就原谅他所有的罪行？妈，你的心也太软了吧？”

“我没说原谅他。”

“你的表情已经原谅他了。”

“你瞎说什么?”

“妈，我跟你说，你必须站稳立场，要不我看不起你。”

关海黎使劲推开了门，石若玉听到动静，扭过头看。

关海黎眼眶发黑，满头是汗，她急促地喘息着。

石若玉警觉地问：“出什么事了?”

关海黎直勾勾地看着母亲，哽咽得说不出话来。

石若玉的心揪在了一起：“祖宗，我问你话呢!”

关海黎扑在沙发背上号啕大哭起来。

石小余吓坏了，她使劲往起拉她：“姐，姐!”

“我跟他的日子没法往下过了！没法过了!”

石若玉松了一口气，她说：“我当死人了呢，两口子过日子，哪有舌头不碰牙的?”

“汤正远简直不是个人!”关海黎哭着说。

石小余明白姐姐又被汤正远欺负了，她马上站在姐姐的立场上骂了起来：“这个汤胖子真是越来越不要脸了!”

石若玉说：“怎么说话呢？他是你姐夫。”

“你看他怎么虐待我姐呢？骂他都是轻的。”

石若玉知道事情不像她想得那么简单，她问关海黎：“你跟正远到底怎么回事?”

关海黎哭得头昏眼花，不知道该怎么说才好。

“你想急死我是不是?”

“妈，我跟你说吧。汤正远被撞了以后，他把气全撒在我姐身上了，没完没了地折磨她。”

“啊?”

“他每天把我姐指使得团团转，不是这不对，就是那不对。连一个好脸色都舍不得给。他把我姐折腾得吃不饱，睡不着的。你看我姐瘦的。”

石小余把关海黎的胳膊举到母亲面前说：“你看看这胳膊跟麻秆有什么区别?”

“这事你们怎么谁都不跟我说?”石若玉生气了。

“汤胖子是个小人，自己心怀鬼胎就觉得谁心里都揣着鬼。他怕你，就老拿话敲打我姐，我姐不愿意惹麻烦，只能把苦水一口一口地往肚子里咽。”

石若玉突然想到了家庭暴力这个词，急忙抓过来关海黎的胳膊，撸起她的袖子查看是不是有伤。

“他打你吗?”

“没有。”关海黎推开母亲的手。

“他的折磨比毒打还不人道，他对我姐进行精神摧残，他是拿软刀子杀人！”

石若玉痛心疾首地说：“海黎啊，你平时跟我的厉害劲哪去了？”

“他出了车祸，是个动不了的病人，我能拿他怎么办？”

“出车祸就有理了？又不是你把他撞的。”

“他说他出车祸就怨我，是我克的他。”

“什么？”石若玉瞪着眼睛看着女儿。

“他说我克夫……”关海黎哭得说不下去了。

“这个混蛋，他还叫个东西？”石若玉气得头都晕了。

“他说他跟我结婚一点好都没沾上，碰上的全都是倒霉的事。他说我，我忍着，等着他伤好的那一天。现在他的伤好了，反倒变本加厉，气焰更加嚣张了。一天二十四小时，分分秒秒地找我的茬儿。这不，现在他妈也掺和进来了，跟着里挑外撅的。今天我实在气不过，跟他们吵起来，他跟他妈一起联手把我骂了出来。”

“欺负老关家没人吗？啊？”

石若玉拿外套，外套掉在地上，拿书包，书包也掉在地上，她气冲冲到门口去穿鞋。

石小余问：“妈，你干什么去？”

“我到他们家说理去。”

“妈，这时候去你是抬举他，好好晾晾他，他妈不是来了吗？他不是有撑腰的了吗？让那个腰粗的伺候他去吧。姐，你别回去，就在家住着。”

“那可不行！”

想到离家出走，想到社会舆论，关海黎心里先怯了。

石若玉气咻咻地问：“怎么不行？你是他们轰出来的，要回去也得让他们好言好语地请回去。”

“他行动不方便，他妈弄不动他，我不能不回去。”

“这时候了你还心疼他？”

关海黎知道母亲的脾气，怕母亲硬把她留在家里，她抹了把眼泪站起来开门就走。

“姐，你可真叫没出息啊！”石小余叫了起来。

石若玉气蒙了，站在地中间，好一会儿才顺过气来。冲动过去之后，她觉得关海黎的想法是对的。做人不能让别人抓住理，挑出不是来。海黎想回去，就让她回去。汤正远他妈不是来了吗？好，明天我也入住你们家，我让你们睁开眼睛看看，我女儿是有娘家的人，想欺负我的孩子？你们真是瞎了眼！主意打定，石若玉开始忙着收拾出门要带的东西。

石小余不相信地问："妈，你真的去啊？"

"去。凭什么不去？我就是要叫他们老汤家的人看看，我姑娘有人给她做主撑腰！"

"去就去呗，拿这么多吃的东西干什么？"

"冲着你姐的脸，我也不能空着手去。不能叫老汤家人见了笑话。"

从母亲家出来，凉风一吹关海黎冷静了下来，母亲家不能呆，自己的家不能回，这么晚了，还能去哪呢？关海黎心乱如麻，她把自行车架在路边，坐在马路牙子上，看着远处的路灯发着呆。汽车一辆一辆地从她面前开过去，荡起一阵尘埃。她看了一下手表，已经是夜里十一点了。想想明天还得上班，关海黎心一横，自言自语地说："回家，回家，我的家，我想走就走，想回来就回来，谁也管不着。"

关海黎回到家，屋里的情景吓了她一跳。汤正远坐在沙发上，汤母坐在小板凳上，她把头抵在儿子的膝盖上在嘤嘤地哭着。这种场面关海黎只在影视作品里见过，她不知该进，还是该退，尴尬地站在那里。

听到门响，汤母知道是关海黎回来了，她用脑袋使劲磕着汤正远的膝盖，哭腔拖得更悠长了："儿哎，我那儿哎……"

汤正远怒视着关海黎，好像是她用刀子捅死了他的母亲。关海黎心里一阵厌恶，她回到自己的房间，"砰"的一声把门关上。

汤母收住哭声，抬起头盯着儿子的脸问："她去搬救兵了？"

汤正远咬着牙根说："她敢，我就没惯过她这个毛病。"

他推开母亲，撑着拐杖站起来。

汤母问："你干什么去？"

汤正远没有回答，他拄着拐杖进卧室。关海黎两手托着腮，坐在桌子旁边生气。听见汤正远进来，她没有回头。汤正远看着她的后背，恨不得把那里烫出两个洞来。

"你起开一下。"他没好气地说。

关海黎侧身看了他一眼，汤正远拉开抽屉，从里面翻出了一个存折。

"妈，你过来一下。"

汤母一溜小跑进来："什么事？"

汤正远把那个存折递给汤母说："妈，你生我养我一回，我还没孝敬过你呢，我被车撞成这样，不知道以后会落下什么后遗症，趁着我还明白，这个存折给你。"

汤母接过来存折，眼泪汪汪地打开。因为眼花，她不得不把存折拿到灯

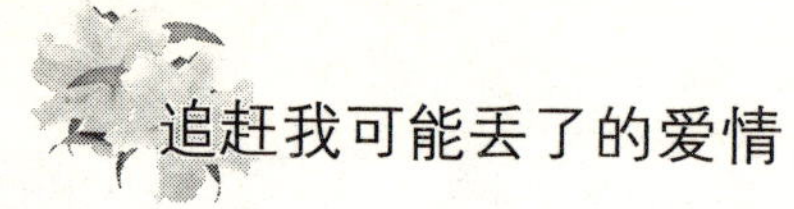

下，拉远了距离仔细地看。关海黎从心底里往外冒寒气，她明白这母子的戏是演给自己看的。

夜很深了，大床上汤正远睡不着。沙发上的关海黎也睡不着，两个人辗转反侧，谁也不理谁。书房里的汤母也睡不着，她打开床头灯，从枕头下面掏出存折戴上老花镜仔细地看着，她用手指一个一个地数着阿拉伯数字紧后面跟着的一串零，从心里笑了。

5

早晨，石若玉按响了汤家的门铃，汤母问："一大清早的，谁啊？"

石若玉推门进来："我啊，不欢迎？"

汤母知道来者不善，她满脸堆笑地说："哎哟，亲家，是你啊！怎么不提前打个招呼？我下楼接接你，也搭把手帮你拎拎东西。"

她伸手接石若玉手里的兜子，石若玉不给她。

"不用，你四五年来不了一回，不像我，我到我闺女家像趟平地一样，闭着眼睛都能摸到门。"

汤正远听到声音从卫生间里出来，看见是丈母娘，心里"咯噔"一下，他是从心里害怕她的，怕又不能躲，只能迎上去很不自然地打着招呼。

"妈，你来了？"

石若玉不冷不热地"嗯"了一声，她眼皮不抬地把东西送进厨房里。关海黎在厨房里做早饭，看见母亲进来，她愣住了。

"妈，你怎么来了？"

"这是阎王店啊？我不能来？"

站在门口的汤正远母子从她的话里听出来火药味，不安地互相看了一眼。

关海黎悄悄扯了一下母亲的衣襟，石若玉没事人一样地说："我买了你爱吃的小笼包子，这是弄什么？"

"稀饭。"

石若玉掏出来一个塑料袋说："朝鲜辣白菜，给我找个盘子。"

关海黎把盘子递给母亲，汤正远拄着拐杖进来，他赔着笑脸殷勤地说："妈，这什么都不缺，这么远你还带东西干什么？"

石若玉回答得很干脆："我家海黎爱吃。"

汤正远被噎得好一会儿没说出话来。

石若玉冷着脸说："你有人疼，我闺女没人疼，你看她这些日子瘦得，看着都叫我揪心。"

“亲家母可真会开玩笑，我家正远疼媳妇远近出了名。”

“那是老皇历。”

汤母替儿子辩护说：“我儿子伤成这样，他想疼人，身子不做主啊。”

“身子动不了，还有嘴吧？说句暖和人的话又不用四处跑着找去。”

汤母眨巴着眼睛半晌没说出话来。

关海黎使劲扯了一下母亲的衣服，石若玉不理她。她把辣白菜放到盘子里，语气平静地说：“没人心疼，我心疼，好在她还有我这个妈，正巧这两天我有空，来这儿伺候我闺女两天。”

关海黎急了：“妈，你来这儿干吗？”

“你婆婆能来，我就不能来？”

汤正远和汤母紧张了。

汤母说：“那啥，亲家，你想闺女，就叫海黎回家去住几天，这儿你们谁也别惦记，我儿子我照顾。”

石若玉说：“我闺女不是那种没责任感的人，平时可以，这种时候你用棍子打她，她都不会离开这个家，她怕被人家戳脊梁骨。”

她把兜子里的菜一样一样地拿出来，找地方放好。灶上的粥锅开了，石若玉掀开锅盖，用勺子搅和着。汤母不甘心让她站了上风头，她过去跟石若玉抢手里的勺子：

“我来，你是客人，这活哪能让你干？”

石若玉把勺子递给汤母，她把粥锅端下来说：“我可从来没把自己当过客人，你儿子到我那儿，也没把自己当过客人，正远你说是吧？”

汤正远似笑非笑地咧了咧嘴，他拄着拐杖躲出去了。

石若玉对汤母说：“自打正远出事，我闺女就没好好吃过一顿饭，没好好睡过一个觉，一朵花样的人看看蔫成了什么样子？”

“妈，你说什么呢？”

“去，去，你好好捯饬捯饬，吃口东西上班去，弄精神点儿，到班上别让人家笑话，家里的活妈替你干。”

石若玉把关海黎推了出去，厨房里剩下两个老太太互相看着。

汤母叹了口气说：“亲家，谁家摊上这样的事，都不好过。谁叫咱倒霉摊上了呢？你看我儿子原来啥精神头？你再看看现在，肩膀也塌了，眉毛也耷拉了。”

“是啊，谁身上掉下来的肉谁心疼。”

石若玉把小笼包一个一个地夹到盘子里，两个老太太一个端粥锅，一个端包子出厨房门。关海黎进厨房打开碗橱，看着里面却忘了要拿什么。母亲的突然出现彻底把她搅蒙了。

杨旭坐在电脑前打游戏，手机铃声响个不停。他没好气地接通电话说："你怎么一天一个电话？烦不烦哪？"

"杨旭，你的态度不太好啊。"

听到不是石小余的声音，杨旭吓了一跳，他说："哎呀，章经理我不知道是你。"

"别老经理经理地叫，听着都累得慌。有客户，出来一块坐会儿好吗？"

杨旭答应了一声，关上电脑出去了。石小余给杨旭打来电话的时候他正坐在酒吧里跟章俐喝酒。听到电话铃响，有些尴尬，不知道该不该接。

"你接吧，没关系。"章俐说。

杨旭说："不用接，没什么事。"

"女朋友？"

"以前的。"

"你们这些年轻人遇到一点麻烦，就把整段的爱情都放弃了。"

杨旭问："怎么是我们这些年轻人？你不也是年轻人吗？"

"三十六了，在你跟前，我是个老太太。"

"不就比我大六岁吗。"

"五年一个代沟，咱俩相差整整一代人哪。"

"跟你在一起，我没觉得有代沟。跟年纪大一点的人交往起来关系反倒好处。"

章俐蛮有兴趣地看着他问："真的吗？"

"真的。"杨旭的语气很认真。

客户来了，是两个中年女人，章俐忙站起来招呼她们，杨旭的手机又响了，他关了手机。章俐满意地看了他一眼。

七

1

卓童一出现，就吸引了整个部门的目光。她长了一张孩子气的小脸，浅棕色的皮肤，鼻子尖翘着，嘴巴很厚，下嘴唇的中间有一条很俏皮的线。说话的时候露着一口洁白的牙齿，不说话的时候嘴巴嘟着，怎么看都好看。卓童漂亮，却不招人嫉恨，她很会处理女孩子间的关系。每穿一件式样新颖的衣服，都要诡秘地让人家猜是多少钱买来的。有人猜一百，有人猜二百。

卓童得意地告诉大家说："二十。"

"真的？哪买的？"

"雅秀。"

"我也去买一条。"

"千万别，你们一人一条，人家还以为是办公室发的呢。"

女孩子们叽叽嘎嘎地笑，关键从自己的办公室里出来，他严肃地往这边看了一眼。女孩子们马上噤了声，悄悄回到座位上忙自己的事情。关键看到了卓童，他站住脚问她："你是新来的吧？"

卓童站起来，她看着他的眼睛，他的眼睛很黑，瞳孔很亮，很深邃。有这样眼睛的男人内心世界是值得研究的。

关键问她："叫什么名字？"

"卓童。"

"我一直在外面开会，所以没见过你，我叫关键，负责这个部门，以后工作上有什么问题，可以找我。"

卓童点点头，关键出去了。

"哇，他真够酷的！"卓童叫了一声。

"你只说对了他的一个特性，酷，还有一个特性你没说，那就是冷。他又冷又酷，简称冷酷。"有人搭茬说。

卓童说："那是没遇到能让他焕发热情的人。"

"他这人看见女人，就像看见树一样，长多少枝杈都跟自己没关系。"

"我不相信世界上有不喜欢女人的男人。"

"你是说，你不相信他不喜欢你？"

"这是你说的，不是我说的。"卓童一脸俏皮地看着身边的女孩子们。

手机响了，卓童接电话，她皱着眉毛一脸不耐烦地听着，她打断对方的话说："昨天我加班，那么晚才回家。你连声问候都没有，还挑我的理。你还叫个男人？行了，行了，我不听你啰嗦。"

卓童压了电话。

"哎，你怎么翻脸比翻书还快？"

"男朋友吗？"

卓童说："大学同学，昨天中午我脑袋一热，顺嘴答应给他做晚饭吃。晚上跟别人出去玩给忘了，刚才他来电话问我，为什么没去？我没理，也不能让他觉得我没理啊。不等他生气，我先翻脸。弄得他觉得自己特不是东西，在电话里一个劲跟我赔礼道歉。”

女孩子们哈哈大笑起来。

关键进来，女孩子们鸦雀无声低头干着自己的工作。关键目不斜视地走进自己的办公室。

卓童斜着眼睛偷偷看看那扇门小声问大家：“把他拿下？”

有人小声回应道：“吹牛吧你！”

2

关海黎一整天心不在焉的，几次把图纸都画错了。下班铃声一响，她骑着自行车疯了似的往家里跑。关海黎知道母亲的脾气，她一旦被激怒，是完全不计后果的。开门进屋，她发现自己的担心完全是多余的。房间里收拾得干干净净的，两个老太太挤在厨房里你争我抢，热火朝天地做饭呢。关海黎腿一软，一屁股坐在沙发上。汤正远拄着拐杖从房间里出来，他眨巴着眼睛看着关海黎，目光里的内容很复杂。

吃完饭，一家人坐在沙发上看电视，汤正远拿着遥控器不住地换台，没有人针对电视节目说话，大家的心思都不在这个上。

“晚上怎么睡？”汤母先开口了。

石若玉说：“别管我，平时怎么睡，你们还怎么睡。”

汤母指着关海黎和汤正远：“他们两口在那屋，我在那个小屋。”

石若玉说：“我把他们屋里的那个折叠沙发推出来，我睡客厅。”

汤母说：“那可不行。”

“怎么不行？”

“他们俩不能睡一张床。”

石若玉觉得奇怪，她问：“两口子为什么不能睡一张床？”

汤正远咳嗽了一声，汤母不说话了。

“海黎你一直睡在哪呢？”石若玉问关海黎。

“折叠沙发上。”

石若玉蓦地扭过头，盯着汤正远问：“这是什么意思？”

汤正远看了母亲一眼，他不知道该怎么回答。

汤母替儿子解释说：“那啥，正远受的是红伤，养伤期间不能碰女人，碰了女人这辈子都别想好利索。”

石若玉生气了："什么理论？有医学根据吗？"

汤母说："我不知道啥叫理论，我就认准一点，正远是我儿子，对他不好的事，我都不能让他沾。"

"我女儿对你儿子不好？她哪不好？你说出来，我替我闺女顶罪。"

"妈，误会了。"汤正远急忙说。

"误会什么？我不是火眼金睛，也能看清楚你们肚子里的那几根花花肠子。我女儿在你眼里是什么？不就是个克星吗？你出车祸是她克的，你不让她睡在你身边，就是怕她接着克你。"

汤正远头上冒出了一层冷汗："妈，我不是那意思。"

石若玉气恼地手一摆说："你不用解释，我好歹也是中专毕业，你那点儿意思，我闺女看得明白，我也看得明白。你觉得你今天这副样子是被海黎祸害的，所以你完全可以不把她当人对待是不是？"

汤正远脸色煞白，嗓子干得说不出话来。

汤母叫了一声："亲家……"

石若玉不客气地打断她的话，她说："汤正远，结婚这么多年，我对你怎么样？啊？我把你当亲生儿子一样对待，为的是什么？为的就是希望你能善待我的女儿！"

汤母问："我儿子对你女儿还不好？她要他把脑袋揪下来给她当球踢，他都愿意。"

"一报还一报，所以现在他要把我闺女的脑袋揪下来当球踢了。"石若玉冷笑。

关海黎紧张得快休克了，她垂着眼皮谁也不敢看。汤正远心里充满怨恨，他低着头不说话。

石若玉盯着汤正远问他："当初我把海黎给你的时候，你除了一百多块钱工资，还有什么？什么都没有！如果我女儿贪图你的社会地位嫁给你，你这样对她，那是她活该。如果她贪图你的钱财，你这样对她，也是她活该。如果她贪图你的相貌嫁给你，你这样对她，更是她活该。这三样你都不占，你凭什么这样拿她不当人对待？"

汤正远的脸紫了又白了，蔫得像霜打过的老茄子。

"我闺女嫁给你的时候，你穷得叮当响，结婚那天，你们老汤家连根布丝都没给我闺女买。你从里到外身上穿的哪件衣服不是我们老关家给你置办的？"

汤母恼羞成怒了，她干脆撕破了脸："你为啥下这么大本钱？还不是因为你知道你闺女是只不下蛋的母鸡！"

关海黎的脑袋"轰"的一声，心脏突然踉跄了一下，脉搏没有了。她远远地听到母亲在骂婆婆放屁，她看见婆婆跳了起来，而且连跳了几下，她的耳边一片轰轰隆隆的杂响声。头上的血全部奔向了脚底，她喘不过气来了，打开门踉踉跄跄地冲了出去。

石若玉在马路边上追到了女儿，关海黎瑟瑟抖着，石若玉搂住她。关海黎使劲甩开母亲的手，石若玉硬是抓住了女儿的手腕："走，跟妈回家去!"

关海黎犟不过母亲，她哭起来。

"哭什么？不哭!"

石若玉昂着头在前面走了，关海黎跟在她后面。母女俩一前一后地走着，关海黎渐渐跟上了母亲，两人并肩走着，石若玉伸出一只胳膊搂住了女儿，关海黎把头靠在母亲的身上。石若玉劝慰着女儿并伸手给她擦着眼泪。

3

关键的个人生活很简单，每天三点一线，上班下班回家。在班上吃盒饭，回到家，煮一袋速冻饺子，连菜带饭都有了。晚上洗漱完毕他打开了电脑，QQ上儿子的图像黑着。他边吃饺子边在网上查看资料。

大漠落日突然跳出来跟他打招呼。

"你好!"

关键挂上耳麦跟她说话："你在?"

"在等你。"

"别这么执著。"

"这是你我共同的性格。"

关键没说话。

大漠落日说："你今天情绪不高啊。"

关键说："感觉很准确。"

"出了什么事情。"

"课题上的事。"

"这事我插不上手。"

关键笑了："对。"

"放松一下，讲讲你的生活。"

"我的生活没有什么可以讲的。"

"那是你不愿意说，网上聊天就这点好，你不认识我，我也不认识你，这正是我们可以畅所欲言的极好条件。"

"你想知道什么?"

"你说说，什么是爱情?"

关键沉默了一会儿回答道："我觉得爱情是一个人对另一个人特殊的感情，类似信仰一样的东西，心里面有就产生了。她跟幸福一样，完全是个人纯粹的心理感受。"

"说得好！你产生过这种感情吗？"

关键犹豫了一下说："产生过。"

"她后来成了你的妻子？"大漠落日问。

"没有。"

"能讲讲吗？"

"太晚了，改日再聊，睡觉去吧。"关键一口回绝了。

关海黎和石小余躺在一张床上，两人谁也没睡着。

"姐，你想什么呢？"

"别理我，我心烦！"关海黎拉起被子捂住了脑袋。

石小余扒开被子问她："烦什么？老妈替你出了这么大一口恶气，你该高兴才对。汤胖子和他妈都欠收拾！这一仗打得真痛快！"

"痛快？我的痛，多于快。"

"姐，你这人真是拿不起，放不下。"

"你拿得起，放得下！"

"我和杨旭的性质，跟你们俩可完全不一样。"

姐妹俩在房间里说悄悄话，石若玉铁青着脸，坐在客厅里，在想象中延续着那场战争。汤母说了什么，她要反击什么。想着想着，她对着空气中的汤母骂了起来："老巫婆，欺负我女儿？你瞎了眼！"

汤母比她有度量，吵完了架，倒头就睡着了，她睡得很死，儿子睡不着，连着几次进来想跟她说说话，她都不知道。汤正远拄着拐杖在地上来回踱着步，拐杖敲在地上发出清脆的响声。楼下有人敲水管子提出了抗议。汤正远不理不睬，他一圈比一圈走得快，楼下敲水管子声越来越响。

4

石若玉的秧歌怎么也发挥不出来原有的水平。

老耿问她："是不是昨天晚上没有睡好？"

石若玉说："吃了安眠药都不管用。"

"家里出事了？"

"你这个人怎么就盼着别人家出事呢？"

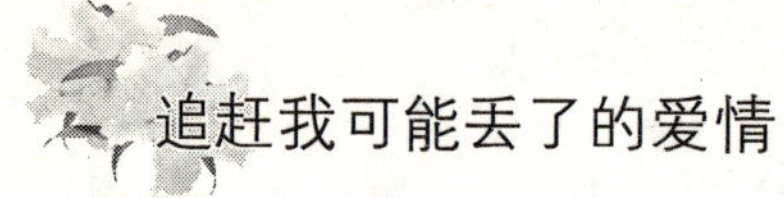

“你怎么净把我往坏了想呢?”

石若玉扭过脸懒得理他，她看见了人群里的关守家。关守家腋下夹着塑料口袋，伸着脖子，他的脑袋跟着鼓点有节奏地晃着，样子像只呆鹅。秧歌散了，石若玉买完菜回家，掏出钥匙开家门，关守家从后面上来，很自然地接过来她手里的菜。石若玉不打算给他好脸。

“你又来干什么?”

“给你送鞋。”

关守家把腋下夹着的塑料口袋递给她，石若玉不接。

“拿走，拿走，我不穿你买的东西。”

“不是我买的，是你的旧鞋，我拿去收拾了一下。”

关守家打开手里的塑料口袋，石若玉看到了那双修缮一新的鞋。她接过鞋来，左右端详着，顺手开门进屋。关守家马上跟了进来。

石若玉赞叹道:“跟新的一样，怎么弄的?”

关守家说:“收拾的呗。”

“你还有这手艺?”

“我从当兵到后来搞地质工作，一直是靠两条腿走路，最在意的就是脚上的鞋。鞋不舒服了，人就浑身上下哪都不舒服，为这个我还专门跟街上掌鞋的学过。这么多年鼓捣坏了不少鞋，手艺也就这么练出来了。”

“你真该开个给旧鞋美容的铺子，准挣钱。”

“这个主意不错，咱俩合伙开怎么样?”

“做梦也不挑个地方。”石若玉白了他一眼。

关守家嘿嘿地笑了，石若玉坐下来择菜，关守家看到了沙发上用绸布包裹着的棋子，他把墙边靠着的棋盘摆在茶几上。

“再下一盘?”

“我不跟败将下。”

“一盘难定输赢。”

石若玉不搭理他。

关守家说:“你跟我下棋，我把你所有的旧鞋都给你翻新一遍。”

石若玉觉得这个提议不错，她问:“输了算，还是赢了算?”

“输赢都算。”

“鞋架上有两双，小余那还有。”

关守家忙不迭地摆上棋盘。

5

汤母一件一件地把自己的东西塞进旅行袋里，汤正远拄着拐杖在旁边看着她。

汤母叮嘱他说："把胡子刮一刮，头发理理，灰头土脸的看人笑话。"

汤正远点点头，他叮嘱母亲说："妈，你把钱放好，车上人多，别叫小偷给偷了。"

"放好了，中午吃的饭我做好了，你热一下就行。"

"知道了。"

汤母看看儿子，她眼圈红了，哽咽着说："本想多呆两天，可呆不下去啊。"

"我能走能蹽的你别担心。"汤正远安慰母亲。

"儿行千里母担忧，母行千里儿不愁，你日子过成这样，我能不担心？我一走，你就给她打电话。听见没有？"

"嗯。"

"她别不回来。"

"她不是那样的人。"

汤母听到儿子向着关海黎说话心里很不高兴。

"她还是好人哪？那天晚上说扔下你，就扔下你就走了，连头都不回，我还没见过这么狠的女人呢。"

汤正远不想就这个话题往下说了。

"妈，你出去打个车。"

"出门就是直通火车站的公共汽车，我花那个冤枉钱干啥？"

她看了一眼墙上的表说："我得走了。"

汤母拿起行李走了几步，还是不放心。

"不行，我还是给她打个电话再走。"

她拿起电话，照着墙上贴着的电话号码开始拨号，电话通了。

"那谁，我马上就上火车走了，留正远一个人在家，你要是还当他是你丈夫，晚上下班就回来给他做口吃的。"

不等关海黎回答，她就压了电话。

汤母的话把关海黎乱糟糟的心，搅得更乱了。她皱着眉头坐在那里愣神。摄制组的道具董师傅提醒她说："我们剧组已经在无锡外景地开拍了。"

"我知道。"

“因为你这批活出不来，我们只能拣些碎戏拍。”

“你别着急，窑再凉一凉就能出了，今天你肯定能把活儿运走，保证耽误不了你。”

下午的时候，烧好的瓷器一件一件地从窑里抬出来，有画缸，有瓷瓶，有坛子，有碗和酒壶。董师傅一件一件地看着活儿。脸色越来越难看，他围着一个直径一米半的画缸转了一圈，捂着头“咚”的一声靠在墙上。他哆嗦着从口袋里掏出药瓶，倒了两片药放进嘴里咽下去。

“怎么了董师傅？”关海黎忐忑不安地问。

“怎么了？你自己看不出来？闹心不装窑，闹心不装窑，你们烧的是啥活儿？啊？你看看这个画缸，浑身上下都是急火攻心的裂纹，这还能用吗？”董师傅的火蹿上了脑门。

其实这批活一出窑，关海黎就意识到了事情的严重性。她抱着侥幸的心理，希望董师傅能睁一只眼闭一只眼，让她过了验活儿这一关。看来这一关是混不过去了。

她问负责烧窑的师傅：“这是怎么回事？”

烧窑师傅说：“这批活本来应该用慢火烧，为了抢时间改用了煤气火。”

“谁让你们用煤气火的？”关海黎急了。

“时间不够了，那天我问你，你也同意了，你签过的字还在我这儿。”

关海黎想起来了，她嘴发苦，头发木，愣愣地看着烧窑师傅半天说不出话来。

董师傅火气很大地说：“剧组花了这么多道具费，你不能让我拉回去一车废品吧？”

关海黎低声下气地说：“我知道，我知道，董师傅，这确实是我们的责任，这样吧，我们少算点钱行不行？”

“这不单单是钱的事，你说这些东西弄成这样，咋在戏里面用？”

“离远点，找没缝的地方拍。”

关海黎边说边一步一步地往后退，眯着眼睛替摄影师找机位。董师傅看她这副息事宁人的样子更生气了。

“我总不能告诉导演，让苏东坡说话转身的时候，随手抱起画缸让它光溜的地方朝外吧？”

关海黎说：“你看事情已经这样了，你说怎么办？”

董师傅口气很坚决：“按合同办事，产品质量没达到验货标准，退回全部货款，外加百分之三十的赔偿金。”

关海黎急了，她一把拉住了董师傅的衣袖。

董师傅甩开她的手，说："你别这样，这样一点用都没有。"

关海黎尴尬地站在那里，脸又红又涨好像被人狠狠地抽了一组大耳光子。

八

1

关键在电脑前搞设计，卓童推门进来，关键抬头看了一眼。

卓童笑着说："主任，你要的材料我给你弄好了。"

"放那吧。"

卓童把材料放在桌子上，她没有马上出去。

"还有事?"关键问。

"没了。"

"工作去吧。"

卓童伸了下舌头出去，她回到自己的位置上坐下，看到女孩子们嬉皮笑脸地看着自己，她一本正经地说："观察一下地形，知己知彼才能百战百胜。"

"你们谁有他的背景材料?"卓童问。

女孩子们纷纷摇头。

卓童来了情绪，她诡秘地笑笑说："神秘是最大的吸引力。"

下班的时候卓童找借口说，要加个班，把领导要的材料弄出来。她留下来坐在电脑前，手指灵活地敲打着键盘，有一搭没一搭地跟聊天室里的人聊天。办公室里亮着灯，关键还在里面工作。

卓童看看表已经是晚上九点了，心想这么晚了还不出来，他想饿死谁吗?这时候关键办公室里的灯灭了，卓童关了电脑，拎起书包"嗖"地蹿出门外。她站在楼梯口，看着公司大门。

关键出来，把大门锁好。他低着头，越走越近了。卓童希望自己呼吸急促，眼前发黑，当他走到她面前的时候，她最好能"扑通"一声昏倒在地上。然后他把她抱在怀里情意绵绵地问她："你怎么了?"

"我饿晕了。"

“走，我请你去吃饭。”

卓童醉眼蒙眬地憧憬着，关键脚步匆匆地从她面前走过去，根本就没看见她。关键上了电梯，卓童一怔，电梯门已经迅速地关上了。卓童飞快地跑下楼梯。电梯在四楼停下，卓童气喘吁吁地冲进电梯。她的笑容刚刚在脸上绽开就迅速消失了。关键不在电梯里，电梯里站着一个背着工具包的水暖工。关键忘了拿车钥匙，电梯走了一层，他下来跑步上楼，进办公室里拿了钥匙。看电梯半天不上来，干脆步行下楼了。

卓童乘坐的电梯出了故障，先是停住不动，紧接着灯也熄掉了。卓童从来没遇到过这样的事，她身子紧紧地贴在墙壁上，眼睛不住地往旁边溜，怎么看，那个水暖工都不像个好人。卓童心慌气短，眼前一阵一阵发黑，她一遍一遍地按电梯里的报警器，报警器没有任何反应。卓童突然想起来手机，急忙掏出来，手机在电梯里没信号。

“这个电梯有毛病，上个月有人被关在这里一个晚上呢。”水暖工开口了，他的声音嗡嗡的带着鼻音。

卓童脊背发凉，不敢搭腔，影视剧里电梯间发生的各种惨案争先恐后地在脑海中浮现。她张着嘴，缺水的鱼一样困难地喘息着。

指示灯突然亮了，电梯徐徐下降。卓童在心里叫了一声，眼泪差点流出来。电梯停在一楼，卓童两腿发颤地走出来。她看见关键从楼梯上跑下来了，卓童想喊他，嗓子干得发不出声音。她走了两步，腿一软，摔在那里，她索性躺在地上。关键的注意力都在手里的文件上，他没有看见卓童。

卓童真的伤心了，她哭起来。

关键听到声音回头看了一眼，看见是卓童，吃了一惊。急忙把她扶起来。

“你怎么了?”关键问。

“头晕。”卓童气息微弱地回答。

“我带你去医院。”

“我不去，我要回家。”

“不行!”关键的语气很坚决。

“我的毛病我知道，低血糖，吃点东西就好了。”

卓童看着关键，在心里命令着他：“说，说啊，说带我吃饭去。”

关键说：“好，那我送你回家。”

卓童失望地看着关键，她不说话。

“你家在哪?”关键问。

“紫竹院。”卓童低着脑袋有气无力地说。

“站起来。”关键命令她。

“我一点儿劲儿都没有了。”

她抬起头看着关键，眼神里满是恳求，她希望他能把她抱起来。

“站起来走，活动起来就好了。”关键一把把她拽了起来，拉出门去。

关键的车开上了路，卓童一副柔弱无骨的样子，身子直往关键肩膀上倒，关键把车停在路边，伸手把她扶正，给她扣好安全带。卓童看见他一本正经的样子，心里乐得直想翻跟头。

卓童租的房子，一室一厅，到处是毛绒玩具和鲜花，看上去很温馨。关键把卓童安置在沙发上，他站在地中间看着她。

卓童说：“你坐下。”

“不坐，我马上回去。”关键回答得很干脆。

“我怎么办?”

关键觉得她问得奇怪，说：“你说怎么办？吃东西睡觉啊。”

“东西在哪呢?”卓童问。

关键打开冰箱门，指着里面的东西说：“冰箱里不是什么都有吗？这还有微波炉，转一下就能吃了。好，我走了。”

“你留一个病人在家真放心?”卓童瞪着眼睛看着他。

关键觉得这应该是个问题，他拿起墙角的电话，看着墙上贴着的通讯录上的第一个号码把电话拨了过去。卓童不明白他要干什么。电话很快接通了。

关键问：“你好，你是卓童的朋友吗?”

“是，你是哪一位?”电话里是一个女人的声音。

关键说：“我和她一个单位，她身体不舒服，你能来她家陪陪她吗?”

“好，我马上就去。”

关键压了电话对卓童说：“一会儿有人来，我走了。”

卓童张口结舌地看着他。关键二话没说，开门出去了，卓童气急败坏抓起毛绒玩具使劲砸在门上。

2

汤正远坐在沙发上有一搭没一搭地看着电视，他挺着腰竖着耳朵听着外面的动静。门锁“嘎拉”一响，汤正远马上斜靠在沙发上，一本正经地看起电视来。关海黎进来，脱衣服换鞋。汤正远眼皮都不抬，把她当空气一样对待。

关海黎进了厨房，水池子里泡着用过的碗筷，灶台上到处是油渍。

关海黎烧了一壶水，挽起袖子开始干活。她把买回来的菜放到洗菜盆里，把抽油烟机、灶台和墙上的瓷砖上都喷上除油污剂。电话铃声响起，关海黎擦干净手，跑出去接电话，电话是石若玉打来的。知道女儿回家了，她有点不放心。汤正远眼睛盯着屏幕，耳朵收罗着来自关海黎这一边的每一个动静。

关海黎说："是，她走的时候给我打了个电话。我知道，你别操心了。"

汤正远用遥控器调低了电视里的声音。

"妈，你怎么想起来替他说话了？他对我们那样你忘了？"

汤正远身子慢慢往这边倾斜过来，他想听清楚电话里丈母娘在替谁说话。

关海黎提高了嗓门："他想当爸就当？不想当就不当？我凭什么听他的吆喝？他爱请谁吃饭就请谁去，我没心情去赴他的鸿门宴。妈你烦不烦？行了，不说了，我还得做饭呢。"

汤正远知道不是说他，把心放进了肚子里。

关海黎放下电话，她问汤正远："想吃什么？"

汤正远假装没听见。

"我跟你说话呢。"

汤正远绷着脸说："不劳你驾，我吃完了。"

关海黎生气地瞪着汤正远。汤正远故意不看她。水开了，水壶发出刺耳的叫声。关海黎冲进厨房，拔掉插销，把水灌进壶里。

"爱吃不吃，吓唬谁？"

关海黎切菜做饭，一个人忙得热火朝天。汤正远抽着鼻子闻着从厨房里飘出来的香味儿，一口一口地咽着口水。

一盘一盘色彩缤纷的菜摆在餐桌上，关海黎坐在桌子旁边听着外面的动静。客厅里电视机的声音被调大了。

关海黎嘴边挂着冷笑，她从冰箱里拿了一瓶啤酒倒了一杯，她大口吃着，大口喝着。

汤正远坐不住了，拄着拐杖在地上来回走着，他走到厨房门口站住往里面看。关海黎狼吞虎咽地吃着。

汤正远心里说，这女人一生气就这样吃，这哪是吃饭？她是把盘子里的肉当我的肉嚼呢。

夜深了，汤正远躺在双人床上辗转反侧。他侧耳听着，四周很安静没有一点声响。汤正远坐起来拄着拐杖出去。他用拐杖捅开书房的门。黑暗中，他看见关海黎躺在单人床上睡得很沉。汤正远恨恨地在心里想，她也真能吃得下，睡得着。吃字一冒头，汤正远的肚子里一阵叽里咕噜的乱响，中午那点剩饭一直挺到现在，能不饿吗？

汤正远打开厨房的灯，厨房里收拾得干干净净，餐桌上摆着没有吃完的菜。汤正远把炒锅放在灶上，把菜一盘一盘地热好。几样菜荤素搭配得很好。

汤正远狼吞虎咽地吃起来，菜的口味很不错，这女人在骂声中成长了，家务和厨艺都有了突飞猛进的全新表现。吃饱了喝足了，汤正远还是睡不着，心里窝着一股火，没处掖没处藏的。她怎么变成了这样一个女人？冷酷、自私、对丈夫的痛苦如此的无动于衷。汤正远觉得自己很孤独，他打开电视，故意把声音调得很大。

关海黎被吵醒了，她披头散发地坐起来，意识到是电视里面的声音，她用面巾纸团了两个纸团塞进耳朵里。纸团不管用，关海黎听出来，那是一个战争片。敌我双方，大炮、机关枪打得不可开交。关海黎忍无可忍冲进客厅。

汤正远躺在沙发上睡着了，他皱着眉头，半张着嘴，表情很痛苦。

关海黎用手捅了他一下，他没有动。又捅了一下，汤正远醒了。看清楚面前站着的是关海黎，他吧嗒吧嗒嘴又闭上了眼睛。

“回屋睡去。”关海黎命令他。

汤正远转过身去背朝着她。关海黎往起拽他，汤正远身子往下坠，根本就不配合，任关海黎怎么使劲，也拉不起他来。

“你睡在这会感冒的。”

“死了才好。”

“想死，咱俩办了离婚手续你再死，我不愿意承担害死亲夫的罪名。”

“你还知道我是你亲夫啊？”

“比你强，你连我是你老婆都不知道。”

“你不是我老婆，我老婆不会扔下我跑回娘家去住。”

“你妈把我赶走的！”

“你不也把我妈赶走了吗？”

“我没赶她。”

“你妈替你赶不一样吗？”

“少啰嗦，赶紧回床上睡觉去，我明天早上还上班呢？”

“管我干什么？你睡你的去。”

“你睡在这，就是向我示威。”

汤正远眨巴着眼睛看着关海黎问：“示威怎么了？我还有游行的权利呢！”

关海黎说：“想游行外面去，出了这个门，爱哪游去，我绝不干涉。这个家现在除了睡觉，什么都不许干。”

“这是我的家，我想干什么就干什么。”

“你还想干什么？”关海黎问。

汤正远举起胳膊呼起了口号：“打倒关海黎！”

胳膊刚落下，那条好腿又举起来跟着响应：“打倒关海黎！”

关海黎“扑哧”一声笑了，她一把抓住了他的脚脖子。

“真恶心，一股咸带鱼味儿，洗脚去！”

“我洗不洗脚关你什么事？”汤正远翻着白眼看着她。

“少啰嗦，洗去！”

“凭什么听你的？你算老几？”

“老大。”

汤正远翻着白眼不理她。

“你起来不起来？”关海黎胳肢他。

汤正远硬挺着：“你少来这一套！”

关海黎加重了手上的力量，汤正远吃不住了，笑得在沙发上打挺。“别闹，你别闹！”

关海黎问他：“洗不洗去？”

“我去洗！我去洗还不行吗？”汤正远连连求饶。

“叫我声姐，我就饶了你！”

“亲姐！亲妈！亲姥姥！饶命啊！”

汤正远泡在浴缸里，关海黎用喷头给他冲洗头发，汤正远舒服地闭着眼睛享受着。

“有日子没这么舒服了。”

关海黎翻了他一眼：“你妈那么疼你，怎么不给你洗？”

“你来劲是不是？”

关海黎躺在床上迷迷糊糊地刚要睡着，汤正远摸了进来，他爬到床上，在她身边躺下。

关海黎问：“你怎么跑这来了？”

汤正远说：“一个人，我睡不着。”

“快回去吧，这小床多挤啊？”

汤正远的胳膊从关海黎的脖子下面伸过去：“挤着点显得亲热。”

关海黎转过身瞪着他：“你想亲热，就亲热？翻过来，倒过去，都是你的理。”

汤正远搂住她，叹了口气说：“你一点儿都不理解我，总是跟我闹别扭。”

“你光想着让我理解你，你就没想想该怎么理解我。”

“我怎么不理解你了？”汤正远问。

关海黎叹了一口气没说话。

“出什么事了？”汤正远警惕地问。

“没有。”

汤正远坐起来："没出事才怪呢，说，你不说，我没法睡觉。"

关海黎也爬起来，两人并排靠着墙坐着。

关海黎说："我负责设计的那炉窑出了事故。"

"什么事故?"

"出了六成的次品。"

"怎么搞的?"

"在家天天生气，心情不好。"

"生气你也犯不着把一窑的东西都祸害了啊!"

"不是你和你妈联手欺负我，我精神能这么差吗?"

"你还怨到我头上了，拉不出屎怨茅坑。"

"这个家就是茅坑。"

"得！得！得！我不跟你扯这个淡，你们领导怎么处理这事?"

"退还订金，补偿百分之三十的违约金。"

"违约金?"

关海黎叹了口气："违约金的钱得我自己出。"

汤正远着急了："多少钱?"

"五千。"

汤正远像被开水烫着了，他提高了嗓门："五千？咱家的钱是大风刮来的?这钱你自己出，我没有。"

"我每个月开支的钱都给你，我哪有钱?"

汤正远绷着脸说："你的钱都过日子了。"

"你是说咱家存折里的钱都是你的工资存的?"关海黎问。

"存折上的钱是我撞断骨头拿命挣来的。"

关海黎看着他半天没说出话来，汤正远气哼哼地下了床，一瘸一拐地走了。

3

关键和儿子在 QQ 上说话。

关怀说："老关，我等你一会儿了。"

关键埋怨儿子："这两天你一直没上来看爸爸。"

"冯小沛同学带我练跳绳呢，我们要做跳绳比赛，一分钟跳五十个。我跳不了那么多啊。"

"你能跳几个?"

“过去能跳二十八个，现在恢复到二十二个。”

关键哈哈笑。

“爸爸，我得走了。”

“好，再见!”

“再见。”

关键恋恋不舍地盯着屏幕上那个暗下来的头像。大漠落日出来点他了。

“还在?”

关键挂上耳麦：“这么晚了，你还呆在这儿?”

“那你给我推荐个地方。”

“睡觉去。”

“试过，睡不着。聊会儿好吗?”

“聊什么?”

“你妻子也是当兵的吗?”

“不是，她是我们的同学。”

“青梅竹马?”

“不。”

“那是什么?”

“别人介绍认识的。”

“谈了多长时间恋爱?”

“为什么问这个?”

“我想知道。”

“读研究生的时候，我母亲生了一场重病，她希望看到我能结婚生子。我和她是我们的导师介绍的，她比我小一届。我们俩的婚结得很仓促，婚后感情也不好。儿子一岁的时候，她到美国读博士去了。孩子刚四岁，她回来把他接走了。她不愿意回来，我也不愿意去，我们的婚姻就是这样。”

“没想过解决的办法吗?”

“你是说离婚?”

“对。”

“我不能离婚，离了婚我就会失去儿子。儿子是我的命根子，我这一辈子怎么过都行，但是我不能让儿子在感情上受到委屈。”

“能讲讲你的初恋吗?”大漠落日转移了话题。

关键的目光落在墙上，墙上挂着一张放大的照片，照片上一群军人拉着马冲着镜头笑着。十八岁的女兵姚柒柒站在照片角落里，关键用柔和的目光抚摸着她的脸。

十五年前，在深秋的草原上，照相机喀嚓一声响，留下了这张男骑兵和女通讯兵的合影。

那一年关键在骑兵连当连长，当他接到通讯连执行任务要路过他们这里的通知时，跟手下的兵一样，心里乐开了花。他们连驻扎在远离城市的草原上，平时连个人影都不太容易见着。一下子来一个连的人，这一个连多数还是女兵。这能不叫战士们热情高涨吗？当通讯连的两辆卡车满载女兵们开来的时候，关键带着骑兵连的战士们骑着马迎了出去，他们打马在汽车的两侧奔跑着。

骑在红马上的关键扬鞭催马，马超过汽车，跑成了一条红线。女兵们的目光很快被他吸引了。

军车开进驻地，兵营沸腾了，女兵们叽叽嘎嘎，男兵们吃了兴奋剂一样上蹿下跳。关键那年二十一岁，他的兴奋程度一点都不比别人差。安排好工作，他从大门外蹿进走廊，蹿，还不能表达高兴的饱和度。他跑两步就蹦起来摸一下屋顶，他弹跳极好，每一下都能摸到屋顶。他跳起来在走廊的丁字路口处落下的时候，意外地砸在突然从拐弯处冒出来的姚柒柒身上。关键控制不了身体，夹裹着姚柒柒，两人一起摔坐在地上。关键一骨碌爬起来。姚柒柒坐在地上瞪着一双惊恐的大眼睛看着他。她的眼睛很漂亮，眼白蔚蓝，黑眼珠又大又黑，睫毛又密又长。

关键的脑子突然短路了，他结巴了一下："对……不起！对不起！我不是故意的……"

姚柒柒涨红着脸从地上爬起来，狼狈地跑了，她"砰"地撞在女兵董萱身上。

"跑什么？有狼追你啊？"董萱骂她。

关键晕头转向地走着，他发现自己稀里糊涂地又回到了刚才和姚柒柒一起摔倒的地方。

晚上，连里的活动室里挤满了人。打台球的，下棋的，打扑克的，每个桌子旁边都闹哄哄的。姚柒柒、董萱、刘丽媛和三个骑兵连的男兵在打红桃 A。关键一声不响地站在姚柒柒的身后，红桃 A 在姚柒柒的手里，她眼看要输了。关键不动声色地从桌上的牌堆里偷了一张，悄悄塞到了姚柒柒的手里。

姚柒柒吓了一跳，她不敢回头看他。关键清了下嗓子。姚柒柒壮着胆子把那张牌夹在两张零牌里，凑成一条龙甩出去。

男兵小张看着姚柒柒的牌说："我有三个八已经出去了，赵翼出了两个，桌子上已经有了三个，这个是哪来的？"

人们七手八脚地数着桌上的牌，姚柒柒眨巴着大眼睛，一脸无辜地看着

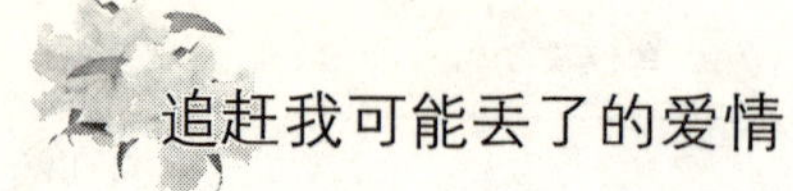

他们。

董萱打抱不平，她说：“你们什么意思？怀疑她作弊吗？我们柒柒连谎都不会说，她敢偷牌吗？”

刘丽媛说：“就是，我们柒柒两只手拿着牌，除非她还有第三只手。你们男兵输不起啊？真没风度！”

“我的记性没有错。”小张认死理。

关键说：“输了就是输了，诡辩什么？”

说完，他表情严肃地离开了。姚柒柒很想回头看看他，她忍着没回头。

有人开了卡拉 OK，浑厚的音响里传出来战士的歌声。有人马上跟着唱起来，唱得有模有样的，很是那个意思。越来越多的战士加入了，独唱很快就成了气势磅礴的合唱，看得出来他们经常这样自娱自乐。

女兵们兴奋不已，不由自主地跟着唱起来。他们一首一首地唱着。伴奏带播放到《血染的风采》的前奏，有人大声提议说：“这首歌一定要男女声对唱。”

他的提议得到了积极的响应，通信班选出来女班长董萱，骑兵连异口同声地把连长关键推出来。两人大大方方地拿着话筒唱起来，一开腔顿时迷倒了一屋子的人。女兵们连拉带扯地把姚柒柒推出来，让她伴舞。姚柒柒偷眼看关键，关键用眼神鼓励着她。姚柒柒开始跳了，她的舞姿非常优美。男兵们惊诧片刻，马上爆发出雷鸣一样的掌声。关键听到自己的心在胸膛里噗噗乱撞着要冲出来，脸像喝了烧酒一样烫。晚上躺在铺上，头还晕晕乎乎的。他闭着眼睛命令自己，好好做个梦，让她到梦里来，只给他一个人跳。两分钟后他睡着了，睡得很香，一夜无梦。

草原的早晨非常美丽，所有的景物都展现了最漂亮的轮廓和色彩。女兵们像一群黄羊一样跑着跳着，草丛里面的百灵鸟被她们惊飞了。

远处传来震耳的轰鸣声，声音越来越近，女兵们往声音传来的地方看。马群潮水一样地涌过来了，身后荡起一片烟尘。

姚柒柒看傻了，忘了躲闪，被马群裹到了河里。岸上的女兵们尖叫起来。关键骑马冲过来，他弯腰抓住姚柒柒的腰带，一使劲把她拎到马背上。马蹄踏起的水花，溅到姚柒柒的脸上。关键又使了一把劲，让她坐在自己的胸前。关键的胸膛像炉火一样烤着姚柒柒的后背，她心慌气短，面红耳赤，身子尽量往前倾。关键一抖缰绳，马跃上了岸，他把姚柒柒放下来，看了她一眼，打马冲进了马群当中。

董萱大声喊：“关连长，我们也想骑马！”

风把关键的声音送回来：“不行！”

刘丽媛大声问："姚柒柒怎么能骑?"

关键打马跑回来，他的目光毫不躲闪地盯在刘丽媛的脸上。

"这是一群没有驯过的马，如果我不把她放在马上，她会被马群踩成肉酱。你不愿意看到那个情景吧?"

刘丽媛被他慑住了，张了张嘴没说出话来。关键勒转马头，跑了。姚柒柒看着他的背影，心跳得像欢快的小鹿直想笑。

董萱伸了下舌头说："我的妈，他的脸绷得像我老子一样。"

"驯马了！那边开始驯马了。"女兵们一窝蜂地朝马厩跑去。马厩砌着围墙，像足球场一样大。骑兵们用套马杆套住马，给它们带上笼头。女兵们凑过来，小心翼翼地摸马。

男兵们殷勤地拿来胡萝卜，让女兵喂马。马温和地从女兵的手里把胡萝卜叼过来。女孩子们激动得乱喊，乱叫。

男兵们像吃了兴奋剂没有缘由地傻笑。

董萱问一个男兵："你老家是哪的?"

"山东，你呢?"

"四川。"

高个子男兵问："你们要去山里铺电缆?"

刘丽媛说："不告诉你，这是军事秘密。"

"还秘密呢，这事连我们那只大黄狗都知道。"

董萱说："你把它叫出来，我问问。"

女兵们嘎嘎笑。

"你叫什么名?"大个子男兵问刘丽媛。

董萱说："她叫卡桑德拉大桥。"

刘丽媛追着打董萱，姚柒柒笑得前仰后合的。

"怎么叫这个名?"男兵乙不解地问。

姚柒柒说："她的腰长。"

刘丽媛扑过来掐姚柒柒的嘴："我叫你乱说!"

姚柒柒惊叫着跑了。

刘丽媛大声揭姚柒柒的短："她一口气能吃八个大包子。她叫大胃·科波菲尔。"

姚柒柒捡起石头追着打她。

刘丽媛指着董萱大声说："看见她的嘴没有？全连第一号，44码，她叫44Z，Z就是嘴的拼音缩写。"

她笑得气都喘不上来了，女兵们扑上去，把她按倒在地上。刘丽媛拖着长声求救。男兵们没见过这个阵势，军心受到了前所未有的动摇。

关键急了，他喊了一声："号兵，吹号！"

嘹亮的集合号声响了，骑兵们挎战刀上马，他们在关键的指挥下，为女兵们表演了精湛的骑术。马头，军刀，军帽都在一条线上，马上的男儿雄姿勃发。女兵们看直了眼，怯了，傻了，那股子疯劲全都从汗毛孔里飞走了，一直到车开出骑兵连的驻地，都没缓过劲来。骑兵连的战士们打马追着车给她们送行。关键的眼睛盯着车上姚柒柒的脸。姚柒柒的眼睛一闪一闪地躲在帽沿下面，她不敢看他的眼睛。

"后来呢？"大漠落日在耳麦里问他。

关键突然不想说了。

"太晚了，休息吧。"他关了电脑。

4

卓童两只手灵巧地在电脑键盘上敲着，关键拿着文件夹从她身边走过去，卓童停下手，扭着脸看他。关键进了办公室把门关上。

对面的女孩子拿着一把裁纸剪刀在她的眼前剪了一下。

"小心眼珠子掉出来被人当泡踩了。"

卓童抿着嘴笑了："别讨厌！"

"哎，进展怎么样？"

"他送我回家了。"

"哇塞！"

"后来呢？"

"他坐都没坐就走了。"

"看来没有什么浪漫的事可听了。"

"怎么没有？"

"讲讲！快讲讲！"

"我喜欢上他了。"

"嗨！这有什么稀罕的？他喜欢上你，才是真正的稀罕事呢。"

卓童看看身边的女孩子们，她站起来走到关键的办公室门口敲敲门。关键在里面应了一声，卓童冲女孩子们挤了下眼睛，推门进去。

"有事？"关键头都没抬。

"没事就不能来了？"卓童歪着脑袋看着他。

"不能。"关键回答得很严肃。

卓童伸一下舌头，她的神情十分可爱："你想吓死我？跟你说，我可是吓不死的。"

她的调皮劲有点像妹妹石小余，关键不由自主地把语气放温和了。

"没事回去工作。"

卓童打了一个立正，她从口袋里掏出来一个红红的苹果放在关键的桌子上。

她小声说："送你的。"

说完她开门出去了。

苹果上贴着一个睁着一只眼，闭着一只眼的毛毛虫。看得出这是卓童自己画的，虫子的下面写着一行小字："我就是苹果里的虫子。"

关键看着苹果忍不住笑了。

卓童人出去了，心却留在关键那里。趁着喝水的工夫，她又跑了进来，看见苹果没了，她问："吃了？"

关键说："销售处的小王拿走了。"

卓童满脸不悦地说："那是我给你的。"

关键说："我不吃水果。"

卓童撅着嘴，她从口袋里拿出来一罐咖啡放到桌子上。

关键问："这是干什么？"

"给你的。"

"为什么？"

"有这么问的吗？"

"我必须问。"

"我必须回答吗？"

"对。"

"我喜欢你。"

关键看着她没有说话。

"这样看我干什么？不信啊？跟你说，刚开始是闹着玩的，现在我真的喜欢上你了。"

"我比你大十几岁，五年一个代沟，那咱俩之间就隔了三代人。"

"爱情是没有年龄界限的，你就是我太爷爷我也一样爱你。"

关键的表情非常严肃，他说："你要是再这样，我就要求把你调离我这个部门。"

5

石若玉拎着菜走到门口，关守家从后面赶上来，他把手里装鞋的塑料口袋冲她举了一下。

“我给你送鞋。”

石若玉接过他手里的塑料口袋，关守家顺手把她放在地上的菜拎起来。

“不用，我自己拿。”

“挺沉的，我拿吧。”

石若玉看了他一眼，没再说话。

进了屋，关守家轻车熟路地把菜送进厨房。石若玉掏出来关守家修好的鞋，翻过来倒过去地看着。

“这哪是旧鞋？跟新买的一样。这鞋卡子是你后上的吧？”她称赞着。

“是。”

“好看，好看。”

“家里还有旧鞋吗？”

“旁边单元的老孙看见你给我修的鞋，问我在哪修的，她说也想把自己那双修修。”

“拿来，我给修。”

“那我拿去。”

石若玉刚要出门，电话铃声响了，她接电话。

“喂，海黎啊。”

关守家竖起耳朵听着。

“妈，你能借给我五千块钱吗？”

“借钱干什么？”

“你别问了，半年以后我还你。”

“你跟我借钱，我不问清楚行吗？”

“我在厂里做坏了一批活，人家退了货，我得赔偿交违约金。”

“你故意做坏的？”

“妈你说什么呢？”

“那凭什么罚你？”

“我是责任人。”

“海黎啊，你怎么家里家外都这么不省心呢？你自己一点钱都没有？”

“钱都在正远那里，他不给我。”

“钱是两个人挣的，是夫妻共同财产，他凭什么不给你?”石若玉火了。

“我跟他说不清楚这事。妈，你到底有钱没有钱?”

石若玉拉开抽屉拿出一个信封，她看了一眼里面的钱说：“我这儿只有一千多刚领的工资，银行里存的都是死期的，这会儿你叫我到哪给你凑去?”

关守家忙从口袋里掏出一沓钱来放在茶几上，他冲石若玉指指那钱。

石若玉愣了一下，马上明白过来，她使劲冲他摆手表示不要。

“妈，你想办法帮我凑一凑，这笔钱得马上交呢。我是实在没办法才求你的。”

关守家拿起茶几上的钱走过去，他把钱放到石若玉的手里。石若玉看看手里的钱，看看关守家。

“妈！妈!”

石若玉生气，她提高了嗓门大声说：“叫魂呢? 你回来取钱吧。”

钱的问题解决了，关海黎放下了心里的那块石头。中午下班回家，汤正远拄着一根拐杖迎出来。他上一眼、下一眼地看着关海黎。

关海黎懒得搭理他，放下书包进厨房去了。汤正远跟了进去。关海黎在厨房里淘米做饭。汤正远站在她身后，见她不跟自己说话，讪讪地出去了。

汤正远坐在沙发上，看见关海黎放在沙发上的包，他悄悄拎过来，鬼头鬼脑地翻着里面的东西。关海黎从厨房里出来，汤正远掩饰着把包扔到一边。

关海黎皱着眉头看着他问：“你找什么?”

汤正远若无其事地说：“没找什么。”

关海黎说：“吃饭。”

汤正远起身跟她进厨房，他看了一眼桌子上的菜问：“怎么没有肉?”

“你没给我买肉的钱。”

“你的工资呢?”

“你工资呢?”关海黎反问他。

“我现在只拿70%的工资。”

“你拿1%给我看看也行。”

汤正远放下筷子，问关海黎：“你成心不让我吃是不是?”

关海黎低头吃饭，她不说话。

“你这人怎么这么别扭呢? 你以前可不是这样的人。”

“你以前也不是这样的人。”

“不就是因为我没给你钱吗?”

“钱算什么东西?”关海黎冷笑。

“那天我给我妈钱你就老大的不高兴。”

“我的情绪能影响到你吗?”

“她是我妈，我应该孝顺。”

“孝顺？你那是孝顺吗？根本不是孝顺，是讨好，是可笑的愚忠。”

“咱俩结婚这么多年，这是我第一次给她钱，我给我妈钱是应该的，你至于气成那样吗?”

“你选那个时间和那个地点给她钱不就是为了气我吗？汤正远，我告诉你，你的目的已经达到了。”

“那是你愿意生气，你要是想生气，有的气生呢。我妈来电话说，他们拆迁要买新房子，我还得给她寄钱。”

“肇事单位赔你的钱，你全给你妈我都没意见。这个家的存款，是咱们夫妻的共同财产。没有我的同意，你休想给我动!”

关海黎的口气很硬，没有商量的余地。

汤正远急了，他说：“存款是我攒的。”

关海黎提醒他：“你别忘了，我挣钱一直比你多。”

汤正远一怔，当家做主惯了，他还真把这事给忘了。

关海黎冷着脸说：“前些日子我被单位罚款，都没动家里的存款。你要是把家里的存款给你妈买房，我跟你没完。”

汤正远被她噎得半天没说出来话，他一脚踢开凳子出去了。

关海黎像没看见一样，她看了一眼墙上挂着的钟，上班的时间到了。关海黎骑着自行车从小区旁边的花园路过，她一眼看见了汤正远。他坐在石凳上，面前摆着一只烧鸡，半张大饼，一大瓶可乐。他大饼卷鸡肉，大口大口地吃着。

关海黎刹住车，她吃惊地看着汤正远。汤正远也看到了她，他更加狼吞虎咽地吃起来。

关海黎脑袋一阵发蒙，她跳上车子就走。车速太快，石头把车子和她颠起来老高。汤正远看着她的背影，嘴里面使劲嚼着，关海黎骑远了，汤正远也嚼不动了，他被噎得打了个嗝。

关海黎疯狂地骑着，骑着骑着，她骑不动了。眼前的景物开始模糊了，她使劲忍着眼泪。这叫什么破日子？在这个破日子里面熬，一天比一年都长。她不愿意回家，也不愿意去单位，满世界没有一个她想去又能去的地方。

拿小旗的交通协管员冲她大喊：“嗨!”

关海黎刹住车，她孤零零地站在马路中间。

6

这些日子关守家天天都来，人就是这样，很容易就习惯了。关守家帮石若玉拎菜，送她回来，她都不拒绝了。关守家每次来都带着一双鞋，家里的修完了，修外面的。他的活干得确实是漂亮，给石若玉挣足了面子。

石若玉说："老孙穿着你修的鞋满世界显摆。这不又给你招揽来了一双？隔一个单元，三单元赵大姐的女儿的。"

关守家高兴地连连点头："行，行，看得起我的手艺就行。"

石若玉择菜，关守家帮她，他说："我赶明儿真的开一个皮鞋美容店，生意肯定好，准能挣钱。"

听他提到钱，石若玉赶紧说："那钱，过几天我还你。"

关守家一怔，问她："你怎么扯那去了？"

石若玉说："这钱得还。"

关守家说："实在要还，那也得等海黎缓过手来，让她自己还给我。她都不急，你急什么？再说了，我一个孤老头子也没处花钱去。"

石若玉被他说得心里一动，抬起头看着他。关守家被她看得心里又痒又热，他起身到厨房里拿来一个菜盆，把摘好的豆角放在里面。

"每天自己做着吃？"石若玉问他。

"是。"

"你还记得吗？海黎五岁那年，我发烧起不来床，想喝点稀粥，你给我煮了一锅。看看你煮的那锅粥，下面一层是煳的，中间夹生，上面清汤寡水。我说了你两句，你就连粥带锅都给我扔到外面去了。"

"我再给你煮一回？我现在啥粥都会煮，我做的八宝粥比饭店卖的都好吃。"

"不稀罕，啥人啥命，我天生吃黄连的命，吃蜜嘴里就泛酸。"

"你喜欢吃啥？我给你做，这些年我练出了一手好菜。"

石若玉看了他一眼说："在我这的时候当老爷，怎么到她那就成使唤丫头了。"

关守家叹了口气说："她做饭太难吃，淡了吧唧的，连咸味儿都没有，我学会做饭也是被她的手艺逼出来的。"

石若玉冷笑了一声："真是一物降一物，能把你逼得围着锅台转的人我佩服。"

关守家说："在野外勘探的时候，我也做饭给大家改善伙食。"

“她什么样?”

关守家没明白，他抬起头看着石若玉。

“我是说你后老伴儿。”

“没你高，比你胖。”

石若玉瞪了他一眼：“跟我比什么?”

“我看见谁，都跟你比。”关守家说得很实在，石若玉心里热乎乎的，她站起来给关守家泡了杯茶。

“你们怎么认识的?”

“我到云南的第三年，同事给我介绍了她。她结过婚，有过一个儿子，八岁的时候游泳淹死了。”

石若玉吓了一跳，回过头看着他。

“四十岁的时候，她丈夫出工伤事故死了。”

“天哪，她怎么这么惨?”

“是啊，我也是可怜她，就和她结了婚。”

“可怜能当日子过吗?”

“嗨，那时候我心气也不高，我想，跟谁过不是过? 怎么过还不是过?”

“你俩过得不错吧?”

石若玉的话里泛着酸味儿。

“不怎么样。”

“就你这狗脾气? 她能跟你过好，才算怪呢。”

“她脾气比我坏，我俩吵架，都是她追着我吵。”

“就两人过日子，没有前一窝后一串的，有什么可吵的?”

“她怕我把钱贴补给这边的孩子们。”

“自己的亲生儿女，想怎么给就怎么给。法律都有规定，你干涉得了? 她连这都想不明白，气死活该!”石若玉恨恨地说：“她也受过十月怀胎的苦，怎么眼里就容不下孩子? 少见，真是少见! 你没告诉她，我的孩子压根没花过你的钱吗?”

“说了，她不信。”

“她信什么? 气着我，我月月找你要钱去。”

“她都死了五年了，你跟她叫什么阵?”

“报应，关守家，你活该遭报应。”

“我活该，我跟她结婚十年，加在一起，满打满算也就过了一年正经日子。”

石若玉的好奇心被勾起来了：“为什么?”

“我常年出差在外，回家没说两句话，我们俩就得吵起来。”

“你不会不理她?”

“她把我的经费都掐了，我能不理吗?”

“什么经费?”

“工资，一开支她就跑到我们单位把我的工资领出去存起来，连存折都不给我看。”

“她凭什么?”

“凭她是我老婆。”

“老婆也不是原配的，臭美什么?”石若玉完全忘了她跟关守家之间的恩怨，立场完全站在了他这一边。

关守家说：“我俩一吵架她就把米面都放到里面的屋子里锁起来，自己跑到侄子家去一住就是半个月。”

“关守家啊，关守家，当年你跟我那厉害劲都哪去了？啊？我给你生了一儿两女，你说离就跟我离了，连头都没回一下。跟她怎么就这么窝囊呢？你是在她手里有短？还是前世欠了她的?”

关守家说：“我提出离婚，单位介绍信都开好了，她突发脑溢血，抢救过来，就瘫在床上，一瘫就是六年，你说我能怎么办？我能扔下她不管？我也不是那样的人哪!”

石若玉摇头感叹：“命，这就是命!”

两人说着聊着，饭菜很快熟了。石若玉盛了一碗饭摆在桌子上，回头看看关守家。

关守家忙站起来说：“你吃吧，我回去了。”

石若玉说：“在这儿吃吧，不就是一碗饭吗？就是要饭的要到家门口，我也不能让他空着肚子走。”

“你还那样，好话都说不出好味儿来。”

石若玉问：“你说什么?”

关守家说：“我说，我给你拍个黄瓜。”

石若玉和关守家刚端起碗，石小余就回来了，她一进门就大声喊：“妈，我回来了。”

“啊，小余出差回来了。”石若玉赶紧放下碗往外走。

“做什么好饭呢？这么香!”

关守家有点不知所措，他放下手里的碗。石小余在门厅里换鞋，石若玉走出来，她看着女儿问：“不是说去一个星期，怎么这么长时间才回来?”

“我一个跟包的，经理不想回来，我有什么办法?”

石小余从母亲身边绕过去往厨房里走，石若玉追上去。她叫了一声：“小余。”

“什么事啊？我都快饿死了。”

石小余一眼看见坐在餐桌旁边的关守家，她愣住了。关守家站起来主动跟石小余打招呼。

“回来了？”

石小余变了脸，扭头就走。石若玉追上去：“你去哪？”

“这个家有他没我。”

“他是你爸爸。”

“我是野种，没有爸！”

“你混蛋！”

石小余扭头看着母亲说：“妈，你好了伤疤忘了疼，这个人当初怎么对你的？你这么快就忘了？”

石若玉压低声音问石小余：“他来了我能把他轰出去吗？”

“那是你不想轰。”

石若玉被她顶得说不出话来。

“妈，你真是叫我失望透了！”

石若玉问：“我怎么做，你们才能个个满意？啊？我不让他进屋，你哥跟我生气，我招待他，你姐和你跟我翻脸。”

“别拿我们说事，如果不是你想跟他恢复关系，他能进得了这个家吗？”

“小余，你怎么跟你妈说话呢？”

“是你逼我这样跟你说话的。”

石小余摔门出去了，石若玉气得嘴唇直哆嗦：“混球！她怎么这么混球呢？”

“走了？”关守家悄悄走过来问她。

“都是你！弄得她连顿饭没吃就走了。以后你别来了，你一来这个家就没好日子过。”

石若玉把一肚子的火，发在他的头上。关守家自知理亏，想说什么没说出来，他开门往外走。看着他的样子石若玉有些心疼，她说：“事情已经这样了，你就把饭吃完得了。做了这么多饭谁都不吃，让我一个人打扫到啥时候？”

两人一声不响地吃了一会儿，关守家忍不住问：“小余……她没事吧？”

“她就这狗脾气，过会儿就好了。都是你造的孽，自己受罪还得让大家一起跟着。”

石若玉把菜夹到关守家的碗里，关守家感动地看着她。

“看什么看？这姐俩脾气犟，随根，跟你一个德性！”

“你不是说他们仨没一个像我的吗？”

石若玉自知失言，狠狠地白了关守家一眼。

7

石小余气坏了，她不明白母亲。受了半辈子苦，为什么还这么没有记性？这么快就让仇人关守家把政权颠覆了。石小余口舌生烟，站在冷饮摊前咕嘟咕嘟地往肚子里灌着凉水。魏劲戈打来电话，问她在哪儿？石小余说，她刚下飞机，没吃没喝，正空着肚子满街转呢。魏劲戈让她马上过来，说请她吃火锅。石小余赶到麻辣风情餐厅的时候，魏劲戈已经点好了菜。石小余坐下来，撸胳膊挽袖子地吃起来。

“嗨，嗨，连句客气话都不说吗？”

“你矫情不矫情？”

魏劲戈嘿嘿笑。

“你这吃相也太不淑女了。”

“装淑女给你省钱？我才不上当呢。”

“在哪装了一枪管火药，到这冲我搂火来了？”

石小余三言两语地叙述了一遍家里发生的事情，她说：“你说我妈她到底受的是什么教育？一阵清楚一阵糊涂，跟她，我生不起这个气。你赶紧帮我找个住的地方，租金别太高了。”

“为这事离家出走，不值得。”

“眼不见，心不烦。你没看那老头的架势呢，不把我家地中间坐出口井来，他绝不善罢甘休。”

“他是想跟你们和解。”

“地球是围着他转的？他想干什么就干什么？”

石小余瞪着魏劲戈，黑亮的瞳孔里闪着灼灼的光。

魏劲戈说：“哎，你瞪我干什么？我又不是你爸。”

“你再说一遍。”

魏劲戈赶紧把锅里的鸭血捞到她的碗里：“我的意思是，事情发生了，不能躲，躲解决不了问题。”

石小余叹了口气，靠在椅子背上。

“其实我也不完全是为了躲他，我不愿意老跟我妈住在一起，我在家打个电话她都要问，给谁打电话呢？什么话非得在电话里说？花钱说话显得金贵？”

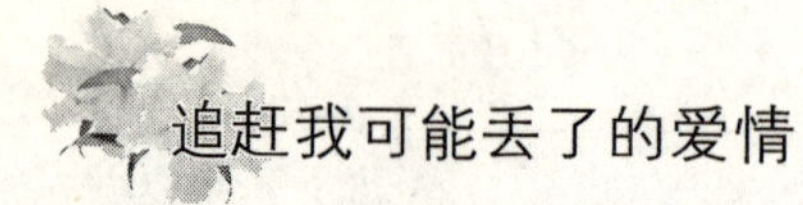

魏劲戈哈哈笑。

“星期天我多睡一会儿，她从早上八点到中午十二点，半个小时一次，能叫你八遍。我生气，她比我还生气。她骂我说，你这么懒，将来谁敢要你？”

“你告诉她，有不怕死的。”

石小余看了他一眼，转过脸看着窗外，阳光照在她的脸上，石小余的轮廓很好，额头圆润饱满，鼻梁，嘴，下巴，脖颈的线条都流畅得无可挑剔。看着她脸颊上那层细细的茸毛，魏劲戈跑神了。

石小余叹了口气说：“你是不知道跟父母住在一起有多烦，我想搬出去一直没个理由，这下总算找到了借口。想什么呢你？”

“没想什么。”

“鬼才相信呢，说！”

“我在想，你拯救爱情的事业进行得怎么样了？”

“不怎么样，我俩一通电话就吵架。”

“吵什么？对不起，这是个人隐私，我不该问。”

“什么隐私？我们说的话能做现场直播，什么都说，逮什么，说什么。就是不能说感情，一说就翻脸。”

“翻过去再翻回来，你这人执著！”

“爱情就应该经受得住考验。”

魏劲戈看着她摇摇头说：“石小余，我看你不是身经百战，就是真的天真无邪。”

“给点阳光就灿烂，给点洪水就泛滥。”她嬉皮笑脸起来。

“你呢？还在继续百里挑一的系统工程？”

“没有。”

“为什么？”

“你不跟着去没意思呗。”

“少讨厌！”

“我求你个事。”魏劲戈说。

“无利不起早，难怪你请我吃饭。”

“真的，真的，今天晚上我们班同学聚会，你陪我去吧，做一晚上我的陪衬人。”

石小余骂他：“臭美吧你！就你这德性值得我陪衬吗？”

“拜托，拜托。”

石小余不吃了，盯着魏劲戈的眼睛问：“这里有什么阴谋吗？”

魏劲戈说：“别人都是成双结对的，我一人去会遭到众人打击。你求我的事，我都给你办了。我求你一回，你也不该拒绝。这叫互惠互利。帮帮忙，帮帮忙。”

“你给我办什么了?”石小余眨着眼睛问他。

“我们医院有个同事，两口子去新西兰了，房子钥匙在我这放着，你放心去住。”

“房租多少钱?”

“你能给多少?”

“一千。”

“八百吧，象征性地收一点儿，省得你住得不自在。”

“这顿饭我请了。”石小余高兴地说。

“你别坏了我的规矩，我从来不让女人花钱请吃饭。”

九

1

汤正远在客厅里百无聊赖地看着电视。门铃响，知道是关海黎下班回来了，他急忙把门打开。一个中年男人抱着两箱子饮料进来，关海黎跟在后面，她手里拎着一桶油。

“刘工，你就放这儿吧。”

刘工跟汤正远打招呼：“在家呢?”

汤正远疑惑地冲他点点头。

关海黎忙着给他倒水：“喝点水。”

“别忙了，我得赶紧把我那份送回家去。”

“坐会儿吧。”汤正远象征性地客气着。

“不了，不了。”

他冲汤正远笑了笑往外走，关海黎送出门去。汤正远站在窗边往下看，因为看不见下面的死角，他有点着急。关海黎回来，进厨房做饭去了，汤正远跟了进来，他问：“这人是谁?我怎么从来没见过?”

“我们单位的工程师，他没来过咱们家，你到哪见去？”

“从来没来过，怎么这会儿来了？”

关海黎蓦地转过身，两眼盯着他问：“你说这话是什么意思？”

“平白无故的，他送你干什么？”

“厂里分了这么多东西，我一个人搬得回来吗？”

“厂里那么多人，为什么偏偏他送？”

“他有车，而且顺路。”

汤正远冷笑一声：“看不上骑自行车的了？”

“汤正远，你到底想干什么？”关海黎的脸白了。

“这话问的，是我干什么？还是你干什么？”

关海黎嘴唇哆嗦着看着汤正远，汤正远没事人一样，拿起杯子喝水。关海黎摔盆打碗地做着饭。

汤正远冷笑了：“气急败坏？这说明被我击中了要害。”

关键从公司里出来，开车门上车。卓童堵在车前面，她用命令的口气说：“你请我吃饭。”

“不行。”关键回答得很干脆。

“那我请你。”

“更不行。”

卓童急了：“你这人怎么这么别扭？”

“感觉准确，你别扭的时候，我也别扭。”

“因为代沟吗？我这人天生逆反，代沟越深，越能激起我的斗志。”

关键露出一口整齐洁白的牙齿笑了，他说：“知道你们这茬人逆反，可是我还是要奉劝你一句，没事多读读书，别这么浪费时间。”

“你怎么老说我老爹和我爷爷说的话？”

“回家去吧！”

关键开车走了，卓童追了两步没追上，愤愤地站在那里。

她恨恨地说：“关键！你等着吧！”

2

魏劲戈带着石小余赶到聚会地点的时候，同学们基本上已经到齐了。他们一进门，桌子旁边一片怪叫声。

“老魏！魏老八！”

魏劲戈装腔作势地挨个跟大家握手。

“老四，有人用屁股坐过你的头发吗？压得可真扁哪。呦，老蔡也学会化妆了？你那张大脸化起来还不得跟刷墙似的？”

“臭嘴，看我给你缝上！”蔡敏给了他一巴掌。

魏劲戈给大家介绍石小余：“石小余，我的女朋友。”

“老八，女朋友越换越漂亮啊。”

“不是故意的，此乃不小心而为之。”魏劲戈嬉皮笑脸。

蔡敏骂他：“还那个臭德性。”

石小余一脸憨笑，豁达、天真又可爱，魏劲戈拉着石小余坐下。给她倒了杯茶。

刘胖子问魏劲戈：“知道班长今天为什么大出血吗？”

“他老人家除了怀旧还能做什么？”

“一会儿你就知道了。”

“痛快告诉我。”

“我真不知道，知道还用问你？”

“你脑袋里有屁啊？”魏劲戈骂他。

这时班长带着一个女人进来，同学们顿时七嘴八舌地喊起来。

“顾娅茹！”“顾娅茹！”

“你们好！你们好！”顾娅茹笑着跟大家打着招呼。

魏劲戈愣在那里，刘胖子捅了他一下：“＊＊，玩雕塑呢？”

石小余问魏劲戈：“她是谁啊？”

魏劲戈没有回答，她问身边的蔡敏。蔡敏告诉她，顾娅茹是魏老八的前任女朋友。

石小余幸灾乐祸小声说：“魏老八，这下你要死灰复燃了。”

“这个人，到底有没有点儿同情心？”魏劲戈瞪了她一眼。

“顾娅茹，你什么时候回来的？”

“星期一。”

“在外面生活得怎么样？”

“还可以。”顾娅茹回答得很矜持。

班长吆五喝六地招呼大家倒满了酒，他站起来说：“我没告诉大家就是为了给你们一个惊喜。顾娅茹出去五年了，这是第一次回来，咱们一定好好聚一聚。魏老八，别缩头乌龟似的，你也表示表示。”

顾娅茹的眼睛落在魏劲戈的身上，她有点惊讶，好像刚看见他一样。魏劲戈站起来跟她握手：“欢迎你回来。”

“看看魏老八那死德性，欢迎词致得跟市长一个腔调。”

顾娅茹笑了，她问魏劲戈：“不介绍我和你女朋友认识一下吗?”

魏劲戈把石小余拉起来，揽着她的肩膀说：“石小余，顾娅茹。”

石小余觉得滑稽，她看着顾娅茹嘿嘿地笑了。顾娅茹主动地伸出手来跟石小余握手。

“很高兴认识你。”

她的手真凉，冰得石小余在心里打了个激灵。

聚会很热闹，五瓶白酒很快就见底了。有酒遮脸，男男女女全都放开了。所有的人都扯着嗓子追忆着学生时代的好时光。魏劲戈敲着桌子，高声唱起来：“头顶边关月，心系天下安，当兵走四方，时刻听召唤……”

同学们齐声应和，脖子上的青筋绷得老高。有人摇着头感慨道：“在兵营实习的时候起床，出操，早饭，中饭，午休，晚饭，熄灯都是唱的这几句。”

“多么美好的日子，多么堕落的日子。这种日子一去不复返了。”

“哎，咱们班的八大闲人之首侯永林怎么样了?”

“办了 F2 签证，给老婆陪读去了。”

“孙强呢?”

“一毕业就到美国硕博连读去了，GRE 考 2000 分就是牲口，那王八蛋考了 2480 分，他简直是个大牲口。”

“毕业十年了，物是人非，咱们班上的那几对，除了老丁和老蔡还搭伴过日子，剩下全部孔雀东南飞了。”

男生说：“女人朝三暮四。”

女生说：“男人三心二意。”

“还缺个横批。”有人提醒道。

酒桌上笑成了一团，石小余满面潮红，笑得气都喘不过来了。

顾娅茹拿着酒杯挨个跟人碰杯，碰到魏劲戈这里，魏劲戈站了起来。两人一饮而尽，互相看着百感交集谁也没说话。

石小余躲到蔡敏和梁英的身旁，眼睛瞟着这边。

顾娅茹说：“咱们班谁都问我过得好不好，唯独你不问。”

魏劲戈说：“你回答他们的话我都听见了，不用再问。”

“你信吗?”

“信，你这样的人，在哪都能生活得挺好。”

“为什么?”

“怎么老问为什么?”

“咱们老师说过，教育的价值是被教育的人能够问：为什么?”

“顾娅茹，你结婚了吗?”曹永问了她一句。

刘胖子说：“哪有问女士这种问题的?”

“老同学嘛，关心关心。”

“是不是看看有没有可乘之机?”

“魏老八在这呢，轮不着我。”

突然想起来石小余，曹永打了自己的嘴一下：“说突噜扣了，该打!”

石小余笑着说：“没事，想说什么随便说，我这人心理素质好。”

刘胖子凑到魏劲戈耳边悄悄问他：“老八，这个女友不错，哪找的?”

“自己认识的。”

“哪认识的？咱也碰碰去。”

“那可不容易，这种几率相当于打扑克的时候一把抓了五个拖拉机顺便还有两张大猫上了手，你有那福分吗?”

班长说：“抓紧点吧，没结婚的赶紧结婚，没孩子的赶紧生孩子。你们可都是告别两张往三张奔的人了。”

魏劲戈说：“奔三张有奔三张的好处。”

“好处在哪里?”班长问。

“看明白了很多问题，减少了很多的生理冲动，更加注重内心的体验。”

女生群里传来起哄声。

蔡敏喝多了，她大声说：“你们说我干吗？我这人一点儿教育意义都没有。人家一说起单身女人，不是思想敏锐，就是事业成功。她们是为了事业抛弃了感情，说起来既让人羡慕又让人心疼。我一没事业，二不传奇，我单身完全是被逼无奈。”

石小余笑得前仰后合。

顾娅茹问石小余：“你跟魏劲戈是怎么认识的?”

“坐飞机认识的。”

“够浪漫的。”

“你结婚了吗?”石小余突然问她。

“结了，又离了。”

魏劲戈听到这句话，蓦地回头看她。

“我的婚姻掐头去尾，是最最彻底的折子戏。”她指指魏劲戈说：“男人都跟他一样，薄情寡义。”

魏劲戈笑了：“我招你了吗?”

“百分之百招过。”石小余说。

魏劲戈说：“你这人凭长相到哪都先声夺人，你自信，怕离婚的女人是缺乏自信的女人，你不怕这个。”

蔡敏说：“不怕离婚，也不能才结婚一年就离啊。”

顾娅茹叹了口气说：“爱情就是一场镜花缘，看见已经握在手里了，一松开，却发现什么都没抓到。故事是老掉牙的故事，悲伤是千百年如一的悲伤。”

魏劲戈说：“你们女人就爱把生活弄成廉价的苦情戏，三贞儿烈气息奄奄的。”

“怎么怪我们女人？”梁英不干了。

老四说：“男人和女人永远是朝着两个方向跑的动物。这是没办法的事。”

梁英说：“该离就离，爱情是享受，不是长跑比赛，婚姻不管长短都要看实质。”

石小余两手托腮认真地听着。

蔡敏提醒她说：“石小余，你可得小心点我们魏老八，他根本不是什么好东西。”

石小余说：“我知道他不是好东西。”

“那你可够有襟怀的。”

魏劲戈嘿嘿笑。

顾娅茹看看魏劲戈又看看石小余，她意味深长地说：“据我观察，石小余跟魏劲戈不是恋人关系。”

“嘿，你凭什么这么说？”魏劲戈问她。

“凭我对你的认识。”

石小余说：“你是说，他不喜欢我？”

“不是吗？”顾娅茹反问道。

石小余调皮地看看魏劲戈，她说：“你问问魏老八，他敢不喜欢我吗？”

3

石若玉和关键吃完饭，石若玉收拾厨房，关键刷碗。

关键说：“妈，刚才下班的时候小余给我打了个电话，说她在外面租房子了，让我告诉你一声。”

石若玉怔了一下，把抹布摔在灶台上说：“反了她了！”

“妈，她的性格你还不知道？不能管，越管越逆反。别理她，她倒一会儿就过劲了。不过话又说回来了，小余也二十六了，又不是小孩。她想在外面住就让她住去，你给她点儿空间让她自由自由。”

“我什么时候限制她自由了？”

“那是你自己没意识到，妈，其实你什么事都爱掺和。”

“我是你们的妈。”

“哎哟，老太太，你累不累啊?”

“我想躺着，你们哪个能叫我舒舒服服地躺着?”

“妈，你给我姐和小余做做工作，叫她们做人大气点儿，我爸六十多岁的人了，为了这事一趟一趟地上门。看到自己的女儿这样对他，心里不难受才怪呢。”

“那是他自找的!”石若玉气哼哼地说。

关键看了母亲一眼：“在一起生活了十四年，我就不信你们一点感情都没有。”

“把自己那点事情弄清楚了，再来教育你妈。”

“我的事跟你们不一样。”关键说。

“夫妻之间就那么点事，有什么不一样?你妈土埋脖梗子了，你才多大年纪?这么混你不觉得委屈，妈替你委屈。”

“妈你就爱瞎操心，我这不挺好的吗?”

“好?哪好?看着你一个人出出进进的，我心里不舒服，你爸也不舒服。你们没有一个是叫我省心的，小余二十六七岁嫁不出去，你娶了媳妇，跟没娶一样。你姐姐没个孩子，日子过得闹心。”石若玉眼圈红了。

关键急忙转移话题：“我姐夫怎么样了?”

“好多了，能出去走了。这些日子我没过去，你姐也有日子没来了，一会儿咱们过去看看他们?”

“行。”

看到母亲和弟弟，关海黎很高兴。忙着倒茶，削水果。自从那次两个老太太发生冲突以后，看到丈母娘，汤正远就发怵，他再也不能像以前那样身心放松，无所顾忌了。石若玉好像忘了那件事，看到女婿恢复得很好，她从心里往外高兴。关海黎把一桶色拉油拎出来放到母亲身边。

“这是我们单位分的，妈，你走的时候拿上。”

汤正远飞快地扫了一眼放在丈母娘腿边的油。

“我那有，你留着吧。”

关海黎说：“叫你拿，你就拿上。”

汤正远心里不高兴，他看了一眼关海黎。

关键问汤正远：“走路比以前利索了吧?”

“不行，出门还得拄拐杖。”

石若玉安慰他，说："伤筋动骨一百天，得慢慢来。"

"你多出去活动活动，晒晒太阳，这样钙补充得快。"关键说。

"我每天都出去练腿，恨不得马上把拐杖扔了，我们单位现在也在搞裁员整顿，在家窝着心里不踏实。"

石若玉说："你在单位干了二十多年了，没出车祸的时候，你卖命地干，你们领导再损也不能卸磨杀驴吧？我琢磨裁员这事轮不到你身上。"

"我也是这么想。"

石若玉说："我们走了。"

汤正远急忙站起来："再坐会儿吧。"

"不了。"

关海黎又把一箱饮料递给关键说："这个你也给妈送回去。"

石若玉不要，她说："我不喝那玩意儿。"

"小余喝。"

"别提她，这兔崽子跟我一刀两断了。"

关海黎吃了一惊，她问："为什么？"

"因为咱爸。"关键说。

听到关键这句话，关海黎的脸阴了下来，她问关键："抹了蜜了？嘴这么甜？"

汤正远看看关海黎又看看关键，知道在这个问题上他不能插嘴。

"他本来就是咱们的爸。"

"是你的，不是我的。"

石若玉说："你不把他当爸，他可把你当闺女，你单位罚款的那五千块钱里有三千五是他替你出的。"

关海黎愣了一下，明白过来，她生气地问道："妈，你怎么跟他借钱？"

"你妈是开银行的？哪来那么多现钱？他也就看你是他亲闺女的份上，才锛都不打，把钱给了你。"

关海黎心里一阵别扭，她不说话了。

听到关海黎跟娘家借钱，汤正远非常尴尬，他问关海黎："你怎么跟妈借钱呢？"

"我跟你要，你给吗？"关海黎的话很冲。

石若玉说："正远，不是我说你，海黎摊上事了，你当丈夫的应该帮她一把。"

"我没说不帮她。"

"那天你说什么了？你要是好意思，就当着我妈的面再重说一遍。"

“我开玩笑的话，你也当真?”

关海黎说：“玩笑是让人笑的，你的玩笑让人死的心思都有。”

关键急忙把话岔开，他说：“姐，你怎么不找我要钱呢?”

“你挣一个花俩，找你也是白搭。”

“你太小看我了，我顺手编一个软件就能挣几千块钱。”

“那好，以后再借钱我找你。”

石若玉说：“借钱是好事啊？还做起长远计划了。”

关键拎着油桶，挡住送出来的汤正远，他说：“别送，别送。”

“妈，那我不送了。”

关海黎抱着冷饮箱送他们出去了，汤正远一个人坐在沙发上生闷气。关海黎回来，把茶杯里的茶根倒了，冲洗干净放进橱柜里。

汤正远说：“你可真大方，什么都送人。”

关海黎明白他在心疼那点东西，她说：“你住院的时候吃的全是我妈做的饭，你不觉得我妈也大方吗？你能给你妈钱，我就能给我妈油。”

汤正远被噎得张了两下嘴，什么都没说出来，站起来转身进了卧室，摔上了门。

4

石小余回到家已经很晚了，石若玉穿着睡衣从卧室里出来，她瞪着石小余问：“看看几点了，怎么才回来。”

石小余没搭话，她推门进了自己的房间。

“去哪了?”

石若玉追进去，闻到酒味儿，她抽了下鼻子。

“喝酒了?”

石小余挑衅地看了她一眼。

“翻什么白眼？你看看你像什么样子？跟谁出去喝成这样?”

“你不认识。”

“男的女的?”

“操这么多心，你烦不烦?”

“你要不是我生的，我才不操这闲心。”

“你就当没生我好了。”

“小余，我把你拉扯这么大，你就这样顶撞你妈?”

石小余没说话，她打开箱子，把衣服一件一件地叠好，放进去，箱子很快放满了。

石若玉问她："你这是干什么？"

"搬走。"

"你真在外面租了房子？"

"对。"

石若玉急了："告诉你，我不同意！"

"你不同意也没用，我早过了十八岁，有自由生活的权利。"石小余生气地说。

石若玉被她一句话噎得半天没缓过劲来，她问："为什么？你到底是为什么？就因为他来咱家了？"

石小余拖着箱子往外走。石若玉跑了两步拦在她面前，她拿起鞋架子上的鞋举到石小余面前。

"他是来给你送鞋，你好好看看，这是他给你修的。"

石小余扫了一眼鞋，不屑地说："这鞋我早就不要了，镶上金边我也照样不要。"

"你这孩子心怎么这么冷呢？"

"我就这样，我冷我的，你们热乎你们的，咱们谁也别妨碍谁。"

石若玉厉声喝问道："怎么说话呢你？"

"我说的不对？我回到家看到你和那个你口口声声说恨死了的人坐在一起，亲热得跟两口子似的。我能怎么想？我该怎么说？妈，你有健忘症，我可没有。你百折不挠，我不行，我惹不起，总躲得起吧？"

石若玉气得大声喊："混蛋！滚！你给我滚得远远的！有本事你永远也别进这个门！"

石小余拖着箱子出去，"咣"的一声把门关上了。

石若玉腿一软坐在床上，她呜呜地哭了。

5

关海黎收拾完房间，擦地板，洗衣机嘀嘀地叫着，她把洗好的衣服拿到阳台上一件一件地晾好。电视里没有什么好节目，汤正远放下遥控器，对关海黎说："喂，你把那几个猪蹄子给煮了吧。"

关海黎看了一下表说："十一点多了，明天再说。"

"放冰箱里多少天了？再不弄，味儿都不对了。"

关海黎皱了下眉头说："调料都不够，怎么弄？"

“你说缺什么？我给你找。什么调料不够，是你潜意识里不想给我煮。”

关海黎两手举着要晾的衣服僵在了那，她转过脸看着汤正远，好一会儿才说：“别给我上心理分析课，你不就是见不得我闲着吗？我不睡觉也帮你干行了吧？”

汤正远冷笑了一声：“帮我？请问，这家里哪件事是我一个人的？”

“哪一件事不是你的？”关海黎反问他。

“你知道我的肺不能闻油烟味儿，要不我自己煮，你以为我愿意看你的脸子？”汤正远气得咳嗽起来。

关海黎撅着嘴，把洗好的猪蹄放进高压锅里，点着了火。

汤正远坐在沙发上，耳朵听着厨房里的动静，厨房里传来高压锅喷气的声音。关海黎从厨房里出来，进卫生间，刷洗浴盆。

汤正远叮嘱她说：“差不多了，别煮得太烂了，没咬头。”

关海黎没说话，她进厨房关了火。站在那里等着气阀里的气不再冒了，使劲拧开高压锅盖子，“砰”的一声闷响，酱红色的汤汁扑过来，关海黎“扑通”一声摔倒在地上。

汤正远听到动静，一瘸一拐地冲进厨房。关海黎抱着脑袋在地上趴着，扫帚和拖布全部横在她身上。听见汤正远进来，她翻身坐起来。看她没有受伤，汤正远急忙打量四周。白色的人造大理石的灶台上一片狼藉，几个炸碎了的猪蹄子躺在浓稠的汤水里。他心急火燎地拿抹布使劲擦。有些印子怎么也擦不掉了。

“怎么搞的？”他扔了抹布生气地问。

“气阀堵了，一开锅盖就崩了。”关海黎心有余悸，声音哆嗦着。

一滴汤汁从上面落下来，掉到汤正远的额头上，顺着鼻梁往下滑。他抬头看，一个完整的猪蹄子牢牢地扎在屋顶的 PVC 板子上。

汤正远的火一下冲到了脑门上，他说：“这厨房才装修了一年就被你祸害成这样。你没受过累，根本就不知道心疼。”

关海黎蒙了，好一会儿才说出话来：“汤正远，厨房重要还是人重要？”

“这个厨房是我花钱装修的，当然你不心疼。”

“你进来不看我，而是先看厨房是不是受了损失，我在你眼里还不如一间厨房？汤正远，你真是见物不见人哪！”

“见物怎么了？这个家里哪个物件不是我亲手置办的？”

门铃声打断了他们的争吵，进来的是拖着旅行箱的石小余。看见关海黎这副狼狈相，她叫了起来。

“姐，你怎么了？”

"没怎么。"关海黎看了一眼她的旅行箱问："你这是干什么？"

"跟妈吵架了，来你这住一宿。"

"闹什么？赶紧回家去，看妈着急。"

"是她把我轰出来的，你不留我，我住宾馆去。"石小余转身就往外走，关海黎赶紧把她拉回来。她把拖鞋扔到石小余脚下，让她换上。

石小余盯着她的脸问："姐，你到底怎么了？"

关海黎说："高压锅崩了。"

石小余吓了一跳，她双手捧着关海黎的脸看："啊？伤着你没有？"

关海黎心一酸，眼泪差点掉下来。

"疼吗？哪儿疼？这儿吗？"石小余用手指轻轻地触摸着那些粘着酱油汤的地方。

关海黎拿开石小余的手说："没事，没伤着我。"

石小余不信，跟着关海黎进卫生间，看她仔细擦洗干净脸，油汤烫过的地方只是有些发红，石小余放了心。两人坐在沙发上说话，汤正远扎煞着两手油污从厨房里出来，看到石小余，他不冷不热地打了个招呼。

"来了？"

"嗯，我在你这住一晚上行吧？"石小余的回答也不冷不热的。

"行，行，海黎你给她安排安排。"

他的语气很正常，好像刚才什么事都没发生过。关海黎心里生气，耷拉着眼皮看都不看他。石小余知道他们又吵架了，她上一眼下一眼地打量着汤正远。汤正远被她看得不自在起来。

"这么看我干什么？"

"你怎么把我姐弄成这样了？"

"怎么是我弄的？她自己弄的。"

"你是说她有自虐倾向？"

"这是你说的，不是我说的。"

石小余扬起脸眼睛一瞪，她叫了一声："汤胖子……"

关海黎不愿意妹妹搅进来，她把石小余拉进了书房，门"砰"的一声关上了。

汤正远扎煞两只油手，盯着房门心里说，干涉内政干涉到我家里了，你太过分了点儿吧，啊？

6

夜里，关键在网上跟关怀通话。

关键问关怀说："一个皮球五块钱，一个水杯三块钱，一个书包十块钱，爸爸问你，十块钱面额的钱得拿几张?"

关怀回答得很痛快："我不知道。"

"你好好想想。"

"五张。"关怀说。

关键问他："你动脑子了吗?"

"老关再见!"关怀下了线。

关键叫了一声："嗨!"

大漠落日跳了上来跟他打招呼："你好!"

"你好!"

大漠落日说："我等你呢。"

关键问："有事吗?"

"我想知道你和姚柒柒后来怎么了。"

关键身子往后一仰，靠在椅子上，对面墙上的镜子里映出了他的脸。在这张脸上，他看到了自己十年的影子。如果姚柒柒还活着，十年的岁月侵蚀会对她造成什么样的伤害呢?

姚柒柒死了，十年前，通讯连从骑兵连开拔半个月后，关键接到电话，说通讯连施工现场有一个战士被严重砸伤，昏迷不醒，急需送往医院抢救。送伤员的车在途中出了故障，勉强支撑开到骑兵连紧急求助。

骑兵连有一辆拉给养的旧卡车，关键和司机开着它上路了，他们在路上接应到了通讯连的车，把伤员抬上车，马不停蹄地往部队医院开。

草原的路很不好走，车开得摇摇晃晃的，车上的人竭力保护着担架上的伤员。鲜血已经浸透了伤员头上的绷带，她身上的衣服几乎被撕扯成了一团碎布。

董萱跪坐在她身边，泪涟涟地说，他们从被炸药炸平的土坡下面找到她的时候，她都没气了，是生生抢救过来的。

卫生员量了血压心跳，告诉关键说："伤员情况很不好，送部队总院来不及了，还是先送到县医院抢救，否则她活不到明天。"

董萱哇的一声哭了："一定要救活她！一定要救活她呀!"

关键命令立即转道上县医院，汽车摇摇晃晃地拐上岔道。

卫生员在伤员身上找不到记录血型标志，她的衣服碎的不成样子。

"告诉我她的姓名和血型。"

董萱说："姚柒柒，A型血。"

关键头嗡的一声，耳朵像灌满了水，什么都听不清楚了。他看见司机在车子下面冲他大声喊叫着，这才发现汽车抛锚了。

关键跳下车去，他从司机手里接过摇把，拼命地摇车，汽车发动起来，“呼”的一声从他身边开过去了。关键飞快地追上汽车，他把摇把扔进车厢里，两手使劲一撑，纵身跳上了汽车。汽车在颠簸的路上爬行着，关键一言不发地看着姚柒柒的脸，她的脸肿胀得已经变了形。关键心急如焚又不能催，他知道连里这辆老爷车，能坚持到这里已经很不错了。天上下起了小雨，路泥泞起来。汽车终于拐上了公路。公路上停满了汽车，一眼都望不到头。车上的人拿着自己车上的工具忙着填补路上的泥坑，有人用锹，有人用桶，车上所有可能用来弄土的工具全都被用上了。

他们跟关键说，前面的公路被洪水冲垮了，车不能再往前开。车上所有的人都要下来帮着修路。

关键命令车上的人除了卫生员，全都参加抢修。工具有限，关键找了一块木板疯了似的铲土往坑里扔。他觉得路上的坑是天坑，他和忙碌的人们是一群与天抗争的小蚂蚁，这是一场殊死的难见成效的搏斗。

卫生员跑过来，冲他大声喊道：“连长，姚柒柒陷入深度昏迷了。”

关键扔了手里的木板，吼了起来：“想办法！想办法！知道不知道？这是你的任务！”

“她在内出血，我们如果不及时止血和输血，根本就熬不到晚上，在这个鬼地方，你叫我到哪去找血浆？”

关键盯了卫生员片刻，撒腿就往车旁边跑。他是血库，他周身流淌着O型的血液。

关键的血输进了姚柒柒的身体里，她的血压慢慢地升了上来。

司机跑回来报告说，前面的路还有大约四个小时才能修好。

关键急了，决定马上改变计划。他命令大家用担架抬着伤员跑过这段路程，到前面道路畅通的地方再想办法拦车。

五男一女一行六人，轮流扛着担架在泥泞的路上开始了长途奔跑。修路的人自动散开了一条通道，肃穆地看着这支抢救生命的队伍。担架上严严实实地盖着雨衣，路上的人看不见姚柒柒的脸。

关键扛着担架跑在最前面，那三个扛担架的位置一直有人在轮流替换，只有关键坚决不松开手里面的担架。他大踏步地往前跑着，路两边的人和车辆在他的视野里纷纷后退着。

他看着路边的里程牌子上显示的公里数。2公里，2.5公里。

天上的雨水和脸上的汗水混在一起，急促的心跳震得耳膜咚咚作响。关键嘴张得很大，却喘不过气来。眼前黑了又白了，他看见姚柒柒笑着从白茫茫的雪地里跑出来，她舒展双臂高抬后腿展现着令人沉醉的舞姿。姚柒柒分成了两个又重叠起来，很快模糊成一团。

关键差点摔倒，他使劲睁大眼睛。模糊的景色渐渐清晰，路边竖着3公里的牌子。他们已经跑到了公路的尽头。

公路这一边也停着许多辆准备通行的汽车，关键跑到一辆带篷的卡车旁边站住脚，他左手扶着担架，举起右手向汽车旁边的司机敬了一个军礼，他的腿在簌簌地抖着。

“同志，我的战友受了重伤，借用一下您的车把她送到县医院行吗?”

司机说：“往县城走的公路也断了，要不我们也绕道，不在这死等了。”

一连串的噩耗使关键的反应迟钝起来，他问：“断了?”

“断了，我看你们还是走铁路，前面四公里的地方有一条铁路，火车在那里不停。到了那，你们再自己想办法吧。”

关键像捞到了救命稻草，他大声命令部队：“前进四公里咱们拦火车去。”

“是!”战士们声嘶力竭地大声响应。

关键撒腿就跑，司机拦住他说：“等等，我送你们一程。”

关键他们赶到了铁路边，雨停了，天阴得很厉害。卫生员给姚柒柒检查完心跳和血压以后对关键说：“她的血压心跳和体温都下来了。”

关键毫不犹豫地撸起袖子说：“再抽一管。”

卫生员说：“你刚抽过，不能再抽。”

关键说：“都这个时候了，还穷讲究什么?”

董萱挽起了袖子说：“抽我的，我跟姚柒柒是一个血型。”

“你肯定?”卫生员问。

“我肯定，她是A型血双鱼座，我是A型双子座。”

董萱看见自己的鲜血流进针管，马上晕了，身边的人使劲架着，她才没瘫在那里。

“想象勇敢和真的勇敢不是一回事啊。”董萱苍白着脸自我解嘲道。

时间一分一秒地过去了，火车一直没有来，关键急得口舌生烟，他把耳朵贴在铁轨上仔细地听着。

“火车来了!”关键吼了一嗓子。

“来了！来了!”战友们一呼三应。

“你们谁身上有红颜色的东西?”

“我有。”卫生员脱下里面的红背心递给关键，关键把红背心蒙在大号的手电筒外面，他站在铁轨上拼命挥舞着手里的红色信号。

火车远远地从地平线上拐过来，越开越近。司机看到了铁路上站着的人和手上挥舞着的红信号，急忙拉紧急刹车柄。火车呼啸着扑过来。

“停车！停车！”关键边往后退边声嘶力竭地呼喊着。

火车在距离他不到十米的地方停下了。

“干什么你们?”司机探出头来喊，他被这种不顾命的行为气坏了。

关键指着铁道边上摆着的担架说：“同志，担架上的是一个因公负伤的女战士，如果在四个小时内送不到医院她必死无疑。”

司机愣住了，他张着嘴看着他们不知道该说什么。

六个浑身泥水的战士齐刷刷地给他敬了一个军礼。

司机喉头发哽，眼泪差点流出来。

他说：“不是我不帮忙，这辆货车的每一节车厢里都是满满的，放不进去一点东西。”

关键说：“挤一点地方就行，只要能站住脚，我们在车上扛着她。”

司机想了一下说：“后面的信号车能勉强上人，可上不了这么多，你们连伤员上三个，剩下的只能留下。”

关键万分感激，他又给他敬了个军礼：“谢谢您！谢谢您！”

战士们把姚柒柒抬上了信号车，关键和卫生员留在车上。火车开走了，甩下董萱和其余的人，他们含着眼泪向远去的列车拼命挥着手。

关键和卫生员瘫坐在车厢地板上，关键看见自己搭在膝盖上的两只手在不停地抖着。

“连长，她醒了！”卫生员喊了一声。

听到声音，姚柒柒睁开了眼睛，她声音很低地问：“我在哪?”

“火车上，你受伤了，我们送你去医院。”关键伏在她耳边小声说。

姚柒柒想动，她发现自己不能动。

“我的胳膊和腿都没了?”

关键小心翼翼地把她的手举起来让她看：“你看，好好的。”

“我要死了吧?”

“马上就到医院了，你要撑住。”

姚柒柒点点头，她看着关键的脸说：“告诉我爸爸妈妈，我在部队上没有给他们丢脸。”

关键差点哭了，他控制着自己，努力让话说得自然平静：“这话得你亲口跟他们说，我找不到你的家。”

姚柒柒想告诉他联系方法，她回忆着，神情焦灼起来：“我想不起来家里的地址和电话。”

卫生员安慰她说：“你失血太多，脑供血不足，到医院输上血，什么都能想起来了。”

姚柒柒问：“我很难看是吧？”

关键和卫生员两人使劲摇摇头。

“通知我爸爸妈妈的时候，千万别让他们看见我这个样子，把我弄得好看一点儿。”

关键的眼泪一下子涌满了眼眶，他急忙背过脸去。他听到姚柒柒轻轻叹了一口气，卫生员看姚柒柒闭上了眼睛，犹豫了一下，他伸手去摸她的脉搏。

“她没心跳了。”他失声叫了起来。

关键想哭，他仰起脸往天上看，书房的屋顶很低，有些让人喘不过气来。耳麦里大漠落日在问他：“后来怎么了？”

关键的目光落在照片里的姚柒柒的身上，她在看着他，脸上挂着天真烂漫的笑容。刚刚过了半个月，这个美丽的姑娘就像一堆破布一样，一点生命迹象都没有地躺在信号车里了。

关键记得自己当时就蹦起来，他使劲砸着车厢，疯了一样地喊着：“你把她救活了，我命令你把她救活了！”

卫生员说：“她肋骨骨折了，我不能起搏她的心脏。”

“她都没气了，你还穷讲究什么？”关键差点伸手给他一个嘴巴子。

卫生员手忙脚乱地给姚柒柒做人工心脏起搏，姚柒柒没有一丝反应。关键昏了头，在车厢里面连踢带踹。

卫生员生气了，他说：“你这样有用吗？如果有用，我帮你，咱俩把这列火车拆了。你当领导的这么不冷静，叫我这个当兵的往下怎么做？”

关键吼道：“你说，你还能怎么做？”

“我按摩心脏，你给她做人工呼吸，按实战演习那样做。”

关键二话没说，“扑通”一声跪在姚柒柒的头前，他用两只大手挤着姚柒柒的嘴，一口一口地使劲往里面吹着气。卫生员奋力地按摩着心脏。透过信号车后面敞开的门可以看见铁路两边的景色急速地后退。关键累得眼前金花乱飞，他看见车厢外面色彩缤纷的碎屑组合成女人形体，姚柒柒在云霞中翩翩起舞，她不停地坠落着。关键满头大汗，拼尽全身力气往姚柒柒的嘴里一口一口地吹着气。姚柒柒突然长长地吐出来一口气。

“她有呼吸了！她有呼吸了！”卫生员叫了起来。

关键摇摇晃晃地站起来，他伸出胳膊举到卫生员面前说：“再抽我一管子血，否则她还是坚持不到医院。”

卫生员坚决不干，他说：“这样运到医院的就不是一具尸体是两具。”

关键急了，他问：“你抽不抽？”

“我不能抽。”

关键的口气放软了，他说：“我少这点血死不了，她少了这点血绝对活不成。听我的，抽吧。”

卫生员含着眼泪把关键的血输进姚柒柒的血管。关键两眼发黑，周身发软。他靠在担架旁边，看着姚柒柒。姚柒柒微弱地呼吸着，嘴唇透出淡淡的血色。

关键在心里一遍一遍地鼓励着她：“坚持住！姚柒柒你一定要坚持住啊!”

火车驶进站台，关键看见站台上停着救护车，看见车旁边站着的医护人员。关键和卫生员把姚柒柒抬下信号车。他浑身瘫软，泪眼模糊地抬着担架往前走着。穿白大褂的人迎着他跑过来，关键眼前一黑什么都不知道了。

姚柒柒得救了，大夫说，他们一路上每一个抢救环节，都做得非常重要。

姚柒柒伤好归队后，关键考上了大学，回北京读书。这个期间，他没有一点姚柒柒的消息。姚柒柒是关键的幸福也是他的疾病，他非常想念她，渴望能再见到她。越是想她，越是想不起来她健康时候的模样。关键偷偷拿出来那张合影看。晚上宿舍限电，他钻在被窝里打着手电筒看。姚柒柒站在照片的角落里微笑，她的脸很小，看不太清楚眼睛。

他托人打听过姚柒柒的去向，知道她已经转业，离开了通讯连。没有人知道她最后落脚在哪里。关键心里非常遗憾，他怪自己不够勇敢，怪自己没有把握住时机。

上学期间关键一天 24 小时呆在学校里，周末回家吃母亲做的饭解解馋，然后再到书店里转一转。他在书店里一站就是半天，眼睛看累了。他抬头往远处看，他突然看到了一张熟悉的脸。他的心“扑通”一下停跳了，紧接着就狂跳起来，姚柒柒！关键扔下手里的书，直奔过去。姚柒柒穿着一身便装，梳着一条垂腰长的马尾辫，她手里捧着一本小说，眼神专注又纯净。

关键叫了她一声：“姚柒柒!”他的声音带着颤音。

姚柒柒看见关键，她高兴得叫了一声：“呀!”

关键向她伸过手去，姚柒柒一把握住了：“真是的，真是的。”

她一连说了两个真是的，觉得有些失态，脸马上红了。

姚柒柒的手又绵又软，关键晕得像被扔到了天上。

“做梦都想不到能在这遇到你。”

姚柒柒说：“我也是。”

关键说：“整整三年没见了，我已经大三了，还有一年就毕业。”

“我知道你上大学了。”

“那你怎么不给我写信?”

“我没有你的地址。”

关键说：“我也没有你的地址。”

“太巧了，再也没有比这次见面更巧的了。”姚柒柒黑葡萄一样的眼睛盯着关键，她高兴得像个孩子。

关键看着姚柒柒，他竭力克制着自己，眼神里的感情却完全把他出卖了。姚柒柒被他看得脸红得像一枚透亮的女贞果，汗珠从鼻子尖上渗出来。

关键问：“伤全好利索了？”

“腿还是有点儿疼，我这次特意来总院检查一下。”

“对，好好查一下。”

“嗯。”

“你转业以后分到哪了？”

“兰州。”

“这么远？谁陪你来的？”

“我表哥，他是医生。”

“你在北京能呆几天？”

“明天晚上的火车。”

“今天我带你去玩怎么样？”

关键突然把自己的想法说出了口，姚柒柒眼睛一亮，她高兴地笑了。

“太好了！”

“咱们现在就走。”

两人说走就走，关键问她喜欢去哪里？姚柒柒说，他带她去哪，她就去哪。关键带她上了地铁，地铁里人不多，每个人都有座位。关键喋喋不休，一直在说着。姚柒柒眨巴着大眼睛听着。关键给她讲了一路上他们怎么抢救她，他们怎么挖路，怎么截车。他什么都讲了，唯独没有讲他是怎么给她做口对口的人工呼吸的。这话他死活说不出口，他觉得这是一个秘密，应该留给自己。

姚柒柒说：“当时我觉得自己的身体空得像一只布口袋。你们在我身边忙活，我都知道，可是我睁不开眼睛。”

关键问她：“你心里在想什么？”

“我觉得我连恋爱都没有谈过就死了，真是可惜。”

爱情这两个字从她漂亮的嘴里飞出来，正正地砸中关键的命门，他觉得血全涌到上头，他傻呆呆地看着姚柒柒半天没说出话来。

姚柒柒垂下眼睛避开他的目光，她早就知道自己的身上流着他四百 CC 的鲜血，她曾经无数次地悄悄告诉自己说，他是我的了，走到哪儿，他都在我的心里流淌。

出了地铁，关键租了两辆自行车。两人一人一辆，骑着上路了。他们骑得飞快。关键还嫌不够快，不时伸手握着姚柒柒的车把，往前带她一程。郊外刚下过雨，路很泥泞。自行车轮胎上沾的全是泥，推着走都费力气了。关键决定放弃骑车子这个方案，他把两辆车子都扔进河里，脱了衣裤穿着短裤跳进水里，用链条锁把车子牢牢地锁在河水里面立着的柱子上。姚柒柒看着他健壮的身体，心莫名其妙地乱跳起来。她慌得赶紧转过脸去。

“咱俩走走，你腿行吗?”关键穿好衣服走到姚柒柒跟前问道。

“行!”姚柒柒回答得很干脆。

关键在前面走，姚柒柒把外衣系在腰上紧跟着他一步不落。两人很快进了树林。树林里很安静，偶尔有一两声小鸟的鸣唱。白桦树的树疤像一只一只的眼睛，从各个角度注视着他们。姚柒柒连蹦带跳地在树林里跑着，她采了一朵小铃铛花对关键说：“关连长，你救了我，我把这朵花献给你。”

关键纠正她：“叫关键，连长、连长的多别扭?”

他把花刚接到手，花茎就断了，花头垂下来。姚柒柒指着花咯咯笑得喘不上气来，关键跟着她傻笑。

关键把扒好的桦树皮，一层层仔细地剥开，他把那朵花夹在桦树皮里送给姚柒柒。

“回去拿这个做个书签，肯定好看。”

姚柒柒接过来小心翼翼地放起来。关键提议休息一下，姚柒柒答应了。他们俩每人找了一个草窝躺下了。草很高，人躺进去就看不见了。关键看着天空，云很厚，霞光从缝隙里透出来。一群鸟擦着关键的脸飞过去，关键幸福得胸膛都快爆炸了。姚柒柒渴了，关键带着她去找水，他们看到前面有勘探队的帐篷，几个男人在帐篷外面洗脸。

关键问：“师傅，能不能给我们点水喝?”

工人忙招呼他们两人进工棚。工棚里的工人们正在吃饭。看见来了生人，急忙让座。给他们倒了茶水，倒了酒，还摆好了碗筷。

“到了这就是到了自己的家，大口吃大口喝才是瞧得起我们。”

关键和姚柒柒确实饿了，两人不客气地吃起来。馒头稀饭炒土豆丝，姚柒柒吃得很香。关键边吃边看着她笑。

姚柒柒小声问他：“你笑什么?”

关键小声回答：“看着你，我想起大胃·科波菲尔来了。”

姚柒柒窘红了脸。

“这姑娘真漂亮，你叫什么?”一个上年岁的工人问道。

“姚柒柒。”

“在家排行老七？”

“不是，我是阴历七月七日生的。”

“牛郎织女相见的日子，你们俩比他们俩幸福，天河隔不开。”

关键和姚柒柒心里往外冒甜水，两人突然谁也不好意思看对方了。回去的路上，两人一说话就笑。你笑过来，我笑过去，慢慢笑出了恋恋不舍的滋味。

“几点了？”姚柒柒问。

“你没有表？”

“没有。”

关键抓过来她的手。他的手很大，手指又粗又长，手掌很厚很温暖。暖流传到姚柒柒的身上，她头昏眼花，几乎喘不过气来了。关键掏出钢笔，非常认真地在她的手腕上画了一只表。他按照自己表上的时间，画好了时针和分针。他抓着手腕把那只表举到姚柒柒的眼前说：“看好了，现在是两点四十五分。”

姚柒柒看了一下表又看了一下四周，太阳很亮，树叶沙沙响，空气里飘着松树略带苦涩的清香。这样的气味和光线成了她挥之不去的、永久的爱情记忆。

关键和姚柒柒顺着原路返回到河边，从河里捞出来自行车，骑到地铁口的时候，天已经黑了。

地铁里人很多，挤得站不住脚。关键侧过身，让姚柒柒站到自己跟前来，姚柒柒挤不动，关键把她拉过来，他伸着两条长胳膊在姚柒柒面前一挡，在胸前给她留出来一块清静之地。关键用身体护着姚柒柒，并且努力保持着他们之间的距离。车身启动，一阵摇晃，姚柒柒的头发蹭到关键的下巴上。两人心里一阵战栗，他们闭着眼睛，希望这段路程能长一些，再长一些。于是他们坐过了站。

关键说：“咱们再坐回去？”

姚柒柒高兴地连连点头。

车上人明显少了，关键和姚柒柒并排坐着，谁也不说话。无意间抬头，发现对方都在车厢的玻璃上偷看自己。两人你看过来，我看过去，看出了留恋和伤感。

“我们坐了几圈了？”姚柒柒问。

关键说：“三圈。”

姚柒柒问关键：“你能给我写信吗？”

关键说：“你把你的地址给我。”

姚柒柒把手插在口袋里拒绝给他写，她说：“明天晚上你来送我，到时候我把地址给你。”

她的语气有点专横，关键喜欢她这副横中带娇的样子，他说："那我先把我的地址留给你。"

"我不要，我要等你给我写信了，我再照着你信皮上的地址给你回信。"

姚柒柒眼睛里泪光一闪，她垂着眼皮不看他。

"不高兴了?"关键问。

姚柒柒颤抖着睫毛不说话。

关键问："想什么呢?"

姚柒柒说："以后我们会不会见不到了?"

关键说："怎么会？一个人要想见一个人，怎么都能见得到。"

姚柒柒点点头，她说："下一站我真得下车了，要不我表哥该着急了。他下午去医院拿我的化验结果，四点以前就该回来了。"

关键说："明天下午一下课，我就往火车站赶，咱们在那见面。"

姚柒柒举起画着手表的手腕示意关键一定要记住时间。

她说："七点半。"

关键点点头说："七点半。"

姚柒柒下车了，关键隔着车窗看见姚柒柒的身影在站台上越来越远了，他的心一抽一抽地有一点疼。

第二天下午一下课，关键冲出教室，在走廊上跑得飞快。

同学中有人大声问他："关键，你干吗去?"

关键没吱声也没回头，老师故意拉课，关键心里急得已经火上房了。街道上车辆拥挤不堪，一辆出租车把一辆桑塔纳剐了，交通警站在马路上疏导交通。关键坐在公交车里心急火燎地看着外面。乘客们七嘴八舌发着牢骚。

"走着都比坐车快。"

"赶紧拖到一边解决去，在这耗我们的时间。"

关键看了一下表，他冲前面大声喊道："司机师傅，请你把门打开，我要下车!"

司机说："你在这下车，不是等着警察罚我吗？还是车上等着吧。"

关键使劲擂着车门："我要赶火车！赶火车!"

关键晚了，他在车流里疯狂地奔跑着，头上的汗，水一样地往下流。关键跑进站台的时候，开车铃声响了，从北京开往兰州的列车刚刚开动。关键追着火车跑了很远很远，直到再也看不到火车的影子。他沮丧得差点哭出来。

"后来呢?"大漠落日在耳麦里问他。

关键说："后来我间接问了她的很多战友，她们都说不清楚她的去向。她跟所有认识她的人都断了联系。"

“你不是说一个人要想找另一个人总能找得到。”

“理论上是这样的。”

“你爱她?”大漠落日问。

“是。”

“当时你为什么不跟她说?”

“时间太短，我怕吓着她。”

大漠落日说：“这件事你做错了。”

关键没有说话。

大漠落日问他：“怎么不说话?”

“太晚了，睡觉去吧!”

关键连声别都没有道，他关了电脑。

他在椅子上呆坐了两个小时，他慢慢地站起身，从箱子里面拿出来一个牛皮纸的大信封。这是姚柒柒写给他的第一封信，也是最后一封信。那次分手的一年后，关键收到了这封挂号信。看见信封上兰州两个字，知道是姚柒柒寄来的。关键喊了一声，撒着欢跑进图书室。他找了个座位坐下，迫不及待地拆开了那封信。信封里装着关键送给姚柒柒的桦树皮，她用它制作了书签，书签上贴着用特殊工艺烘干的几朵野花，其中有那朵蓝色的铃铛花。信签里夹着一张彩色照片，照片前景实，后景虚。前景是姚柒柒的手腕，腕上画着一块手表，时针和分针定在两点四十五分。后景是姚柒柒模糊不清的脸，看得出她在笑。

“看见这张照片了吗? 这是你给我画的表，我怕蹭掉了，那天晚上回到招待所就用照相机拍下来了。这样这块表就永远和我在一起了。”

关键看着信笑了。

“还记着我送你的那朵花吗? 我把它做成了书签，这样它就永远和你在一起了。分手那天你没来送站，我们没有见到最后的一面。这样也好，省得我在火车站上当着你的面哭出来。我在北京的检查结果不好，那条伤腿出现了恶性肿瘤。医生说我最多还有一年的时间，这是个非常不好的消息。如果我还活着，绝对不能告诉你。我希望我在你心里是永远健康，快乐的。关键，当你接到这封信的时候，我已经去了另一个世界。一直盼望能接到你的信，看来这一世是没希望了，你说过一个人要想找到另一个人是肯定会找到的。你说的对，我找到了你的地址，因为我要把我们之间唯一的也是最后的一封信寄给你……”

关键看信的日期，写于一年前。再看邮戳，寄于十天前。

关键听见带着颤抖水音的声音从喉头涌出来，他使劲咬住牙关不让自己哭出来。

搂着信封跌跌撞撞往外走，一路上他带倒了两把椅子。在寂静的图书室里引起巨响，人们纷纷回头看他。

悲痛使关键不能再想下去了，他扯过搭在椅子上的毛巾，捂在脑袋上。毛巾遮住了他的眼睛，两行眼泪从毛巾里溪水一样地流淌下来。

十

1

关海黎和石小余没有睡，两人挤在一张单人床上躺着说话。

关海黎说："我干什么都不顺心，上大学考了两年，研究生考了两年还是没考上。我不是一个出众的人，在厂里也没有发展前途。今天就能知道明天和后天是什么样子，当时妈把正远领回家来让我看，他会来事，又对我好，我就跟他了。说良心话结婚这么多年他一直对我挺好的。是这场车祸把我们的关系弄坏了。"

石小余说："都是车祸惹的祸。"

"不过反过来想，我们俩的关系里确实潜藏着这些东西，是这场车祸把它诱发了出来。"

石小余问："你们再也恢复不到以前那么好了吗?"

关海黎想了一下说："我们有时候也像过去那么好，但是在好的时候心里感受也不一样了。我们俩对对方好的时候，心里都在衡量着他（她）是不是也用同样的重量对我？稍有偏差肯定计较，这样计算出来的感情简直就是在刀尖上过日子，不是你割我一个口子，就是我戳你一个洞。"

石小余两手托着腮一声不响地听着。

"我在家的时候他故意冷落我不理我，热热闹闹地忙自己的事。我知道，不管他忙得多热闹，永远有一只眼睛盯在我身上。记住是一只。"

汤正远趿拉着拖鞋上卫生间，途经书房听见里面的说话声，他放轻脚步，蹑手蹑脚地走到门口，把耳朵贴到门缝仔细听着。他听见石小余在说话。

"姐，你别劝我，他花三千块钱就能在你这把父亲的名分买回来？姐，你也太不值钱了吧？”

汤正远听见不是在说他，转身进了卫生间。

2

石若玉肿着眼睛，秧歌扭得心不在焉的。

老耿问她：“老石，怎么提不起精神呢？”

石若玉叹了口气说：“失眠，吃了两次药都没睡着。”

“摊上事了？”

“没有。”

她趁着改变秧歌队形的时候眼睛朝人群里看着，她没看到关守家。

老耿跟着她的目光看，他问：“找谁呢？”

“找谁还向你汇报啊？”石若玉没好气地顶了他一句。

老耿笑了：“你说话就是有劲，顶得我可受用了。”

石若玉的心情到中午也没缓过来，她一个人坐在客厅里心不在焉地择着菜，楼道里有人走过去，她就竖起耳朵听，脚步声上楼了。

石若玉扔下手里的菜骂道：“天天缠，天天缠，气跑了我闺女，他躲得连影都见不着了，什么东西？”

关守家来了，他拎着一兜子菜在门口来回兜了好几圈，就是不敢进去。他怕石若玉不给他好脸子看，不去又交待不了自己。他一咬牙决定还是进去。

看到关守家石若玉生气地说：“你还来干什么？你弄得小余跟我断了交，搬到外面住去了。”

关守家一愣：“嗯？”

“你走吧，走吧，以后再也别来了！”

石若玉把关守家推出去，关上了门，她坐了一会儿，忍不住又打开了房门。关守家并没有像她期待的那样站在门口，石若玉气得“咣”的一声把门摔上。

“轰你走，你就走？早就想顺坡下驴呢是不是？”

有人敲门，石若玉料定是关守家，她故意等了一会儿才把门打开。楼长张老太太进来说：“老石，今天下午业主开会。”

石若玉心灰意冷，她说：“去不了，我头疼。”

关守家漫无目的地在街上走着，过去他从来不注意年轻的姑娘们，知道石小余是他的女儿以后，走在街上他的眼睛总会不由自主地看她们。他希望能看到她。

关海黎在电脑上绘制图案，同办公室的王贞推门进来，她看了一眼四周小声问关海黎："你听说了没有？"

关海黎问她："听说什么？"

"咱们厂被私人老板收购了，要裁人。"

关海黎一怔，急忙问："谁说的？"

"整个厂子都传遍了。"

"咱们都是有学历的人，再裁也裁不到咱们的头上吧？"

"这可是保不准的事。"

关海黎愣在那里半天没说话。

下班后，关海黎开门进家，她把买回来的菜放在地上，换鞋脱衣服。屋子里很安静，汤正远没有像往常那样迎出来。关海黎她挨个房间里看，汤正远不在家。

去医院复查了？不对，星期一去过了，那他能去哪呢？受伤以来，他从来没自己出过远门，关海黎放心不下，开门出去找他。她跑到公共汽车站，一辆一辆汽车上下来的乘客中没有汤正远。天黑了下来，关海黎心里着急。开门刚一进屋，她就被汤正远拦腰抱住了。关海黎吓了一大跳，使劲推开他："你干什么？"

"老婆！老婆！"汤正远浑身酒气，满脸通红，他嘿嘿地笑着。

"喝酒了？"关海黎问他。

"两个小二锅头。"

"跑哪喝去了？我去车站接你没看见你下车啊？"

"头儿请我喝酒，单位的车送我回来的。"

"他怎么想起请你喝酒了？"

"不是请我一个人，请全科室的人，他儿子结婚了。"

关海黎淘米做饭，汤正远陪在旁边跟她说话，他说："我出了二百块钱，就是长几张嘴也吃不回来。还有人出五六百的，我替他算了算，这顿饭他最少净赚八千块。"

关海黎说："给我剥一棵葱。"

"孩子的屁股领导的脸都属于四大变的，昨天阴天，今儿就放晴了。谁敢得罪？没人敢得罪。"

关海黎洗菜切菜，她的活干得干净利落。汤正远突然不说话了，他看着关海黎问："你化妆了？"

关海黎嗯了一声。

“怎么想起来化妆了?”

“昨天晚上没睡好。”

“口红多少钱?”

“二百多吧。”

“你把一月的口粮都抹在嘴唇上了?”

“又没花你的钱。”

“你的钱也不能这么花。你看看你，啊?耳朵和手指上已经一副小康气派了。”

“这些东西真的不是我买的。”关海黎看着他认真地说。

“哪个男人送的?”汤正远警惕起来。

关海黎心里恼火，故意气他说：“想送的人送的。”

“关海黎，你真是越来越轻浮了，轻浮得我快不认识你了。”汤正远的脸青得像块石头。

关海黎嘴角挂着冷笑说：“我已经不认识你了。”

“你不认识我，是因为你的心不在我身上。在谁身上，你不说我也知道。”

关海黎斜着眼“哼”了一声。

“哼什么?要想人不知，除非己莫为。俗话说，纸里包不住火。”

“谁说纸里包不住火，那灯笼怎么还着?”

“关海黎，你不用做出理直气壮的样子，你肚子里那点小九九我看得清楚。”

关海黎不理他，开始倒油炝锅炒菜。

汤正远看着锅里的菜说：“肉太熟了没滋味，人太熟了，要出事。”

“你想说什么?”

汤正远说：“生人不知道深浅没关系，末路相见，你走你的，我走我的。熟人可不行，你跟他混得太熟，两人在一起没了提防，你跳进陷阱，还不知道是谁挖的呢。”

“你到底想说什么?”

“男人就是这样，女人没骗到手的时候什么都舍得给，到手了就没意思了，恨不得马上甩开，生怕粘在手上。”

“你总结自己呢吧?”

汤正远冷笑了一声说：“关海黎，你打着灯笼找去吧，像我这样不赌不嫖，一心一意对老婆好的男人，再也没有第二个了。你看不起我，是有眼不识泰山。从咱俩认识那天，你就嫌我俗，嫌我没文化。碍着你妈，你不得不跟我结婚了。嫁给我，你就不情愿。现在我撞成这样，你更后悔了。你心里想离婚，又怕担上负心的坏名声，忍着又心不甘，所以就在外面偷嘴吃。”

关海黎气得把炒菜的铲子扔在灶台上：“汤正远！你王八蛋！”

“恼羞成怒解决什么问题？事实在那摆着呢。”

关海黎拿起电话手指哆嗦着拨号。

话筒里传来石小余的声音：“喂！”

关海黎把电话递给汤正远大声说：“给你，你问她，我的口红和首饰是哪来的？”

汤正远知道麻烦惹大了，他不去拿电话。

石小余正在打扫租来的房间。听到姐姐的话，知道汤正远又犯老毛病了。她冲着电话大声说：“汤正远，我叫你一声姐夫，是抬举你。我姐嫁给你，你给她买过一个戒指吗？你不买，我送还不行？别看你长得人高马大的，其实心眼比肚脐眼还小，记住以后有气到外面撒去，欺负我姐，我绝不饶你！”

她“砰”的一声摔了电话。隔壁有人敲墙，声音很清楚。石小余没好气地回敲了一下。墙那边传来敲鼓点的声音。墙皮掉了一块，露出来里面的板子。

石小余冲墙那边大声喊：“魏老八，这墙皮是你敲下来的，你得负责修理。”

魏劲戈听见她的声音又使劲敲了两下，墙皮被震落下来，板子上露出来一条缝，魏劲戈眯着眼睛往里面看。突然一股水从缝里滋出来，喷了他一脸水。

“哎哟！”魏劲戈叫了一声。

石小余哈哈大笑。

关海黎罢工了，汤正远闻到煳味儿，急忙往厨房跑，炒勺里冒着浓烟，菜烧焦了。

关海黎趴在沙发上哭个不止，汤正远捅了她一下。

“都怪我还不行吗？别哭了。”

关海黎厌恶地躲开：“你别碰我！”

“我怎么做你才能原谅我呢？”

“滚！你离我远点！”

“咱们上街，我请你吃饭赎罪行了吧？”

关海黎不动，汤正远硬把她拖起来，拿手巾给她擦脸。关海黎甩着头不让他擦，她越躲，汤正远越擦。关海黎用脚踢他，汤正远抓住她的脚威胁她说：“走不走？不走我挠了！”

关海黎涨红着脸使劲挣扎，汤正远挠她的脚心。关海黎痛苦地大笑起来。

3

章俐经常请杨旭吃饭，杨旭严肃俊朗的脸，对她很有吸引力，他对爱情消极懒散可有可无的态度激发了章俐极大的兴趣。她和杨旭探讨最多的就是感情问题。她的话总能叫杨旭脑袋激灵一下，心里像开了一条缝。石小余的第六感觉这个时候就会起作用，手机马上打过来，她的电话是一支支搭在弓上的箭，每一次飞行都会命中靶心，戳穿心脏。杨旭知道是她的电话，他不想接。

章俐说："没关系，接吧。"

"喂，是我。"

"干什么呢?"

"在外面吃饭。"

"跟谁吃呢?"

"我的领导。我们在谈工作上的事，不能跟你多说，我挂了。"

杨旭压了电话，章俐看着他意味深长地笑了。

"女朋友吧?"

"前女友，跟你说过的。"

"还一直保持联系?"

"也许是习惯吧。"

"还喜欢她?"

杨旭看了她一眼不知道该怎么回答。

章俐笑了："忘了，我是六十年代出生的老太太，咱们不太容易沟通。"

"六岁能有多大距离?"杨旭问她。

"我托儿所都毕业了，你才出生。这个距离你追一辈子都追不上。"

"年龄真的说明不了问题。"

章俐问："她比你小几岁?"

"四岁。"

"她是什么样的人?"

杨旭想了一下说："锐不可当，寸土不让。"

"你俩不是一类人。"

"对。"

"就因为这个分的手?"

"不是，她要结婚，我不想结婚。"

"你为什么不想结婚。"

“一想要负担那么多的责任我就害怕。”

“结婚恐惧症。”

“什么?”

章俐说:“咱俩得了一样的病。”

“你也怕结婚?”

“我离过一回婚以后，就害怕结婚了。离婚分了我一半财产，如果结了婚再过不好，我就白创业了。”

杨旭点点头说:“你想的很实际。”

章俐说:“现在的社会生活和婚姻生活都很复杂，诱惑太多。人对感情的期望值太高，所以害怕出事，害怕变化，一谈到婚姻就恐惧，人为地把对将来不幸的想象扩大了。”

“你说的对。”

“不是我说的，是社会学家说的。我可以复述，不能执行，因为我不相信男人。”

“你很理性。”

“在这一点上咱俩像。”章俐笑了。

石小余看杨旭压了电话，气哼哼地骂道:“这个混蛋，他动不动就压我的电话。”

魏劲戈正在帮她用碎花布把破了洞的墙围上，他说:“你那些话我听着都是废话，他要是不压，我都得替他压了。”

“鬼鬼祟祟的，他肯定跟女的在一起呢。”

魏劲戈看了她一眼说:“他不跟女的在一起才不正常呢。”

石小余翻了他一眼没说话。

4

关守家找到石小余工作的公司，钱承告诉石小余外面有人找。石小余出去，一眼看见了站在走廊上的关守家。退，是退不回去了。她扬着脑袋目不斜视地从他身边走过去。关守家一声不响地跟在她后面。石小余走到楼梯的死角处站住，回过头盯着他问:“你找我干什么?”

“搬回家去吧。”关守家说。

石小余气不打一处来，她问:“关你什么事?”

关守家说:“你恨我，是咱俩的事。不应该惩罚你妈妈。”

“我跟我妈的关系，用不着你来调解。如果你就是来说这个，就请不要往下说了。”

“你恨我，我也恨我自己，如果恨能解决问题，那我们就这么恨下去。”关守家的态度非常诚恳。

石小余说：“我不用你给我引路。”

“小余，我是你父亲，你是我女儿……”

石小余马上打断他的话，她说：“女儿？对不起，你认错人了！”

关守家的心像淬火的钢件，激得一下凉透了，凉水从脚心重返上头，在脑袋里面结了冰。

“我认错人了？”他听见自己的声音又远又闷。

“对，我压根就不认识你！”

石小余扬着骄傲的小脑袋走了，她脚步轻盈带着蔑视一切的活力。关守家黯然神伤地走开了。石小余躲在拐弯处，看着关守家走远了，她想哭，想发脾气。她给魏劲戈打电话说，她现在心情极其恶劣，逼他请她吃饭。

魏劲戈说：“你讲理不讲理？你心情不好，我就得请你吃饭？”

石小余说：“爱请不请，你不请我，那我请别人吃去。”

魏劲戈说：“行，你先请别人吃去，下个周末我约你。”

“魏劲戈，你脸皮真厚，这一竿子支得也太远了。”

“我明天出差。”

“去哪？”

“上海。”

“坐飞机？”

“我开车去。”

“带上我吧。”

“干嘛？鸳梦重温？”

“你跟顾娅茹不也重温过了吗？”

“你别把我扯进来。”

石小余说：“我真的想去一趟，正好用你的车帮我把上海家里的东西拉回来。”

魏劲戈嬉皮笑脸地问：“路上的费用怎么算？”

“老规矩，AA 制。”

“主意不错，我想一想。”

十一

1

那天争吵完以后，汤正远对关海黎的态度有了很大的改变，他主动拉着关海黎逛商场，说要给她买一件像样的首饰。关海黎很高兴，他们俩在卖首饰的柜台仔细地看着。

店员满脸是笑地问：“你们想看看什么？”

汤正远一脸殷勤地看看关海黎，等待她表态。关海黎指指手链，汤正远一看价格吓了一跳。

他说：“这个太贵了。”

售货员说：“这是铂金的，上面还有小钻。”

汤正远说：“不结实，还是买这个珐琅的，配你的手。”

关海黎看了一眼他竭力推荐的那个款式，不高兴地说：“这个才一百多块钱。”

“好看就行。”

“我觉得那个好看。”

店员说：“这个确实好看，比那个有保存价值。”

“你推销东西总是找贵的推销，这样你提成得的多，对不对？”汤正远不客气地批评她。

店员满脸微笑：“你太太的手腕真的很配这个铂金手链。”

“我就喜欢这个，你要是不愿意买就算了。”

汤正远看关海黎不高兴，决定买铂金手链。

“你给打个折。”

“给你打九折。”

“那还叫折？七五折。”

“不行，我做不了主。”

“八折，打不了，我就不买了。”

关海黎心里一阵腻歪，转过脸不想再看他。

汤正远交了钱，把手链给关海黎带上。

“你这么跟我闹，不就是嫌我没把赔偿金给你花吗？整整一千块钱，这下你满意了吧?”

听他这样说，关海黎抬起头看着他，好半天没说出话来。

2

扭秧歌的人散了，老耿跟着石若玉往外走，他说：“老石，你今天的状态不好，我递过去的活儿你都接不住。”

石若玉叹了口气说：“晚上睡不好，早上没精神。”

“这段日子你总睡不好，家里出啥事了?”

“没啥事。”

“老石，过去你有什么难处都跟我叨唠叨唠，这段日子咱俩怎么这么生疏呢?”

“你想知道什么?”

“你看你生什么气啊？我也没说什么啊?”

“你想说什么?”

“我老伴这些日子不认人了。”

石若玉说：“那你还不好好在家陪着她?”

“我陪着有什么用？我又不是大夫，家里有保姆还有闺女照顾着，我在家帮不上忙，还挺绊脚的。”

石若玉冷笑一声：“男人就是比女人薄情，她嫁给你这一辈子真是比窦娥还冤。”

老耿被她说得半天没说上话来。石若玉一眼看见关守家，她假装没看见扭头就走。

“你等等我啊。”老耿追上来。

关守家拦在石若玉的面前，他说：“老石，我跟你说两句话。”

老耿认出来，他就是这段时间老来看石若玉扭秧歌的那个人。他讪讪地说：“老石，你们聊，我先走了。”

关守家对石若玉说：“我去找过小余了。”

听到小余两个字，石若玉蓦地回头看着他：“小余说什么了?”

“骂了我一顿，口气和你一样。”

“你不觉得自己该骂吗?”

关守家低着头没有说话。

“你老跟着我干什么?”

关守家说:“我想让你到我那去看看。”

“不去。”

“我开了一个小门脸，昨天刚领了执照。”关守家说。

石若玉一愣，看着他好一会儿没说话。

“怎么了?”

“我们家被你搅成这样，你还有心思开店?”

“问题不是一天形成的，一天也解决不了，我要做打持久战的准备。”

“持久战?还地道战呢!你跟谁打?我还是我的姑娘儿子?”

“你理解错了。”

“我什么时候对过?我在你眼里从来就没对过。”

“你看你!”

“你甭看我!我怎么了?跟你说，谁都可能有指责我的权利，唯独你没有。”

石若玉扭头就走，她在前面走，关守家在后面跟着，两人边走边吵着嘴，石若玉往东躲，关守家堵在东面说，逼得石若玉拐进了西面的胡同。

“关守家，你这个人自私独裁，什么都要以你为中心。”

“石若玉，你这个人性子太硬，一个女人性子太硬不好。”

“好不好，我自己兜着，跟你没关系。”

“怎么没关系?咱俩一起生了三个孩子，能说没关系吗?”

“姓关的，你把自己的日子过得乱七八糟，又跑来搅和我的日子，你到底安的什么心?是不是我上辈子欠你的?”

“我是个唯物主义者，不相信有上辈子。”

“你相信什么?”

“我相信我自己。”

“相信你自己，还找我帮你干什么?”

“两个人的力量总比一个人大。”

“咱俩是不能调和的敌我矛盾，我不当自己的叛徒。”

“你这人老爱说过头话。”

“这回我做给你看!”

“我不看，还是你看吧，往东边看。”

前面不远处有一个新开张的门脸，门脸上方挂着一个很有气势的牌子，上面写着“天石美鞋屋”五个大字。

关守家推开店门说：“进来看看。”

石若玉站着没动，关守家攥着她的胳膊往屋子里拉了一把，他掌心上的热传过来，石若玉心里“怦”地一下，有暖流冲了进来。

关守家说：“这间屋四十个平方米，不大，够用了。”

石若玉看着墙上挂着的执照问：“怎么起这么个名字?”

关守家嘿嘿笑着说：“拍你马屁呗。”

石若玉不接茬，打量着四周说：“地方不错，谁帮你找的?”

“儿子。”

儿子这个词从他嘴里出来的非常自然，石若玉纳闷自己，过去最怕听到的话，今天听到他说了，为什么心里一点儿都不反感呢?

关守家问：“看我干什么?”

“缺钱花啊?”

“不缺。”

“那你费这劲干什么?”

“这叫老有所为，要不吃饱了睡，睡醒了吃，除了得老年痴呆还能有什么收获?你看小余没结婚，海黎的日子也不富裕，我多挣两个，将来孩子有了难处，我也能贴补贴补。”

石若玉被他的话打动了，好一会儿没说出话来。

3

关海黎上班去了，汤正远闲得无聊，瘸着一条腿拿着抹布擦擦这儿，抹抹那儿。看见关海黎扔在茶几上的手链，他生气了。这女人，告诉她多少回了?这么贵的东西总是乱扔。

汤正远进了书房，打开抽屉，把手链放进去。抽屉里的东西很多，汤正远的好奇心被勾了起来，他坐下来，开始翻看关海黎放在里面的东西。

他拿起来影集，翻了两页放回去。又拿起集邮册子，从头到尾翻了一遍。成套成系列的很多，算是一个值钱的东西。最下面是一个黑皮的笔记本，上面净是些会议记录和杂事。汤正远索性打开桌子上关海黎的笔记本电脑。桌面上出现请输入密码的字样。有什么秘密?还弄个密码防我?汤正远不甘心，用各种数字组合起来破译密码，总是不能成功。汤正远生气了，心想，我的感觉没错。我说她有问题，她就是有问题。你看看她，这一段时间，进家没有话。看我的时候，眼皮都懒得往起抬。给她买了这么贵的手链，一次都不往外戴。这女人心里有事，这个电脑里面肯定有见不得人的东西。汤正远抄起电话，找到办公室的小郝，说自己把电脑上设置的密码丢了，求他过来帮助给解除一下。小郝二话没说，很快赶过来帮他解除了密码。

送走了小郝，汤正远坐在电脑前把关海黎的所有的文件都调出来查阅。她文件夹里有很多从网上下载的关于情感问题的文章，汤正远一篇一篇看得很仔细。这些文章无一例外说的全是情感问题，他越看越生气。以至于关海黎下班回来，站在他身后他都没有察觉。关海黎生气地问他："谁允许你看我电脑里东西了？"

汤正远吓了一跳，他很快就冷静下来了。

"你有什么见不得人的东西怕我看？"

关海黎冷着脸说："电脑是我的，没有经过我的同意，你根本无权查看。"

"这个电脑是咱俩的共同财产，怎么就是你的？"

"电脑是关键送我的，当然是我的个人财产。"

"就算是你的，我怎么就不能看？"

关海黎说："刚结婚的时候你就天天翻看我的信，朋友和同学谁来的信你都要检查一番，现在没有信了，你又开始查我的电脑，你说你整天把自己弄得像间谍似的到底想干什么？"

"你说你在网上下载这些结了离，离了结的狗屁文章想干什么？"

"学习。"关海黎的口气很硬。

汤正远冷笑起来："不用学，你天生就水性杨花。"

"汤正远你不要侮辱人！"

"我侮辱你？等你给我戴上绿帽子，看看咱俩到底谁侮辱了谁！"

"汤正远你三番五次地找茬打架，到底想干什么！？"

"你别跟我喊，你天天下班耷拉着个脸，跟你说话，你也待搭不理的。我觉得我欠你了，使劲花钱往回赎。手链钱花了，也买不回来你的笑脸。你到底想要我怎么样你才满意？"

"如果你认为我惦记着花你那笔钱，那你可大错特错了。有钱固然好，可有钱就能买回来舒心的日子吗？以前我们没这笔钱的时候，过得挺好。现在有了这笔钱，我们在一起反倒成了仇人了。"

"那是你看见我残废了，从心里厌弃我。"

"你是残疾了，不是身体残疾，而是心理残疾。"

"那也比你道德残疾强。"

关海黎骂他："你放屁！"

汤正远手指着她的鼻子问道："你不想红杏出墙，天天化妆干什么？你化妆就是想让男人注意你。你让男人注意你干什么？你心里的真实想法能说出口吗？”

关海黎一口气堵在胸口半天说不上话来，她指着汤正远声音哆嗦着说：“汤正远，我真的没法跟你过下去了，咱俩除了离婚没有第二条路可走。”

汤正远的脸白了，他气得手脚冰凉。

“关海黎，你终于把心里面的真实想法说出来了，离就离，日子过到这个份上，再往下过也真没意思了。这房子是单位分给我的，家里的东西都是我花钱置办的，就算这台电脑是你自己的，你抱着你的电脑骑着你的自行车走吧，爱哪儿去哪儿去！”

关海黎怒不可遏，她伸手把桌子上的东西全都划拉到地上。汤正远也不示弱，他拿起一个喝水杯摔在地上。关海黎抄起台灯狠狠地摔在地上。汤正远看她摔了这么贵重的东西，气坏了，伸手就给了关海黎一个嘴巴子。关海黎做梦也没想到汤正远会动手打她，她完全疯狂了，拿起什么砸什么。汤正远吓坏了，使劲搂住她的腰，关海黎哭嚎着拼命挣扎，汤正远死不撒手。

“别砸了！别砸了！你不解恨就打我，这些东西是咱俩结婚十几年才置办下来的，你砸的都是钱哪！”

关海黎根本听不进去他的话，她用脚使劲踹家具。汤正远拿着关海黎的手，狠狠地给了自己一个嘴巴子。清脆的响声使关海黎冷静下来。汤正远又拿着她的手给了自己一个嘴巴子，这一记比上一记还狠。

他还要往下打，关海黎坚决不从，使劲往回抽自己的手，汤正远不放，两人撕扯着摔倒在地上不动了。屋子里面静下来，汤正远翻身坐起来，关海黎也坐起来。汤正远神色悲凉地看着满地的碎物。关海黎的悲凉十倍于他，她的眼泪一串一串地往下掉。

“砸什么不好？非砸它，这是咱俩结婚那天买的。”汤正远把碎台灯往一块拼。

关海黎看着台灯呜呜地哭出了声，汤正远苦着脸把地上的破烂都收拾起来。关海黎还坐在地上哭。汤正远拧了个手巾把，给她擦脸。关海黎不让他擦，汤正远硬擦。

“你怎么就这么拧呢？啊？”

关海黎哭累了，不哭了。汤正远把她拉起来，搂着她坐在床上。

关海黎和汤正远谁也不说话，一个扎在一个的怀里互相抱得紧紧的，好像迷了路的孩子，好不容易找到了家。

汤正远睡熟了，关海黎没有睡着，她躺在他的怀里，瞪着眼睛看着屋顶。她在想他们夫妻关系僵在了哪一个细节上？这一段时间，他们两个人总是争吵

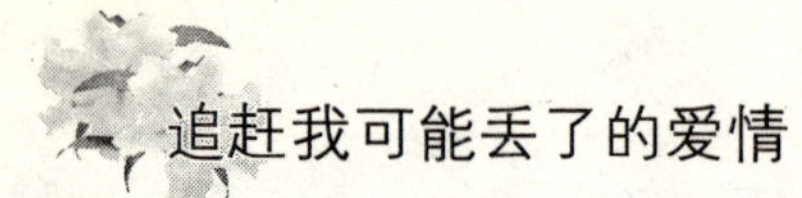

不休。架越打越多，越打越密，芝麻大的一点小事就能引发起一场大战。每次战争过后，他们总能重归于好。闭上眼睛却感到那个看不清面目的危机越靠越近了。为了抵御这个危机，他们就加倍地夸张地好。好到坐在沙发上，睡在床上，也要手拉手寸步不离。他和她都明白他们做出这个样子，就是要给那个危机看。

4

石小余要跟魏劲戈动身去上海那一天，情况发生了变化。经理以月底工作太忙为借口，说什么也不给她假。石小余气得大发脾气。魏劲戈安慰她说："这事很正常，你有什么想不通的？"

石小余眼睛一瞪说："正常？这几天我给杨旭打电话，他总是关机，这就不正常。我必须去上海看个清楚。"

魏劲戈说："不给你假，你怎么走？"

石小余说："我们经理说，我要是硬走，他就炒了我，为了争取主动，还是我先把他炒了吧。离开公司还有一些交接手续要做，你先走，两天后我到上海给你打电话。"

"你好好想想，别这么鲁莽。"

"想什么？你让我想什么？"石小余冲他喊起来。

魏劲戈急忙捂着耳朵大声说："好！好！赶紧炒，把那王八蛋炒煳了我下酒喝。"

两天后，石小余登上了火车。火车到达上海的时候是早晨，石小余没有通知杨旭，她打了一辆车直接开到家门口。她掏出钥匙打开房门，蹑手蹑脚地进来。地上的鞋绊了她一下，她顺脚把它们扒拉到一边。

屋子里有股她很熟悉的味道，闻着就心软，杨旭的味道叫她心慌起来。回上海来拿东西，那是说得出的理由。这点破东西有什么好拿的？她回来是要拿落在这里的爱情的。

卧室和书房的门都关得很严，看时间还早，石小余决定让那只懒猪再多睡一会儿。她把脱下来的衣服扔进洗衣机里，刷完牙洗完脸，开始做早饭。灶台的墙上贴着的协约，已经被油烟熏得发黄。石小余把垂下来的一角仔细粘好了。合约上写着：隐私保护，甲方和乙方应该尊重彼此的隐私权，没有经过对方的许可，不得擅自阅读其电脑里的任何文件，不得私自拆阅对方信件，不得偷阅对方手机里面的私人信息。在这一点上，她和杨旭做得都很文明礼貌，谁也没有犯过规。

石小余蒸了速冻包子做了酸辣汤。卧室里的手机铃声响了两下，戛然而止。知道杨旭被电话吵醒了，石小余去推卧室的门，她没有推开。

“杨旭，你醒了吗?”石小余敲敲门。

里面没有声音，石小余又敲了两下门：“开门!”

“等会儿，我马上出来。”

杨旭穿着件绒线衣开门出来，他随手把门关严了。

“杨旭，你换手机了？铃声变了嘛。”

杨旭没有说话，也没有抬眼睛看石小余。可能是头发长了的关系，他显得瘦了一些，卷曲的发梢在耳边翘着，他垂着眼睛低头穿鞋，鞋穿反了。石小余知道他是因为自己才慌的，心中顿时柔情大泛滥。

她笑着说：“弱智啊？有你这么穿鞋的吗?”

笑容一闪，僵在她的脸上。石小余看到了杨旭的脚旁边放着一双漂亮的女式高帮小皮靴。这肯定不是她的。

石小余的脑袋“嗡”的一声，出现了瞬间的空白。她指了一下那双鞋，抬起头惊恐地看着杨旭。杨旭的眼神很怪，无辜、委屈。石小余觉得是自己违规做了坏事，脸涨得通红。她下意识地把两双筷子两个碗脸对脸地摆在桌子上。

杨旭说：“小余……我……我……”

石小余想哭，力气使得眼珠都快冒出来了，也没有一滴眼泪流出来。石小余明白，她是没有一个可以哭的理由。这个理由她得跟杨旭要。

“你跟我好的时候同时也跟她好着是不是?”石小余的声音平静得自己都吃惊。

杨旭说：“没有。”

石小余问：“你要跟她结婚?”

“不。”

“你要干什么?”

杨旭不说话。因为不知道要干什么，心里才难受。昨天他和章俐一起吃完饭，又转到酒吧泡到了半夜。章俐提出到她那里去，其中的意思大家都心照不宣。

杨旭说：“去我那。去你那里，有吃软饭的嫌疑。”

章俐二话没说，跟他回来了。该发生的事情按照顺序都发生了，杨旭后悔了。理想和现实的落差叫他沮丧，他觉得不应该跟章俐有这样的关系，为性而性，真的不适合自己。人和人的关系，该是什么就是什么，越位和错位都不舒服。

看他不说话，石小余更生气了：“你说啊!”

杨旭说："你让我说什么？什么事情只有到了结尾才能知道开始是什么意思。我这时候没有办法回答你。"

石小余爆发了："杨旭，你是一个大混蛋！我为了爱情，放弃了自己的整个生活。你却这样对我！"

杨旭皱了下眉头说："你又来了，我早就说过，爱情像豆腐，口了长了，总会发酸发臭。你为了这两个字放弃一切，那是你自己不成熟。"

"我是不成熟，不成熟到能看着你在我的床上跟别的女人睡觉。"

"怎么是你的床？这房子是咱俩合租的，我有使用的权利。"

石小余像迎头挨了一闷棍，愣了片刻，拉开门逃命似的跑了。杨旭呆站在那里，整个人都麻木了。

章俐衣衫整齐地从卧室里出来，她摸了一下杨旭的肩膀说："真对不起。"

"这事没什么对得起，对不起的。"

"看得出来，她很喜欢你。"

"你能不能让我清静一会儿？"

章俐看了杨旭一眼，转身坐在椅子上。

"你在怨我？"

"没有。"

章俐叹了口气说："我一直以为我是一个有能力的人，现在才发现，我什么能力都有，就是没有控制感情的能力。有了那么多经历以后，遇见了你。我以为我可以培养你做我的助手，培养你做我的恋人，想想，我这个年龄的女人，对你还有这样天真烂漫的想法，实在是可笑。"

杨旭说："你没有必要检讨自己。"

"人应该有自省能力。"

杨旭点点头。

章俐问："你打算怎么办？"

杨旭说："我去找她。"

章俐说："遇到问题要及时解决，这是一个好的处事态度。去吧。"

两人一问一答没有一点感情色彩，彼此间都明白他们之间的一切，都在这一夜里速战速决了。

石小余离开北京之前给魏劲戈打了电话，告诉他，她哪天到，居住的位置在哪里。魏劲戈看了一下地图，他住的宾馆正好路过这条街。早上的会议突然临时取消了，魏劲戈开车往回返的途中，他看到了石小余。她是突然冲上马路的，她在车海中疯跑着，司机们鸣着笛拼命躲闪她，魏劲戈吓坏了，开车追她。

一辆出租车响着刺耳的刹车声从石小余身边冲过去，她被车挂了个趔趄，差点儿摔倒，石小余晃了两下站稳了，魏劲戈的车停在她身边，魏劲戈打开车门抓住石小余。

石小余以为是杨旭追来了，甩开他的手，就撒开腿往人行道上跑。她跑得像鹿一样快。魏劲戈把车扔在路边，跑着追她。

大桥下面锣鼓喧天，老头老太太在练秧歌。石小余突然冲进秧歌阵中，魏劲戈一把抓住石小余的衣服。石小余急了，回手给了魏劲戈一个大嘴巴。锣鼓点儿停得恰到好处，嘴巴子的声音格外响亮。扭秧歌的人一起回头看。石小余认出他是魏劲戈，她两手捂着脸，眼泪流了出来。领队的老太太不干了，她骂魏劲戈："你一个大男人，伸手打老婆也不掂量掂量，女人的脸是随便打的吗?"

魏劲戈急忙分辩说："我没打她。"

"嘴巴子扇出那么大的声音还说没打，你没打，她能哭?"

老太太们围着魏劲戈七嘴八舌地指责他，魏劲戈简直要招架不住了。石小余趁乱挤出人群跑了，魏劲戈气急败坏地追上去。

老太太们在后面七嘴八舌地喊："姑娘，你赶紧打110啊!"

魏劲戈一把抓住了石小余，强行把她塞进了车里。车子一开动，石小余拉开车门要跳下去。

魏劲戈使劲把她拉回来，锁上车门骂道："你不想活了，也别害别人!"

石小余趴在车上痛哭起来。

魏劲戈铁青着脸不理她，他把车开到郊外一片树林旁边停下，他站在路边抽着烟，心里非常生气。

石小余不哭了，她坐在车里两眼直呆呆地看着远处。

"下车。"魏劲戈命令她。

石小余没有动。

魏劲戈火了，他直着嗓子喊了一声："你＊＊＊给我下来!"

石小余从车上下来，站在车的另一边，她不看魏劲戈。

魏劲戈骂石小余："你像疯子似的干什么？啊!?"

石小余抖着嘴唇说："杨旭是个王八蛋!"

"他是什么，也犯不着你搭上命!"

"你不懂！你根本就不懂!"

"我怎么不懂？不就是他没有按照你的意志做事吗?"

"我这么爱他，他却跟别的女人睡觉!"

说到痛心处，石小余又哭起来。

魏劲戈说："你们俩没结婚，感情又处在分手阶段，发生这种事有什么奇怪？一点都不奇怪。"

"他不能这样对我！"石小余喊道。

"不应该的事多了，可每天不都在照样发生吗！"

"魏劲戈，你真不是个人！"

"因为我理智？因为我客观？石小余，生活就是这样的，你不想认识是你的问题。"

"他对不起我，我倒有问题了？"

"你没问题，你们之间怎么会出现问题？"

石小余被他问愣了。

"我真不相信，你爱一个人，能爱到如此糊涂的地步。你的悲剧是你自己写的。"

"姓魏的，你这个人到底有没有同情心？"

"同情解决问题吗？不解决问题，问题是靠理智解决的。"

石小余怒不可遏，她转身上了汽车，打火。魏劲戈看着她哈哈笑。

"你开！你开！你要是能把车打着火，我服你！"

石小余一脚油门，汽车突然朝前面窜去，魏劲戈吓了一跳，他愣了一下马上拔腿就追。

"踩刹车，赶快踩刹车！"

石小余一脚踩在油门上，汽车加速了。

魏劲戈气得直蹦高："石小余你＊＊＊赶紧给我滚下来！"

石小余猛打方向盘，汽车调头朝魏劲戈冲过来。魏劲戈吓得一激灵，转身就跑。石小余一脸杀气地在后面追，她的车速越开越快。

魏劲戈跳到路基下死死地抱住了一棵大树。石小余刹不住车了，她大声呼救。

"救命啊！救命！"

汽车朝前冲去，魏劲戈跳上路基，拼命追车。他跳上车踏板，从开着的车窗钻进了车里。石小余完全失控了，她见弯就拐，汽车几次差点翻到路边。魏劲戈使劲跟她抢方向盘，怎么也抢不过来。魏劲戈一脚踩在刹车上，汽车尖叫着停下。

魏劲戈骂石小余："你真是天底下最讨厌的女人，谁招你谁倒霉！"

听到魏劲戈如此辱骂她，石小余扑过去打他。魏劲戈抓住她的两只手，两人从车里滚到车外。魏劲戈把她死死地按在地上，这时他才发现石小余头上全是冷汗，牙齿上下打着战，身子抖成了一团。魏劲戈急忙把她扶起来，脱下外套包着她，让她靠在树旁。魏劲戈想回车上拿东西，石小余死死地抱着他的一条腿，不让他走。

魏劲戈拖着她走了几步，扑哧一声笑了。石小余也破涕为笑，魏劲戈越笑越厉害，两人笑得面孔痉挛，血管膨胀。

魏劲戈指着石小余说："猪！你完全是只没脑子的笨猪！"

石小余抬手给了魏劲戈一个大耳光子，她打得不动声色。半个小时之内，魏劲戈莫名其妙地被她揍了两个嘴巴子，他决定好好教育教育这个欠揍的女人，告诉她，他的脸是不能随便被她乱打的。

石小余根本不示弱，两人开始了一场无声无息的恶斗。几个回合战斗就结束了，石小余躺着，魏劲戈坐着，两个人都是气息奄奄的。石小余脸色煞白，满头是汗。魏劲戈怜惜地朝她伸过一只手去，石小余稀里糊涂地爬过来，靠在他肩上。魏劲戈搂住她。石小余哭了，她哭得很伤心。

魏劲戈低声骂她："蠢猪！笨蛋！你刚才差点要了咱俩的命！"

石小余伸手紧紧捂着他的嘴不让他说下去。

杨旭满上海城寻找着石小余，他把自己和石小余朋友的电话都打遍了，石小余压根儿就没去，也没有跟他们联系过。石小余的手机一直开着，就是没有人接听。

5

今天是汤正远的生日，一大早他在房间里来来回回地转着圈。好不容易熬到中午下班，关海黎回来了。汤正远赶紧坐在沙发上，假装看电视节目。关海黎拎着菜，直接进了厨房。看到她没有一点表示的意思，汤正远跟进了厨房。

"今天几号?"他问关海黎。

关海黎想了一下说："25号。"

她淘米洗菜，根本没有注意到汤正远的脸色。

两菜一汤摆上了桌子，关海黎盛好饭，冲客厅里喊了一声："吃饭了。"

汤正远进来，他看见桌上的菜，脸阴得能拧出水来。关海黎坐在桌旁闷头吃了几口菜，发现汤正远没有动筷子，她问："你怎么不吃?"

"咽不下去。"

"胃不舒服?"

"心不舒服。"

关海黎知道他在找茬，她放下筷子，皱着眉头看着他："怎么了?"

"不怎么，你吃你的，我的胃口不影响你。"

“我又做错什么了?”

“你没错，你哪有错的时候?”

“汤正远，我们能不能不吵架?”

“我没跟你吵架。”

“你这是干什么?”

“我在自己家里，连喜怒哀乐都不能自然流露吗?”

关海黎站起来说：“这不是你一个人的家，你不能因为你一个人不高兴就搅得别人也痛苦不堪。”

“你健健康康能走能蹽的，有什么痛苦不堪的?”

“你要是看着我健康不好受，就把我的腿也砸断算了。”

“恶毒！话说得多恶毒!”

“说得恶毒，比做得恶毒，毒性小得多。”

汤正远看着关海黎，他说：“我知道你心里怎么想的，你恨不得那次车祸直接把我撞进太平间，你好重新找一个人嫁了。”

关海黎一脚踢开凳子走出厨房，汤正远嘿嘿冷笑起来。

关海黎在卧室里躺了一会儿，越想心里越生气，决定马上上班去。她骑着自行车拐上了马路，无意扭脸往旁边看了一下，她看见汤正远坐路边饭店里吃饭。

关海黎下车，她推着车子走过去，她扒着玻璃往里面看。

桌子上摆着一瓶酒，四个菜，汤正远的脸上挂着笑，吃相很贪婪。

关海黎觉得窗子里的这个男人，不是那个跟她同床共枕了十四年的人。他离她太远了，远得好像根本就不认识了。

关海黎不知道汤正远就在这个时候做出了一个重大的决定，他要把家里存折上的所有名字都改成自己的。他觉得关海黎靠不住，对待靠不住的人，就得用个牢靠的办法。

6

魏劲戈把石小余带到自己住的宾馆里，石小余的情绪很激动，她不停地在一个问题上说着车轱辘话。

魏劲戈烦了，他说：“我就不明白，已经跟你说得这么清楚了，你怎么还往死胡同里钻?”

石小余说：“你根本就没从心里爱过一个人，怎么能懂我的感情。”

“你的这种感情是病态的，不管是你爱他，还是他爱你，结果都是悲剧。

悲剧比喜剧更有震撼力是不是?"

手机又响了，石小余看都不看扔到一边。

"还是他?"魏劲戈问。

石小余不说话。

"还是不回?"

"不回!"

"你这人挺恶的。"

"我怎么恶了?"

"扇起嘴巴子来，手又快又狠。"

"这是我第一次打人。"

"技术熟练，完全看不出是生手。"

"你在我眼睛里就是杨旭，我恨不得杀了你。"

"爱就爱个死，恨也恨个死，落到你手里，好歹都不能活着。"

"骂我?"

"夸你，说明你不是一条死鱼。"

杨旭又发给石小余一条短信，上面写着：给你打电话你不接，咱们应该坐下来好好谈谈，我在老地方等你。

魏劲戈问石小余："老地方是哪?"

"静安寺公园。"

"去吗?"

"不去。"

魏劲戈说："看来说教是没用的，只有自己撞了南墙，才能醒过盹来。"

"他在我心里已经死了。"

"野火烧不尽，春风吹又生。"

石小余懒得搭理他，她说："你帮我订个房间，我想睡一会儿。"

服务台说，房间已经全部满了。

石小余急了，她说："没房间我怎么办？反正那个家我是不能回去了。"

魏劲戈说："这不有两张床吗？你一张，我一张。"

"咱俩睡一个房间?"石小余吃惊地瞪大了眼睛。

魏劲戈说："我们上学野游的时候，男女生还睡过一个帐篷呢。你信不着我啊?"

石小余说："我是信不着我自己。"

魏劲戈说："我信得着你。跟你说，你是唯一一个叫我相处起来没有精神负担的女同胞。"

“为什么?”

“在我眼里，你完全是那种广义的正道上的女朋友，也就是现在流行的第四种关系的朋友。咱俩在一起可以畅所欲言，可以打情骂俏，但绝不会弄假成真，想入非非。”

“说得好，我跟你在一起就像跟从小在一起玩尿泥长大的伙伴，除了上厕所，洗澡和睡觉的时候能想起来男女有别，剩下的时候完全没有跟异性在一起的感觉。”

魏劲戈被噎得半天没说出话来。

“打击得够呛吧?”石小余问。

魏劲戈说：“我寂寞我悲伤。我的寂寞和悲伤是英雄才有的寂寞和悲伤。”

石小余咯咯笑了起来，她说：“人绝望到一定的份儿上，也会眼花缭乱地生出许多新的希望。”

魏劲戈问：“你希望什么?”

“现在还说不清楚，再喝点儿酒就清楚了。”

“你说不说?”魏劲戈拿起一个苹果威胁她。

石小余回答得坚决：“不说!”

魏劲戈把苹果砸过去，石小余接过来反击回去，准确率非常高。

杨旭一直站在静安寺的门口，等石小余，一直到夜里十二点，她没有出现。杨旭和石小余相爱四年整，她从来没有这样对待过他。每次闹别扭，都是她先缴械投降。争吵成了一种确认，尽管不知道前面有多黑暗，但是总可以两人拉着手，摸索着往前走吧?爱情是什么?爱情就是盲人摸象，摸到哪算哪。杨旭没有想过这只象是活的，也会使性子耍脾气。杨旭焦虑不堪，一遍一遍地给石小余打着手机。

魏劲戈躺在床上，他听了一会儿，手机不响了。他伸手朝石小余的床上扔了一个苹果过去，石小余没有反应。魏劲戈光着脚，蹑手蹑脚地走到石小余的床边。石小余睡着了，她睡得很熟。魏劲戈站在床边看了她很久。

从静安寺公园门口回来，杨旭给章俐打了个电话。

章俐还没睡，她问杨旭：“问题解决了吗?”

杨旭说：“没有。”

章俐等着他往下说，杨旭没有说。

章俐问：“你想跟我说什么?”

杨旭说：“我想辞职。”

章俐愣了一下，声音马上冷淡下来，她说：“公事没有必要在晚上给我打电话，明天到办公室办交接手续就可以了。再见!”

杨旭看着手里的电话，他觉得这个女人也不是昨天跟他同床共枕、知情识趣的那个女人了。

十二

1

白天的事闹得关海黎心情极其恶劣，她睡不着，坐在沙发上想心事。无意间看了一眼墙上的挂历，25日被汤正远画了一个很醒目的红圈。

关海黎心里闪电一样亮了一下，今天是他的生日。她一下明白了汤正远为什么跟她怄气。关海黎急忙跑进卧室，汤正远也没有睡，看见关海黎，他转过脸去不理她。

关海黎满脸赔着笑说：“对不起，我忘了今天是你的生日。”

“十二点多了才想起来？晚了，我的四十二岁已经过去了。”

关海黎说：“过了阳历还有阴历呢，等着，我把你喜欢的那张邮票送给你。”

汤正远心里“咯噔”一下，知道坏菜了，他急忙坐起来。

关海黎翻遍了所有的抽屉也没找到自己的集邮册。

她问汤正远：“我的集邮册呢？”

汤正远挠挠脑袋没有说话。

“我问你呢。”

汤正远说：“卖了。”

关海黎眼前一黑差点摔倒了，她不相信自己的耳朵：“你说什么？”

汤正远说：“一个朋友喜欢这些邮票，给了一个不错的价，我就卖给他了。”

关海黎勃然大怒：“这是我的东西，是我从十二岁开始攒的，你凭什么给我卖了？”

“我想炒股需要资金。”

“那你就卖我的东西？”

“我挣了钱还你。”

“这根本就不是钱的问题。”

“不是钱是什么问题？咱俩每次吵架都是因为钱，你不嫌我钱少，能对我这种态度吗？”

“这是我一个人的问题吗？你以前也挣这么多，我们过得怎么样？”

“以前我健康，现在我残疾了，还得你伺候。我得看你的眼色，受你的气。”

关海黎气得头皮发麻，半天才声音哆嗦着说：“这日子我真的过不下去了。”

汤正远说：“我也过不下去了，我同意离婚。”

关海黎听到离婚二字，她绝望地哭了。

汤正远说：“你别哭，离了，对你对我都好。”

关海黎伤心欲绝。

汤正远说：“你不讲理的时候，我觉得没负担。你讲起理来，我就知道麻烦来了。因为不讲理的话，完全可以当成玩笑。结婚这么多年，咱们俩从来没这样坐下来，正正经经心平气和地说说心里话。”

关海黎擦掉眼泪点点头。

汤正远说：“我跟你从搞对象开始，就心里面紧张，从来没有放松过。现在我可以放松了，可以把心里的所有不愉快随时说出来。”

“我怎么叫你紧张了？”

“你总是在精神上高我一头，我出身没你高贵，学历没你高贵，你总是对我有种种的要求。我做好了，你会说，你应该做得更好。我在你眼里，永远没有叫你满意的时候。这个家什么不是你说了算？这个家里什么活不是我干？你要考研究生，就年年折腾。你要出国，就天天忙着考托福，办签证。这日子好像就是你一个人的。你想过我的感受吗？没有！你不要孩子的时候，有一个你做一个。想要孩子了，什么时候想要我跟你合作，我就得扔下手里的活跟你合作去。我是人还是种马？是，你比我文化高，你是知识分子，你们知识分子讨厌人的方法是臊着你，让你自己无地自容。跟你在一起过日子，我根本找不着自己。”

关海黎像被扔进了冰窟窿里，冷得浑身打战。

汤正远说：“你觉得冷？我比你还冷！你为啥能这样指挥我？不就是因为我爱你吗？现在好了，我决定不爱你了。不爱了，我就有了自由。想说什么，就说什么。想做什么，就做什么。自由真是好，自由了，才知道什么是好。”

关海黎眼泪哗哗地流着，她说：“咱俩结婚十四年，刚结婚的时候，没房子也没钱，但是过得也挺好，我不怕吃苦。”

汤正远说：“你能吃苦，尤其能吃那种没有肉吃的苦。但前提是得让你觉得苦得很浪漫。一辈子啊，这种苦差事，我干不了。”

关海黎说：“说的对，你是一个根本就不懂得浪漫的人。你也是一个不尊重客观实事的人。你用自己的猜想生出各种矛盾，你先把我耗尽，然后再把我摧毁。”

“我是为你好！”

“你口口声声为我好，你怎么就不问一问我，怎么才算是好呢？”

汤正远被问住了，眨巴着眼睛好一会儿不说话。

关海黎说：“其实我早就过不下去了，我劝自己，人生怎么还不是一辈子？不管怎么样，还是凑合吧。凑合到最后，也应该是我和你。在外人的眼里，我们度过了一个不错的人生。而且口卡口，直到曲终人散。可是我坚持不下去了，一想还有几十年这样的日子，我就实在是坚持不下去了。”

汤正远说：“听到你说凑合到最后也应该是你和我这样的话，我知足了。也许这就是这场婚姻带给我唯一的好处吧。”

关海黎说：“如果人生有三分之一的时间在睡觉，这样咱俩的婚姻就减掉了四年多一点儿。还剩下十年，汤正远，咱俩脸对脸地看了十年。十年啊，这十年里，我真是没有看清楚你。”

关海黎说不下去，她的眼泪顺着脸颊流进了脖子里。

看着她哭，汤正远也想哭，可是他的眼睛里干干的连一点儿水分都没有了。

2

关海黎一夜没合眼，早上她跟单位请好了假，就跟汤正远直奔街道办事处来办离婚手续。

办事员问他们是不是没有协调的余地了？

两人异口同声地说：“没有了。”

办事员问：“你们对财产分配有什么要求？”

关海黎说：“财产对半分。”

汤正远不干，他说：“怎么可能？存折上是我的名字。”

关海黎说：“那是你后来改的。”

“一共有多少存款你知道吗？”办事员问。

关海黎说：“连交通事故赔偿的一共十万。”

汤正远说："那是我用命换来的，你没权利花。"

"你说了没用，我听法律的。"关海黎的语气很硬。

汤正远寸土不让："房子是单位分给我的，我应该得一室一厅，你只能要一间。你要是不愿意住，可以把房子卖给我，那一间折合成人民币，我给你三万，你搬出去找地方住。"

关海黎说："你把你那两间都卖给我，我给你六万块钱。"

"六万块钱能买两间房子吗？"

"你能三万块钱买一间，我凭什么不能六万块钱买两间？"

汤正远冷笑起来："我真是看错你了，你并不是一个对钱一点概念都没有的人。"

关海黎说："咱俩是一家人的时候，我可以没有概念，现在咱俩完全是陌路人了，我再没概念，就便宜你了。"

办事员说："存款一人五万，房子一人一间，客厅公用。如果不能达成协议，再进行最后调解。"

汤正远和关海黎都不想再纠缠下去了，各自在协议书上按了手印。

按完手印以后，关海黎一直下意识地在做搓手指头这个动作。这个手指头上的红印，完全改变了她的生活，把她从熟悉的生活轨道里扔出来，让她成了一个晕头转向地不知道该往哪里走的人。

关海黎站在街上，茫然地看着四周。汤正远追上来叫了她一声。关海黎习惯地跟着他走了。

汤正远问她："你饿不饿？"

关海黎摇摇头。

"渴不渴？渴了我给你买瓶矿泉水。"

关海黎回过头，像看稀罕物似的看着他。

"你这么看我干什么？"

关海黎说："离婚证的力量真有这么大？手里有了它，你就完全变成了另外一个汤正远，体贴、热情得叫我不能不怀疑。"

"你怀疑什么？"

"咱们到底是领离婚证还是领结婚证来了？"

汤正远不知道该怎么回答，他想了一下说："你不是你，我也不是我了。咱俩完全是两个独立的全新的单身男女，凭什么不心平气和地好好生活？"

"你还会结婚吗？"关海黎问他。

"会。"

"跟谁？"

汤正远说："谁愿意跟我忍受生活中的没劲，我就跟谁结婚。"

关海黎心里一酸，眼泪差点掉下来。两个人路过比萨自助店门口，汤正远说："我再请你吃一顿吧。"

关海黎说："我没心情跟你吃饭。"

汤正远说："如果你心里难过，咱们还可以再想一想，离婚这事不是不可以改正的。"

"我不难过，咱们俩在一起吃了十几年的饭，现在终于不用在一个锅里搅和了，这顿也免了吧。"

说完，关海黎头也不回地走了。

汤正远看着她的背影心里想，这女人一离婚心肠就变得这么硬，十四年的日子让她一点都不拖泥带水地翻过去了，连点回旋的余地都不留。

3

魏劲戈和石小余开着车在京沪高速上行驶。石小余青着两个眼眶坐在副驾驶的座位上愣神。

魏劲戈叫了一声："哎，石大使。"

石小余扭头问他："你叫我什么？"

"全称失恋女青年形象大使，简称石大使。"

石小余抬头看看天空说："失恋有什么了不起的，你看太阳不是照常升起来了吗？"

魏劲戈问她："你是不是觉得自己变成了一个全新的人？"

"对！"

"江山易改，本性难移，你对这句话怎么认识？"

"魏劲戈你什么意思？"

"你别喊，有理不在声高，我压根就不相信一个人睡了一觉，第二天早上醒来就变成了另外一个人。"

"那是你孤陋寡闻，两块无机物还能变成两只蝴蝶呢，何况我这样一个大活人！"

"高论，真是高论。你说的对，物质的形态不变则已，一变就是天壤之别。你觉得你和我能变成什么？"

石小余斜着眼睛看着他说："鲜花和鲜花下面插着的牛粪。"

魏劲戈哈哈笑着掏出来烟盒，里面没烟了。石小余想起来挎包里那盒烟，忙拿出来一支点着，塞进魏劲戈的嘴里。

魏劲戈深深地吸了一口问道："你抽烟？"

石小余说："不，是杨旭的。"

魏劲戈说："你刚才说，一个人爱上另一个人，就应该把自己的一切都给他。这种观念根本就不对。一个人怎么能把自己的一切全部压在别人身上呢？这对自己不公平，对别人也太沉重了。"

"我全心全意地去爱不对吗？"

"我没说你不对！"

"那你什么意思？"

"我只是随便说说自己的想法，我觉得你在恋爱上的这种忘我精神会把男人逼得走投无路。"

"你不要为你们男人见异思迁的本性找借口！"

"嘿，你怎么说翻脸就翻脸呢？人太敏感了没什么好处，第一听不进去意见，第二会对自己造成伤害。"

"靠边，我要上厕所。"

魏劲戈停了车，石小余跳下去，她冷着脸对魏劲戈说："谢谢你让我搭了一路车。从现在开始，你走你的阳关道，我走我的独木桥。咱们俩就当做谁也不认识谁！"

"你去哪？"魏劲戈嬉皮笑脸地问她。

"你管不着！"

石小余在公路上大踏步地走，魏劲戈开着车在后面慢慢地跟着。

"嗨！你到底要到哪去？"

石小余不理他，甩开胳膊大踏步地走着。气温越来越高，石小余走得满脸大汗。

魏劲戈从车窗里面伸出去一根树枝，树枝上挑着一串钥匙，钥匙中的指甲刀上夹着一张纸，上面大大地写着一行字：罚单！牛粪自知罪恶滔天，为赎罪特请鲜花在前面的饭店里暴撮美味一顿！

石小余本来已经饥肠辘辘疲惫不堪，看到这张罚单，马上眉开眼笑，重新坐回到车上。

魏劲戈嬉皮笑脸地连连道谢："谢谢鲜花赏光！谢谢鲜花赏光！"

路边的小店里，只有魏劲戈和石小余两个人吃饭。老板和老板娘趴在柜台上一声不响地看着他们。

魏劲戈说："老板，你这个辣子鸡丁里面是不是忘了放鸡丁了？"

老板憨笑着看着他装傻。

魏劲戈说："真不该给你这饭钱！可惜已经给了。"

“给了？给谁了？”

魏劲戈指了下女老板：“你家内掌柜的。”

女老板瞪着眼睛看着他说：“谁收你钱了？我根本没收过你的钱。”

魏劲戈一本正经地说：“记得我给了你一百块钱，没给？那我那张假钱哪去了？

女老板一听她收了假钱，慌了，手忙脚乱地在钱匣子翻着，她找出来一张一百元的钞票说：“我们这不收假币，赶紧给我换成真的，要不我把你拉到乡派出所去。”

石小余和魏劲戈站在路边，两个人笑得前仰后合的。魏劲戈学路边的垃圾筒，他闭着眼睛张着嘴，傻呵呵地站在那里。石小余从口袋里掏出包口香糖的废纸，动作迅速地扔进他嘴里。魏劲戈气得追石小余。

路上魏劲戈边开着车边给石小余讲笑话。他说：“一次我在路上捡了个包，打开一看里面有十万元钱。”

石小余瞪圆了眼睛看着他：“真的？”

“真的，我一激动昏过去了。等我醒过来，发现丢包的那个人正紧紧握着我的手，他热泪盈眶地抖搂着我的手一连气地说，谢谢！谢谢！谢谢你一直在这帮我看着包……我一着急又昏过去了。”

石小余哈哈大笑，她拿喝空了的矿泉水瓶子使劲敲打魏劲戈的脑袋。

“我叫你胡说！叫你胡说！”

魏劲戈一只手捂着脑袋嘿嘿笑着左右来回躲闪。上路不长时间，石小余睡着了，她的头不住地撞到车窗上。魏劲戈伸手把她的头揽过来，让她靠在自己的肩膀上睡。从后视镜里能看到石小余熟睡的脸，她睡梦中还发着脾气。

4

关海黎和汤正远把各自的东西挪到自己名下的房间里。分到影集的时候，关海黎把他们俩的合影扔到一个盒子里说：“这个我不要，你去烧了吧。”

汤正远把照片收起来说：“我又没死，烧我干什么？你不要我要。”

书房归了关海黎，她把门上挂了一个小竹牌子，上面写着关宅两个字。卧室归了汤正远，他把门上贴一个彩贴，上面写着汤宅两个字。

关海黎把橱柜一侧的三个抽屉腾出来放上自己的东西，上面贴上“关食”的标记。汤正远把属于自己那一侧的抽屉外面贴上“汤食”的标记。

关海黎把写着女用的牌子挂在厕所外面，她进厕所时把门紧紧地关上。

汤正远看她如此来劲，气得嘟囔了一句：“好像谁没见过你上厕所似的。”

晚上汤正远在浴室里洗澡，关海黎穿着睡衣冲了进来。汤正远急忙拉上帘子。

“你怎么不敲门?”

“你怎么不挂牌子?”关海黎理直气壮地反问。

汤正远的脑袋从帘子里面探出来：“那是你立的规矩，在我这没通过。出去！快出去!”

“看了十几年了，好像谁稀罕再看你似的。你快点儿，我憋不住了。”

“你尿你的。”

“占便宜？门也没有!”

“就算是便宜，我也不占。看了十几年了，眼睛都晃出白内障了，好不容易能休养生息了，我干吗不闭目养神?”

知道关海黎离了婚，石若玉哭了。

她说：“看看你们几个，关键过着光棍一样的日子，小余到了结婚的节骨眼上，说让人甩了就甩了。你结婚十四年，说离就离了。都是我的命不好，把自己的孩子的命都拐带坏了。”

关海黎安慰母亲：“妈你说什么呢？我离婚是我自己的事，跟你的命有什么关系？我现在真的挺好的，想干什么就干什么，想回家就回，不想回就不回，再也不用看他的脸色，再也不用像过去那么压抑了。对我来说，离婚真的不是一件坏事。”

石若玉擦着眼泪叹了口气，她说：“打个电话，晚上叫小余和关键都回家吃饭。”

关键在办公室里刚放下电话，卓童推门进来，她把整理好的资料放在桌子上。

关键顺口说了一声：“谢谢!”

“光嘴上谢啊？我查资料查了一个晚上，你不请我吃顿饭?”

“这是你工作范围里的事，做好是应该的，你的要求过分而且不合理。”

卓童生气地看着他说：“你这个人怎么这么奇怪啊？你到底是什么怪物变的?”

关键问她：“还有事吗?”

卓童不说话。

关键严肃地说：“工作去!”

卓童撅着嘴转身出去了，女孩子们看见她出来，悄悄围了过来。

卓童朝关键的办公室狠狠地剜了一眼说：“他完全是个非人类嘛！别的男

人我一说让他们请我吃饭，个个乐得屁颠屁颠的，他呢？一听我要他请我吃饭，就像看妖怪一样看我。”

“妖怪？变身前的还是变身后的？”

“你们真是一点同情心都没有。”

“你是个需要同情的人吗？他这样做，完全是替那些被你害了的男同胞们报仇雪恨呢。”

卓童宣誓一般地说：“我一定要让他爱上我，我就不信他爱不上我！”

5

晚上关键赶到母亲家，关海黎和石小余已经到了。石若玉带着他们开始包饺子。关键擀皮，她们三个包。石小余的饺子包得很没样子，一个一个仰面朝天地躺在盖帘上。

石若玉看不下去了：“行，行，祖宗，你别给我祸害这馅和面了，去，去，把西红柿和黄瓜洗了。”

石小余马上扔下了手里的饺子。

石若玉翻了她一眼说：“连个饺子都不会包，看你以后怎么过日子。”

“我买速冻饺子吃。”

“你去问问，能不能把你妈也速冻了？”

三个孩子嘎嘎笑。

石若玉叹了口气说：“我得把命留得长长的看着你们，你们都过好了，我这双老眼才能闭上。”

关键不愿意听了：“妈，你怎么老死啊死地说个没完？”

石若玉说：“我还能老活着？六十四了，再一眨巴眼就奔七十了。日子的尾巴都能摸着了。”

石小余搂着石若玉的脖子说：“妈，你肯定能活到一百岁。”

“就你这么气我？”

石小余嬉皮笑脸地说：“我是帮你舒筋活血呢。”

石若玉拿擀面杖吓唬石小余：“我看你再给我贫嘴！”

石小余尖叫着跑了。

关键问：“怎么想起来吃饺子了？麻烦不麻烦？”

“今天是中秋节，一年有几个中秋节啊？”

“中秋节了？”关海黎愣了一下。

“干吗？又想你们家汤胖子了？”

“欠打是不是?”石若玉冲小女儿蹬起了眼睛。

石小余说:“我只是对他的相貌,进行一下客观描述罢了。”

关海黎说:“我犯不着惦记他,他有他妈惦记着呢。”

“他妈又来了?”

“不但来了,还摆出了一副常住不走的架势。”

汤母这一回真是打算常住不走了,关海黎一离开家门,她就这摸摸,那看看,盘点这点家产。

“这电视机和电冰箱怎么算?”

“公用,将来谁找地方出去了,留在家里的那个给走的那个折钱。”

“她能走吗?”

汤正远说:“她将来还得嫁人,这个家她住不长。”

“她嫁你娶,在一起过了十几年,就这么过飞了?”

汤正远被捅到病根上,沮丧得差点哭了。

汤母安慰他说:“我儿赶明好好找一个,你没儿没女没牵没挂,这条件到哪都是前几名。”

汤正远说:“瘸着一条腿,拿百分之七十的工资,也就你拿你儿子当香饽饽吧。”

汤母说:“瘸怕啥?又不是胎里带来的。我儿膀大腰圆,往哪一戳,都响当当,硬邦邦。正远,我告诉你,带孩子的女人咱不要,当爸,你得当亲爸。在工厂里当工人的女人,咱不能要。金童配玉女,茄子配苞米。女工跟你这个国家公务员不配套。咱们就是要杀杀你媳妇的威风,让她看看,离了婚你腰板多直溜,日子过得多扬眉吐气!”

汤正远说:“你看看我这身子骨,我想直溜它倒能直溜得了啊!”

汤母打开冰箱问:“这里的东西怎么算?”

“上面两层是她的,下面两层是我的。”

汤母从上面拿了一块肉放在案板上切。

“妈,你动她的东西干啥?”

“能给你省就省点儿。”

汤正远从自己的那一层里拿出来肉放在菜板上,把母亲拿的那块肉放回去。

汤母不满地看了他一眼说:“你就是心太软,她下得了手的地方你都下不去手。”

“你老把她想得那么坏,她从来不动我的东西。”

“那是她不缺，她在这个城里有妈还有弟弟妹妹，现在又突然冒出来了一个爹，好事都让她占尽了，不像你一个人，在城里遇上事，连个帮忙的都没有。”

她说得难过，眼圈红了。

6

汤母在替儿子打抱不平的时候，石若玉也正在给关海黎规定择偶标准，她说：“没有大学学历的咱不要，素质太差，掰不清楚，说不明白的。日子过不顺溜。个子矮的咱不要，将来影响后代。”

关海黎说：“妈，你当我二十岁呢？我这个年纪的女人就是糟烂花一支。”

石小余批判她：“姐，你这是长他人的志气，灭自己的威风!”

关键突然说：“今天过节，我爸一个人挺冷清的，把他也叫来吧。”

石若玉看着两个女儿，小心翼翼地揣摩着她们的表情。

关海黎沉了脸，她说：“关键，你不想让我们好好过节，你就去叫。”

“丑话跟你说前头，他来我就走。”石小余跟着响应。

关键说：“你们怎么连点同情心都没有？在一起吃顿饭能怎么着？”

关海黎说：“这是妈的家，她愿意他来，我无权干涉，但是你们也无权干涉我离开。”

关键生气了：“女人真是狭隘。”

关海黎把饺子扔在桌子上，她不包了。

石若玉脸一板说：“都给我好好听着，今天是团圆节，你们谁也不能给我闹事。”

大家谁也不说话了。

关海黎煮饺子，石小余摆上碗筷，关键把切好的凉菜端到桌子上。

关海黎把锅里煮着的饺子捞出一个端到妹妹跟前：“小余，你尝尝熟没熟。”

石小余尝了一口说：“熟了。”

关键说：“小时候，姐姐负责往盖帘上摆饺子，我负责剥蒜，小余专门负责尝饺子。”

“尝出来一张馋嘴。”石若玉说。

一家人围在一起吃饭。

关键问：“妈，你去我爸的那个店里看过吗？”

“看过。”

“他开店了？”石小余警惕地看着母亲。

“开了个美鞋屋，想请我帮帮他。”

关海黎说：“妈，你可别去啊。”

“他给我开工资。”

石小余说：“你缺钱花，我给你。”

“你连工作都没了，还吹哪门子牛？”

“工作还不好找？我想上班，明天就能上。”

“好好吹！别闪了舌头。”

“真的，一家公司已经录用我了。”

“有钱挣也不能乱花，把房子退了赶紧搬回家来住。”

“我不回来。”

“你还没结婚，在外面住我不放心。”

关键说：“妈，小余都那么大了，愿意在外面住，让她在外面住，她早晚不得离开你啊？”

“这么大一个家，我一个人住，空得慌。”

“让我姐回来陪你住，反正她也离婚了。”

关海黎说：“那可不行，我一离开，他那个妈非把我家变成殖民地不可，我得回去。”

石若玉：“吃完饭赶紧回去，别让那老妖婆玩幺蛾子。”

石若玉进厨房，把刚煮好的饺子放在保温桶里。她偷偷摸摸地冲关键使了个眼色，关键跟出来。石若玉把保温桶递给关键，压低了声音说：“趁热乎赶紧给他送去。”

关键接过保温筒走了。

石小余探头出来问：“我哥哥干吗去了？”

石若玉若无其事地说：“单位有事先走了。”

7

关海黎回到家，汤母和汤正远坐在沙发上看电视。她进了自己的房间。

汤母小声嘟囔着：“眼睛长到脑瓜顶上去了，连人都不知道叫。”

汤正远说：“从妈降到了婶子，这嘴没法张。”

关海黎从房间里出来，把写着女用的牌子挂在卫生间门的把手上，推门进去了。

汤母问汤正远：“这是啥意思？”

“她在用卫生间，别人不能擅自进去了。”

“你瞅瞅！你瞅瞅！这家不是家，旅馆不是旅馆的。过的这叫啥日子?”

汤母把被子抱出来铺在客厅的折叠沙发上，又把自己的包裹当枕头放在沙发上。

汤正远说：“妈，你跟我睡一个屋吧。”

汤母不干，她说：“这房子不是你俩一人一半吗？我睡的是你的那一半。”

有人敲门，进来收电费。汤正远问：“多少钱?”

“两个月一共九十三块钱。”

汤正远冲着卫生间叫了一声：“唉，交电费。”

关海黎从里面出来，她接过电费单子看。

“这电费怎么摊?”汤正远问她。

关海黎说：“你天天把着电视，一看就是半宿，你出一多半。”

汤正远急了：“你没看?”

“我什么时候看了?”

“你洗澡洗衣服比我勤多了。”

“水费我可以多出。”

关海黎掏出四十块钱扔在桌子上，转身进了屋。汤母气得牙根直痒痒。中年女人不知道他们家发生了什么事情，傻头傻脑地看着汤正远。汤正远掏出五十三块钱递给她，把她送了出去。

汤母生了一会儿闷气突然问：“冰箱呢？冰箱里她的东西比你的多多了，那不费电?”

汤正远说：“煤气费她得多掏!”

汤母说：“从明儿个起咱烧煤球，煤气费她全出。”

“妈，你是收拾我呢还是收拾她呢?”

石若玉洗漱完毕准备躺下，有人按门铃。

“谁啊?”石若玉大声问。

“我，关守家。”

石若玉问：“这么晚有事吗?”

“隔着门说话不方便，开门吧。”

石若玉把门打开，关守家把手里拎着的保温桶往石若玉眼前一举说：“还给你这个。”

“急什么？又不等着用。”

“你包的饺子好吃。”

“够吗?”

“不够。”

“想吃多少?给你尝两个就够意思了。”

关守家嘿嘿笑:“你这人嘴里说的跟心里想的就是不一样。”

“我心里想什么你知道?”

关守家不回答,他把另一只手里的东西举到石若玉眼前。

“给你这个。”

“月饼?家里有。”

“这是云南的火腿月饼,拿个盘子来。”

石若玉把月饼切成小块放在盘子里,摆在桌子上。

两个人看看窗外的月亮,心里生出一些久违的暖意来。

十三

1

关键上网看到了大漠落日给他的留言:“这几天你没上网,所以给你留言。我想和你做生活里的朋友,这是心里面的真实想法,你愿意吗?”

关键打字留言:“我们就像这样做一般意义上的朋友,也许更合适。”

他刚把信息发过去大漠落日就回话了。

大漠落日在耳麦里说:“你的答复跟我想的一样。我在感情上从不强求任何人,对你这样的朋友更不会强求。网上没有一般意义上的朋友,如果不对话了,就没有任何交往了,你说是不是?”

关键说:“是。”

“咱俩能互相留个电话号码吗?”

“对不起,不能。”

“为什么?”

“咱们还是保持这样的距离好。”

“你怕什么?”

“不是怕，是不喜欢。”

“不喜欢和我在生活里交往?”

“我们还是不要谈这个话题了。”

“好吧，你喜欢谈什么?”

“你来命题。”

“你喜欢什么样的感情?”

“没好好想过，你呢?”

“和谐默契。和谐和默契交织在一起能产生出很大的能量来对付困境。”

“对。”

“这么说，我们的看法一致了?”

“对。”

“那你为什么不去寻找这样的感情?”

“想象跟现实总是有距离的。”

“距离不是靠想象消除的，是靠努力消除的。”

“你的话从理论上讲没错。”

“那就用理论去指导实践，做了才知道对还是错。”

“做了可能错，不做就没错，事情就这么简单。”

“对是从错里面提炼出来的，我不明白你的感情为什么还停留在上个世纪?生活在往前走，人也必须往前走，不能像你这样原地不动。”

“往前走?我儿子大了会怎么想?你想问题要学会换位思考，人和人的价值观是不同的。”

“你怎么就知道你儿子跟你想的一样呢?”

“我是将心比心。”

“你忘了最根本的一点，你俩不是一个时代的人。”

“时代再变化，人的感情是不会变的。”

“我认为时间和空间并不能阻隔人的交往，阻断人和人交往的是感情。你说感情不会变，我说感情是会变的，人的价值观会直接影响到感情的变化。”

“你说的也有道理。”

“生活永远是未定的，一切都要从自己内心的真实感情出发。不要扼杀它，欺骗它，这样就是失败了，也是值得纪念的。”

关键没有说话。

“你对姚柒柒的感情不就值得你纪念终生吗?”

“你没有值得纪念终生的东西吗?”关键反问她。

“没有，我的个人生活有很大的缺陷。其实我们每个人都觉得生活有欠缺，每个人都渴望着改变，你不渴望改变也不会来上网，也就不认识我了，你说是不是？”

关键想了一下说：“潜意识里是这样。”

“任何事情都应该是想通了就去走，不能期待别人的帮助和怜悯。生命就是一个大练习场，任何人的经验对你和我都没有意义。”

“对。”

“我们总是忽略眼前的生活，人都是当生命要结束的时候，才会明白应该去怎么样生活。”

关键说：“生活总是给人提出问题，欲望总是给我们带来麻烦。”

大漠落日说：“问题和麻烦都是不能回避的，必须面对。咱们俩能不能成为生活里的朋友，这对你不重要，重要的是你怎样走出这一步。生命只有一次，你甘心就这样浪费下去吗？”

关键不说话。

“你怎么不说话？”

“我在听。”

大漠落日说：“一个人不管经历过多少次感情，我相信每一次爱的经验都是全新的，都是不可借鉴的。因此我们看世界的时候永远瞪着一双无知的眼睛。世界上没有走不通的路，就看你有没有勇气走。你说对不对？”

关键一阵心烦意乱，他说：“太晚了，休息吧。”

不等大漠落日跟他道别，他就下了网。坐在那里愣了一会儿神，他自言自语道：“我不能再跟她聊下去了，再聊下去会很危险！”

2

扭秧歌的时候，石若玉没有看到老耿，有人告诉她说，老耿的老伴去世了。石若玉吓了一跳，问是什么时候的事？

胖老太太说：“死了三天了，人都发送了。”

“我怎么不知道。”

“这几天你不也没来吗？”

石若玉叹了口气说：“唉！死了也好，省得活受罪。”

瘦老太太说：“送葬那天我去了，光车就七八辆，他大儿子说，我妈苦了一辈子，我们一定让我妈走得风风光光的。”

胖老太太嘴一撇：“活着不孝顺，死了孝顺管啥用？死人两眼一闭，能看到啥？还不是往活人脸上贴金？”

石若玉问：“儿女不孝顺？”

胖老太太说：“你看老耿头那德性，他有当丈人的命吗？没有，他只有三个儿子，他那三个儿子，比着劲儿搜刮老两口儿那点退休金。”

瘦老太太说：“少年夫妻老来伴，儿女指不上。老石，趁腿脚还利索赶紧找个老伴，老伴老伴，老了才是伴。”

“怎么扯我身上了？”

“把老耿给你说合说合？”

“你俩吃饱了撑的吧？”

两个老太太半开玩笑的话，叫石若玉想起关守家来，心里这么想着，脚就拐到了他的店门口。

关守家正在接待顾客，看见了站在门外的石若玉，他说：“在门口站着干什么？进来，进来，你帮我看会儿铺子，我得吃口饭。”

“这会儿了还没吃早饭？”

“一早上就有人敲门，一直忙到现在，没顾上吃。”

“买卖还不错。”

“就我一个人，忙了后面顾不了前面。你来帮帮我，行不行？”

“那天我说了，海黎和小余她们俩谁也不同意。”

关守家叹了口气拿出个烧饼吃。

“怎么不弄点儿稀的？”

“麻烦。”

“连三分钟都用不了，麻烦什么？”

石若玉进了厨房，动作利落地切了两片黄瓜，打了个鸡蛋，几分钟的工夫，就把一碗汤端到关守家面前。

关守家端着汤看着石若玉，眼睛里有说不尽的内容。

石若玉问：“看我干什么？”

关守家说：“咱俩干脆复婚得了。”

石若玉心里“扑通”一声砸出来一个火星，随即火势蔓延起来。

关守家说：“你跟孩子们商量商量。”

石若玉两眼冒火，她说：“你生怕我过舒服日子是不是？我来这儿都是偷偷摸摸的。怕海黎和小余知道，她们根本就不接受你，你还想得寸进尺啊？”

关守家说：“人活到这个岁数还有什么？什么都没有了，就剩下耐性，我有耐性等。这些日子我老是想咱们年轻时候的事情，过去的日子过得再不好，现在琢磨起来都是有滋有味儿的。”

“日子是由你想的？你想有滋味它就有滋味了？关守家你这个人可真霸道，想走就走，想回来就回来，想离婚就离婚，想复婚就复婚。我的生活凭什么听你安排？”

关守家蒙了，不明白她的火是从哪来的。

“跟你复婚？我不能吃一百颗豆，还不嫌豆腥气。告诉你，我跟你来往，完全是看在你借钱给海黎，帮助她的份上。你还真敢往下想，复婚？做梦去吧你！”

“你这人，怎么一张嘴就往外蹿蓝火苗呢？我只不过是有这么个想法，你不同意，我也不强迫你。你发这么大火干什么？再说了，一个巴掌拍不响，过去的事你也不能全怨到我一个人身上！”

“关守家，你天天夹着尾巴在我和孩子面前走来走去，我以为你认账了呢，闹了半天你趴在这儿等着反攻倒算呢！”

她“啪”的一声摔门走了。

关守家气得口舌生烟，好半天没缓过劲来。

石若玉出了门就后悔了，我这是干什么去了？该说的都没说，不该说的又都冒出去了。好好一件事怎么就被搅成这样了呢？这事不能想，越想越心烦。

3

冯小沛给关键打来了电话，说要到澳洲去一段时间，她已经给关怀买了回北京的机票。她的电话来得很突然，没有任何前兆。关键得到这个消息，激动得差点蹦起来。一大早，他就赶到了机场，纽约来的航班正点到达，空姐从特殊通道里把关怀送了出来。两年没见面，关怀高了，脸上有了小少年的模样。

关键激动地高声大叫：“关怀！儿子！”

关怀撒着欢，扑到关键怀里：“老关！爸爸！”

关键抱起来他，关怀顺势把两条腿盘在父亲的腰上，两人腻作一团。

关键开车上了高速，关怀坐在旁边，他规规矩矩地扣着安全带。

“老关，你好像矮了。”

“那是你长个了。”

“爸爸，你带我滑旱冰去。”

“先回家，奶奶、大姑和小姑都在家等着你呢。”

“为什么？”

“想见你呗。”

“为什么？”

“你是十万个为什么啊？”

石若玉把关怀一把搂在怀里，她连声叫着："大孙子！奶奶的心肝宝贝呦！"

关怀不习惯被人这样搂着，他挣扎着说："不要！不要！我不喜欢。"

"你不喜欢奶奶了？"石若玉伤心了。

关怀不知道自己哪错了，他眨巴着眼睛看着奶奶。

石若玉说："你一生下来，奶奶就抱着你。直到你会走了，你都不愿意下地走路，到哪都让奶奶抱着。你大了，就不喜欢奶奶了？没良心！你真是个没良心的！"

关键给关怀使了个眼色，小声说："快哄哄奶奶。"

关怀凑过来在奶奶的左边的脸上亲了一口。

"奶奶。"

他又在石若玉右边的脸上亲了一口："奶奶！"

石若玉顿时眉开眼笑，她说："行了，行了，奶奶给你拿好吃的。"

她把一大堆零食摆在关怀的面前："吃吧，吃完了奶奶还给你买。"

石小余下班回来，看到关怀，她惊叫着扑过来。

"宝贝儿！宝贝儿！快叫小姑！"

"小姑！"

石小余噼里啪啦地在他脸上亲着。

"星期天姑姑领你去游乐园好不好？"

关怀高兴地喊："耶！"

关海黎也回来了，一开门进来，她大声叫："关怀！快叫大姑亲亲！"

"不行！不行！我的脸已经叫你们亲肿了。"关怀吓得满地乱跑，关海黎不罢休，笑着追他，房间里叽叽嘎嘎的笑声连成了片。

石若玉说："家里多一个孩子，就像多了一个加强班，这热闹，他哪有资格享受？冷清是他自己找的。活该！"

关键问："妈，你说谁呢？"

"你说还有谁？"

"明天我带孩子去看看他？"

"你给我老实呆着！"

关海黎说："妈，我买了点熟食，做什么饭啊？"

石小余说："妈，有鱼吗？我想吃鱼。"

"我看你像鱼！"

4

这几天是关键开心坏了，一下班就往家里跑。他把所有的业余时间都贡献给了儿子。星期六带关怀去动物园，星期天带着关怀去广场上滑旱冰。从小学到大学，关键一直是班上的体育尖子。虽然第一次穿旱冰鞋，他还是很快就掌握了要领。广场上有一群像关怀这么大小的孩子，他们戴着头盔穿着护具，在家长的陪同下，如鱼得水满广场乱窜。关怀羡慕不已，他在前面磕磕绊绊地滑，关键在后面紧紧地跟着他。关怀重心不稳，扑通一声摔倒了。

“爸爸!”

关键命令他：“自己爬起来!”

关怀爬起来又摔倒，摔倒又爬起来。关键不停地伸出大拇指夸他。

卓童坐在出租车上路过街心广场，无意间她看到了混在孩子群里的关键，她急忙结账下车。关键穿着一身黑色的运动服，弯着腰，伸着两条肌肉结实的长腿，在给关怀做示范动作。卓童胸口闷了一下，心跳踉跄起来。她努力让自己呼吸均匀起来。喜欢他，是越来越清楚的事实。这种心动的感觉她很少有，就是有，分量也不够。活了二十几年，没有谁能让她连心跳都不正常了。她像梦魇了一样远远地跟着他们父子俩。

关键和关怀坐在肯德基店里，两人兴高采烈地吃着说着。关怀把番茄酱抹到脸上，关键仔细地替他擦干净了。

“真过瘾，这几天在奶奶家，我总是吃不饱。”

“你是中国人你必须吃中国菜。”

“好吧。”关怀回答得很勉强。

“爸爸，你说奶奶给我买那么多东西干什么?”

“喜欢你呗。”

“太多了，我根本吃不了。”

“吃不了也得拿着，要不奶奶生气。”

“奶奶怎么那么爱生气?”

“她越喜欢谁，就越爱跟谁生气。”

“为什么?”

关怀眨巴着大眼睛望着爸爸，他想不明白这个问题。

卓童端着一份食品远远地看着他们，她不明白自己为什么这么把这个男人当事。他比自己大十五岁，有家，还有个儿子。可是这些一点都削弱不了他的魅力。他生活里的样子实在太迷人了，跟在办公室里简直判若两人。卓童真希望他对自己也能像对那个孩子一样充满深情。哪怕是短短的一天都行。

关怀要喝可乐，关键起身去买，一眼看到了站在身后的卓童，他愣了一下问："你也来了？"

卓童问他："我坐你们这儿，不打扰吧？"

"不打扰，不打扰。"

"你儿子吧？"

关键摸着关怀的头说："叫阿姨。"

"阿姨。"

关键问卓童："你也爱吃这个？"

"我经常来吃。"

"你跟我儿子的口味一样。"

卓童问关怀："你叫什么名字？"

"我叫关怀，你呢？"

"我叫卓童。"

"你写给我看。"

卓童掏出笔在餐巾纸上写了卓童两个字。

关怀拿着餐巾纸仔细辨认着。

卓童问关键："你们要去哪玩儿？"

"游泳去。"

"我也去行吗？"

关键愣了一下，他说："这事我做不了主，他说了算。"

卓童马上问关怀："我也去跟你游泳行不行？"

"行。"

出门的时候关怀一只手拉着关键，另一只手拉着卓童的手，三个人像一家人一样走出店门。卓童觉得这种感觉新鲜又刺激，她兴奋不已。关键则非常不自在，看在儿子的面上，他又不能说什么。

卓童是旱鸭子，不会游泳。她穿着泳装和关怀坐在岸边的太阳椅上喝冷饮。她目不转睛地看着关键。关键游着蝶泳，一溜水花飞驰而过。

关怀大声叫他："爸爸！爸爸！你上来！"

关键游过来，两只手一撑，跃上了岸。他身材硕长，肌肉非常好，站在人群中异常醒目。卓童在心里轻轻地叹了口气说，他可真是帅啊！

5

关怀玩疯了，大姑和小姑轮流带他出去。爸爸和姑姑们都上班了，关怀就跟奶奶在一起。石若玉调着花样，给孙子做各种各样的好吃的。这一段时间关守家一直没有来，石若玉本应该充实的心莫名其妙地空了一块。她希望他能像过去那样找个茬就进来了，他偏偏不找这个茬。

她带着关怀买菜回来，故意绕道路过天石美鞋屋门口。店铺里没有人出入，石若玉拉着关怀进了旁边的水果铺子。

她心不在焉地挑着水果，不时从窗子里往外面看。她看到关守家从店里走出来。

石若玉急忙往外推关怀，她说："这屋里太闷，你到外头玩一会儿去，奶奶交了钱就出去。"

关怀站在门口吹泡泡，五彩的泡沫顺着风飘到关守家跟前，关守家往后退了一步躲开。关怀不歇气地吹着，关守家眯着眼睛看吹泡泡的孩子，觉得这个孩子有一点眼熟。

"你是谁的孩子?"

"我爸爸和妈妈的孩子。"

关守家弯下腰笑着说："我知道你是你爸爸妈妈的孩子，告诉我，你爸爸叫什么?"

"关键。"

关守家耳朵里"嗡"的一声，脚下一阵发飘，他两手扶着膝盖好一会儿才稳住神。

关怀瞪着黑亮的眼睛看着他问："你是谁?"

石若玉拎着水果从小卖部里出来，她叫了一声："关怀，走了。"

关怀答应了一声要走，关守家一把拉住了他的手。

"别走，你别走。"

"你是谁啊?"

"我是你爸爸的爸爸。"

关怀疑惑地看看他，又扭头看看奶奶。

"我是你的爷爷。"关守家的声音不由自主地拖上了颤音。

关怀有点发慌，他看着奶奶，石若玉冲他轻轻点了一下头。

关怀问："为什么我在奶奶家没有见过你?"

"爷爷看着铺子，走不开。"

"你的铺子在哪啊?"

“就在那儿。走，到爷爷那呆会儿，爷爷给你买好吃的。”

“我不去，奶奶还要带我去吃肯德基呢。”

“爷爷请你行不行?”

“我不吃别人的东西。”

听到孙子这样说，石若玉的嘴角边露出得意的笑容。

“我怎么是别人呢？我是你亲爷爷!”

“我跟你走了，我奶奶怎么办?”

“我连你奶奶一块请，你看行不行?”

“行。”

石若玉拒绝跟他们一起去,关怀拉着她的手使劲摇晃着:“奶奶去吧!去吧!”

“老石，你给我个面子行不行？我不多要，就一次。”

石若玉不搭理他。关守家忍不住伸手拉了她一把。

“你跟我犟，怎么跟孩子也这么犟呢？走吧!”

这一拉把石若玉的心拉软了，她心软，面不软。使劲甩掉关守家的手，关守家又拉住她。关怀一只手拉着爷爷，一只手拉着奶奶，关守家幸福得看东西都模糊了。

6

石小余刚到蓝陵集团上班，杨旭的电话就追了过来。

她警惕地问杨旭：“你怎么知道我这个电话?”

杨旭说：“你原来公司的人告诉我的。”

“咱俩已经没有任何关系了，你以后不要再给我打电话了。”

石小余不由分说压了电话。

电话铃声又响了，石小余看了一眼来电显示上的号码没有接。对面桌上的人伸手要拿电话，石小余急忙制止她说：“以后凡是这个号打来的一律不予理睬。”

石小余的手机响了，她关了机。

面对石小余的抵抗，杨旭不甘心，他一遍一遍地打着电话。人是会变的，从量变到质变。一天天地寻找石小余，使这个杨旭变成了另外一个杨旭。他觉得自己已经被逼到了人生的最底线。跟她生活在一起很难，但是让他离开她更难。他想听到石小余的声音，她应该给他一个说话的机会。失败者应该和导致他失败的人相互理论，哪怕是骂个你死我活呢?

石小余不给他任何机会，她选择了不想和遗忘治疗伤痛。只要是和杨旭有关的任何记忆在脑海里一闪现，她马上按删除键。

下班以后，石小余去医院找魏劲戈。

魏劲戈看到她叫了声：“嘿，石大使。”

石小余眼睛一瞪说：“你找打是不是?”

“没有，没有，说走嘴了。”

“你们医院有一个姓黄的药剂师?”

魏劲戈想了一下说：“有一个，怎么了?”

“别人给介绍的，这个人怎么样?”

“嗨，一个山西人，说话的时候偏要操着一口南方腔。喝咖啡的时候爱竖着兰花指，外号黄娘娘。”

“哇塞!”

石小余夸张地扶着墙，她怕自己晕倒了。

“他的经典台词是……”

魏劲戈拿腔作调地说：“生活里有两种女孩子，一种会织毛衣，一种会织梦。”

石小余笑着叫道：“魏老八，你想麻死我啊?”

魏劲戈问：“谁这么不长眼给你介绍他？石小余，你们俩根本就不是一个鱼缸里的鱼。”

“不是给我，是给我姐介绍的，不是你们医院的吗？我找你打听打听。”

魏劲戈松了口气，他说：“他比你姐小，那就更不合适了。”

“行，那我回去跟我姐说一声。再见!”

“嗨！嗨！你就这么直奔主题啊?”

“还有什么副业?”

“请你吃西餐怎么样?”

“我得看看我有没有档期。”

“装大尾巴狼是不是?”

两人说说笑笑出了医院门口，迎面碰上顾娅茹。

“哎哟，没想到能碰到你们俩。”

石小余说：“他就在这个医院上班，看见他很正常。”

魏劲戈问：“你又回国了?”

顾娅茹说：“回来好长时间了。”

“怎么了？不舒服吗?”

“是我妈不舒服，我来陪她做个检查。”

“她怎么了?”

“心脏早搏。”

“检查了吗?”

“没有，约不上心血管科的刘主任。”

“你怎么不找我?”

“我不知道你在这个医院。”

“把病历给我，我给你找人。”

“那就拜托了。”

魏劲戈和顾娅茹你一句我一句地说着。石小余被撂在一边冷眼看了他们一会儿，心里别扭起来，她说：“你们聊吧，我先走了。”

魏劲戈说：“你等我一会儿。”

“你们说你们的。”

石小余冲顾娅茹摆摆手走了。

顾娅茹问：“她生气了吧?”

魏劲戈大大咧咧地说“没有，她不是那么小气的人。”

魏劲戈领着顾娅茹找到了人，约了看病的时间。顾娅茹感谢魏劲戈，非要请他吃饭。魏劲戈看实在推托不了，就坚持一定是他请。

石小余越想越生气，这个魏老八，真是个重色轻友的东西，口口声声说不喜欢她，怎么见到她尾巴摇得像哈巴狗似的? 路过西餐馆的门口，石小余的脚停顿了一下，心里说，那个王八蛋不请我，我自己请我自己。

饭菜端上来刚吃了两口，魏劲戈和顾娅茹就推门进来了。他们在角落里找了个位置坐下。谁也没有注意到石小余。石小余嫉妒了，她用刀叉把盘子里的牛排捣得稀烂。她认真地劝着自己。

“石小余，我告诉你。第一，你不爱魏劲戈；第二，魏劲戈也不爱你。你和他的关系，简明扼要。你生这个糊涂气，完全是自己气自己。看看她那张脸，一个聪明女人的愚蠢和占有欲都写在上面了。他愿意让她祸害，那是一个愿打，一个愿挨。你生什么闲气?”

顾娅茹告诉魏劲戈，她打算留在国内，在国内事情要好做许多。她说，这是一个听起来好听的理由。其实好理由和坏理由没有什么区别，最好的理由就是没有理由。

魏劲戈笑了笑没有说话。

顾娅茹问他：“你什么时候结婚?”

“没想过。”

“还有什么不满意的地方吗?”

“你指什么?”

“三十二岁了该成家了。”

“你不也三十二岁了吗？”

“我？我在这个问题上早就心灰意冷了。”

“那可不应该，三十二岁正是女人的好年龄。”

“二十六岁不是更好吗？”

“啊？”

顾娅茹说：“看见她那么年轻，我真的有点嫉妒了。”

“你说谁？”

“石小余啊。”

“怎么想起来说她了？”

“你和她在一起时的表情跟当初和我在一起的时候完全不一样。”

“是吗？”

魏劲戈想了一下说：“不是表情不一样，是心境不一样。”

“你跟我在一起是什么心境？”

“想不起来了。”

顾娅茹提醒他：“你爱过我。”

魏劲戈说：“你的语法很准确，过去时。”

顾娅茹说：“我应该跟你结婚，为爱情结婚。可是我没有，我结婚，是利益权衡的结果。我离婚，也是利益权衡的结果。我跟他在一起根本就没有感情。”

魏劲戈说：“这是你做事的风格。”

顾娅茹说：“我知道你在骂我没有感情。”

魏劲戈说：“我没说，这是你自己说的。”

“你是个有感情人吗？如果有，在当初和我的交往中你又付出过多少呢？”

“当初你提出分手是对的，咱俩不合适。”

顾娅茹问：“你跟石小余合适吗？”

“你不要老把她扯进来。”

“她是个什么样的人？”

魏劲戈想了一下说：“自然，随情随性。跟她在一起不用揣摩她的心事，她的喜怒哀乐都在脸上写着，我们俩彼此谁也不束缚对方。关系宽松舒服，感觉像跟哥们儿一样。”

“你们是恋爱关系吗？”

魏劲戈知道自己说漏了嘴，他说：“顾娅茹，你这个人的毛病就是太精明，你要是能傻一点，没准早成大事了。”

顾娅茹问："你想说什么？"

她看见石小余端着吃了一半的盘子走过来，把没说完的话咽了回去。

石小余笑嘻嘻地说："你们也在这儿啊？吃到半截才看见，我凑个热闹行吗？"

魏劲戈像见了救星一样，急忙拉开椅子让她入座："你看你！刚才等等我们不就得了？"

"那可不行，我这人自恋，绝不能让自己忍饥挨饿。"

魏劲戈说："再给你叫一份？"魏劲戈殷勤得有点过头。

"求之不得！求之不得！"

魏劲戈嘿嘿笑起来："你这人就这样，在气势上永远只求成功不求失败。"

顾娅茹不自在起来，她看了一下表站起来说："你们吃吧，我得马上去医院。"

"好吧，赶紧走，别让刘主任等着。"

顾娅茹步履优雅地走了。

石小余说："你们一进门，我就看见了。"

"那你怎么不过来？"

"我才不当灯泡呢！"

魏劲戈点了一下她的脑袋说："你这里是被垃圾信息占满了的硬盘，混乱没有条理。"

石小余嬉皮笑脸地问："你们俩抒情抒到哪段了？"

"你嫉妒了？"

"你觉得这词用在我身上合适吗？"

"不合适。"

"魏老八，你还算有点自知之明。"

"石小余，我在你眼里就真的这么一钱不值吗？"

"值，起码值这顿饭钱。"

"你是我见过的最不是东西的人！"

石小余哈哈地笑起来："物以类聚，人以群分，你在骂自己啊。"

7

关海黎把电视播到中央台新闻频道，她边擦地边听着电视里的新闻。汤母从厨房里出来，她用眼角扫了一眼关海黎，拿起遥控器换了台。

电视里传来唱京剧的声音，汤母放下遥控器，两只手托着腮帮子趴在折叠沙发上，跟电视机脸对脸地凝视着。她很快被才子佳人的剧情吸引住了，嘴里还不停地发表着评论。

“不要脸！你媳妇卖了一脑袋的头发，发送了公公婆婆，才没让你爹妈黄土压脸。你不好好感谢她，还在外面乱搞，黑老包用虎头铡铡了你才活该！”

关海黎从自己房间里出来，她换了一件很漂亮的连衣裙。汤母的注意力一下从电视上转移到关海黎身上。她心里惊叫了一声，这女人多大了？倒退五十年，这把岁数孙子都抱上了。你看她还把自己当嫩黄瓜打扮，真不怕人家笑话？

汤正远推开门踉踉跄跄地进来，他喝多了，脚底下拌着蒜。

汤母急忙过来扶住他：“上哪喝去了？怎么喝成这样？”

汤正远大着舌头说：“新领导请客，特意来车接我去的。”

“还是我儿子脸大，在家休病假领导都惦记着。”

关海黎从他们娘儿俩身边走过去，到门口换鞋。

汤正远瞪着一双醉眼看着她：“你上哪去？”

“你管不着。”关海黎眼皮都没抬。

汤正远堵在门口说：“你别走！”

“你干什么？”

“我有话跟你说。”

“我跟你没什么可说的。”

汤母去给儿子泡茶，她故意把厨房的门留了个缝往外看。她看见儿子一把抓住了关海黎的手。

关海黎使劲甩开他的手：“干什么？你要干什么？”

汤正远使蛮劲把她拽到自己怀里，两手紧紧搂着她的腰。关海黎挣扎了两下，没有挣脱开。

汤母在心里骂儿子，死狗扶不上墙，你今天能低声下气地抱她，明天就能整宿给她跪着。

汤正远说：“海黎，海黎，我一直以为你是个不记仇的人。”

关海黎说：“我又不是你养的狗。”

汤正远的脑袋垂在关海黎的肩膀上，许久没有说话，关海黎伸手推他的头，她摸到了眼泪。

“你怎么了？”

汤正远“呜”地哭出了声。

“怎么了？啊？出啥事了？”

汤母从厨房里跑出来，关海黎把汤正远扶到沙发上坐下。

她跟汤母说："他喝醉了。"

"我没醉，我没醉，我心里从来没这么明白过。"

"没醉，你好好的哭什么？"

"我不是科长了。"

"为什么？"

"一个萝卜一个坑，我这么长时间没上班，别人竞争上岗了。"

汤母替儿子打抱不平，她说："打盆理正盆，打碗理正碗。你是加班回来出的车祸，是工伤。"

"工伤怎么了？工伤也不能保我一辈子有饭吃。我一个小科长算什么？我们处长都落选了。"

关海黎说："不是科长就不是了呗，职员也低不到哪去。"

汤正远说："职员也不保啊，新来的处长说给我一年的时间，让我在局里找愿意接收我的科室，这期间开百分之五十的工资。我十九岁开始上班，在这个单位干了整整二十四年。二十四年啊，没有功劳，还有苦劳。年轻化，知识化，我不愿意年轻？我不愿意自己是大学毕业生？"

汤正远又呜呜地哭起来。

"别哭了，哭也不解决问题。"

汤母说："这叫人干的事？不行，我找你们领导去！"

"妈，你就别添乱了。"妈一叫出口，关海黎自己先愣住了。

汤母看了关海黎一眼，目光温和得叫人陌生。

"唉！呆人想事真能把自己想死了。海黎啊，一日夫妻百日恩，我也看出来了，你是他的正头香主。正远现在过成这样，我这个当妈的管一饥，不能管百饱。老家那儿还有一大家子的事呢，我不能在这儿长住。海黎，我不在，以后你真得多帮帮他。"

关海黎低着头没有说话。

"正远哪，你今年四十三了，这岁数在过去爷爷都当上了，可你还让人给你操心，你真是想愁死你妈啊！"

汤母哭了。

十四

1

石若玉带着关怀去扭秧歌，关怀坐在鼓手的三轮车上，他被锣鼓声震得双手使劲捂着耳朵。看到爷爷，他从车上跳下来冲过去扑到他怀里。关守家给石若玉打了个手势，告诉她，他把关怀领走了。

估计石若玉快回来了，关守家把铺子交给店员看管，他送关怀进了家。石若玉正忙着蒸素馅包子，这是关守家年轻的时候最喜欢吃的，闻着熟悉的味道，关守家心里涌出来一股难言的滋味。

关怀缠着爷爷疯了似的闹。他怎么闹，关守家都由着他。两人闹得实在不像样的时候，石若玉就会从厨房里冲出来吆喝两声。

“赶紧给我下来！你爷爷和我那沙发都禁不住你这么折腾！”

关守家问她：“几点了？”

“十一点多了。”

“我得回去了。”

“爷爷，你再陪我玩一会儿，就一会儿。”关怀抱住他的腿不让他走。

“孩子这么求你，你就多呆一会儿。”

关守家一屁股坐在沙发上说：“我得歇会儿，这小子跟牛犊子一样，可有劲呢。”

关怀顺着沙发飞快地爬到关守家的肩膀上坐下。

“哎哟！哎哟！我这腰撑不住你啊。”

“就坐一分钟。”

“好，一分钟，到了一分钟我就回去了。”

石若玉把蒸好的包子端上了桌子。关怀拉着爷爷在桌子旁边坐下，关守家看了石若玉一眼说：“你奶奶不愿意我在这儿吃。”

石若玉白了他一眼：“你还少在这儿吃了？”

吃完饭关怀又缠着爷爷玩，石小余推门进来，看到地上有一大一小两个披着竖条毛巾被的人，他们扮成毛毛虫的样子在地上爬着。石小余以为是关键父子俩，她用脚踹了一下小毛虫的屁股说：“小鸡来吃毛毛虫了。”

关守家和关怀掀开毛巾被坐起来，石小余的笑卡在了喉咙里。关守家知趣地躲到一边去了。

石小余告诉关怀，她要带他去看木偶戏。关怀高兴坏了，强烈要求带着爷爷一起去。

石小余说："姑姑只有两张票。"

"我有奶奶给我的钱，再买一张好吗？"

关守家怕石小余为难，忙说："爷爷还有事，去不了。"

石若玉从厨房里出来，她问石小余："你吃饭了吗？"

石小余说："不吃了，妈，我带关怀走了。"

"吃了晚饭再走。"

"我带他到外面去吃。"

石小余领着关怀走了。石若玉一屁股坐在沙发上，像是问关守家，更像是问她自己："这日子什么时候是个头呢？啊？"

关怀是润滑剂，他让石若玉和关守家之间的关系顺畅了许多，活不忙的时候，关守家到家里来跟孩子玩。活儿忙了，石若玉就领着关怀到他那里去。关守家修鞋，石若玉就在一旁教关怀下五子棋。来店里取鞋和修鞋的人都问。

"这是老伴和孙子吧？"

"嗯。"

关守家应答得很痛快，石若玉背着人骂他会拣便宜。

关守家问："谁的便宜？你还是我孙子？"

石若玉说："你这人是煮熟的鸭子肉烂嘴不烂。"

关怀问："你们俩吵架了？"

"没有，没有。"

"奶奶你的脸很严肃。"

关守家说："你奶奶就长这样。"

石若玉说："你夸我呢？"

关怀说："谦虚使人进步，骄傲使人退缩。"

关守家和石若玉被逗笑了。趁关怀出去玩的时候，关守家问石若玉："关键和他媳妇的关系就这样了？"

石若玉说："越来越淡。"

关守家说："得想办法让他们在一起生活，越不在一起感情越淡。"

"天天滚在一起的该离的不也离了吗？"

"你总往不好处看。"

"好的在哪呢？你指给我看看。"

关守家说："看看我。"

石若玉说："你？你是我见过的最不是东西的！不是你，我的三个孩子也不能把日子过成这样。"

"怎么是我呢？"

"从小父母离婚对他们的生活没有影响吗？"

"离婚是我一个人的事？"

"是你挑起来的。"

"老回头看解决什么问题？人应该往前看。"

"你想往前看就往前看，你想往后看就往后看？"

"国共还能合作，你得给我改正的机会。"

"做你的黄粱美梦去吧！"

关怀推门进来看着他们问道："你们俩又吵架了。"

石若玉和关守家忙堆起笑脸说："没有！没有！"

2

相对象对关海黎来说，就像执行电脑程序中的一个命令，枯燥无趣。每次见面回来，石若玉都会问她，怎么样？关海黎不知道该怎么回答。对方的相貌在她脑子里，永远是模糊不清的。对方一开口，几句话下来，她就兴趣索然了。她讨厌这种物质对物质的等式。见面的人中有一个大学的副教授，四十七岁，孩子十二岁，爱人去世一年。他知道关海黎没有房子也没有孩子的时候，说："我房子是学校分的，我已经买下来了，八十五平方米，两室一厅。如果你愿意，咱们可以相处一下试试。"

关海黎垂着眼皮不说话。他拿不准她的态度，想了一下说："身边有很多人给我介绍对象，其中有很多比你年轻比你漂亮的。我没同意，怕她们图的是我的条件，将来会对我儿子不好。我择偶的一个先决条件就是必须得对我儿子好，因为我儿子他需要一个母亲。"

关海黎说："对不起，我不需要儿子。"

她噎得对方眨巴着眼睛，半天没有说出来话。后来单位的同事又给她介绍了一个机关里的干部，见了一面以后，关海黎一口回绝了。女同事有点着急，她说："这个人条件多好啊，你怎么就没兴趣呢？"

关海黎说："四十多岁的人了，说话还一口一个我妈的，在精神上完全没断奶嘛。这种人连成人都算不上，怎么能成家立业？"

"你不知道，孝敬妈的人都疼老婆。"

“这你可说错了，孝敬妈和疼老婆完全是两回事。汤正远就是一个孝敬妈的人，他要是疼我，我还能走离婚这一步？”

3

关海黎忙着找对象，汤正远忙着工作，他得在短期内找到一个愿意接收自己的科室。汤正远是个一花钱就肉疼的人，为了前程，他也豁出去拿刀子剜自己的肉了。他把单位里几个科室的负责人都请到了饭店里说：“想吃什么就点什么，千万别客气。”

“来了就不客气，老汤请客，我得好好吃。”

“我们借科长们的光，好好油油嘴。”

汤正远说：“话这么说就远了，坐在这的都是跟我关系最近的人，你们把我当外人是瞧不起我。”

酒菜上了桌，气氛很快热烈起来。有酒遮脸，在座的人说话没遮没拦的。

汤正远大着嗓门招呼大家喝酒。

“各位领导，大家敞开了吃，敞开了喝。”

赵科长端着酒杯站起来。

“你坐你的。”

“这是正科长的位置，我的屁股还没熬到这个级别。”

“你没听说过吗？穿衣要穿布，吃菜要吃素，当官要当副。你这个副科长正赶上时髦了。”

“老汤，听出来没有？张科长心疼你呢，他让你点素菜。”

“那可不行，咱们跟老汤共事这么多年，他这是头一回出血，咱们不能轻饶了他。”

汤正远舌头有点大了，他说：“你这么说可是没良心，我结婚的时候没请你们喝酒？”

“一顿酒管十四五年？凭这觉悟还得罚你！”

李科长倒了个双杯，举到汤正远面前说：“喝，不喝就是对错误没有认识。”

“哪有俩俩喝的？”

“老汤，你想百分之五十的工资就这么永远拿下去了？”

汤正远一听这个，二话没说，接过来喝了。

“老汤，我听说你离婚了。”

“结婚请客，离婚也应该请客。老汤你还欠我们一顿。”

汤正远瞪着眼睛问："谁说我离了?"

"办公室的人说的。"

汤正远说："现在的人真损，你结婚他们装不知道，你离婚他们奔走相告。可惜啊，我没离!"

"那你赶紧打电话把你老婆叫来，要不然，吃完饭还罚你，请我们一条龙服务到底。"

汤正远拿过来别人的手机，打着酒嗝往家里打电话。关海黎不在家。

"是你家电话吗?"

"没错，百分之百是我家的电话。"

又有几个单位里的人吵吵嚷嚷地进了包间。

"老汤请客，这个机会我们可不能落下。"

他们不客气地搬凳子入座，拿菜单点菜。

"清蒸鲈鱼，醉虾。"

"东坡肘子。"

汤正远的瞳孔都吓散了，照这么个点法，结账的时候，那得花多少钱啊?头开始疼了，他捂着脑袋说："你们喝，你们喝，我不行了。"

"刚喝两口就高了?我们这才是万里长江的第一口。"

汤正远很快被灌得睁不开眼睛了，站在那里举着酒杯直晃荡。

赵科长摇摇晃晃地站起来，他把汤正远按在椅子上坐下。

"你晃荡什么?晃得我直迷糊。"

"不是他晃荡，是你晃荡。"

喝醉的人吵成了一团。

"哪位结账?"服务员进来问。

大家的手一起指到汤正远的脸上："他!"

"多少钱?"汤正远东倒西歪地站起来。

"一千四。"

汤正远好像没听懂，愣愣地看着服务员。

赵科长推了他一把，汤正远腿一软，顺势钻到了桌子下面。谁拉他都不出来。众人哈哈大笑。

赵科长生气了，他说："你们说说他算什么人?说是请客，到结账的时候干脆把自己灌得人事不省了。"

他踢了汤正远一脚。

"哎，你是真醉了还是装的?"

汤正远死了一样躺在那里一动不动。

赵科长掏出来钱递给服务员说："开张发票，这顿饭算我们科请客了。"

4

汤正远是被人用出租车送回来的，他四仰八叉地躺在沙发上熟睡，不时发出响亮的鼾声。关海黎坐在远处一声不响地看着他。

汤正远醒了，他说："渴死我了。"

关海黎给他倒了一杯凉白开，汤正远坐起来咕咚咕咚地喝了。

关海黎问他："干吗喝这么多酒？"

"求人安排工作，我不带头喝，别人能舒服？哎哟！哎哟！"

汤正远两只手捂着脑袋呻吟着。

"怎么了？"

"脑袋一蹦一蹦的，疼得要炸开了。"

"吃片药。"

"不吃。"

关海黎看着他心烦，转身进了自己的房间。

汤正远坐在那里愣神。他突然想起什么，从口袋里掏出钱包来，把里面的钱数了一遍。暗叫不好，钱一张都没少。我没结账？我怎么没结账呢？坏了！坏了！这事叫我彻底搞砸了！

"海黎！海黎！"

"干什么？"关海黎开门出来。

"快给我拿个盆，我想吐。"

"到卫生间吐去！"

汤正远趴在沙发上干呕起来。

"别往沙发上吐！"

关海黎冲进卫生间拿了个盆放到汤正远头前，汤正远哇哇地吐起来。关海黎给他敲着背。

醉酒以后，汤正远没有胃口，他想给自己做一碗素面吃。关海黎和汤正远分伙做饭，关海黎先端着扬州炒饭到客厅里吃去了。汤正远切了黄瓜丝，烧水煮面。有点头晕，他站在那里闭着眼睛呆了一会儿，开始切葱。锅里的面条沸了，溢出锅外。汤正远听到声响扔下刀，往灶台跑。脚下一滑，他摔倒了，脑袋磕在餐桌上"咚"的一声响。

汤正远苦笑着站起来，走到锅前用筷子往碗里捞面。眼前突然黑了，他使劲眨着眼睛，还是控制不住身体，重重地摔在地上。带倒了地上的饭锅和餐桌上的瓶子。关海黎听到响声跑进厨房，她看见锅里的面汤已经把煤气火浇灭了。汤正远直挺挺地躺在地上，身上浇着各种汤汁。关海黎急忙关了煤气，把汤正远扶起来。

“正远！正远！你怎么了?”

汤正远牙关紧咬，一声不响。关海黎叫了120把汤正远送进了医院。

医生告诉关海黎说：“从CT检查结果看，他有过脑外伤，血压偏高，摔前又严重酗酒，这都是导火索。不过还好，没有生命危险，但是脑组织里那些微量的淤血，可能会影响他以后的记忆。”

知道这个消息后，石若玉急得满地乱转。

关键安慰她说：“妈，你别着急。”

石若玉说：“我能不着急吗？他说躺下，就躺下了。叫咱们家海黎怎么办？赶紧给他们家打电话，叫他妈来伺候她儿子！”

关键说：“打了，老太太听了这事，血压一下就上去了。高压220低压180，哪还敢动?”

石若玉说：“咱家海黎真是上辈子欠他了，不行，我得到医院去看看。”

关守家说：“我跟你去。”

“海黎心里已经开了锅，你就别往火上浇油了，你把孙子带好。”

关守家说：“看病要钱，我给她带点儿钱。”

关键说：“我这儿有。”

“带上，带上，万一不够呢?”

关守家硬把钱塞到石若玉的手里。

经过抢救汤正远苏醒过来，他怔怔地看着身边的人，不认人也想不起来发生了什么事情。

魏劲戈说：“他脑袋里的淤血压迫了神经，出现了失忆现象，这会儿他什么都想不起来了。”

石小余问：“植物人?”

魏劲戈说：“不是，只是记不起来以前的事情了。”

石小余问：“能手术吗?”

魏劲戈说：“这个区域做手术非常危险，主治医生让病人自行吸收的决定是对的。”

石小余一屁股坐在椅子上说：“我姐该怎么办?”

“办法总会有的，只要咬牙挺过这一关，事情总会慢慢好起来。”

“你们当大夫的就是说得轻巧，挺？怎么挺?”

“这个世界上摊上倒霉事的人多了，又不是你姐一个，人家挺过来了还活着，你姐为什么就不行?”

石小余叹了口气没说话。

5

关键把他研究的卫星导航系统升了级，试车的时候卓童问，她能不能跟他一起去?

关键问她：“你会开车吗?”

“我考了驾照，就是不记路。”

“那正适合来做这个检验，上车吧。”

卓童开着车在街道上行驶，关键坐在副驾驶的位置上。

卫星导航仪发出电脑模拟的声音：“前面一公里处左转航天桥……”

“这简直是给我设计的嘛。”

卓童看着关键，关键指了指窗外，示意她看前面。昨天晚上卓童和女友在小吃一条街上闲逛。她看见了关键。关键领着关怀，身边还跟着一个年轻漂亮的女人。女人和关怀在吃烤海鲜串，关键站在旁边心满意足地看着他们俩吃。关怀吃得满嘴流油，关键掏出面巾纸给他擦嘴，顺手也给那个女人擦了一下。这个动作叫卓童嫉妒得发狂，她想知道这个幸运的女人是谁?

关键不知道她问的是谁。

卓童说：“昨天晚上和你跟关怀逛夜市的那个女人。”

关键问：“你看见我了?”

卓童说：“她是谁?”

关键说：“我妹妹。”

卓童紧绷着的心松下来，她错过了上桥的路口。

导航仪提示她：“对不起，您开过了，请于前方两公里处右转……”

试车回来卓童加强了对关键的攻势，有事没事总往他的办公室里跑。

关键问她：“你的工作完了?”

卓童说：“快了。”

关键说：“什么是快了？马上给我回去工作!”

卓童生气了：“你就那么讨厌我?”

关键说：“八小时是你的上班时间，我的感情在这里不起作用。”

“你真是个冷血动物!”卓童摔门出去了。

这两天关键的情绪特别恶劣，冯小沛给他来电话，说她在近期内要回北京接关怀，到时候会给他打电话。关键决定好好跟她谈一下，他要做最大的努力把儿子留在自己的身边。

6

汤正远在医院里度过了危险期，一进入康复阶段，关海黎就把他接回家了。

她一天三次骑着自行车往返在工厂和家的路上，人很快干瘪憔悴了。石小余心疼姐姐，有时间就拉着魏劲戈过来帮帮她。魏劲戈给关海黎推荐了一些关于失忆症患者康复的资料，并指导她怎么做。汤正远能吃能喝，因为迟钝，他显得有些木头木脑的。

石小余跟他打招呼："哎!"

汤正远下意识地躲了一下。

石小余叫："老汤，汤正远!"

汤正远没认出来她是谁，转过脸去看电视。关海黎看着他心里着急。

魏劲戈安慰她说："这病不是着急的病，得慢慢恢复。"

丧失了记忆的汤正远除了会吃会喝以外，生活能力下降到五岁左右的水平，连洗脸刷牙都得从头学习。

关海黎把牙膏挤在牙刷上指导他说："上下左右各刷十下，不许偷懒。"

汤正远把牙刷拿反了，关海黎耐心地给他纠正过来。

"你看，应该这样刷。"

她示范了两下，汤正远索性张大嘴巴让关海黎把牙全给他刷了。

关海黎绷着脸把牙刷塞到他手里，口气严厉地说："自己刷!"

做饭的时候，关海黎教汤正远打着煤气火烧水，汤正远总是做到一半就忘了。关海黎一次一次地教，一次一次地督促提醒，直到他正确完成任务。吃完晚饭，关海黎拿着一盒看图识字的图片，开始教汤正远重新识字。汤正远一个一个地认着，他识字的记忆恢复得很快。

关海黎很高兴，汤正远念对了就奖励苹果给他吃。

关海黎有一个记事本，她每天把本子上面的内容念给汤正远听，汤正远再一笔一画地把关海黎念的字默写到写字板上然后再挂到墙上。

(1) 打开煤气热午饭。(2) 关上煤气。(3) 午睡。

他每天按照写字板上的要求去做，做完一条划掉一条。到了下午写字板上还剩一条：(4) 复习功课。

汤正远坐在沙发上拿着报纸磕磕巴巴地读着，念着念着，他的语言慢慢顺畅起来。

关海黎一下班回家，汤正远像小孩一样寸步不离地跟在她的身后。

关海黎问："叫我了吗?"

"海黎。"

"我是谁?"

"海黎。"

"海黎是谁?"

"朋友。"

关海黎鼻子一酸眼泪差点掉下来。

"正远，想想，你应该帮我干什么?"

汤正远怔怔地想着，他摇摇头说："不知道。"

关海黎提醒他："淘米做饭。"

汤正远高兴地拿电饭锅做饭。

关海黎说："水多了，再倒出去点儿。还该干什么?"

汤正远拿起插头插在电插口上，电饭锅的显示灯亮了。

关海黎高兴地摸摸汤正远的脑袋，夸奖他说："真聪明。"

汤正远把记事板捧过来给她看，关海黎用红笔在记事板上的每一项都画了一个对勾。汤正远又从口袋里掏出来一个小本，打开递给关海黎。关海黎认真地在本子上画了一朵小红花。汤正远高兴得嘿嘿笑。

7

冯小沛到北京，没有回家。她打电话约关键去昆仑饭店。

她说，这样会方便一些。关键明白她的不方便是指什么。他克制着情绪说："那我去把儿子接来，咱们一起吃顿饭。"

冯小沛说："算了，他在，咱们俩很多话题会不方便谈。"

关键的情绪引起了卓童强烈的好奇心，决定要探出个究竟。

冯小沛和关键两年没见过面了，这一次见面跟以往所有的见面一样不愉快。这个不愉快是从哪里渗出来的?两个人谁都懒得研究。两人坐在饭店里一声不响默默地吃着饭。

冯小沛先开口了，她说："我是绕道回来接关怀的。"

尽管有精神准备，心里还是紧张，关键的手有点抖，他把啤酒放在桌子上，克制着情绪说："我想让孩子在国内读完小学再出去。"

"这不行!"冯小沛口气很坚决。

"怎么不行?"

“关怀跟我在一起生活了两年，我离不开他!”

“他生下来八个月你就出国了，我跟他在一起生活了整整四年。我就能离开他了?”

“我是他妈妈!”

关键吼了起来：“我还是他爸爸呢!”

卓童坐在远处的角落里盯着他们。

冯小沛说：“既然你那么舍不得他，怎么就不能牺牲点个人利益呢?”

“你为什么不能牺牲?”关键问她。

“我在国外的待遇比你在国内好得多，所以做出选择的应该是你。”

“这个话题我们谈一次崩一次，我看我们不要再提了。”

“结婚八年了，咱俩从来没谈通过一次。”

“那是因为价值观和思想方法太不一样了。”

“关键，你是不是想把我熬成了老太太才撒手?”

“你把儿子给我，我马上同意跟你离婚。”

冯小沛冷笑了：“把儿子给你?就咱俩现在的条件，离了婚孩子的监护权百分之百判给我，你连一丁点儿赢的机会都没有。不信咱们就走着瞧。”

怒火从胸口烧到了头顶，关键口鼻生烟，头发都冒出了煳味儿。冯小沛很镇定，她说：“飞机票是十五日上午十点的，到时候你把儿子送到机场来。”

“我要是不送呢?”关键铁青着脸挑衅地问。

“那就法庭上见，官司赢了，这辈子你就别想再看他一眼。”

天下起了蒙蒙细雨，关键木头木脑地站在过街桥洞口，他不知道自己是怎么走出来的。雨滴浇到脸上，发出淬火一样嗞啦嗞啦的响声。关键摸到口袋里的车钥匙，想起车还停在饭店的停车场里。他转身往回走，桥洞深处传来呼救和厮打声。关键吃了一惊，定睛往里面看。过街桥洞里很暗，没有行人。桥洞深处有两个年轻人在抢一个外地男人手里的包，外地男人拼命挣扎遭到毒打。

关键冲过去，速度极快地从后面飞起一脚，踹到背冲着他的大个子男人的身上。大个子猝不及防，刚抢到手的包飞了出去。关键一把抓在手里。一直跟在他后面的卓童看到这个情景吓傻了。

小个子男人突然抽出刀朝关键刺去。

卓童一声尖叫，她的喊声在桥洞里引起一串颤响。关键的胳膊被刀划破，他疼得捂住了伤口。

两个男子拿着刀把关键逼到了墙角里。

“把包放下。”

关键扔下手里的包。

“你＊＊＊给我滚！”

关键没有说话，捂着流血的胳膊往前走了两步，他突然出手一拳狠狠打在小个子男人的鼻子上。鲜血从小个子男人的嘴和鼻子里蹿出来。关键连着几拳，拳拳击中面门。大个子男子挥刀就刺，关键身子一闪。大个子的刀准确无误地刺在小个子男子的面颊上，小个子男人惨叫一声，他的脸上翻开了一个半尺长的大口子，他瘫软在地上。大个子男人吓坏了，手里的刀落在地上。

关键完全丧失了理智，他像疯子一样往死里打这两个男人。

“大哥别打了，别打了，我的牙全掉了。”

小个子男人满脸是血，抱住关键的腿连声求饶。

关键一把揪过来被抢的外地人，两眼通红地看着他说：“他抢你，你一定要反抗，反抗也是死，不反抗也是死，死就要死得有点气节。”

外地人抖得筛糠一样。

关键说：“你觉得自己不行，一旦反抗起来你就会发现无论从战术上还是力气上你都不会比他们差，差的是你没有勇气，从气势上败了下来。打，就照脸上打，来动手！”

外地人照关键的话狠狠给了大个子男人一拳，大个子惨叫着求饶。外地人面色青白，腿都软了。

关键说：“还有一种办法就是这样踢断他的腿。特别管用，我在部队上学过。”

小个子男人把头磕得咚咚响：“大哥饶命！大哥饶命！”

卓童看不下去了，她浑身哆嗦着逃出了桥洞。

8

关海黎很忙，她的全部精力都放在了汤正远的身上。不理解的人劝她说，你对他早就没有责任了，还费这个劲儿干什么？关海黎不这么想，她觉得做人不能这么做。就是同事，也不能有忙不帮啊。何况他还是跟自己在一起生活了十几年的前夫。这次伺候他和上次伺候他的感觉完全不同。上一次他是老子，这一次他是儿子。老子骑在头上，儿子趴在怀里。关海黎没做过母亲，她想，被一个无助的孩子全心全意地需要，做母亲的滋味可能就是这样了。看到汤正远如此依赖自己，她从心里到外地满足，觉得自己是一个有用的人。

晚上关海黎给汤正远上课，汤正远怎么也想不起来昨天刚刚学过的东西，他眨巴着眼睛看着关海黎，脑门上憋出了一层细汗。

魏劲戈劝关海黎说：“这种事急不得，你让他歇一会儿。”

听到有人说情，汤正远“嗖”地站起来，想往卫生间里躲。关海黎一把拉住了他。

“干什么去?”

“小便。”

“刚刚去过了。”

关海黎把汤正远拉到沙发上坐下，她和颜悦色地说：“正远，明天练习练习出门怎么样?”

“不去，不去，我不去。”汤正远连连摇着头。

“害怕走丢了?”

“嗯。”

“有这个你保证丢不了。”关海黎拿出一个小录音机给汤正远看：“出了家门怎么走，我一步一步地都告诉你了，回来怎么回，这上面也录着呢。不许你往远走，就到咱们家前面的家乐福你看怎么样?”

汤正远怕关海黎不高兴，点点头勉强答应了。

石小余和魏劲戈从关海黎家里出来，石小余说：“我就不明白，婚都离了，我姐怎么对他还那么有感情?”

魏劲戈说：“我看他们俩不一定是你说的那种感情。”

“那是哪种感情?”

“是在一起生活了十几年养成的习惯。”

“什么话从你嘴里一出来，都像是被福尔马林水泡过一样。不朽，但是没有生命的气息。”

“你骂我是标本?”

“你以为你是什么?”

“我连那个杨旭都不如?”

“你少跟我提他。”

“昨天晚上我听见你的电话没完没了地响，我想肯定是他打来的。”

“是他打来的，我没接。”

魏劲戈扭头看着她说：“你这人挺怪的，软起来像稀泥，硬起来像石头。你倒是能拿得起，放得下。”

“总比你藕断丝连的好。”

“我跟谁藕断丝连了?”

“顾娅茹。”

“你别诬陷啊，她是找我有事。”

“那是借口，没听有这样一首歌吗?情人总是老的好，走遍天涯都忘不了……”

“嫉妒了，石小余，你嫉妒了。”

“你放屁!”

魏劲戈嘿嘿笑：“恼羞成怒，典型的恼羞成怒。”

“魏老八，你让我下车!”

石小余一脚踩在魏劲戈踩着刹车的脚上，魏劲戈和汽车同时发出惨叫。

十五

1

卓童的心从来没这么乱过，她是那种在感情上很霸道的女孩子，这是她第一次被扔在浅滩上，上不去也下不来。想爱一个人，而这个人根本就不跟她合作，这叫她心里十分生气。她决定跟关键开诚布公地谈一次。

卓童在实验室里找到了关键，他正和几个工程师测试新产品。

卓童说：“我找你有事。”

关键说：“有什么事一会儿回办公室再说。”

“就一句，说完我就走。”

“你说吧。”

“我要调走了。”

关键说：“嗯，好事。”

卓童的眼泪流了出来，她喊道：“好？哪儿好?”

关键吓了一跳，实验室的人回过头看着他们俩。

卓童哭着说：“我走了，咱俩就再也见不着了。”

旁观者的尴尬不亚于当事人，人们低着头假装忙自己的事。关键十分恼火，抓住卓童的胳膊把她拉出实验室。

他厉声问卓童：“你想干什么？你到底想干什么？啊?”

卓童的眼泪哗哗地往下流着，关键坐在椅子上，他皱着眉头说：“你哭吧，我等着，等你哭完了咱们再说。”

卓童哭得更厉害了。关键拿起一本书心烦意乱地翻着，书上一个数据吸引了他的注意力，他很快看了进去。看了一会儿，觉得房间有些暗，他起身打开灯，突然看见坐在角落里的卓童，这才想起来是自己把她拉进来办公室，又晾在这儿的。

关键道歉说：“真对不起，我把你给忘了。”

卓童看着他不说话。

关键看了一下表说：“下班了，你走吧。”

卓童问：“你为什么这样对我？”

关键说：“我已经说对不起了。”

“一声对不起就解决问题了？”

“你想要我怎么样？”

卓童说：“你抱抱我。”

关键愣了一下说：“这可不行！”

“我是毒品还是妖怪？你怎么那么不愿意挨我？”

关键说：“这不在于你是什么，这在于我是不是愿意这样合作。”

卓童问他：“知道我为什么要调走吗？”

“不知道。”

“我对你失望了。”

关键微笑着点点头，他说：“你就不该对我有希望。”

卓童说：“其实我早就知道咱们根本不适合，我也知道生来是什么鸟，它就是什么鸟。我不可能为了你做任何的改变。可是爱情已经生出来了，我拿它毫无办法，爱让我克制不住地想你。想一个人这真的不是什么好事情，我特别害怕想你想成了习惯，将来想改都改不了。”

关键笑了，他的笑容非常动人。

卓童说：“调走的想法，我早就有了，只是下不了决心。那天在过街桥下看见你手那么狠地打人……”

关键一愣，他问：“你看到了？”

卓童：“在饭店里我还看见你和一个女人争吵。”

关键看着她没有做任何解释。

卓童说：“从那天开始我怕你了，这种又爱又怕的滋味叫我不知道该怎么面对你，我想离开的时候真的到了。”

关键说：“你的决定是对的。”

卓童说：“我再问你最后一句话。”

“问吧。”

“你喜欢过我吗？”

“这样的问题我不回答。”

卓童说：“关键！你身上怎么净是些东方不败的玩意儿?”

关键站起来走到窗前，脸冲外站着。窗外灯火辉煌，关键的脸映在玻璃上，卓童走过来站在他的身旁，她的脸在灯火的映照下楚楚动人。

卓童低声央求他说：“抱抱我行吗?”

“不行。”他的态度很坚决。

卓童伸手摸了一下他胳膊上裹着的纱布说：“看着你很强硬，其实你很孤单。很多人看你的时候，你是一个人，你看很多人的时候，你还是一个人。”

关键被她的话打动了，扭过脸看她。卓童突然伸手搂住他的脖子很动情地亲吻他。关键抓住卓童的两只手扭到她的身后，强迫她抬起脸看着他。两人对视了几秒钟，关键松开了手。

“告诉你卓童，我讨厌你这样对我!”

“我也讨厌你这样对我！你这样的人不配有人爱。我不知道你有过什么样的感情，但是我敢保证，你以后再也遇不到你想要的那种感情了。像你这样的人就应该挖一个坑把自己埋起来，旁边再竖个牌子，上面写着，此处文物有待出土。”

关键瞪着眼睛看着卓童，气得半天没说出话来。

卓童往门口走了两步，发现丝线衫的下摆被挂在桌子上公文包的拉锁上，她拽开线头摔门出去了。

关键拎着公文包出了门，看到卓童在等电梯，为了避免尴尬，他决定步行下楼。卓童没有察觉，衣服上的断线头还挂在公文包上。关键往下走，拽动着柔韧的丝线。关键抬手腕看表，带起了那根丝线。他拎着线头找上楼找原因。卓童等不来电梯，她选择了走另一端的楼梯。关键叫了一声：“卓童!”

看见是他，卓童心里高兴却故意做出生气的样子。

她问：“你叫我干什么?”

关键指了一下她的衣襟说：“你看你的衣服……”

卓童这才发现她的丝背心已经被拆了一截，她吓得叫了起来：“这是怎么回事?”

关键说：“你衣服上的线挂在我的公文包上了。”

“是你故意挂的!”卓童不干了。

“怎么是我挂的?”

“你报复我，想让我上街在众人面前丢丑。”

关键又好气又好笑，他说：“你这人讲理不讲理？我要是不追你，不等走到家，你这件衣服就拆完了。”

他觉出这句话暗示性太强，急忙打住，他挠挠脑袋从卓童身边走过去快步下楼。

“关键!”卓童叫了他一声。

关键停下脚扭头看她。

卓童说：“这下我心里好受多了，不管怎么说，你总算是追过我一回了。”

2

汤正远第一次出门，他有些紧张，伸着脖子东张西望了好一会儿。小区里很安静，没有什么人。汤正远放下心来，他小心翼翼地按下了挂在脖子上的录音机上的开关。

录音机里传出来关海黎的声音：“出单元门往前走见到大路往左拐。”

汤正远按照关海黎的指示往前走着。

“看见红绿灯过马路，然后上过街天桥。”

汤正远一步都没有走错，非常顺利地走进了家乐福超市。超市里冷气开得很足，货物品种繁多，购物的人也很多。汤正远的注意力马上被新环境给彻底分散了，他忘记了关录音机。关海黎的声音很快淹没在嘈杂的人声之中。

过去采买的经验在脑子里完全被删除了，汤正远被全新的感觉刺激得浑身冒汗。他学着大家的样子推着一车食品排在收银台前，队伍很长，他不急不躁地等着交钱。

售货员说：“二百三十元整。”

汤正远掏出钱包一张一张地给她数钱，他数钱的速度很慢。后面的人不耐烦地看着他。

汤正远两手拎着两只大塑料口袋走出超市，他站在街口四处看，想不起来怎么回家，心里着急。突然想起来关海黎说的话，他一把抓住了挂在胸前的小录音机。这才发现电池耗光了，录音机根本不响。汤正远害怕了，他站在马路旁边喊：“海黎！海黎!”

过往的行人好奇地看着他。

“海黎！关海黎!”汤正远拖起了哭腔。

关海黎下班进家，没有看到汤正远，看到录音机不在桌子上，知道他出去了还没回来。急忙跑出去找他。关海黎在外面绕了一大圈也没看见汤正远的影子。

汤正远是被巡警110的车送回来的，巡警把录音机里放上新电池，他听着里面关海黎的指引很顺利地敲开了房门。

汤正远拎着两个大塑料口袋进来，关海黎扑上去死死地抱住汤正远说：

“吓死我了！正远，你活活把我吓死了！”

看见汤正远身后站着警察，她脸臊得通红，连声说：“对不起！对不起！我没看见你。”

“没事！没事！其实说对不起的应该是我。在这里，我才是外人。”

关海黎给他让座，又拿过汤正远手里的东西进了厨房。

巡警对汤正远小声说：“你老婆不错。”

汤正远说：“她不是我老婆。”

巡警一怔：“那她是谁？”

汤正远摇摇头说：“我想不起来。”

关海黎端着一杯凉开水和一杯热茶出来，她把茶递给巡警，把水递给汤正远。汤正远咕嘟咕嘟一口气喝干了，把空杯子递给关海黎。关海黎抽出一张面巾纸让他擦嘴，汤正远擦到脸上一些纸屑，关海黎细心地给他拿掉。巡警好奇地看着这一对关系有点奇怪的男女。

关海黎跟他解释说：“他受过伤，有健忘症。”

巡警恍然大悟，他说：“你的方法不错，路指得很清楚，要不然我真不知道该往哪送他。”

关海黎说：“我什么都想到了，就是没想到他会忘了关机器，多亏你了，我真得好好感谢你！”

巡警说：“不用谢，再出去你给他配两节预备电池，教他换换电池就不会出这样的事了。”

关海黎突然想起来什么，她说：“他的裤子口袋里有一个小卡片上面写着我的名字和电话号码。”

汤正远听到关海黎说卡片，他从口袋里掏出来一张揉皱的纸片，纸片上的字迹已经被汗水浸泡得模糊不清了。

巡警说：“我看见他的时候，他的手里就捏着这个，我怎么要，他都不给我。”

送走巡警，吃完了晚饭。关海黎和汤正远坐在沙发上看电视，汤正远心有余悸，两只手紧紧搂着关海黎的一条胳膊。

关海黎说：“撒手，我去看看洗澡水放满了没有。”

汤正远死活不撒手，关海黎只得像领孩子一样牵着他的手进了浴室。

3

关怀要回美国了，他先是惶恐了一阵子，很快就把这事忘了，他把玩具一个个拆完了再重新组装起来。

石若玉红着眼圈问他：“关怀，你回美国想不想奶奶？”

关怀看着手里的玩具心不在焉地说：“想。”

石若玉说：“你就是长了一张骗人的嘴。”

关守家说：“小孩儿记得快，忘得也快。回美国顶多念叨两天，就把这儿忘了。”

关怀说：“瞎说！我才不会忘呢。”

“关怀，奶奶眼睛擦得亮亮地等着呢，你要是把我忘了，看奶奶怎么收拾你？”

“我要是把你忘了，你就把我的屁股打成八瓣。”

关守家嘿嘿笑：“她舍得吗？她可不舍得。”

“爷爷，你会上网吗？”

“不会。”

“那我想你怎么办？”

“给我写信。”

“我不会写字。”

“上了学就会写了。”

石若玉叹了口气说：“等他会写信了，我们还不老死了？”

关怀想了一下问道：“爷爷，我先死，还是你先死？”

“应该是我。”

关怀的脸严肃起来，他认真地问关守家：“你什么时候死？”

关守家说：“不知道，到时候我再告诉你。”

关键有点紧张，看着爷爷眼珠子叽里咕噜乱转。

关守家嘿嘿笑了，他说：“别害怕，时间还长着呢。”

石若玉不高兴了，她瞪了关守家一眼：“好好的跟孩子说这个干什么？”

关怀拿笔在纸上煞有介事地写着。石若玉好奇，她凑过去看：“写什么呢？”

“我给爷爷写封信。”

关守家笑了：“快点儿念给爷爷听听。”

关怀大声念道：“写给我死去的爷爷。”

石若玉一把捂住了关怀的嘴：“别瞎说！”

关守家笑：“小孩子的话你当什么真？”

石若玉心有余悸地松开了手，关怀看看爷爷又看看奶奶，他不知道自己说错了什么。

关键给关怀收拾行李，关怀无精打采地坐在沙发上看着他。

关键跟儿子商量说："《哪吒传奇》的碟已经看过了，挺沉的就别带了。"

关怀说："这是爷爷给我买的，我要带。"

关键说："那这套《哪吒传奇》的书别带了。"

"不行，这是奶奶送我的礼物。"

"东西太多了，要不这双旱冰鞋别带了。"

关怀冲过去，把旱冰鞋抢过来搂在怀里，他用陌生的目光看着父亲。关键被他的目光吓着了，蹲下来盯着他的眼睛问："你怎么了？"

关怀说："你不想要我了。"

关键问："谁说的？"

关怀说："我自己想的。"

关键心里"咯噔"一下："你为什么这样想？"

"我不知道。"关怀眼泪流了出来。

像一把针扎进了肉里，血流到哪里，疼痛跟到哪里。关键强忍着泪水一把把儿子搂在怀里。

关怀眼泪汪汪地看着父亲问："男人是不是不能反悔？"

"对。"

"那我不当男人了，我给你当女儿算了。"

关键扑哧一声笑了。

关怀说："明天我不走了，我要跟你们在一起。"

关键说："你妈妈机票都买好了。"

关怀说："跟妈妈说，叫她回这个家来，咱们谁都不走了。"他的目光里满是哀求。

"她能回来不早就回来了吗？她的工作在美国。"

"别的小朋友都有爸爸和妈妈，我为什么爸爸和妈妈当中永远只能选一个？"

"是爸爸不好。"关键热泪盈眶。

关怀看见父亲哭害怕了，伸出小手给他擦眼泪。

"我走，我明天肯定走，老关，你别哭好不好？"

关键哭得止不住声，关怀看劝说无效，索性跟着哭起来。父子俩哭成一团。

关键开车把儿子送到机场，他拉着关怀的手站在人群里，冯小沛拉着行李箱走过来，她叫了一声："关怀！"

“妈妈!”关怀跑过去，把冯小沛拉到队伍里，他一只手拉着爸爸，一只手拉着妈妈，一个看上去很幸福的三口之家就这样形成了。

队伍排到安检口，冯小沛把关怀领进去，她回头看了关键一眼，低下头对关怀说：“跟爸爸再见。”

关怀意识到分别就在眼前，他甩开妈妈的手，冲出来紧紧抱住关键的腿。

“我不走！爸爸你带我回去吧!”

冯小沛冲出来，她掰开关怀的手使劲往里面拽他。

“关怀，你怎么这么不听话?”

关怀看这招不行，索性恳求母亲：“妈妈，你带爸爸一起走吧!”

冯小沛的眼圈红了，她拉着关怀头也不回地往登机口走。

关怀看着父亲的身影离自己越来越远，恐惧万分，他声嘶力竭地喊起来。

“救命！爸爸救命!”

冯小沛泪如雨下。关键泪水四溢，他痛哭着往外走。

一架一架的飞机呼啸着上了蓝天，不知道是哪一架带走了他心爱的儿子。

4

关怀一走，石若玉就病了。头昏眼花，身子软得拎不起来。关键把母亲送到医院里输上液，他把关守家叫过来陪着。

石若玉不愿意折腾他。

关键说：“你不让告诉我姐，小余又出差，我下午还有会。不求我爸求谁?”

石若玉不说话了。

关守家说：“忙你的去，我在这盯着。”

“我走了。”

“走吧。”

关守家把关键送出去。

液体一滴一滴地流着，石若玉靠在椅子上闭上眼睛养神。

关守家问她：“怎么个难受法?”

石若玉说：“血压忽高忽低的，不敢睁眼睛。”

关守家说：“关怀走，一股火急的。”

石若玉的眼泪一下涌出来，关守家不敢再提这个话题了。

汤正远在关海黎的精心照顾下恢复得很好，生活完全能自理了。他能独自上街买东西，见人也知道打招呼。只是想以前的事情很费力气。

一天电视里在播放老歌回顾，汤正远听得两眼发直。

关海黎问他："想什么呢？"

汤正远说："听着这歌好像想起来件什么事，到底是什么事，我就怎么也想不起来了。"

关海黎启发他说："九四年春节咱们上街买年货，满街都在放这个歌。你说这个歌真好听，我说咱们买一盘带吧。你一问，十块钱一盒。死活不买了，说，还不如买俩猪蹄子吃了实惠。我说歌是歌，猪蹄子是猪蹄子。你说猪蹄子咱吃了，你把我当歌带，想听就拧我，一拧，我肯定唱得比他还豁亮。"

说起往事，关海黎动了感情。汤正远伸手扒拉开她，他要看被她挡住的电视。关海黎心里非常沮丧。汤正远用遥控器把节目换到了体育频道上。

他看着电视突然问："邓亚萍不打球了吧？"

"不打了。"

"我妈住在芦台？"

"对啊。"

"我还有一个哥和两个妹妹？"

关海黎用鼓励的眼光看着他说："对。"

"我在市政局上班？"

关海黎高兴地摸摸他的脑袋："你都想起来了？"

汤正远看着关海黎问："你是谁？"

关海黎说："你好好想一想。"

汤正远皱着眉头努力想着。

"看着你眼熟，好像在哪见过。"

"慢慢想。"

"不会是上辈子见过的吧？"

关海黎心里很清楚，汤正远是选择性的记忆丧失，他忘了的就是他最不想记住的。

5

前段日子谣传的陶瓷厂要被私人买断的消息，近日被证实了。厂门口贴出了公告，陶瓷厂整改，进行人员调整。从工程师到工人，无一例外。没有拿到上岗证的，一律在家拿最低社会保障。公告上列出来一百多个名字当中，就有关海黎。得到这个消息的那一天，正好是关海黎的生日。

四十岁是人生中的一个大生日，石若玉决定给女儿好好张罗张罗。不巧的是，关键和石小余都出差了。关守家提议说，到外面吃，他请客。石若玉反对，她说："海黎的日子过得不顺心，你就别再跟她搅和了好不好？"

"我是好意。"关守家看着她，一脸的委屈。

石若玉说："知道你是好意，可是这顿饭我不能留你，看见你在，这个生日她过不好。"

关守家沉默了一会儿说："我去给她买一个蛋糕，你别告诉她是我买的。"

看着他出门的背影，石若玉心里真不是滋味。

饭菜上桌了，有鸡有鱼看着很喜庆。关守家买的蛋糕放在桌子中间，上面插着四根小蜡烛。

石若玉点着蜡烛对关海黎说："许个愿，一口气吹灭了。"

关海黎伸脖子吹灭了蜡烛，石若玉给女儿一样一样地夹菜。

"吃，好好吃，看你最近瘦的。"

"妈，有酒吗？"

"怎么想起喝酒了？"

"我想喝。"

石若玉看看女儿，很宽容地说："想喝就喝吧。"

她给女儿倒了一杯红酒，关海黎一口喝下去。

她自己又倒了一杯："这酒还真挺好喝的。"

石若玉忧心忡忡地看着她问："海黎，你遇到什么不顺心的事了？"

关海黎说："不顺心是正常的，顺心了，我倒觉得不正常了。"

石若玉说："跟妈说说，说说总比闷在肚子里强。"

关海黎看着母亲，她的眼里满是悲凉："从今天起，我就四十岁了。四十岁是什么年龄？是女人迎风落泪又没地方去说的年龄。妈，你想让我说什么？事业还是家庭？这两样哪一样是我能拎得起来的？"

"人这一辈子谁都会赶上不顺心的时候。"石若玉安慰她。

关海黎红着眼圈，嘴角挂着冷笑说："你说我落到了这个孤家寡人的份上，是不是该喝一杯酒庆幸一下？人生真奇怪啊，就像是走进了迷宫，想着马上就要熬出头了，抬头一看，又回到原地站着去了。"

"相信妈的话，日子总会好起来的。"

"你觉得你现在好起来了吗？"

石若玉被女儿问愣了，她不知道该怎么回答。

关海黎说："不过任何事情都要一分为二地看，三十九岁的时候我丢了一切，四十岁上我成了自己的主人，从形式到内容完完全全是自己的主人。"

这一顿饭她几乎没吃什么，整整喝了一瓶酒，关海黎从来不知道自己有这么大的酒量，她步履从容地从母亲家出来。睡到半夜，关海黎头疼欲裂。她爬起来，冲进卫生间里一阵呕吐。从卫生间里出来，她摸黑躺在沙发上。她觉得屋顶太低了，压得她有点出不上来气，她披了件带帽子的运动衫，脚下穿着拖鞋开门出去了。

天有点凉，她把帽子拉起来戴上。关海黎在路边漫无目的地走着，不知道自己该上哪里去。生活不知道突然从哪里拐了个弯，把自己从原来的轨道上抛出来，孤零零地甩在了这里。人是不能回头看的，可是往前看，她又什么都看不见。关海黎走不动了，一屁股坐在路边的灯影里，脑袋抵在膝盖上，憋闷已久的委屈和愤怒从腹腔冲出喉咙。她的哭声在寂静的晚上显得异常突兀刺耳。李江湖被吓了一大跳。刚喝的酒全部化做冷汗冒了出来。

他冲这边大喊了一声："谁?"

关海黎的哭声噎了回去，她直起身子，警惕地往李江湖那里看。

逆光中有人影朝这边走过来，他的皮鞋声在夜晚里格外清脆响亮。关海黎身上的汗毛竖了起来，她拣起两块半截砖头，慢慢站起来。

李江湖被灯光拉长的影子拐出街角，他的影子和关海黎的影子头顶着头站住了。他们俩站在各自影子的末端，警惕地打量着对方。

李江湖站在背光的地方，他身材高大，面孔模糊不清，凭直觉关海黎认定自己遇到了流氓，她的身子不由自主地颤抖起来。

关海黎的头顶齐着李江湖的耳朵，她的脸被运动服上的帽子遮住，几乎看不到五官。从单薄的身材上判断，李江湖认定她是个不足二十岁的男孩子。

"挺大个老爷们儿……"他伸手去拍关海黎的脑袋。

关海黎两眼一闭，抡起半截砖砸过去，砖头贴着李江湖的额角飞了。

李江湖吓了一跳："＊＊！你真敢下手啊你!"

关海黎另半块砖又出手了，李江湖低头闪过去，他扑过去抓她。关海黎撒腿就跑。李江湖恶狼一样地在后面猛追。两道强光突然射过来，把关海黎和李江湖罩在光圈里。他们俩不敢跑了，用手挡住强光，弯着腰拼命地喘着。

关海黎的帽子从头上滑落下来，她的长发全部被汗水湿透了。看见她是个女的李江湖彻底傻眼了。

巡警提着警棍从警车上下来，他大声问道："怎么回事?"

李江湖嗑巴了："我……我……"

"喘匀了再说，你先说。"巡警看看关海黎。

关海黎弯着腰，她咳嗽得说不出话来。

"家里那点事就在家里解决，光着脚跑到街上来打，不怕告你们扰民吗?"

巡警教育他们。

关海黎这才发现拖鞋已经跑丢了，脚上的白袜子成了灰色的。

“下次注意，下次一定注意。”李江湖的态度非常诚恳。

“打惯手了？还想有下一次？”

“不是，不是，我不是那个意思。”

“证件拿来给我看看。”

李江湖赶紧掏出来证件递给他。

“你当过坦克兵？”

“当了 18 年。”

“我当的是汽车兵。”

巡警和李江湖两人热热闹闹地聊了起来，关海黎脑袋木木的，像梦里的人看着梦外的世界。

李江湖指了一下街的那一边说：“这条街的 16 号是老兵酒吧，你要是不放心，可以到那里去打听。酒吧是我的一个战友开的。”

“老兵酒吧？听说过。”

“来这里喝酒闲聊的全是当过兵的和喜欢当兵的人，你来我一定请你喝酒。”

“好，有空我一定过去看看。”

巡警上警车。

警车灯的强光照着李江湖和关海黎，汗落了，关海黎浑身发冷，上下牙打着冷战。李江湖把她运动服上的帽子拉起来给她戴上，手碰到了她的耳朵，他的手很暖和，让关海黎心酸得想哭。

巡警从警车里探出头来跟他们道别：“快回家吧，还能睡一觉。”

李江湖答应着，他拉着关海黎的胳膊肘往前走。关海黎不敢反抗，她走得有些磕磕绊绊的。李江湖脱下自己的大鞋扔给关海黎。

“大点儿，凑合着穿吧，总比扎脚强。”

“我不穿。”

李江湖硬逼她穿上：“穿上！你不穿，我给你穿。”

他弯下高大的身子，蹲在关海黎面前硬要给她穿，关海黎无奈只得把他的大鞋穿上。

关海黎穿着李江湖的大皮鞋，机器人一样跟着穿着运动袜子的李江湖走着。李江湖闻到她身上的酒味儿。

“喝酒了？”

关海黎不说话。

“你能喝多少?”

“不知道。”

李江湖笑了:“看样子有酒量,咱俩再喝点儿去?”

关海黎警惕地看着他。

“干什么用这种眼神看我?警察叔叔刚才已经给我验明正身了。”

李江湖把证件递到关海黎眼前。

“李江湖,转业军人,在宏伟汽车修理厂上班。”

汽车驾驶证上的李江湖冲她咧着大嘴笑。他的笑容相当有感染力,不由人不对他产生好感。

“走吧,走吧。”

李江湖一副自来熟的样子,拽着关海黎的胳膊硬把她拉走了。

老兵酒吧打烊了,李江湖一只手敲门,另一只手还不忘拽着关海黎。

关海黎甩他的手:“撒开,你老拽着我干什么?”

“松手你跑了呢?今天晚上好不容易找着个酒友,我可不能让你跑了。”

酒吧老板大头把门打开,看见是李江湖骂道:“你这***,怎么刚来,没看已经关门了吗?”

“少扯淡,赶紧给我找双鞋。这脚扎得受不了了。”

大头看着他的脚扑哧一声笑了:“这王八蛋,怎么玩起赤脚大仙了?”

酒吧里很暗,大头把桌上的台灯打开,他给关海黎和李江湖上了两扎黑啤。

李江湖给关海黎和大头相互介绍:“大头,学名王朴,我的战友。这位是……我还真不知道你叫什么?你叫什么?”

“我姓关。”

“对,小关,是我在街上捡来的。”

大头看看关海黎又看看李江湖,他说:“平日里你捡猫捡狗,怎么现在连妇女也开始往回捡了?”

关海黎端起杯子喝了一大口啤酒说:“别叫我小关,我已经四十岁了。”

李江湖说:“好,好,你帮我分析分析,一个四十岁的女人,看上去也不缺心眼,可她为什么像缺心眼似的坐在街上哭?”

关海黎说:“不知道,知道了,我就不坐在那哭了。”

李江湖哈哈笑:“明白了,你是个不喝透酒,不掏心窝子的人。想喝多少就喝多少,我奉陪到底。”

关海黎手里的一大扎黑啤见底了,她把杯子往桌子上一顿。

李江湖大声吆喝:“大头,再上一扎!”

大头又端来一杯，关海黎接过来，一口气又喝了半杯。

李江湖说："慢点，你慢点。"

关海黎把杯子又往桌子上一顿，随着"咚"的一声，她的眼泪扑簌簌地落下来。

"别哭，我这人最怕女人哭。"李江湖慌了。

关海黎拖着哭腔说："你以为我愿意哭？你以为我愿意在你面前丢人现眼啊？"

"不愿意哭你哭什么？"

"今天是我四十岁的生日，我离了婚又下了岗，没有钱还没有房，我想对你笑，我笑得出来吗？"

"嗨！我以为你得了绝症，告诉你，人只要没得绝症，就没有什么大不了的事。离婚的人多了，我还离婚了呢。四十岁怎么了？我今年还四十六了呢。"

他的话让关海黎受到了触动，她抬起头看着他。

"小同志，你的这点儿经历真的不算什么，跟我比起来，九牛一毛。我辞职下海已经十年了，这十年里我被人暗算了多少回，赔了多少钱？数都数不过来，我要是像你遇到这么点儿事就哭，那还不蓄出一座密云水库来？"

"你为什么辞职？"关海黎问。

"我从部队转业到机关里工作，我的性格在机关这种尔虞我诈的地方太不合适，所以我辞了职。辞职以后我什么工作都干过，倒卖过羊毛毛线，开过商店，都干赔了。困难的时候我还干过装散装洗衣粉的活儿，每天不停手地装，一喘气鼻子里面就往外冒洗衣粉的泡。"

关海黎入神地听着，王朴把调好的洋酒放在她面前，关海黎端起酒杯一小口一小口地喝着。

李江湖说："最困难的时候，我口袋里一分钱也没有，有人跟我说，有一家死了个老人，不想火化，要往天津老家送。汽车不能送，路上查得厉害。他问我愿不愿意揽这趟活？我二话没说，骑了板车拉着尸体就往天津蹬，我整整蹬了一天，到了天津，两条腿都打不过弯来了。那一趟，我挣了一千块钱。回来的时候，我把板车就地卖了。一共凑了一千二百块钱，开始重新创业。"

关海黎听得出了神。

"我跟人搭伙搞汽车配件，因为干对了路子，生意转上了正轨。后来合伙人要出国，把他的股份转给了我。我一个人忙这么大一摊子，没黑没白地忙，几乎天天不回家。老婆天天跑到店里来跟我吵架，闹得实在过不下去了，她到法院提出离婚起诉。分走了我三分之二的财产。孩子虽然判在她的名下，其实还是我养活，因为她总是不停地跟我要钱，为了孩子我从来不跟她讨价还价过。”

李江湖喝着啤酒不说话了。

关海黎问：“后来呢?”

“后来我的店又一次垮了。我倒东卖西地又挣了点钱，从洗汽车做起。直到现在，跟别人合资开了一个汽车修理厂。因为修车的多数是国营企业和单位，总爱欠着账。要也没用。这样一来二去地合伙人就撤股了，现在我也是咬牙撑着呢。”

“以后怎么办?”关海黎忘了自己的愁，替他犯起愁来。

李江湖说：“世界上没有走不通的路，走就有希望，不走就一点儿希望都没有。”

一直没说话的大头插话说：“他就是一个喜欢折腾的人，日子一安分了，他就浑身上下难受。几天没听到他闹事的动静，我们都替他着急。”

“我折腾什么了?”

“你不那么胡折腾，郑岫玉也不会跟你离婚。”

“怎么不会离? 昨天不离，今天也会离。她压根就不喜欢我这样的人。她喜欢坐办公室、拿固定工资、在外面再有点小分红的男人。她希望我天天一下班就往家跑，陪她上街，陪她说话。如果那样，肯定是她活着，我死了。我看还是这样的好。”

大头说：“郑岫玉也觉得这样好，她花着你挣的钱，又不用替你尽半点责，操半点心。她拿你当冤大头，你还自得其乐。你就心甘情愿地跟你的那些猫和狗混一辈子?”

他指着李江湖跟关海黎说：“他说他开修理厂一点儿钱也没挣是假的，他挣了。那点儿钱又投资到收养别人扔了的猫和狗身上去了。”

关海黎问：“养了几只还需要投资?”

“几只? 在郊区弄了个养狗场，光进不出，那些失了宠的宠物快把这个王八蛋拖垮了。”

“这是暂时的困难。”李江湖说得很轻松。

大头说：“他这个人有一个优点就是愁不死，吓不死，打不死。”

关海黎对李江湖产生了好感，她打量着他。李江湖黑皮肤，没有白头发，也没有皱纹，他的眉毛很有特点，浓黑，眉梢朝上拧着，形成了一个漩涡，看上去斗志昂扬的。

李江湖说：“我这一辈子，最大的体会就是，人活着一定不要怕。不要担心，更不要小心翼翼的。那样你绝对活不出个样子来。遇到事，你不顾一切地往前走，往前冲，就会发现你经历的那些麻烦，真的没什么了不起的。不值得你难过，更不值得你悲痛欲绝。”

关海黎目光虔诚地说：“你给我指条路，我以后该怎么办？”

李江湖问：“你原来在什么单位工作？”

关海黎说：“陶瓷厂，我学的就是这个专业。”

李江湖想了一下：“我建议你开个陶艺坊，门脸不用大，资金也不多，完全靠手艺吃饭。”

“我第一步该怎么做？”关海黎像求签的上香人，语气和眼神几近崇拜了。

十六

1

老耿处理完老婆的后事，回了老家一趟，急匆匆地赶回秧歌队，他没有看到石若玉。人们纷纷跟他打招呼。

“老耿，你有日子没来了。”

“你家里的事我们都知道，想去安慰安慰你，又不知道你家住在哪儿。”

老耿说：“瘫了好几年了，谁都明白早晚有这一天。”

“她解放了你也解放了。”

“说是那么说，回家一进门屋里空着，床上空着，心里也空落落的。”

“老耿你还算个有良心的人，换上别的男人，恨不得第二天就娶回家一个。”

老耿苦笑：“人之常情，也能理解。”

“将来打算怎么过？跟儿子？”

“不，我自己过。”

“对，请个保姆，省得老了老了还得看孩子的脸色。”

老耿没心思跟他们扯闲篇，他在人头攒动的早市里找到了石若玉，她正在跟卖鸡蛋的讨价还价。

老耿叫了一声：“老石。”

“你啊，挺好吧？”

“嗯。”

石若玉上下打量着他：“好像瘦了点儿。”

“没有吧？”

“买什么了？”

“买了条鲤鱼。”

石若玉说：“鲤鱼做不好，有一股土腥味儿。”

老耿说：“鲤鱼的腮下面有一根腥线，揪出来，一点儿腥味儿都没有了。”

“是吗？在哪呢？”

“走，到我家去，我告诉你。”

石若玉怔了一下，她说：“以后吧，我还得回去做饭呢。”

“我老伴儿死了。”

“我知道。”

“那你还怕什么？”

“我怕什么？我什么也不怕。”

“你单身，现在我也单身了。”

“你可别跟我说这些，我不愿意听。”

石若玉沉下脸拎起鸡蛋走了，老耿紧紧地跟在她身后。

老耿说：“我对你一直很有好感，但我是有老婆的人，喜欢你也不能说，那样不地道。”

“行了！行了！你别说了。”

“你这人啊，心里这么想，嘴上也不愿意承认。”

石若玉生气，她站住脚扭过脸看着老耿问：“你怎么知道我心里这么想？”

“咱俩在一起扭了这么长时间的秧歌，我了解你。”

“你了解我什么？”

“你是个直性子，有了必须说，脾气发完就过去了，你喜欢喝粥，喜欢吃饺子。”

“你怎么知道我喜欢喝粥吃饺子？”石若玉的语气不由得温和起来。

“你跟别人聊天的时候我听见的。”

“你心倒挺细的。”

老耿说：“心粗心细全看上心不上心。”

两人边走边说，不知不觉走到了关守家的店门口。关守家出来，跟石若玉打招呼。

“来了？”

老耿认出来，他就是那个整天在广场上看石若玉扭秧歌的男人。他愣了一下。

“进来坐吧。”关守家对石若玉的态度很随便也很亲热。

石若玉进去了。

关守家问老耿：“不进来坐会儿？”

老耿摇摇头，很扫兴地走了。

关守家对石若玉说：“这人对你有意思。”

石若玉装傻：“是吗？”

关守家说：“他配不上你。”

“谁配得上？”

“他跟我比不了。”

“你哪比他强，我看你还不如他呢。”

关守家嘿嘿笑了：“你这人，病一好，又有精神头抬杠了。”

“我愿意跟你抬杠？你怎么不说你烦人呢？”

“行，行，我烦人。”

石若玉叹了口气不说话了。

关守家问她：“怎么了？”

石若玉说：“海黎下岗了。”

“她也下岗了？”关守家愣住了。

“不叫下岗叫待岗，待岗不也是没班上吗？真是愁人，愁得我一晚上没睡着觉。”

“海黎怎么想？”关守家问。

“她要开个店，资金不够，想跟家里人借点儿，年底赚了钱就还，我觉得你应该出头帮帮她，没有多还有少吧？不管怎么说，这是一个你们父女俩和解的机会。”

“行，行。”关守家连连点头。

石若玉说：“你别傻子打牌似的瞎出，力气和钱都往节骨眼上使。”

“你说怎么使，我就怎么使，这事我听你的。”

“听我的？我要是有主意，还不满地瞎转悠了呢。”

“这事得好好策划一下。”

关守家背着手在地上来回走着。

2

石小余好像完全把杨旭忘了，一个电话不来不说，杨旭给她打去电话，她永远不接。杨旭又伤感又悲愤。细想一下，这不是自己想要的吗？当初从飞机场逃出来，希望的就是她能放过自己，给他一个喘息和思考的空间。现在她真的把捆着他的绳索解开扔了，心里的感受为什么这么差劲？被他忘了的石小余的好，一桩桩，一件件，潮水一样地往上翻。万般无奈，他打通了蓝陵集团大楼里服务总台的电话，求接线员帮他找石小余，说有业务上的紧急事务必须马上跟她通话。

石小余听到大楼的广播声，吓了一跳。她跑到总台去接电话。

“喂!”

“是我，你别挂!”

石小余听到杨旭的声音火了，她压低声音问：“你怎么把电话打到这来了?”

“你不接我的电话，我只能这样做。”

“我跟你说过，咱俩已经彻底完了，你要是还念过去的那点好，就别再给我打电话了。”

石小余挂了电话。

杨旭沉寂了两天，两天后，他又把电话拨到了石小余的办公室里。

同屋的小王问他：“你是老给石小余打电话的那个人吧？石小余出差了。”

杨旭不相信，他问：“她是真出差了还是不愿意接我的电话?”

“真出差了，她要是在，看见是你的号码干脆都不让我们往起拿电话。”

“她去哪儿了?”

“西安。”

“什么时候回来?”

“大概一个星期吧。”

杨旭心事重重地压了电话。

3

半个月来，关海黎疯了一样到处找关系求人，结果被一盆一盆的凉水从头浇到了脚，她用最短的时间看懂了生活，看懂了社会。关海黎神情疲惫一言不发地躺在母亲家的沙发上。

石若玉问她：“一大早就给你打了电话，怎么刚来?”

关海黎说：“我要跑工商局，找店面，去晚了，哪件事都办不成。”

“办得怎么样?”

“不行，租金合适的地段太差，地段好的租金我根本就给不起。”

石若玉说："关键给你拿来五万，我这给你凑了四万，小余挣一个花俩，她手里没有存款，你就别指望她了。"

关海黎说："我有五万块钱，全加起来才十四万。租个好店面一年租金钱就得二十万，再加上装修，还差得多呢。"

有人敲门，石若玉去开门，关守家进来。关海黎看见他一下变了脸，从沙发上站了起来。

关守家抢在她前面说了话："海黎，你给我个机会听我说说行吗？我说完了，你想怎么着就怎么着，随你的便。"

关海黎恼怒地看了一眼母亲。石若玉用恳求的目光看着她。

"你说吧。"她的态度很冷淡。

关守家说："我知道你恨我，我也知道你遇到了生活上的麻烦。在恨和生存之间，生存是第一位的，你有很多需要解决的问题，恨这个问题必须退到次要位置上。我从心里想帮助你，如果你有心理障碍，完全可以把我们之间的血缘扔到一边不去想。你别把我当父亲，你把我当成一个能帮你解决实际问题的人，这样你心里轻松了，我也轻松了。"

关海黎心一下被关守家的话搅乱了，酸甜苦辣五味俱全。她抬起头看了他一眼，眼泪慢慢地溢了出来。

关守家说："你不用给自己找理由，没有别的理由，生活是最大的理由。你要是接受我这个建议，就跟我去看看我帮你租的铺面，我在外面等你。"

说完他头也不回地开门出去。

关海黎呜的一声哭出来。石若玉轻声劝她说："别哭，别哭，摊上的是好事，咱不哭。"

关海黎紧紧地搂着母亲号啕出声："妈！妈！"

关守家一出门，腿就软了，站在门口老泪纵流。他一步一步慢慢地往前挪着。阳光把前妻和女儿的影子投在地上，她们走到了他的身边。关守家偷偷瞟着她们的身影，他长长地松了一口气。

4

天石美鞋屋换了招牌，木质的招牌，黑色的舒体字，"海黎陶艺坊"几个字分外醒目。

石若玉问关守家："你把美鞋屋关了？"

关守家说："我那是玩，算不上产业。海黎不一样，她还年轻，她得生活。"

关海黎说：“你这样做，我心里不舒服，因为我没有这么大的能力回报你。”

关守家说：“做父母的都不要求儿女回报，父母想得最多的，是能为你们做点什么。这么多年，我没有为你们尽过一点义务。不是我不想尽，是我没有机会尽。现在终于有这个机会，海黎，你就满足一下我这个老头吧。你别在意我关了自己的铺子，其实我根本就不是个做生意的人。开这个铺子完全是为了解闷，为了发挥余热。你妈知道，我三天打鱼两天晒网的，经营得也不好。我不习惯一天十几个小时守在一个地方，就是你不接手这个店，我也打算把它盘给别人。想想给别人，还不如给自己的儿女。别人需要它到什么程度我不知道，你需要它到什么份儿上。我还是略知一二。”

关海黎感动了，她故意硬着心肠说：“好吧，我的店算你一份股分，这样咱俩谁也不欠谁。”

关守家说：“行，你觉得怎么舒服就怎么来。”

石小余出差回来，在火车上就给石若玉打来电话，说她饿坏了，想一下车就吃到妈妈做的砂锅鱼头。石若玉马上指使关守家剥葱剥蒜收拾鱼，关守家忙得团团转。两人边做饭边聊关海黎开店的事。

关守家说：“装修那一块叫关键帮帮她。”

石若玉说：“关键是个书呆子，哪懂装修的事，他还不得让工程队当冤大头给耍了？”

关守家说：“我不能一下子贴得太近，这样会招海黎讨厌。”

石若玉问：“什么时候学得这么有分寸了？”

关守家嘿嘿笑了。

石若玉说：“一会儿小余就回来了。”

关守家说：“我知道，我帮你把饭焖上就走。”

石若玉叹了口气说：“冤家啊，都是冤家，这债什么时候能还完呢？”

关守家说：“慢慢来，你得容我慢慢来。”

石若玉看了他一眼说：“慢慢来就慢慢来，你不急，我急什么？你是老头我是老太太，咱俩有的是时间。”

中午石小余进了家，关海黎也赶了回来，石若玉和两个女儿坐在餐桌前吃饭。关海黎狼吞虎咽吃得很香，石若玉心疼地看着她。

“慢点儿，小心咬了舌头。”

石小余说：“姐，你怎么把自己晒这么黑？”

“忙装修，跑材料。天天在太阳底下跑，能不黑吗？”

“怎么想起来装修家了?”

“不是装修家，是装修店铺。”

“啊?”

关海黎说：“我下岗了，借钱开了一家陶艺坊，正在动工装修。”

石小余反应不过来了：“你下岗了？马上要开一家店？这都是什么时候发生的事情？我怎么不知道?”

石若玉说：“你心里有谁？除了你自己谁都没有，天天不着家，一个月也见不着你几面，真不知道你整天在外面疯什么。”

“谁都有自己的事，小余这么大了，妈，你就撒手吧。”

石小余的眼睛在关海黎的脸上扫来扫去的，她问：“老姐，这话可不太像你说的啊。”

“怎么不像我说的?”

“你向来是以牢骚取胜啊。”

关海黎笑了：“你把你姐看扁了。”

“最近有高人指点?”石小余一脸神秘。

关海黎笑而不答。

石小余下了结论：“肯定是男的。”

石若玉一听这话着急了，她问：“多大岁数？干什么工作的?”

关海黎对石小余说：“你看妈，你看妈，她又要当媒婆了。”

“看我打你的嘴。你的事你不着急，你妈替你着急，你说你老跟正远那么不明不白地在一块住着，什么时候是个完？你总不能伺候他一辈子吧?”

“这真是个大问题。”石小余表示赞同。

“他除了不认识我，完全跟好人一样，我真对得起他了。现在他妈也来了我也能交接班了，等我的店装修好，我就搬出去。”

石小余说：“搬走的时候别忘了把你那间房卖给他，不能让他处处占便宜。”

“他就有离婚时分的那点存款，你让他拿什么买?”

“你心疼他，他心疼你吗？当初就不知道心疼，现在连你是谁都弄不清楚了，更用不着心疼了。”

石若玉说：“是啊，你弄这个店欠着一屁股债呢，那间房子卖了你多少还能松快点儿呢。”

关海黎不说话。

“姐你一共借了多少钱?”

“九万。”

“九万能开店？连店面都租不下来。”

关海黎看了母亲一眼，不知道该不该告诉她。

石若玉说：“关怀他爷爷把他那个美鞋屋让给你姐了。”

石小余愣住了，好一会儿才说：“姐，你被他收买了？”

“怎么是收买？我算了他一份股呢。”

“钱的力量真是大过了原则。”石小余脸上挂着鄙夷的笑容。

“小余你怎么说话这么难听？”石若玉呵斥道。

石小余说：“难听也是你教育出来的，从小我从你那里听到的所有有关他的话没有一句是好听的，你叫我现在怎么能说出来好听的？”

石若玉被噎得好一会儿没说上话来。

石小余沉着脸说：“真不知道你们是健忘，还是见利忘义。”

“小余你太过分了。”关海黎把筷子扔到了桌子上。

“我怎么过分了？你说你不是见利忘义是什么？”

关海黎两眼冒火，她说：“你懂什么？真是站着说话不腰疼！你知道兜里没钱，又要吃饭看病的日子是什么滋味吗？见利忘义，什么是利？什么是义？我比你清楚，我下岗了，汤正远靠最低社会保障过日子。生活再困难，我们都得找机会靠自己的力量生活下去。现在我有一个工作的机会，迫切需要人帮助我。小余，你是我的亲妹妹，你能帮助我吗？你能拿出这二十万块钱帮我渡过难关吗？不能！别说你没有，就是有，你也不舍得全部拿出来。你除了站在一边说伤害别人的话，你什么都做不了。在这一点上，他和你完全不一样。过去我一直恨他，现在我从心里感谢他。从这件事情上看，他称得上是一个满怀父爱的人。如果他真的对我们没有感情，遇到这样粘手的事情逃还来不及呢，为什么要主动冲上来？你说我见利忘义，我要告诉你，我是见利不忘义，我要感谢这个利，我要永远不忘这个义。”

石小余被姐姐的一席话说傻了，嘴动了几下，一句话都没说出来。

关海黎哭了，她说：“整整一年，我经历了这么多的事情，我也明白了一个道理。人得为另外一些人活着，否则生活没有意义。”

这顿饭吃得不欢而散，回到自己的小窝，石小余躺在床上伤心地掉着眼泪。在对待关守家这件事上，哥哥关键一开始就是一个叛徒，后来妈妈被收买了，现在姐姐也投诚了，只剩下自己孤家寡人，心里凄凉没处去说。

听到她回来了，魏劲戈在隔壁用鼓点敲墙。石小余没好气地用脚回踹了两下，两分钟后魏劲戈推门进来。

“发什么邪火呢？”

石小余肿着眼睛不说话。

魏劲戈坐在凳子上看着她说："嗨，问你话呢。"

石小余说："我姐把我臭骂了一顿。"

她详细地描述了事情的起因和经过。

魏劲戈说："你姐姐说的对，人应该学会给别人机会，学会原谅人，俗话说，退一步海阔天空，就是这个道理。我们每天要遇到很多问题，有些问题是不能回避的，必须一起面对。生活是什么？生活就是解决一个一个很具体的难题。"

石小余孩子一样，撅着嘴坐在那里听他说。

"你总是挑别人的不好，从来没有想过自己应该积极一些努力一些。"

"你少教育我。"

"我教育你了吗？我不是找死呢吧？"

魏劲戈打开电视，石小余抢过来遥控器把电视机关了。

"你干吗？"

石小余问："你有钱吗？"

"有。"

魏劲戈从口袋里把所有的钱都掏出来堆在石小余的眼前。

"我问你存折里有多少钱？"

"干吗？"

"我想借。"

"借多少？"

"三万。"

"你哥哥出五万，你妈妈出四万，你好意思出三万？"

"三万还是跟你借的呢。"

"我说借给你了吗？"

石小余的态度很强硬，她说："不借就断交！"

"你这是强盗作风。"

"我就是强盗，你能把我怎么着？"

5

关海黎的整个装修工作都是李江湖帮忙弄的，他替关海黎把钱把得很紧，谈价钱的时候寸土必争，包工头都被他侃急眼了。李江湖不急不躁，他说："你别跟我说这个，我装修过的店铺，不比你装修过的少。别拿这个价吓唬我，我就给你这么多钱质量还必须得给我保证了。差一丝一毫，马上返工。行就签合同，不行，我马上找别的工程队。”

“你看你话都说到这个份儿上了，我还敢说什么?”

“那就签合同吧。”

包工头苦笑着对关海黎说：“你这个帮手算是找对了，装修这一行，他门儿清。我骗不了他，那就谁也骗不了他。”

装修进行得很顺利。白天累了一整天，晚上李江湖拉关海黎到大头的酒吧里去喝酒解乏。这个酒吧迎合了都市人好奇怀旧的心理，天天都座无虚席。歌手们长发垂在眼前，半闭着眼睛对着麦克用气声唱着一支支完全柔声化了的军旅歌曲。

关海黎和李江湖喝着啤酒，听着歌，聊着天，两人的距离在不知不觉中拉近了。

关海黎抱怨道：“我觉得人活着真是辛苦，要爱别人，又想被别人爱。你给多了，我还少了，整天纠缠在无休止的恩怨和烦恼当中。如果我不去爱，也不稀罕得到什么爱，只要学会好好地爱自己，不是就没有烦恼了吗?”

李江湖问她：“你能做到吗?”

“不能。”

李江湖说：“人和动物的最大区别就是人是有感情的。”

“是啊，很难做到。我领离婚证的那天，就暗自在心里告诉自己，爱过了，也被爱过了。得到过了，也失去过了。一切都结束了，可是直到今天该结束的也没结束。”

“对，你还照顾着你的前夫，我还养活着我的前妻。生活就是这样的，根本不会按照你的意愿往前走，每一天都要让你付出代价。”

“过去年轻，什么代价都能付出，现在到了这把年龄，我想付出别人还不见得买账呢。”

“我是英雄末路，你是美人迟暮。”

李江湖哈哈地笑起来，他的牙齿又白又亮，笑起来相当有感染力。

“说的好！说的好!”关海黎咯咯地笑了。

李江湖说：“英雄末路和美人迟暮都是让人难堪的事。”

“为末路和迟暮干杯!”关海黎举起了酒杯。

两人哈哈笑着碰了杯，一饮而尽。

李江湖拍拍关海黎的肩膀说：“朋友，我们要坚持下去，不能坚持的是小材，只有努力坚持的人才是大材。”

“坚持什么？我现在是心如枯井百毒不侵。”

“现在是现在，酒醒了你就不这么想了。”

“我还能怎么想?”

“店面装修好了，你学学开车。”

“学开车?我哪有钱买车?”

“慢慢来啊，我先教你开，再帮你鼓捣一辆好点儿的二手车。朋友，上路吧。你要学的东西还很多呢!”

“李江湖你是不是总这么高兴?”

李江湖想了一下，说：“不是，你想想，任何事情都有正反两个方面。我主要找乐观的那一面琢磨，伤感是愚蠢的，挣钱才是明智的。小关同志，人要学会减压，压力是自己造成的，所以减压也得靠自己。”

两人越谈越投机，话题不由自主地转到了汤正远的身上。关海黎诚心诚意地为他设计未来的生活。

她说：“我觉得他特别适合做小点儿的生意，他在算账和经营上脑子一贯好使。我们楼下有一个小餐馆想出手，我想动员他盘下来。”

李江湖看着她，瞳孔深处有一个灼灼发亮的光点。

“你这个人真不错，离了婚还这么帮他，女人有这度量的还真不多。”

关海黎说：“你不也一样吗?”

“我是男人哪。”

“你前妻是个什么样的人?”

李江湖想了一下说：“跟你好起来弱不禁风，风情万种，到了关键的时刻敢破釜沉舟，比男人豁得出去。我跟她爱谈不上，但是还是有感情的。在她之前，从来没有哪个女人像她这样依赖过我，这种被需要的感觉，让我觉得很受用。”

“你们俩离婚是谁提出来的?”

“她提出来的，我不同意，她把我告上了法庭，法庭的判决书下来我认了命。我们前脚一离，她后脚就结了婚。我这才知道她早就跟别人好上了。”

“他们过得怎么样?”

“没有和我在一起时的问题，但是产生了别的问题，他们两个人也经常打打闹闹的。打完架，她就跑到我这里来诉苦，说都是我把她害到了这个地步。如果我当时能天天回家，能关心她，不把家里的钱全都拿出去捐助别人，她根本不会有跟我离婚的念头。一切根源都在我。”

“这可有点不讲理了。”

“这也不怪她，人总是不由自主地会从自己的根本利益出发，而忽略了别人的感觉。”

关海黎叹了口气，说："离婚先是情感和理智上的难受，然后是生活上的分开。就好像是一个近视眼，突然把眼镜丢了。看不清路，眼睛前面没有东西架在那也很不习惯。离婚让人对爱情特别没把握，对婚姻也特别的没有信心。"

李江湖表示赞同，他说："男人不喜欢改变，我也不喜欢改变。可是身边不断变化的人和事逼着我不得不去改变。"

6

关海黎能在酒吧坐得这么稳，是因为汤母来了。汤正远习惯了精神上和生活上对关海黎的完全依赖，时间长了见不到她就焦躁不安心烦意乱。他坐在沙发上看电视，不住竖起耳朵听外面的动静。

电话铃响，汤正远拿起电话。是电信局催交电话费的通知。

汤母从厨房里出来问："是海黎吗？"

"不是。"

汤母在他旁边坐下，看着他问道："海黎没跟你说她去哪了吗？"

"我不是跟你说了吗？她弄了个店，出去谈事。"

"她开了个什么店？"

"不太清楚，好像是卖陶瓷工艺品。"

"开店需要资金，她哪来的钱？"

"我没问。"

"你怎么不问问？"

"我为什么要问？"

汤母叹了口气："可也是，非亲非故的。不问她，你也得问问自己吧？你打算把低保拿到什么时候？"

"海黎会帮我想办法。"

"她有什么办法？"

"不知道。"

"她会不会往外推你？"

"往哪推我？推我干什么？她为什么要推我？"

"你说她为什么要推你？"

"我不知道，是你说的。"

"她是你什么人？凭什么这么伺候你？"

"我想过，怎么使劲都想不起来。妈，你告诉我好吗？"

"她是你媳妇。"

汤正远愣了一下，脑袋摇得像拨浪鼓一样："不对，你说的不对，她不是我媳妇，肯定不是。我根本就没结过婚，我没有老婆也没有孩子。"

"那你说说她是谁？她为什么这么伺候你？"

"不知道，这事，我早晚能想明白。"

汤母无奈地叹了口气，她用手指点了点汤正远的脑袋说："呆人想事，真能活活把自己想死了。"

汤母是个从生活的底层摸爬滚打上来的老太太，几十年的沟沟坎坎早就教会了她怎样看人，怎么样抓住属于自己的东西。儿子本来就不如她精明，现在脑子出了毛病，她来这里守着，就是担心关海黎让他吃了亏。

7

杨旭来北京了，这是石小余始料不及的。他一下火车，就给石小余打电话，石小余看了一眼号码，把手机扔回到包里。

同屋的小刘问："又是那个人打来的吧？"

"嗯。"

电话铃声在石小余的包里响个不停。

"接了怕什么？怕他在电话里把你吃了？"

石小余没有说话，她掏出电话关了机。

杨旭已经做好了跟石小余打攻坚战的充分准备，她不接电话，他给蓝陵公司总机通了个电话，问清楚公司的方位和路线。拦了一辆出租车，直奔公司来找石小余。

石小余刚刚出去办事不在，杨旭很失望，他问小刘："什么时候回来？"

小刘说："她要办很多事，估计下班就直接回家了。"

杨旭问："你有她家里的电话吗？"

"没有，你给她打手机吧。"

"她关机了。"杨旭说。

魏劲戈下班回来，路过石小余的门口，在她的门上敲了一下，大声说："钱取回来了，你过来打借条吧。"

魏劲戈开门进屋，脱下外套换上鞋，点着了一根烟。石小余端着一个盖着盖子的搪瓷饭盆进来。

魏劲戈问她："端的什么？"

石小余把盆放在桌子上，打开盖子。

“凉拌面！你怎么知道我没吃饭?”

魏劲戈拿着筷子想就着盆吃，石小余把他推开。

“文明点儿，我还没吃呢，拿碗去!”

魏劲戈乐颠颠地跑去拿碗筷，两个人一起吃饭。

魏劲戈边吃边夸石小余：“不简单，真不简单。”

“我还会烙春饼呢。”石小余得意洋洋地说。

“哪天露一手？明天吧。”

“臭美吧你，我才不惯你这毛病呢。”

魏劲戈伸手把盆抢过来，他把盆里的凉面全倒进自己的碗里。

“这面你也别想吃。”

“魏老八，你讲不讲理?”

魏劲戈端着碗，坐在沙发上，边看电视边吃。石小余也端着碗坐过去。

魏劲戈说：“下午我给你打电话，你关机了。”

石小余想起来，手机现在还关着，忙掏出来开了机。手机铃声铺天盖地地响了起来。石小余皱了一下眉头，她没有接电话。

魏劲戈问：“是杨旭吧?”

“是，今天打了好几次了。”

“估计找你有事。”

“找我有什么事?”

铃声锲而不舍地响着。

“你接一下。”

石小余不接。

魏劲戈说：“你不接我接了。”

石小余接通了电话。

杨旭正听见电话通了，他一下从街头的椅子上站了起来。

“小余，是我。”

石小余说：“我知道是你。”

杨旭说：“我在北京。”

石小余愣住了，好一会儿才说出话来：“你来北京了?”

杨旭说：“我就在长安街上，你能出来一下吗?”

石小余不说话。

杨旭说：“这次我是特意为你来的，我想好好跟你谈一谈。我还没有找住的地方，你要是不来见我，那我就在街上转一晚上，明天早上返回上海。”

石小余拿着电话不知道该怎么回答，她用求助的眼神看着魏劲戈。魏劲戈给她做了个手势，让她答应下来。

石小余点点头，她问杨旭："你在哪儿？"

杨旭说："我在天安门的华表前面等你。"

石小余挂了电话。

魏劲戈站起来说："我开车送你去。"

"不用。"

"怕我看见他啊？不用看，他肯定不如我。"

石小余气笑了，她说："魏劲戈，你怎么自我感觉总是这么好呢？"

"天生自信，没办法。"

石小余和魏劲戈只要在一起不出十分钟准会吵一架，两人开车一上路，两三句话刚过就抬起了杠。

魏劲戈说："石小余，你身上有很多感情是你没有能力控制的。"

石小余说："魏劲戈，你隔着安全距离和人打交道，你做的一切都跟感情无关。"

魏劲戈说："说你呢，怎么说到我身上来了？"

石小余说："我讨厌你攻击我。"

"好了！好了！我告诉你，一个爱情结束了，幕布怎么关上是需要技巧的。"

"你和顾娅茹关幕布的时候用的是什么技巧？"

"你怎么又说到我头上来了？"

"当教父就得以身作则。"

"得！得！我说不过你。"

魏劲戈想超车，差点撞到路沿上。

石小余骂他："你不想活了？"

魏劲戈说："别心疼我，我告诉你，心疼一个男人你就会爱上一个男人，咱俩不是那种关系。"

"魏劲戈，你别放屁好不好？"

"生气了？"

石小余扭过头去，不再搭理他。

魏劲戈逗她："让我看看你的脸行不行？"

"不让你看！"

"为什么？"

"因为这是我的脸。"

魏劲戈扑哧一声笑了，他说："前面不让下车，你就这儿下吧。"

石小余下了车，她远远地看见了站在华表下面的杨旭，他头发长了，在额头和鬓角边上随心所欲地打着卷，石小余的心动了一下，这个感觉熟悉，短促，稍纵即逝。杨旭全神贯注地看着每一个从面前走过去的人。他在那站得太久了，腿已经开始发麻。当他把目光从远处收了回来时，突然看见了石小余，杨旭紧张得呼吸都快没了。

石小余很冷静，她说："你好!"

杨旭昏头昏脑地抓住了她的手。他们俩的手都很凉，像刚从冷冻箱里拿出来。

石小余求救似的把脸扭向了一边，她看见了魏劲戈的吉普车，魏劲戈在车里看着她。看着他们手拉手站在那里，魏劲戈突然吃醋了。他猛地给了一脚油门，他不想回家，也不知道该到哪里去。随着车流在街上瞎转。顾娅茹打来电话，说有事要跟他谈，魏劲戈把车停到路边。

顾娅茹在电话里告诉他说，他们公司准备在深圳开一个分公司，缺人，她向公司推荐了魏劲戈。负责营销部，年薪二十四万，奖金不算在内。

她问魏劲戈："你干不干?"

魏劲戈有点犯蒙，说："你别吓唬我。"

"吓唬你干吗?"

魏劲戈眨巴着眼睛不知道该说什么。

"这真是一个好机会，你去不去?"

魏劲戈说："听着怪馋人的，可是不适合我。我不是搞营销的材料，我要是真去了，二十四万飞了不说，连你的脸也一块给丢尽了。"

顾娅茹说："你这纯粹是借口，谁不是在干中学的?你是不愿意跟我在一起。"

"没有，没有。"

"你再想想，别急着把话说死了。这事你再好好想想，机会难得，不是每个人都能摊上的。"

"行，我再想想。"

失去爱情的痛苦经过反复晾晒，感受早就不像开始那样五内俱焚了。石小余看杨旭，就像老太太看着初恋情人的照片一样，有记忆，没有波澜。她说话速度很慢，很机械，但每一个字都扎在他的心上。

"杨旭，你这样做，浪费我的时间，也浪费你的时间。一点儿意义都没有。"

"小余，你应该信任我。"

“如果我信任了你，你的脑袋就是我脑袋，我们就会按照你的意愿抱头痛哭吗？”

杨旭脸色煞白，好一会儿才说出话来。

“我又累又饿，能帮我找一个休息的地方吗？”

看着他疲惫不堪的样子，石小余不由地心软了，伸手拦住一辆出租车。

十七

1

回到家听听隔壁没有动静，知道石小余还没回来。去哪了？想到这，魏劲戈在心里骂自己：你是她爸爸吗？不是！她是住在你隔壁的邻居。你是帮过她，可你尿过的地盘，就能算你的了？

隔壁传来开门的声音，魏劲戈马上竖起了耳朵。房间不隔音，石小余抱怨杨旭的声音传过来。

“你一来就应该先找宾馆住下，现在是旅游旺季，登记晚了根本就没有房间。”

杨旭说：“我没想那么多。”

“你先在这儿凑合一晚上吧，我回我妈那去住。”

杨旭打量着房间说：“这房子不错。”

“朋友借给的。”

“交了不少新朋友吧？”

“数量不多，质量不错。”

“有追求者吧？”

石小余看了他一眼：“这跟你有什么关系？”

“我想知道我还有没有机会。”

“没有。”

“没有？”

“没有。”

“那你还领我到这儿来干什么?”

“我是看在过去感情的分上，你要是多想，可以另找地方住。”

“小余，你怎么变得这么狠呢?”

“我跟你学的。”

“我知道我有很多问题，过去，我只知道别人爱我是理所应当的，从来没想过应该怎么回报。想想我已经三十岁了，三十岁的感觉真是不好。事业上压力太大，新人层出不穷，感情又没有着落。”

石小余说：“你这个人看事总爱看阴暗面。”

“不是我爱看，这是客观存在，我确实感觉到很累，工作累，恋爱累，交际累，件件事都累，一个累字，弄得我对一切都没了兴趣。闭上眼睛，总看见还有很多没做的事情在前面等着。我害怕被市场淘汰，害怕负责任，我什么都害怕。因为害怕，所以在感情上跟你陷入冷战，次数多了，弄得彼此双方都失去了热情。到了分手的边缘，又不知道如何改变现状。你提出结婚，我觉得这也是解决咱们之间问题的一个办法，可真到了结婚的关口上，我又害怕了。”

石小余看着他没有说话。

杨旭说：“你离开上海以后，我以为一切都会重新开始，我想错了，什么都没有重新开始，我还是我，所有的烦恼都在，而且被放大了很多倍。我这才明白跟你分手是一个非常错误的决定。”

石小余平静地说：“那就让错误承担责任吧。”

“我希望你原谅我。”

“不可能。”

“人只要活着都会犯错误，你得给我一次改正的机会。”

“我给过你多少次机会，你不珍惜，这会儿你又伸手跟我要机会，我凭什么给你?”

“小余，咱俩大学四年，同居两年一共有六年的感情啊。”

“你甩我的时候怎么不想这六年的感情?”

“我不是回来找你了吗？小余，我忘不了你。不管我跟谁好，你都会在我的眼前晃来晃去的。我不习惯也不喜欢这样的生活，结束它的唯一办法就是结束单身生活，小余，咱俩结婚吧。”

魏劲戈心乱如麻，他听不下去了，穿上衣服，“咣”的一声撞上了门。听到门响，石小余猜到魏劲戈刚才一直在房间里，她的心一下乱了。

杨旭说：“我和章俐交往的时间很短，你见到的那一次，是第一次也是最后一次。她以后，我也试着跟别人交往过，可是都进行不下去。我发现这不是别人的问题，确实是我自己的问题。”

石小余说："我不是心理医生。"

杨旭说："你能救我。"

石小余说："我看咱们还是别往下谈了，再谈下去就会陷进从前有个山、山里有座庙、庙里有个和尚那样永无休止的死循环里。"

杨旭绝望地看着石小余。

石小余说："你给了我一个机会，让我认识了我自己，现在我不需要你了，这一点，你我都能认识到。"

杨旭说："我需要你！"

石小余说："我不能从一个阴影里走出来，又走进另一个阴影里。"

"小余！我们有过幸福的时候。"

"幸福的事早就忘光了，能记住的全都是不幸福的事。杨旭，你累了，我也累了，休息吧。"

杨旭一把拉住她的胳膊说："小余，你别走！"

石小余甩开他的手头也不回地开门出去了。

2

魏劲戈开着车四处乱转着，每次踩刹车的时候，都发现是在自己家的楼下。他心里很恼火，一个大男人，怎么这么拿不起放不下呢？他看见了石小余，她从家里出来，背着挎包急匆匆地走着。魏劲戈忍不住追了上去。

"石小余！"

石小余眼睛里有喜悦一闪。

"你去哪？"

"回我妈那儿。"

"等着，我开车送你。"

"你喝酒了？"

"嗯。"

"算了吧，我打车回去。"

魏劲戈想抽烟，发现烟盒是空的，他把空烟盒扔进垃圾桶里。石小余从挎包里拿出烟来递给他。

魏劲戈问："还留着呢？"

石小余说："扔了怪可惜的。"

魏劲戈点着烟抽了一口说："他真的很了解你。"

"你怎么知道？"

“他能回来找你，就说明他已经把你吃透了。”

“我都没把我吃透了，他就能把我吃透了?”

“你们谈什么了?”

“他要带我回上海。”

魏劲戈“嗯”了一声。

石小余说:“他要我跟他结婚。”

“嗯。”

石小余生气了，她问:“你是哑巴吗?”

魏劲戈说:“你一直想跟他结婚，他终于回来娶你了，面对这样两全其美的好事，我除了嗯还能表示什么?”

“过去我想跟他结婚，现在早就绝了这个念头。”

“你这人不诚实，你不理他，你拒绝他，其实就是想把心里的这口恶气出透了。幸好他还懂游戏规则，一直按规矩出牌。这样你达到了你的目的，他也达到了他的目的，你们俩都达到了各自的目的，完全可以顺理成章地结婚了。”

“你是在给你和顾娅茹重修旧好找借口吧?”

“怎么拐到我身上来了?”

“你自找的。”

“女人都愿意把问题往男人身上推，作为一个男人，我必须得学会忍受这个委屈。”

“她已经回来找你了，你还委屈什么?”

“你老提她干什么?”

“她怎么就不能提?”

“我不喜欢你说她。”

“心疼了?既然那么在意她，就千万别再松开手。”

“松不松开手，是我的事，跟你有什么关系?”

“说的好，咱们俩确实是萍水相逢的两个陌生人，一点儿关系都没有。”

话谈僵了，魏劲戈和石小余像泥塑一样站在马路旁。

“走吧，我送你。”魏劲戈打破了僵局。

石小余倔强地把脸扭到一边说:“少来这一套，我不稀罕你!”

不争气的眼泪流出来了。

魏劲戈说:“撑不住了吧?后悔以前装得那么大气了吧?我跟你说，女人凡是动了感情的，没有不嫉妒的。”

“谁跟你动感情了?你凭哪一条叫我对你动感情?”

“没动就没动，犯得上这么暴跳如雷吗?”

石小余伸手拦住一辆出租车。她打开车门扭头看着魏劲戈说：“魏劲戈，我谢谢你，有你刚才那番话，我就能铁了心跟他回上海把自己嫁了。”

她摔上车门，出租车开走了。魏劲戈看看手里的那半盒烟，胳膊一甩使劲扔了出去，烟卷从烟盒中飞出缓缓散落下来。

魏劲戈大声喊：“嫁吧！你爱被那个王八蛋折腾着，你就去嫁给他吧!”

3

店里的装修很顺利，李江湖每天从修理厂回来，都要到这边来看一看。大大小小每一件事，他都坚持过问。他说一个环节亏一点，这样下来，亏的就不是小钱了。晚上他和关海黎一起吃完晚饭，顺便再把她送回家。

汤母在阳台上看见了李江湖，她问汤正远：“那个男的是谁?”

汤正远说：“不知道。”

“不知道！不知道！老婆跟别人跑了你都不知道着急。”

“谁老婆跟别人跑了?”

看着儿子懵懵懂懂的样子，汤母叹了一口气。

关海黎进门就开始洗衣服擦地干活，忙到夜里一点了，活还没干完。

正在熟睡的汤正远被摇晃醒了。看见母亲站在床前，他坐了起来问：“怎么了?”

“妈睡不着，有话跟你说。”

“你说吧。”

“日子不是这么个过法啊，海黎已经把人领到家门口了，用不了几天就得领进门。这不是她一个人的房子，你有一半的产权呢，这事你得说话。”

“说什么?”

“将来这房子怎么算?”

“好好的，说它干什么?”

“这会儿不说，什么时候说？等她给你戴上绿帽子的时候再说?”

“妈，你说什么呢?”

汤母想起来他们已经是离了婚的人，她说：“要不你回家跟我一块过，把房子租给她，这样每个月还能弄千八百块的房租钱花花呢。”

“你还跟我哥嫂一起挤呢，我放着舒服不舒服，凑那热闹干什么?”

“她将来要成家，你也不能永远不娶了，你们两个人变成四个人，就这么门对门地过?”

关海黎听到他们说话的声音，敲敲门进来。

“还没睡呢?”

“啊，那啥，我关节疼，找正远要片风湿膏药。”

“他没有，我那有。”

汤母急忙推托：“不用了，不用了，不麻烦你了。”

关海黎回自己的房间拿来膏药递给汤母。

“你要结婚了?”汤正远突然问了一句。

关海黎愣了一下，她问：“谁说的?”

“我妈。”

“我啥时候说了?”汤母尴尬地看了关海黎一眼。

汤正远说：“刚才说的。”

汤母急忙解释道：“我是担心这房子……”

关海黎说：“房子你们别担心，正好老太太也在这呢，我把我的想法说一说。我的店装修好了以后，我就搬到店里住去了，这儿你们就放心住，将来正远找到工作攒下钱，有偿还能力了，再把我那份房钱给我。”

汤母眼圈红了：“一日夫妻百日恩，海黎你对得起我们家正远。”

4

杨旭和自己的痛苦人生达成了协议，改变生活，改变自己。

早晨他赶到蓝陵大厦的门口，看到赶来上班的石小余。他抬起手腕指指手表，示意他会在这里等到她下班。

石小余愣了一下，没有说话，她青着两个眼圈进了办公室。刚坐下，小刘把报表扔到她的桌子上说：“上面有两个数据你填错了，幸亏我发现了，要是报到上面经理不扣你工资才算怪呢。”

石小余吓了一跳，赶紧把数据改了过来。

“谢谢！谢谢!”

小刘问她：“昨天有个人找你，找到了吗?”

石小余愁眉苦脸地指了指窗外说：“在外面等着呢。”

从十二层高的楼上往下看，杨旭很矮很小，他扬着脸往楼上看着。

“他就是天天给你打电话的那个人?”

“嗯。”

“追到北京来了?”

女孩子们挤到落地窗前观看杨旭。

"哇塞！真够浪漫的!"

"石小余，你真幸福!"

"幸福？我怎么不觉得?"

"那是你身在福中不知福。"

"你要是我怎么办?"

"嫁给他!"

石小余连连摇头："这个主意不高级。"

"还有别人追你吗?"

"没有。"

"那你还傻等什么？小心过了这村没这店了。"

石小余说："那不行，结婚的事得好好想一想。"

"还想什么？你们好了这么多年都没有结成婚，就是想得太多了。我告诉你，恋爱不能谈得时间太长。爱情谈得时间太长，容易疲劳，容易厌倦，容易放弃。恋爱的时间越长，就越冷静。越冷静就越难决定婚姻大事。"

"这话新鲜。"

"爱情的主要感受是什么？是失望。你喜欢的人不出现，出现的人，你又不喜欢。你爱的人，爱着别人。爱你的人，你又不爱。于是这就成了我们三番五次谈恋爱的理由。你爱过了三百六十次，到最后还是发现每一个都不是你最想要的。恋爱的结果不是你伤害别人，就是别人伤害了你。"

石小余咯咯地笑起来："总结得好，总结得好。"

"这是我在一本书上看到的，一个女人就应该在男人最爱她的时候嫁给他，恋爱谈得时间越长，女人越吃亏，女人的青春经不起等待。石小余，我奉劝你赶紧结婚，现在非常流行闪婚，就是两人在爱得难舍难分的时候闪电般地结婚，让爱的热情在婚姻中干柴遇上烈火。"

"着完了以后呢?"石小余问。

"柴米油盐踏踏实实过日子呗。"

5

魏劲戈也没有睡好，脑子里全是石小余的影子。早上他在病房里查房，医院走廊里的广播叫他回办公室接电话。

魏劲戈意识到这是石小余打来的电话，他三步并作两步地跑回办公室一把抓起电话："喂，石小余吗?"

电话里的人没有说话。

魏劲戈满脸赔着笑说："还生我的气呢？算了，算了，我收回昨天晚上说的话，你别让我影响了你的情绪，你是你自己的，应该给你自己做选择，我的话你连参考都不用参考。你既然对他还那么有感情，你就跟他回上海结婚好了。"

顾娅茹在电话里问："石小余想跟谁去上海结婚？"

魏劲戈听出来她的声音，惊出了一身冷汗。

"你这人接电话怎么哼也不哼一声呢？"

"你给我机会了吗？是你硬把我当成她的。"

魏劲戈拿着电话半天没有说话。

"你跟石小余吹了？"

魏劲戈转过身把虚掩着的门关好，他没有说话。

顾娅茹问他："昨天我跟你说的事你考虑好了吗？"

魏劲戈说："你让我再想想，再想想。"

6

杨旭在蓝陵集团门口一直等到石小余下班出来，他让人心动的笑容叫石小余的心肠怎么也硬不起来了。

她问他："这么耗着好受吗？"

杨旭说："想耗的时候，耗干了都不难受。"

在一起摸爬滚打了整整四年，这样的话在杨旭的嘴里早就灭绝了，今天突然冒出来，石小余觉得既新鲜又有点接受不了。

"走，吃饭去。别坐车，咱们随便在街上走走，看见顺口的饭店就进去吃。"

杨旭和石小余在一家上海餐馆里，吃了两人都爱吃的菜肉馄饨和蟹肉包子。味觉上的熟悉使他们贴近了。

杨旭说："你在上海跟我生活了两年，我都没好好给你买过一件衣服。你给我一个机会，我得好好弥补一下。"

石小余心里舒服，嘴上推托道："太贵了别给我买，我有衣裳穿。"

杨旭不听她的，见到什么买什么，一副过了今天不管明天的劲头。石小余的手里很快拎满了袋子。杨旭伸手帮她拎，顺势把她的手也握在了手里。石小余的手机铃声响了，她从杨旭的手里抽回来自己的手掏出电话。看了一眼号码，是魏劲戈打来的，她没有接。

杨旭看中了一双鞋，觉得这双奶白色的皮鞋配新买的那条米色的低腰裙子，石小余穿上一定好看。“来，试一试。”

石小余试了一下说：“挤脚。”

“你不是穿三十七码的吗?”

“现在不行了。”

杨旭不解地看着她，心想，刚才还好好的，怎么说掉线就掉线了呢?

石小余说：“我出去一下，一会儿就回来。”

她推门出了精品屋。

杨旭抱着一堆购物袋站在店里往外看，透过玻璃门，他看见石小余在打电话。

刚才石小余不接电话，魏劲戈生气了，他在心里骂石小余，兔崽子，你过去不接他的电话，现在不接我的电话，把我跟他相提并论，你这不是瞧不起我吗？这电话说死我不能给你再打了。

他坐在路边心烦意乱地抽着烟，石小余打来了电话，听到石小余的声音，他一下站起来：“你在哪?”

“我在西单买结婚用的东西。”

“我就在西单，等着，我去找你。”

他边说边大步往商场门口走。

“这么多人，你找不着我。”

“等着我，我有话要跟你说。”

“在电话里说吧。”

“电话里说不清楚。”

“我跟他在一起呢。”

“知道，我占用不了你多长时间。”

“我没有时间在这儿等你。”

魏劲戈看到了站在门口的石小余，他说：“我已经看见你了。”

石小余吃惊了，她左右看了一下，没有看到他。

魏劲戈说：“你往后看。”

石小余转过身，她看到魏劲戈手里拿着电话大踏步地朝她这里走过来。他的表情非常严肃，她从来没见他这样严肃过。

杨旭从店里出来，他叫了一声：“小余。”

石小余站在魏劲戈和杨旭中间不知道如何是好。

魏劲戈跟杨旭说：“对不起，我有话要跟她说。”

杨旭用目光征求石小余的意见。

石小余说：“你先回去吧，我一会儿就回去。”

杨旭心里不愿意，还是勉强答应了，他打了辆车先走了。

魏劲戈问石小余："你为什么不接我的电话。"

石小余说："不想接。"

"好，好，我不跟你吵架，我找你，不是要跟你吵架。"

石小余看了他一眼不说话了，她眼神里掺杂着一种能把心泡软的东西。

"怎么了?"魏劲戈问。

"烦。"

"烦是正常的，咱们奶奶那一辈儿，结婚的时候还得号啕大哭呢。"

"你别招我啊!"

两人不说话，一声不响地走着。眼见着路灯一个一个地亮了。

石小余说："太晚了，我得回去了。"

魏劲戈说："我要请你吃饭。"

"以后吧。"

"没有以后了。"

"怎么没有了?"

"你嫁到上海去了，咱们哪还有以后?"

"你别说这事。"

"好，我不说。"

"男人是说反话的动物，你想嫁给他的时候，他找遍理由不要你。你决定撒手的时候，他却冒出来死活要娶你。我知道这是最后的机会，应该珍惜。可是心里却一点要珍惜的感觉也没有。"

"跟我说心里话，你还爱他吗?"

石小余不说话。

"不否定，那就是肯定。"

石小余还是不说话。

"真的还爱他?"

石小余"嗯"了一声："可能吧。"

"他到底是什么样的人叫你这么不顾一切?"魏劲戈恨铁不成钢地看着她。

"没良心，没责任心，基本上是个两心俱无的男人。"

"那我真的就不明白你了。"

"我也不明白我自己。"

"一个人可以在眼神不好的情况下被石头绊一跤，但是如果被同一块石头绊了两跤，那她的愚蠢真的是不能原谅的。"

"这就是你要跟我说的话?"

“不是。”

“你是我什么人？凭什么这样说我？”

“石小余咱俩好歹认识一场，我不愿意再看见你焦头烂额千疮百孔地从上海逃回来。”

“魏劲戈，你别咒我！”

“不是我咒你，是你自己在毁自己。”

“我愿意毁，你管得着吗？”

“好，以后再管你，我不是人！”

“我以后再让你管，我也不是人！”

魏劲戈伤感地说：“石小余，你我马上就要分手了，我们就不能心平气和地说一会儿话吗？”

“你说吧。”

“顾娅茹让我跟她到深圳去开公司，年薪二十四万，你说我去不去？”

“她能给你带来这么实惠的利益，你干吗不去？”

“这是你的心里话？”

“也是你的心里话。”

“石小余，我真是白跟你交往这么多日子了。我怎么想的，你一点都不知道吗？”

“不知道。”

“杨旭怎么想的，你知道吗？”

“不知道，我只知道没有人能成为我的生活支柱，我嫁给谁都得摸着石头过河。”

魏劲戈点点头：“好，你嫁给他，我去深圳，咱们以后谁也不要再见谁。”

石小余从口袋里掏出钥匙扔给他，她声音平静地说：“你在我哭以前滚开好吗？我要哭了。”

魏劲戈回手把钥匙摔到地下，毫不犹豫转身走了。石小余的心被狠狠地拽了一下，疼痛带着眼泪喷涌而出。魏劲戈被来往的行人碰撞着，车流在他身边呼啸而过，他看不见，也听不见。

7

杨旭看出来石小余的心情很不好，他走过来在她身边坐下。

“小余，我买了明天的火车票。”

“明天？”

“今天的没有了，明天的飞机票也没有了，我买的是高价票。”

“你干吗这么着急?”

“夜长梦多。”

“要走你走，我不走。”

“你是不是喜欢那个人?”

“你别无事生非。”

“小余，你的眼神骗不了我。”

“你这么明白，怎么就看不出来我不想跟你回上海结婚呢?”

“你不是一点儿都不想，你是在等我完全说服你。小余，这个世界上再也没有一个人像我这么了解你了。我有很多的缺点，你也有很多缺点，好在我们已经共同生活过了两年，知己知彼。我们结了婚，利益就是共同的了。我们会好好合作，也应该好好合作。生活本来就是合作的产物，合作能力强的人，才会获得高质量的生活，才能拥有美满的爱情。”

石小余看着他不说话。

“小余，我知道你一直对我不满意，可是你也应该学会换位思考，女人总是比男人活得容易。在决定跟你结婚之前，我问了自己几个问题，答案全都对你有利的。”

“什么问题?”

“第一，如果以后遇更可爱的人，我会不会动心?答案是不会；第二，三十年后，你老了丑了胖了，我会不会依然有耐性和你过下去?答案是会；第三，你有灾有难甚至生病死亡，我能心甘情愿地对你负全部责任吗?答案是能。”

“我不能。”

“为什么?是为了那个人吗?”

“不，是为了我自己。你以前对咱们之间的关系做的结论是对的，咱俩真的不合适。”

杨旭急了，他说：“小余，我已经受到惩罚了。我也用我的实际行动承认了错误，这还不行吗?你还要我怎么样?”

“我不要你怎么着，你说婚姻是合作的产物，我不是一个善于和你合作的人，所以我不能跟你结婚。”

石小余的嘴角透着笑意，她的笑是刀刃朝上的。

杨旭竭力控制着自己，他说：“我已经买了票。”

石小余说：“一张你坐，那一张退了。”

杨旭的脸白里透出了青，他说：“看来你这一辈子都不会原谅我了。”

疲劳从骨头缝里一点一点地渗出来，石小余靠在沙发上不说话了。

杨旭说："我知道天底下像我这样的男人比细菌还要多，我也知道是我毁了我们之间的感情，当时，我要是再成熟一些，再坚强一些……"

他停顿了一下："我们的缘分，其实再坚持那么一点点，就完美了，就有结果了。"

石小余说："人的爱情是有限度的，忍耐是有限度的，善良也是有限度的。杨旭，你超过了这个度，我们的爱情已经崩溃了。"

她说的话像一根响箭，直插杨旭的心脏。杨旭听见自己带着哭腔的声音从喉头涌了出来。

"小余，你再给我一次机会。"

"不!"石小余的口气很决绝。

杨旭一头撞在了墙上，头上的剧痛使胸口的剧痛得到了缓解，他一下一下，使劲地撞着。石小余扑过去抱住他。杨旭把她推到一边，又朝墙上撞去。石小余吓坏了，死死地抱住他。

"别撞了！别撞了！杨旭，我跟你去上海还不行吗?"

石小余号啕大哭起来。

隔壁非常安静，好像没有人。魏劲戈坐在电脑前打游戏，他打得很疯狂很投入。手机响了，魏劲戈不接，电话铃声响了，魏劲戈照样不接。虚拟的敌人被他一个一个狠狠地歼灭了。疯狂的砸门声把魏劲戈拉回到现实中。

葛军进门就骂："你丫牛逼，十二道金牌都请不动你。非得让葛老爷子亲自上门？我靠！玩到这个级别了？这是想杀谁啊？狠成这模样?"

魏劲戈一脸杀气，盯住屏幕不理他。

"人越老嘴越牢了，你这是跟谁使性子撒娇呢？不是跟女人吧?"

魏劲戈点鼠标一顿炮火，战场上又横下了几具尸体。

"有事说事，扯这淡干什么？我要是女人，宁可找个雄心勃勃的意淫狂，也不尿你这种缩头等死的乌龟王八蛋。走！走！你＊＊＊跟我走吧。"

葛军生拉硬拽地把魏劲戈拖出去了。

他们先在酒吧里喝酒，随后又到迪厅里去喝。魏劲戈喝得腾云驾雾，身上的每一个细胞都被酒精泡涨了，燃烧的血在身体里急速流窜，他疯狂地蹦着，声嘶力竭地喊着。汗水喷涌，整个人像水洗过了一样。

葛军把他送回家已经半夜两点了，手机上没有信息也没有电话，魏劲戈把手机扔在桌子上。他把浴缸里放满了水，衣服也没脱，就躺进去了。水温正好，他很快睡着了。

睁开眼睛已经是早晨，他稀里糊涂地站起来，浴缸滑，他摔进去，呛了一口水才彻底清醒过来。魏劲戈呆呆地坐在水里，昨天的事像七零八落的珠子，怎么也穿不到一条线上了。看着墙，他想起来住在隔壁的石小余。他头疼欲裂，两手捂着脑袋爬出了浴缸。镜子里的魏劲戈面色青白，眼睛浮肿，像一块破抹布，从上往下滴着水。衣服口袋里的东西全都被泡湿了，他把钱，票据，证件一张一张仔仔细细地夹在衣服夹子上晾好。

十八

1

昨夜杨旭一夜不敢闭眼，他死死地拉着石小余的手，生怕一不小心她飞走了。

火车站检票口队伍排得很长，杨旭和石小余站在队伍里面。早上石小余给公司打了电话，公司给了二十天的婚假。杨旭说，假先这么请着，等在上海找到工作，就放弃这边的工作。石小余没有说话。杨旭问她，要不要跟她们家里说一声？石小余说，到上海再说，现在说了反倒麻烦。杨旭问她麻烦什么？石小余把手提包递给杨旭说："我上趟厕所。"

杨旭看着她出了候车大厅。石小余躲出他的视线给魏劲戈发了一条短信。

"我现在在火车站，马上要离开北京了，忘了我吧，祝你一切都好！"

从北京开往上海去的列车开始检票了，石小余和杨旭上了火车。杨旭把旅行包放到行李架上，转过身坐在石小余对面，他满面笑容地看着石小余。

"十一个小时以后就到上海了，咱们先把房子好好收拾一下，然后我请假，咱们旅行结婚去。你想去哪？马尔代夫行不行？一个人才一万多块钱。"

石小余说："随便你。"

她下意识地把手机掏出来看一眼，手机上没有任何信息。开车铃声响了，石小余觉得身体里有一个地方空了，空得非常难受。站在安全线里，杨旭提着的心终于放下了。火车慢慢驶出北京站，石小余看着窗外。魏劲戈没有给她回信息，看来他真是铁了心。男人比女人心狠，说断，一咬牙就断了。

杨旭说："我给我父母都打了电话，他们都很高兴，今年咱们先贷款买房子，两年以后再贷款买辆车。你喜欢什么牌子的？"

石小余脱口而出："吉普。"

"啊？"

火车驶出城区。

石小余的手机突然响了，是魏劲戈打过来的。石小余满面通红地跑到过道上去接电话。

"喂。"

魏劲戈说："我来送你了。"

石小余说："你来晚了。"

魏劲戈说："不晚，你往窗外看。"

窗外，魏劲戈的敞篷吉普车在公路上追着火车跑。石小余鼻子发酸，视线模糊了，她把头探出车外幅度很大地朝魏劲戈挥着手。

魏劲戈看到了石小余，他盯着石小余的身影跟火车比速度。他用耳机跟石小余通着话。

"记住，脚在你的身上长着，如果过得不好，你就赶紧回来，我时刻准备收容你。"

石小余说："你要到深圳去了，还怎么收容我？"

魏劲戈说："你放心，我不会离开北京的，我一定等着你千疮百孔焦头烂额地回来。"

石小余说："我恨你。"

魏劲戈说："我还你三个字。"

"你留着吧。"

"你必须要。"

"我不要。"

"好，那我走了。"

石小余急了，说："别，你别走！"

魏劲戈嘿嘿笑，他问："你要不要？"

"要。"

"你下车，我就送给你。"

杨旭走过来问："谁的电话？"

石小余没有说话，她压了电话，回到座位上坐下。窗外魏劲戈的车不见了。

火车到站慢慢停下，有乘客上车下车。杨旭站在车门口抽了一支烟，回到车厢发现石小余不在了。抬头看看行李架，他和石小余的旅行包挨得很紧地摆在上面。杨旭放心地在窗口的座位上坐下。

石小余站在车厢的另一个门口，远远地看着隔断她和魏劲戈视线的地方。火车缓缓开动了，列车员把车门口的挡板扳上，石小余突然扒拉开列车员从车门口跳了下去。

列车员惊叫了一声："你不想活了？"

杨旭看到石小余在站台上奔跑。他吃了一惊，冲到车厢门口，把头探出车门外，大声地喊着："石小余！石小余！"

石小余没有听见，她像风筝一样，在空空的站台上飘远了。杨旭气急败坏地拨打她的手机，手机铃声淹没在隆隆的车轮声中。

石小余冲进隧道，隧道上有火车通过，车轮声巨响，石小余使劲捂住了耳朵。火车过后，四周死一样地寂静，石小余周身无力软绵绵地走出隧道，魏劲戈突然出现在隧道口。石小余腿一软瘫坐在地上，魏劲戈一屁股坐在了她的面前。

口袋里的手机响个不停，魏劲戈替她掏出来，关了机。石小余和魏劲戈眼睛看着眼睛，脑袋慢慢地顶在了一起。

石小余说："我想哭。"

魏劲戈说："哭吧，我又不是没见过。"

"我哭不出来。"

"想想你今天干的蠢事，就哭出来了。"

石小余看着魏劲戈认真地问："我的心怎么这么的不老实，我为什么这么愿意闯祸呢？"

她红润的嘴巴像孩子一样地翘着，魏劲戈晕头转向地在她的嘴唇上亲了一口。她的嘴唇温热柔软，他动情地吻着她。石小余"呜"的一声哭出来了。

魏劲戈搂着她的脖子说："看看，看看，我就知道你离不开我。"

石小余哭着骂他："魏老八，你脑袋里有屁啊！"

魏劲戈一本正经地说："我纠正一下，不是你离不开我，是我离不开你。"

"你从什么时候离不开我的？"

"从现在不行吗？"

石小余扑哧一声笑了。

魏劲戈问："你从什么时候决定不走的？"

"刚才在火车上看不见你的时候，我心里只有一个念头，跳下这列火车。我只想跳下去，但是跳下去以后该怎么办，我就不知道了。"

"爱是向前看，恨是朝后看。不敢爱，不敢恨，是左右彷徨。你算是第几种呢?”

“魏劲戈，你知道不知道你特别讨厌?”

“知道。”

“说说自己怎么讨厌。”

“有自知之明，能律己待人，宽厚豁达，特别能包容像石小余这样的人。”

“这是检讨吗?我怎么听着像推荐信呢?”

“我尽量挑好的能见人的地方好好给你介绍一下。”

“你喜欢我吗?”

“喜欢。”

“喜欢我什么?”

“不知道，真的，我从始至终都不明白自己为什么喜欢你。你这个人太感性，太冲动，完全不是我喜欢的那个类型。”

“知道你喜欢顾娅茹那样的。”

“你又来了。”

“你喜欢她还跑来追我干什么?”

“我不是那个意思。”

“你就是那个意思。”

“你这个人在生活里爱自己跟自己作对，在精神上越是艰险越向前!我喜欢上你完全是自作自受!”

“后悔了?”

“我干吗后悔?我这是造福人类，我献身堵了枪眼，别人就没有机会受你的迫害了。”

石小余气得打魏劲戈，魏劲戈抓住她的两只手。

“我还没说完呢，跟你在一起的最大好处是不用装孙子，爱谁谁，生气就生气，高兴就高兴，这滋味除了在你这儿，我还真没处找去。人们都说，对异性的判断是整个世界观的，我想装也装不了，也就是这个水平了，只能找你做女朋友，装也没用。我跟你不是单纯的男女间的亲近，而是人以群分的亲近。”

“你要送我的东西呢?”

“什么东西?”

“刚才你在手机里说的。”

魏劲戈不好意思地挠挠头，他说:“不要走那个形式了好不好?”

石小余态度很坚决地说:“不行。”

魏劲戈小声说:“我爱你。”

石小余说:“刚才过隧道的时候，我的耳朵被火车声震聋了。”

“哪个耳朵?”

“左耳朵。”

魏劲戈凑到她的左耳朵旁边提高了声音说:“我爱你!”

他说话的气息吹到石小余的耳朵里，石小余痒得跳起来跑了。魏劲戈追上去，他抓住石小余把她紧紧地搂在怀里。石小余抬起头看着他的眼睛低声说:“你再说一遍。”

魏劲戈说:“我爱你。”

“你爱我哪?”

“脖子。”

“嗯?”

“我爱你是先从脖子开始的。”

他轻轻亲吻石小余的脖子，石小余痒得乱笑。

“魏劲戈，这话你跟别人说过多少次了?”

“第一次，真的，过去没想起来这样说。”

魏劲戈被石小余掐得直咧嘴，他急忙改口说:“以前是搞对象，现在是闹恋爱，过去别人爱我，现在我爱别人。心理感受完全不一样啊!”

石小余说:“往下说，我喜欢听。”

“这是我第一次身陷爱河，没想到竟和杨旭那个小子同搭一条船。”

杨旭的脑袋里所有的程序都瘫痪了，他呆呆地坐在车窗旁边，看石小余给他发来短信:

“对不起，杨旭，考虑再三，我还是决定不跟你去上海结婚了。这样对你对我都好，祝你一切都好!再见!”

杨旭的眼泪快流出来了，他咬着牙使劲忍住了。

2

关海黎的陶艺坊装修得雅致朴素很有品位，开业的一切准备工作已经就绪。这些日子关海黎和父母整天呆在店里，分头忙着需要应付的事。关海黎和关守家没怎么说过话，也一直避免眼神的交流。石若玉心里着急，不断地制造让他们沟通的机会。

“海黎你什么时候搬过来?我跟你爸帮你去搬。”

关守家明白石若玉的心思，及时接上了话茬:“我认识一个搬家公司的老板，活儿干得好，收费也公平。”

关海黎说:“不用，我那也没什么东西，找个车捎带着就拉过来了。”

关守家说："破家值万贯，看着没什么，搬起来就不是那么回事了，你别管了，到时候你说个日子，我找人给你搬。"

关海黎心里感激，嘴上说不出来，她垂着眼皮不敢看关守家。

"正远没说什么？"石若玉问。

"没有。"

石若玉叹了口气："他也是个麻烦。"

关海黎说："我们那个楼下有一个小餐馆要转租，一共八张桌子，好经营，资金也好周转，正远天生就开这一窍，我想让他租下来，不管怎么说这是一条养家糊口的路。"

"那得多少钱？"

"年租五万，正远手里正好还有五万块钱。"

关守家说："你在替人家花钱，你可得尽心尽力地替人家盘算好了，省得落埋怨。"

关海黎的目光落在父亲的脸上，她说："放心吧，我知道。"

3

关海黎说干就干，她带着汤母和汤正远看了这家准备出手的餐馆。

汤正远很满意，他说："这儿不错，离家近，家里的地方也能用上。"

汤母说："我没事也能下来搭一把手给看看店。"

关海黎说："过两天我到劳务市场给你雇个川妹子来，川妹子长得顺眼，也勤快。正远，你把钱取出来准备好。"

汤正远问："钱？什么钱？"

"你得把存折上的钱取出来啊。"

汤正远一脸茫然，像是问关海黎也像是自言自语："存折？存折放哪了？"

三个人心急火燎地回到家里翻箱倒柜地找，他们翻遍了房间里的每一个角落都没有找到那个存折。

汤母把汤正远拉到一边悄悄地问他："你好好想想，是不是把存折交给她了？"

汤正远摇头说："没有，没有，我一点儿印象都没有。"

"会不会你生病住院的时候，她偷偷把你的钱取出来花了？"

"不会，你看她自己的钱都在桌子上扔着，花我的钱干什么？"

"哎哟！傻儿子，她这是小钱，你那是大钱，你怎么这么糊涂呢？说是家里人给凑的钱，哪那么好凑的，说出大天来我都不信。"

汤正远使劲回忆着，他把自己憋进了死胡同里，累得满头大汗。

关海黎一本一本地翻书橱里面的书，存折没夹在里面。她仔细地翻着抽屉里各一个角落，存折也不在里面。

“你再好好想想能放到哪呢?”

汤正远说：“不能再想了，再想我的脑袋就疼炸了，下午跟人家说一声，这餐馆咱不租了。”

关海黎说：“餐馆一定要租，借钱也得租，机会难得。”

汤母一声不响，眼睛仔细观察她的神情。

汤正远进了卫生间，他死死地盯着镜子，像在追忆什么。关海黎凑过去，站在汤正远的角度看，她看见了那个早已不用了的排风扇。

“你想起什么了?”

“我想不起来。”

关海黎把排风扇卸下来，她看见了藏在墙洞里的存折。

汤母听到动静跑过来，她一把抢过关海黎手里的存折翻开，戴上花镜一个一个地数着上面的零。

“一个，两个零，三个零，四个零，整整四个零，五万，一分钱也没少。谢天谢地!”

关海黎领着汤正远和汤母到银行里取钱，营业员让她输入密码。

关海黎叫过来汤正远。

“密码。”

汤正远蒙了。

营业员说：“你这个存折是设过密码的。”

汤正远说：“我想不起来了。”

汤母说：“你好好想一想。”

“我真的想不起来。”

关海黎用汤正远的生日试了一遍。

营业员说：“不对。”

关海黎又用自己的生日试了一遍。

营业员说：“不对，你们先在一边好好想一想吧。”

三个人愁眉苦脸地坐在椅子上。

汤母埋怨儿子说：“你说你怎么不把密码记在本子上呢?”

关海黎问：“会不会是咱们家的电话号码?”

她又跑到窗口去试，还是不对。她想了想又按出来一串数字。这回对了。

汤母问她：“到底是哪几个数啊?”

关海黎说：“是我和正远结婚的日子。”

4

李江湖让关海黎看停在陶艺坊外面的红色的小车。

关海黎问他：“你换车了？”

李江湖说：“这是你的车。”

关海黎吓了一跳：“我的？”

李江湖说：“二手车，三万块钱，分期付款三年还清，怎么样？”

关海黎说：“我不会开。”

“上车，从今天晚上开始每天两个小时，李师傅负责教你，学费分文不收。”

关海黎兴致勃勃地坐在驾驶座上。李江湖从最基础的东西开始教，他让关海黎很快就把汽车开上了街道。

关海黎两只手紧握着方向盘，两只眼睛死死地瞪着前面。她的脑门上挂着几根白纸条，那是记载着违规次数的标志。

李江湖说：“放松！放松！你放松点行不行？挂二挡。”

关海黎挂错了。

李江湖把纸条蘸了点唾沫粘在她的脑门上。

“我告诉你啊，你的脸上快没地方了。”

关海黎一把拽下来脸上的纸条扔到窗外，汽车失控歪向一边。关海黎失声尖叫。李江湖及时把方向调整过来。

石若玉洗完澡，刚从卫生间里出来，关守家的电话就打来了。他让石若玉看江苏卫视的《超级辩！辩！辩！》。

石若玉一只手拿着电话，另一只手用遥控器把电视调到江苏卫视，她一边看电视一边跟关守家聊天，听到关守家在电话里不停地咳嗽。

她问：“感冒还没好？”

“吃了药好点儿，一停药又咳嗽。”

“你就是不好好按时吃药，弄的病菌都有抗药性了。”

关守家眼睛看着电视说：“你看这个老头，有话干吗不说出来？弄得好好一家人过得这个别扭。”

石若玉说：“老鸹落在猪身上，嫌猪黑看不见自己。”

关守家说：“你倒是会比喻，你是猪还是我是猪？”

石若玉在电话里嘎嘎大笑。

海黎陶艺坊开张了，生意不错。店员穿着关海黎设计的款式新颖的工作服招呼着客人。店里开辟了一个角落专门让喜欢陶艺的人自己动手捏作品。关海黎在那里指导他们做手工艺品。

一对年轻人进来问："能不能给我们俩弄个手的模型，然后做成陶瓷艺术品留做纪念？"

关海黎说："没问题，你们想烧哪一种，到这里来选选料。"

女孩子走到样品柜台旁边，惊叹道："这些陶瓷小挂件真漂亮，是哪进的货？"

"我自己设计制作的，喜欢吗？"

"喜欢，可惜价钱贵了点儿。"

"我这里的东西都是一样一个，绝对没有重样的。贵是贵，但是物有所值。"

"不打折吗？"

"对不起，我们店里的东西不打折。"

女孩子挑了自己最喜欢的饰物买了。

关海黎的陶艺活做得很漂亮。在很短的时间里创出了牌子，拉来了回头客，生意开始有了起色。

5

汤正远的餐馆装修得简单整洁，汤母坐在柜台上收账，汤正远穿着白大褂里里外外、前前后后地忙活着。川妹子董红果，是关海黎帮他们找来的。董红果身材娇小，手脚麻利，她端着托盘把一碗一碗的牛肉粉丝汤和一小笼一小笼的牛肉灌汤包端出厨房，放在就餐者的桌子上。汤正远给顾客启开啤酒瓶子盖，顺手把董红果腌制的四川泡菜送上。

"店里自己腌的，吃完了再添，管够。"

八张桌子全部坐满了人，还有人站在门口等着叫外卖。看见关海黎走进来，汤正远慌忙迎上去。

"你来了！"

"出来办事，顺便过来看看。"

关海黎走进厨房，正远和汤母跟在后面。汤正远把一笼汤包和一个醋碟放在案板上。

“饿了吧？赶紧吃。”

董红果跑进来跟关海黎打招呼说：“大姐来了？”

关海黎笑着问她：“怎么样？累不累？”

“不累。”

汤母说：“小丫头会来事，手脚也勤快。”

关海黎说：“好好干，干好了，这个大哥给你长工资。”

董红果点点头。

关海黎问汤正远：“收入怎么样？”

汤正远趴在关海黎耳边小声说：“一天的流水，一千五百块，还不错。”

“好！好！”

“你那儿呢？”汤正远问她。

“也不错，挣钱了，你再给我两笼我打包带走。”

汤正远赶紧吩咐董红果去办。汤母心里不高兴，斜了关海黎一眼。见关海黎掏出来钱放在桌子上。她马上眉开眼笑了。

“你看我们都没拿你当外人，你还分这么清楚干什么？”

关海黎说：“一码是一码，大家挣点儿钱都不容易。”

6

关海黎拎着食品饭盒推开店门，看到妈妈在，她说：“妈，你在这正好，你给他带过去吧。”

石若玉知道她说的他就是关守家。

“自己去送。”

“我不认识门。”

“我也没去过。”

“那咱俩一起去？”

“好吧。”

看到她们母女俩一起来了，关守家高兴得碰翻了水杯，带倒了椅子。石若玉翻了他一眼，关守家搓着手嘿嘿地笑。

“家收拾得不错嘛。”

“马马虎虎凑合着住。”

关海黎把一次性饭盒放在桌子上说：“灌汤包子，你们俩快趁热吃。”

石若玉掏出来两盒药递给关守家说：“羚羊清肺，治咳嗽可管用了。”

关海黎问关守家：“你病了？”

“感冒，咳嗽。”

“你多注意点儿，这茬感冒挺厉害的。”

石若玉问关守家：“碗筷在哪儿啊?”

关守家从厨房里拿出来碟子和碗。

“爸，你怎么就拿一副碗筷，还有我妈呢。”

关海黎一声“爸”字很自然地叫出了口。关守家胸口一热，眼泪差点掉出来。看见他傻在那里，石若玉赶紧给他找台阶下。

“他心里有谁?谁也没有。”

“妈，你说的不对。我那晚上全凭我爸给我盯着呢。”

“他岁数大了这么折腾也受不了，你的东西都搬过来了，人就赶紧过来吧。”

“行，我明天就过来。”

老两口开始吃饭。关守家咬了口汤包，他赞不绝口地说：“好吃，一口就把馋虫勾出来了。”

关海黎把零碎的东西放到两个旅行包里，汤正远满屋子转着，帮她收拾行李。

关海黎说：“我得好好想一想，还有什么东西落下了?”

汤正远说：“落下再回来取，莫非这个家你就再也不进来了?”

一句话说得关海黎难过起来，她拎起包一声不响地出去了。

关海黎和汤正远站在路旁等车，关海黎看着远处，汤正远看着她。

“海黎。”

“嗯。”

“我妈说你是我媳妇。”

关海黎扭过脸看着他问：“你说是不是?”

“不是。”

“你觉得我是谁?”

“觉不出来，我只是觉得你比我妈还亲。”

关海黎苦笑。

汤正远说：“没准咱俩前世有过什么亲密关系。”

“怎么是前世?”

“人家说人死的时候在去阴间的路口喝一碗忘情水，就会忘了过去，好重新托生重新做人。我可能就是喝了一碗那个水，把该记着的都忘了。”

“忘了好，忘得越多，越没心理负担。”

关海黎招手，出租车停下。汤正远把行李放进后备厢里，关海黎上了车，她对汤正远说："正远，你回去吧。"

汤正远说："我送送你。"

"不用。"

"你就让我送送你吧。"

汤正远上了车，他和关海黎坐在后座上。车窗外，结婚的车队过去。

关海黎说："我结婚的时候不时兴这个，我们只是在餐厅请了四桌。"

汤正远问她："哪个餐厅?"

"拆了，变成街心花园了。男方单位两桌，女方单位一桌，剩下那一桌是两家的亲戚。酒席一开始，他就把自己喝醉了，脑袋塞在门后，谁都拽不出来他。"

汤正远觉得滑稽，他嘎嘎笑起来。

关海黎说："他吐得一塌糊涂，站都站不起来，是我弟弟用挎斗摩托把他拉回来的。"

"你呢?"

"我在我弟弟身后坐着，虽然没有现在排场，也算当街炫耀一回，那情景，我现在都忘不了。"

汤正远眨着眼睛听着，像闻到在蜂窝煤火上炸油饼，马上能想起来小时候在胡同口买早点的情景，他觉得关海黎描述的情景，似曾相识，这个相识模模糊糊面目不清。

"十五年就这么一眨眼过去了。我真想像你一样，把过去的事情都忘了。可是，如果我忘得比学得快，那我学习还有什么用?"

汤正远说："我不是故意忘的。"

"我知道。"

关海黎的眼泪突然流了出来。汤正远没问她哭什么，他下意识地抹了一下脸，发现自己也在流泪。心里一害怕，他呜的一声哭出来。司机吓了一跳，他从后视镜里偷着看他们俩。

关海黎伸手给汤正远擦眼泪，汤正远一把把关海黎搂在怀里。两人紧紧地搂在一起，他们把对方的衣服当成擦眼泪的手巾。司机分神了差点剐蹭到别人的车，他急忙踩了一脚刹车，出租车尖叫着停下。汤正远和关海黎差点摔下座位。

汤正远的眼睛瞪得像两个流着汤的西红柿："好好开你的车，你＊＊＊没见过人哭吗?"

司机没有说话，他给了一脚油门，出租车冲进拥挤的车流中。一辆装着音响的越野吉普车从出租车旁边开过去，摇滚带着余音渐渐散去。

“春去春又来，花谢花又开，一年一年就是这样滚滚而来……飘忽的未来，飘忽的时代，飘忽的你已不再等待，生命的天空不会永远悲哀，让彼此温暖因为有你这世界更灿烂……”

7

关海黎搬进了店里，开始有些不习惯，李江湖常过来陪她，带她出去玩。关海黎不想动，李江湖就硬拉她开车出去。

关海黎的驾驶技术已经完全熟练了。只是车一开到交叉路口，她就犯糊涂。

“我该往哪条路上拐？”

“自己处理。”

“我真的不知道。”

“哎，哥们儿，你怎么乱打转向灯？想往枪口上撞啊？你这个人，往方向盘前面一坐，瞳孔就散了。然后就絮絮叨叨自言自语地问，我在哪？我要到哪里去？”

关海黎笑得眼泪都出来了。

李江湖带关海黎来到老兵酒吧，大头告诉李江湖说，郑岫玉来了，刚走。

关海黎问：“郑岫玉是谁？”

大头说：“他的前妻。”

李江湖说：“她除了跟我要钱没别的事。”

“这女人太过分，贷款买房子，让你给她交首付。手机一年换两个，哪个都让你给她付钱。按说她搞汽车销售根本就不缺钱。”大头替李江湖打抱不平。

“她这人就这样，自己过得不如意，就去折腾别人。折腾就折腾吧，我不为别人还得为我女儿吧？”

大头给他们俩上了酒，招呼别人去了。

关海黎问李江湖：“你跟你女儿相处得怎么样？”

“不好。”

“为什么？”

“她正处在仇恨男人的年龄阶段，听不进去我的话。”

“长大就好了。”

“是吗？”

关海黎说：“我父母离婚以后，我特别恨我父亲，今年才把关系缓和了。

我觉得夫妻俩之间的怨恨千万别带给孩子。”

李江湖说：“我对婚姻真没什么好感觉，彼此伤害太深，把所有的好都消耗光了。”

“是。”

“打离婚，闹离婚，一个打一个闹就把离婚的过程概括了。打完了闹完了还得打起精神往下走。”

关海黎说：“没离婚的时候我很少动脑子想问题，现在倒经常想了。女人离婚以后常常会觉得自己吃了大亏，其实遇到这种事，真的要从正反两个方面去想，结束痛苦的过去，坦坦荡荡地重新做人，这也是命运给你的又一次机会。”

李江湖点点头表示赞同她的话。

“我不是假装坚强，我是觉得人应该对自己的处境有个客观的认识。这样才能重新建立起信心，人越是遇到困难越应该看到自己身上的优点。”

李江湖问：“你父母他们现在怎么样？”

“经常在一起吃吃饭，说说话，挺好的。”

李江湖愣了一会儿神说：“我昨天晚上做了一个梦，梦见我爸爸死了。”

“梦是反的。”关海黎安慰他。

“我心里别扭了一天。”

“不放心，你回去看看。”

“我已经四年没回家了。”

“他们不在北京？”

“在北京。”

“那你为什么不回去？”

“唉，说来话长，四年前正是我做生意资金周转不开的时候，我四处欠债把我父亲也牵连进来了，债主把我告上了法庭，我跑了，我父亲收到了传票。”

“怎么他收到了传票？”

“因为是他给我做的保，我父亲革命了一辈子，从来没有受过这样的侮辱。他得了一场大病，住了两个月的院。病好以后，不跟我说话，也不跟我来往，彻底跟我划清了界限。”

关海黎一声不响地听着。

李江湖说：“我也跟父母怄气，过年的时候故意拎着礼物到左邻右舍去串门拜年，就是不去父母家。”

“你这不是故意刺激他们吗？”

“我希望能在别人家的门口遇到我爸我妈，我想我爸看我一眼，肯定是把脸转过去不说话。我妈就说，还不回家在外面瞎转什么？我就赶紧下台阶回家了。我在院子里该遇见的和不该遇见的都遇到了，就是没有遇到他们两个。”

“你打算永远也不回去了？”

“我没那么想过，我在等机会。”

“等了整整四年了？”

李江湖点点头。

8

汤包店打烊了，汤正远和汤母在店里算账。董红果擦洗桌椅地面，活干得认真，也很卖力气。汤正远把账本包起来递给母亲。

“妈，你先回去吧，忙活了一天早点歇着。我把明天用的东西准备一下。”

“那我先走了，姑娘，你把桌子上的喝水杯子好好再洗一洗，上面净是油手印子。”汤母站起来。

“行。”董红果答应着去干了。

汤母走了。汤正远检查冰箱，检查泡菜坛子，董红果一步不落地跟在他后面，看看还有什么活需要她干。

汤正远说：“你去睡吧。”

董红果说：“我不困。”

“从早上六点忙活到晚上九点，我这岁数的人都困了，你这小岁数正是贪睡的时候，能不困？”

“大哥，我真的不困。”

“那咱俩就把明天用的菜洗出来？”

“行。”

汤正远和董红果开始择菜洗菜。

“小董。”

“大哥，你就叫我三妹儿吧，家里的人都这么叫我。”

“好，三妹儿，你来北京几年了？”

“六年。”

“你二十几？”

“三十了。”

“真看不出来，孩子多大了？”

“八岁。”

“谁带着呢？”

“我妈。”

“孩子他爸呢?”

“不知道。”

“嗯?”汤正远愣住了，抬起头看着她。

董红果说：“他出去打工，四年没有消息。”

“为什么?”

“不知道。”

“过年也不回来?”

“不回来。”

“那你带着孩子怎么活?”

“原来我在我们四川当保姆挣钱，孩子大了要读书花钱，都说在北京能多挣点儿，我就来了。”

“你都干过什么活?”

“什么都干过，干得最多的还是给人家当保姆看孩子做饭。大哥你放心我不是一个偷懒的人。”

“我知道你不是一个偷懒的人，好好干，餐馆挣钱了，我肯定给你加薪。”

董红果高兴起来，她说：“大哥，我给你出个主意，咱们买个烤箱，我会做小点心，咱们跟香港人学，把每个小点心里塞一个幸运纸条，说一句祝福的话，花不了几个钱，还显得有人气。凡是来吃饭的人饭后送一个，把这个钱算到饭里，谁都不知道。谁看见祝福的话不高兴呢？你说是不是?”

“这个主意好！这个主意好!”汤正远连连点头。

两人说得正高兴，汤母推门进来。

“正远，几点了还不回去睡觉？小心起不来。”

汤正远看了一下墙上的挂钟，已经十一点了，他忙站起来说：“对了，我不睡，三妹儿还得睡呢，就走，马上就走。”

“三妹儿？谁是三妹儿?”

董红果笑嘻嘻地说：“我，大妈，以后你也管我叫三妹儿吧。”

汤母狐疑地看着儿子，又警惕地看看董红果，她不放心这个女人。回到家，她问汤正远：“那个三妹儿跟你说什么了?”

“没事瞎聊。”

“你是瞎聊，人家可是有目的地聊。”

“妈，你总把人往坏处想。”

“害人之心不可有，防人之心不可无，她这些日子总有意无意地跟我打听你的事，我不能不多想。”

“打听我什么?”

“打听你和海黎的关系呗，我告诉她说你俩已经离婚了，你看她马上来劲了，瞅瞅她对你那个热乎，啧！啧！看着就下作。”

“她也不容易，丈夫出去一走四年没有消息，她得给家里的孩子寄钱过日子，她要是不学会处事能在城里混这么多年吗?”

“她有家有孩子？有人拴着她，她就不敢往天上飞了。正远，我告诉你，别说她有家有业的，她就是黄花大闺女，你也不能找她。你虽然结过婚，可咱是城里户口，咱在北京城里有产业。她有什么？不就是个乡下来打工的吗？你前妻是大学毕业生，她连中学都没上完，这样的人配嫁进咱们汤家？这不是江水倒流吗?”

汤正远不愿意听，他看了母亲一眼说：“妈你说什么呢？人家才三十岁，就是我动那个心思，人家还不一定看得上我呢。”

汤母厉声喝道：“正远，我告诉你，你别给我动这个心思!”

“我动什么心思了?”汤正远委屈地看着母亲。

9

石若玉去早市买菜，老耿看到她问道：“前几天怎么没来?”

石若玉说：“大闺女开了个店，我帮她忙活了几天，这不刚回来吗?”

老耿说：“你闺女比我儿子出息，我儿子单位不景气，在家拿低保，就知道发牢骚。前些日子一家三口，借口孩子上学太远，都跑我这儿吃来了。”

“回来也能给你做个伴儿。”

“什么做伴儿，是剥削来了，三张嘴一分钱饭火费都不给，还一天一个澡，睡着了，电视都不关。花谁的钱？肯定不是花他们自己的钱。”

“都是一家人分那么清楚干什么?”

“不是心疼，我是着急，你说他们年纪轻轻的，怎么一点儿都不求上进呢？说做鱼缸挣钱，我就出钱买来材料让他做，你看他一会儿晒了，一会儿累了，交货的日子到眼前了，他都不着急。害得我连夜帮他赶活儿。真是皇帝不急，急死了太监。”

石若玉说：“从古到今都是从上往下疼，小的再疼老的，也比不过老的疼小的。”

“那是，那是，所以说，儿女靠不住，人再老，也得挣巴着自己过。我跟他们说清楚了，我说你们不能长住，我还得找老伴儿过自己的日子呢。”

石若玉看着他问：“你就这么说的?”

“是啊，那小子马上跟我翻脸了，说我对不起他妈。差点把家给我砸了。我把他撵出去了，这下好，清静了。”

“老耿，这就是你不对了。”

“怎么是我不对？你要是能容得了他们，我就把他们再请回来。”

石若玉一愣：“怎么把我扯进来了？”

“我要娶你。”

“你别胡想。”

“你好好把我和那个人掂量掂量，看看到底谁对你实在？”

“老耿你别瞎说啊！”石若玉跟他急了。

关守家的咳嗽总是不见好，觉得胸闷气短，吃了不少药，丝毫不见起色。

医生问他：“咳嗽多长时间了？”

关守家说：“带带拉拉两个月了。”

医生让他拍个片子，关守家问：“我得了什么病？”

医生说：“看了片子再说。”

X光室外面等着拍片子的人很多，关守家排的位置很靠后。他坐在走廊的椅子上等候着。蓝陵集团的职工也来医院里体检，石小余拿着体检表来到X光室。她一眼看到了正在弯着腰咳嗽的关守家，他咳得面红耳赤，气喘吁吁。直起腰的时候，他看到了石小余。两人的目光电火花一样焊了一下，又拼命挣脱开了。石小余跑过走廊的拐弯处，紧贴着墙站住了，恐惧从脚跟升到了头顶。石小余一脚轻一脚重地进了魏劲戈的办公室，魏劲戈一个人在办公桌前看病历。

他问：“检查完了？”

“胸透还没做。”

“那快去啊，一会儿下班了。”

石小余嘴唇哆嗦着没有说话。

魏劲戈站起来走到她跟前问：“怎么了？”

“那老头在X光室外面排队。”

“哪个老头？”

“那个老头。”

魏劲戈明白了她是在说关守家。

“他怎么了？”

“不知道，他脸色蜡黄，咳嗽得气都透不过来了。”

石小余的眼泪噼里啪啦地掉下来。

“别哭，别哭，我去看看。”

魏劲戈到X光室门口，大声问：“请问，哪一位是关守家？”

关守家站起来：“我是。”

“关老伯，你跟我来。”

“你认识我？”

“我是石小余的朋友。”

关守家从心里高兴，他问：“小余呢？”

“她也体检呢，来，跟我进来吧。”

X光片子很快就出来了，魏劲戈拿着片子跟主治医生小声讨论着，都是术语，关守家听不太懂。

主治医生建议他再做一个CT。

关守家心一沉，明白他的病情不容乐观。

晚上回到家，魏劲戈把主治医生的话和自己的看法都说给石小余听，石小余的脸白了。

魏劲戈安慰她说：“只是从X光片上看不太好，具体是什么还得继续检查，我给他约了CT，下星期做。”

石小余忍不住哭起来。

“诊断结果还没出来呢，你哭什么？”

“我觉得不好。”

“靠感觉还要医学干什么？”

石小余脑袋扎在魏劲戈的怀里呜呜地哭出了声。

魏劲戈拍拍她的后背说：“女人就这样，杀了她，她哭。救了她，她还哭。行了，行了，心里实在别扭，你就去看看他，我陪你去。”

“我不去！”

“你为什么不顺着自己的感情去做？”

“我对他没感情。”

“没感情，你哭什么？”

“不知道。”

“你走这个极端，就是为了强调另一个极端，对不对？”

魏劲戈硬把石小余拉起来。

“走吧！”

石小余蹲在地上不走，魏劲戈使劲拖她，地板很滑，石小余在地板上滑行了很远，她扑哧一声破涕为笑。

关守家看见他们来，慌得在地中间转了一圈不知道该干什么。石小余低着头拘谨地坐在沙发的一角。

关守家问她："没跟你妈说吧？"

"没有。"

"先别告诉她。"

"嗯。"

魏劲戈问："输了液感觉怎么样？"

"好受多了。"

"下星期三上午八点我在医院门口等你。"

"行！行！"

魏劲戈借口买烟出去了，关守家突然咳嗽起来。石小余倒了一杯凉开水递到他面前。关守家接过来喝了两口，咳嗽止住了，他满脸通红地喘息着。

石小余问："好点了吗？"

关守家说："这病不好，我知道。"

"你别这么想，这样会有思想负担。"

"死，我不害怕。人怎么都是一辈子，我已经活到六十六岁了不亏。"

"你总是想你自己，你想过我妈吗？想过我哥和我姐他们吗？"

关守家等着她往下说，石小余不说了。

关守家说："想过，前前后后，我都仔仔细细地想过了，一家人当中，我最对不起的就是你。"

石小余眼前一片模糊，她看不清楚他。

关守家说："我没对你尽过一点儿责，没给过你一点儿父爱。你恨我，我一点儿都不冤得慌。"

石小余哇的一声哭出来，她说："我不恨你，我一点儿都不恨你。"

关守家说："恨是对的，爱也是对的，死摆在了眼前，我才有机会把感情看透。"

"我不想听你这样说！"

"对这个病，我有心理准备。只是怕你们没有这个准备。"

"你净瞎想！你瞎想什么？"

石小余哭得止不住声，关守家想哄她又不知道该从何下手，他在石小余的身边蹲下，看着她说："知道我是瞎想，你还哭什么？别哭了，啊？"

他想摸摸女儿的头，又怕她不接受，手抬到半途中又放下来。石小余一把抓住他的胳膊，把他的衣袖捂在脸上号啕大哭起来。

回家的路上石小余哭着跟魏劲戈说："我和他的关系，是那种说不清道不明，想撒手又撒不了手的关系。知道他是我爸以后，我觉得自己非常倒霉。在爱这个问题上，我先天不足，后天又失了调。你说我该怎么办？你说我能怎么办？"

魏劲戈劝她："你想问题不要这么极端。"

"我恨他对我好，他越对我好，我越恨他，越看不起他。"

"嘴上恨他，心里爱他。否则他病他的，你哭什么？"

"我心里的那个沟怎么一下子就被他填平了？凭什么？"

"世界上有很多说不清楚的事情，你记住这一点就行了，他是你的父亲，你是他女儿，你们俩之间有割不断的血缘。"

"先是爱情，后是亲情，感情这东西真是给我上了很残酷的一课。它叫我明白了在爱上别人之前，我必须要学很多的东西。"

魏劲戈指着她的脑袋说："你这里有牙，没事就一口一口地啃自己。"

石小余的眼泪又掉下来，她说："我不能想他得病这件事，一想心里就难受。"

"你要相信科学，不能自己瞎琢磨，你这个人，碰上一件事就会产生一百零八种猜想，其中有一百种是坏的。所有的坏结果都是你想出来的。"

"你说他得的不是那种病？"

"医生诊断病情用的是排除法，一项一项地排除，再高明的大夫也不可能一眼到底，你要有耐心。"

"你不会隐瞒病情不告诉我们吧？"

"不会，病人和家属都有知情权。"

石小余点点头。

魏劲戈说："你能不能见到老爷子不这么哭哭唧唧的？我跟老爷子说过，你笑的时候特别傻。下次，你一定笑给他看一看，行吗？"

石小余扑哧一声笑了，伸手狠狠地打了他一拳。魏劲戈抓她，她撒腿就跑，魏劲戈抓住她把她使劲按在墙上，两人脸对脸地看着。

魏劲戈贴着她的耳朵小声说："跟你说了多少遍，不许你打我！"

"魏老八你真狠，你把我的骨头都快摁断了。"

"断了我给你接。"

"你还是杀了我吧！"

"杀了自己都不眨眼，我现在缺的就是这个气概。"

"撒手，有人看咱们呢。"

"幸福是需要旁观的，你不知道吗？这是一种味觉互补。"

石小余抬脚踢魏劲戈。

"我叫你踢！"

魏劲戈弯下身子要亲石小余，墙旁边的门突然开了，一个老头走出来。魏劲戈急忙松开手。

老头皱着眉头看着他们俩问："找谁?"

魏劲戈说："不找谁。"

"不找谁按门铃干什么?"

石小余急忙躲开身子朝后看，原来她一直靠在门铃上。

"对不起，我不是故意的。"

"不歇气地按了四五分钟，有你们这么干的吗?啊?"

石小余想解释，魏劲戈拉起她跑了。两个人跑到墙角拐弯处，弯着腰笑得眼泪都流出来了。

十九

1

李江湖和关海黎相处得很融洽，心里都有对方，可是谁也不点破。关海黎忙了，李江湖就到店里去看她。李江湖忙了，顾不上来，关海黎找个理由到他的修理厂去转悠一圈。李江湖看到她笑得嘴角都挂到耳朵上了。

关海黎问他："你笑什么?"

李江湖说："我是帮过你，我帮你，你也用不着这样感谢我啊，你说说一个月里你来修过多少次车了?"

"你要是嫌我麻烦，我到别的修理厂修去。"

李江湖一脸坏笑，他说："去吧，看看谁愿意揽你这破差事?也就是我吧。"

关海黎喜欢看李江湖干活时候的样子，举手投足间有一种说不出来的魅力。客户的车开进厂子，他不用看，用耳朵一听就知道是哪边的气缸有问题。抬眼睛往车里一看，就知道车主的开车习惯好不好。

他说，检查毛病一靠眼睛，二靠耳朵，我这两样还都算好使唤。我跟你说，其实汽车的性能和原理不算复杂，遇到这个时候，关海黎会马上截住他的话头说："你别跟我说，我记不住这些东西。"

李江湖想了一下说："说的也是，你记住记不住都没大意思，我记住就行了。”

关海黎听出来他话里有话，故意问他：“你什么意思？”

李江湖笑而不答。

关海黎问他：“厂子的利润怎么样？”

李江湖说：“还那样，嗨！我这个人钱多的时候爱钱，没钱的时候爱气节。”

关海黎哈哈笑。

李江湖说：“你还没看出来？我是个平庸的人，因为平庸所以我就到处说，适度的平庸是一个人心智健康、终生快乐的最好保障。”

关海黎跟李江湖到他的宠物基地玩，狗们看见李江湖围着他上蹿下跳摇着尾巴。李江湖絮絮叨叨温柔得一塌糊涂。

“赛文，你怎么秃顶了？是不是长癣了？板砖收着点儿，没看见有女士在场吗？别这么满脸乱舔。愤青呢？”

名叫愤青的大狼狗扑过来，差点把李江湖弄个跟头。

几只小狗围在关海黎的身边，李江湖把狗粮袋子给她。关海黎把狗粮放在手心里，小狗舔着吃，关海黎痒得直笑。李江湖看着她，关海黎真是个禁得住端详的女人，越看越耐看，越看越有味道。一次看和一次看的感受不一样，看得时间久了，她的影子会跟着你，闭上眼睛她的影子也会在眼前晃来晃去的。关海黎感觉到了李江湖的目光，回头看着他问：“想什么呢？”

“一会儿吃什么。”

“咱俩回城里吃怎么样？”

“行。”

两人走到车旁边，李江湖说：“刚才我听这车的声音哪有点儿不对，你上去再试一下。我一喊，你就点火，再给油门，记住了？”

关海黎开始试车，她手忙脚乱，好不容易启动的车又熄火了。

李江湖说：“你怎么这么笨呢？”

关海黎问他：“你聪明，怎么生不出来孩子呢？”

李江湖一下卡壳了，他摸着脑袋嘿嘿傻笑。

关海黎把车开上了公路，她问李江湖：“我是不是真的又傻又笨？”

李江湖说：“你别老是用快刀子割自己，这太不人道。”

“是你不人道。”

“我这个人是差劲。”

“好好的，瞎检讨什么？”

“我昨天晚上又梦见他们了，我硬是把自己给哭醒了。”

关海黎没有说话，打方向盘，汽车上了桥。

李江湖问："怎么开到这儿来了？"

"这儿有你爱吃的东西。"

"这儿哪有什么饭店？"

关海黎不说话，她把车开进了一片住宅区。

李江湖急了："你干什么？"

关海黎说："我陪你去看看你的父母，他们真的不要你了，是他们不对，你不来看他们那是你不对。"

"我不能去。"

"怎么不能去？他们是你的亲生父母，还能把你吃了？"

李江湖神色不安地四处看着。

"左转还是右转？"关海黎问，她的口气没有可商量的余地。

"右转。你怎么知道我父母住在这儿？"

"有一次咱俩开车路过这里，你特意指给我看过。"

2

李江湖的父亲坐在沙发上看报纸，母亲用抹布擦着桌子，她从窗子的玻璃上看到有人进来了。

"谁啊？"

老两口眯着昏花的老眼，看着逆光里的人，当他们看清站在面前的是多年没进这个门的儿子，顿时像定了格一样僵在那里。

李江湖叫了一声"爸"，又叫了一声"妈"。他的声音被胸腔里冲上来的气流哽住了。

关海黎叫了一声："伯父，伯母。"

李母泪光闪闪地看着儿子，嘴唇哆嗦了半天也没说出话来。她拉住了关海黎的手。

父亲在地上走了两步，又在沙发上坐下，他用看报纸掩饰自己的情绪，报纸不听话地在他手里簌簌地抖着。

李江湖的眼泪直往上顶，他竭力克制着，故作平静地说："有饭吗？我快饿死了！"

李母一头扎进了厨房，关海黎跟了进去。

李江湖坐到父亲身边，他掏出一根烟递给父亲。

"我戒烟了。"父亲说。

李江湖问："什么时候戒的?"

"戒了四年了。"他拿起打火机给儿子点着了烟。

李母忙着做饭，关海黎给她打下手，她装作什么都不知道的样子，跟老太太唠着家常。

关海黎说："这房子真好，带个小院又宽敞又肃静。"

"原来院子里有个葡萄架，得天天浇水，去年老头病了住院，没人伺候干死了。"

"伯父什么病?"

"浑身上下没好零件，三天两头地住院。"

"您一个人伺候?"

"那可不? 闺女有自己一大家子的事，江湖心野，几年不回家。我不伺候老头，谁伺候他?"

灶上的汤开了，李母掀开锅盖，一股香气直扑屋顶。大米饭和小鸡炖蘑菇很快端上了桌子，李母给李江湖和关海黎盛饭。

关海黎说："大妈，我自己来。"

"吃吧，放开了吃，到这就跟到自己家一样。"

李江湖狼吞虎咽吃得很香，他吃完一碗又盛一碗。李母怕关海黎不好意思，张罗给她添饭。

关海黎说："我饱了，不要了。"

"再吃点儿。"

李江湖说："妈，这一小锅饭将够我一个人吃的，你就别让她跟我抢了。"

关海黎看着他的吃相直笑。

李母说："可着你一个人吃，不够我再给你做。"

李江湖风卷残云，一大碗鸡肉，一小锅米饭很快见底了。他拍拍鼓起来的肚皮，心满意足地说："好几年没吃这么香的饭了。从小吃惯了我妈做的饭，心里总想着这个味儿。"

老太太红着眼圈问他："你自己过日子是不是净挨饿了?"

"从来没这么吃过。"

父亲说："想吃，以后天天来家吃。"

"行!"

老太太跟关海黎说："他没空，你自己来，想吃什么跟我说。"

"我来，一定来。"

李江湖心里堵了一个大疙瘩，父亲母亲老态龙钟的样子，完全出乎他的意料。自责和愧疚逼得他无地自容。他和关海黎坐在老兵酒吧的老位置上喝酒。苦涩的啤酒没有往肚子里走，顺着泪腺往外涌。

关海黎小声地劝他说："行了，行了，哭一会儿就行了，还哭个没完了。"

大头又给他们上了两扎啤酒。

关海黎说："不喝了，我们已经喝了不少了。"

李江湖说："我想喝，喝晕了，再把想说的话说给你听，眼前的话都不中用，太少盐寡水了。"

关海黎说："我不听酒话。"

"我说的不是酒话。"

"那你说。"

"你觉得我这个人怎么样？"

"挺好的。"

"怎么个好法？"

"诚实，正直，乐于助人，有爱心。"

"假，太假了，你喝了多少假酒？"

关海黎被他逗得哈哈笑。

李江湖说："我这个人不招女人喜欢，我知道。"

"为什么？"

"我没有个人生活，我的个人生活是集体形式的。谁有困难了我一定要帮，我有了钱别人借我肯定借给，你受得了这个？"

"那得看我对你的感情停留在哪个程度上。"

"在哪个程度上？"

"我是在比喻。"

"我喜欢你的程度，已经超过喜欢的范围了。"

"你能不能不就着酒谈情说爱？"

"我是不是像个傻瓜？"

"那得把大灯打开看看才知道像不像。"

李江湖哈哈笑起来，他看着关海黎，眼神非常温柔。

"这几天我总是琢磨你，想你好的和不好的。"

"好在哪？不好在哪？"

"你这个人有不做作的本性，还有很真的感情。你跟人交往要的不是依靠，要的是你中有我，我中有你。"

关海黎看着他没有说话。

"是我没说对，还是你不愿意搭理我？"

关海黎说："人和人刚交往的时候，总是先夸大对方身上的优点。冷静下来之后，再去夸大他身上的缺点。我觉得你还是对我客观点儿好。"

"你教一个瞎子怎么保护眼睛有点儿不合适吧？我喜欢你，已经喜欢到两眼一抹黑的份儿上了，你叫我怎么客观？"

"酒劲儿过去就客观起来了的。"

"闹了半天刚才你说的也是酒话？我还真当真了，晕得直画圈。"

关海黎瞪着眼睛认真地说："我说的可不是酒话。"

李江湖问她："你是不是觉得我们在建立关系前，把对方的缺点都指出来，把该说的话都说清楚了，这样我们就成了一对新人，一切都可以重新开始了？"

"建立什么关系？"

"你非逼着一个含蓄的人把话说透了？我对你的感情是无价的，不应该全景暴露出来。"

"李江湖，你这人真是讨厌。"

"关海黎，你别弄出这么一副久经历练、大彻大悟的金刚状。"

"你希望我弄出什么状？"

"你这个级别牛就牛在这儿，普普通通的一句话，就让我不知道该怎么回答。"

关海黎笑起来，李江湖眯着两只黑亮的眼睛看着她。

关海黎问他："你常常这样凝视女人吗？"

李江湖说："所有的？那我可放不下这个身段。我谄媚是义务，你自重也很重要，这个分寸，咱俩把握得很好。"

关海黎笑得差点呛了。

两人出酒吧的转门，关海黎先出来了，李江湖还在里面转。关海黎一把把他拉出来。

"你瞎转悠什么？"

李江湖嘿嘿傻笑："是啊，我怎么就把你跟丢了呢？"

关海黎开车上了路，李江湖坐在她旁边不错眼珠地看着她。

"我想拥抱你的欲望已经有百分之九十九了。"

"老实呆着。"关海黎拒绝得很干脆。

"哎。"

3

关海黎给李江湖泡了一壶绿茶，又拧了个手巾把给他。

李江湖边擦脸边说："你对我这么好，我怎么报答你？要不我把自己包成礼物送给你得了。"

关海黎说："这么大的宠物，人家不给上牌子。"

"你骂我是狗？狗就狗吧，我跟定你了。"

"为什么要跟着我？"

"喜欢你。"

"喜欢我什么？"

"喜欢你破罐子破摔的气概。"

关海黎笑着打他。

李江湖问她："你相信爱情吗？"

"相信，我相信爱情，就是遭受一百次打击我还是相信世界上有爱情，只是我无缘碰到罢了。"

"你要坚持你对爱情的看法，这是你最吸引我的地方。"

关海黎看着他没说话。

"丫头。"李江湖叫了她一声。

"别叫我丫头。"

"就这么定了，刺头。"

关海黎给他往杯子里续茶。

李江湖说："别给我往下涮肠油了，没听见我肚子里咕呱乱叫吗？"

关海黎说："我也饿了，我去弄点吃的。"

她很快煮了面端出来。

李江湖边吃边赞叹道："做这么好吃的面，简直是害死人不偿命！"

"你不会不吃？"

"话说晚了，以后你还得给我做着吃。"

"做几顿？"

"天天做，直到我寿终正寝。"

关海黎放下了筷子，她用手捂住一边的脸。

"怎么了？"

"咬着舌头了。"

李江湖伸出两只手，捧着她的脸看着她。

"海黎，我有点儿离不开你了。"

"赶紧想我的缺点。"

"连缺点加在一起，你是我的一百分。"

关海黎拿开他的手，头抵在桌沿上好久没有说话。

李江湖问："怎么了？"

"我在想我过去的日子。"

"过去的日子决定不了你，它只可是你将来的一部分。"

"说的容易。"

"做总比说难。"

关海黎问李江湖："你现在对她是什么感情？"

"谁？"

"郑岫玉。"

"不管怎么说，她是小孩儿的妈，我们在一起生活了十几年，她依赖我，已经成了习惯，尽管我们之间早就没了夫妻情。"

"那是什么情？"

"类似亲情加友情这样糊里糊涂的东西吧。"

"你对我呢？"

李江湖想了一下说："不是轰轰烈烈的爱，但可能是最后的爱。"

"可能？"

"不敢确定，所以是可能。"

"你爱过很多女人吧？"

"问这个有意思吗？"李江湖不想回答这个话题。

"我想问。"

"你根本没有必要追究这个，爱情在一生中可以重复许多次，但是你和我的，这一生只能有一次。"

"重复许多次？究竟还有多少次？"

"关海黎，你这个人怎么听不了实话呢？我离婚这么多年，不可能不谈恋爱，我交往过几个女人，她们都让我认识了自己的一个方面，从这个意义上讲，是她们使我成为了一个更完善的人。"

"你们男人在对待爱情的问题上，从本质上根本没有区别。我说你刚才说的话怎么那么顺溜？原来是行内高手。"

"撞墙上了，我一直以为我们之间没有墙。看来男人真的不能跟女人无话不谈。"

"你是说我既没有胸怀，也没有理解力？"

"我不是那个意思。"

"我不聪明，但绝不是弱智，行了，就当我是小数点后面的人，现在你完全可以把我四舍五入了。"

李江湖生气了："你怎么总是这样心急火燎，患得患失呢？"

关海黎眼圈红了，她忍着不让眼泪掉下来。

李江湖说："想哭就哭，干吗要忍住眼泪？"

关海黎一把抹掉眼泪，她说："有得必有失，有失必有得，这个辩证法我懂。"

"你干吗总要拗着自己，说过头话？"

关海黎转过脸不搭理他。

李江湖说："我是个实在人，心里怎么想，嘴上就怎么说。"

"你的实话为什么这么叫人接受不了？"

"那是你没有承受能力，现实就是这样的，十全十美不存在。所以你千万别把我往完美了想，这样失望的只能是你。"

"你怎么想我？"

"你有缺点，但是你身上优点是别人没有的，这是最吸引我的地方。我从心里喜欢你，海黎，我对你的感情不能说至死不渝，最起码是至情至性的。"

"那又怎么样？"

"我想跟你结婚。"

"以后呢？"

"过平淡的日子。"

"平淡？"

"两个彼此好奇的人生活在一起，好奇总会被熟悉慢慢代替；夫妻之间越来越默契，两个人过得就像一个人似的。想波澜起伏都起伏不了。其实生活就是这样，激情是瞬间的，平淡才是久远的。"

"你这平淡是要求别人的，你根本就不甘心过这种日子。"

"我怎么不甘心了？"

"这么十几年你一如既往地折腾，不就是不甘心平庸吗？"

"平淡和平庸是一回事吗？你别偷换概念。我说平淡，是希望夫妻间过日子，不要动不动就往爱和不爱上想，这样就把事情弄大了。"

"夫妻间过日子就是要往爱上想，有了爱，处理问题的方式就大不一样了，承受能力也会强得多。"

"过分的爱和没有爱一样的糟糕。"

"宁可过分，也不能没有。"

"你受不了汤正远，不就是因为他爱你爱得太过分了吗？"

关海黎被他说得一愣。

李江湖说："很多女人也是这样，不知进退就这么把夫妻之间的感情扫荡一空。"

关海黎心里的火往上拱，她问："进和退这个尺度由谁来衡量？你吗？"

李江湖张了张嘴没说出话来。

"你的爱是有尺度的？"

"你总曲解我的意思。"

"那是你表达有问题，为什么你的话一说出来，非让我听出来是别的意思呢？还是你有那个意思包含在里面。"

"好了，好了，不说这个了，太晚了，我得走了。"

关海黎一肚子火，她垂着眼皮不说话。

李江湖问她："我又说错什么了？"

"你走吧。"

"你的脸绷成这样我怎么走？"

"我就长这样，你不会不看？"

"行了，行了，都是我不对，你别生气了好不好？明天我还得开车出远门呢。"

"你走吧。"

"我走了。"

"走吧！"

李江湖没敢动地方，他坐在那里，两个人谁也不说话。

电壶里的水开了，李江湖起身把水灌进暖壶里。关海黎不看他，耳朵却在捕捉来自他那里的每一个细小的动静。李江湖从桌子上拿了几张关海黎的名片放进口袋里。

"我办事的时候顺便给你联系一下业务，我走了。"

关海黎不搭腔。

李江湖开门出去，随手把门关上。关海黎的眼泪流出来，心里想："这人心够硬的，说走他就走。如果他敢发动车，我就再也不理他。"

很长时间过去了，汽车一直没有发动。关海黎坐不住了，她开门出去。

李江湖在门口的台阶上坐着，听见关海黎出来，他也不回头。关海黎在他旁边坐下，李江湖赌气地把脸扭向一边。

"讨厌我是不是？讨厌我就别可怜我，这样对大家都好。"

李江湖转过脸看着关海黎，他一言不发把她揽过来，紧紧地搂在怀里。

4

董红果把买回来的菜拎进来放在地上，把买菜的收据递给汤母。

“今天牛肉涨价了。”

“涨了多少?”汤母问她。

“五毛钱。”

汤母眯着眼睛看着手里的单据说:“这么涨下去,生意可不好做。”

她拿出来店里的秤,把肉挂上去称。

汤正远看不下去了,他说:“妈,你称它干什么?你信不着三妹儿吗?”

“我不是信不过她,我是信不过卖肉的,我怕他们看她是个女的欺负她。你看你看,这秤打不起来是不是?”

汤正远说:“什么打不起来,十五斤还多一两呢。”

“是吗?眼睛不行了,不戴眼镜看不清楚东西。”

董红果感谢地看看汤正远。汤母指挥手下的人择菜揉面。

“好好把手洗干净了,就当你自己吃,指甲缝里都是泥,你自己吃得下去?”

汤正远拌馅,他拌得非常认真非常仔细,他把馅用筷子挑到鼻子跟前闻着。董红果打开烤箱把烤制好的小点心拿出来精心地摆在盘子里。

汤母把绿豆汤给就餐的人端到桌子上,她大声说:“今天我们正远汤包店推出的是免费的白糖绿豆汤。”

“这也是免费的。”董红果把小点心摆在就餐人的面前。

客人掰开点心,发现里面的吉祥语非常高兴。

“老汤,你天生是块做生意的材料。”

汤正远看了董红果一眼喜滋滋地说:“有贵人相助,你们都是我的贵人。”

董红果高兴得满脸绯红。

“三妹儿,没看见客人走了吗?赶紧翻桌啊。”汤母在那边叫了。

晚上打烊以后,汤母回去了,董红果跟汤正远一起收拾店铺。

汤正远腿脚和眼神都利索多了,他一会儿指挥她刷案板,一会儿指挥她清洗盆碗,董红果忙得团团转。汤母喜欢她的勤快,不喜欢她的精明。她觉得这女人的眼睛后面还有一双眼睛。她必须调动起来自己的全部能量,盯住她的这两双眼睛。汤母弄得董红果很紧张,她很怕这个老太太。

汤正远说:“嗨!我妈就那么一个人,心里那点儿不高兴全都挂在脸上,弄得周围的人都心惊胆战的,生怕是自己招惹了她。再说了你也没做错什么啊,她就是真不高兴了,也不是冲你来的。”

董红果说:“老太太这个人其实挺好的,能干还一点儿都不糊涂,我奶奶这个岁数的时候早就不明事理了。”

汤正远从椅子上往起站,站了两下才站起来,他弓着腰在地上慢慢地走着。

“怎么了大哥?”

“一天下来，这腰酸胀酸胀的。”

“我给你按摩按摩。”

“你会吗?”

“我学过几天。”

“行，那你给我按几下试试。”

汤正远坐在凳子上，董红果按了两下，她停住手说：“坐着不得劲，你还是躺着吧。”

“上哪躺着去?”

“后屋不是有床吗?”

“那可不行，我一身的油，给你把床弄脏了。”

“没事，没事，走吧。”

她拽了一把他，汤正远乖乖地跟着她进了后屋。汤正远趴在床上，董红果用脚小心翼翼地给他踩着后背，汤正远舒服得直哼哼。

“舒服，哎哟，真舒服。”

汤母突然推门进来，眼前的情景吓了她一跳：“这是干啥呢?”她吼了一嗓子。

董红果脚一滑，身子失控，她砸在汤正远的身上。

汤正远坐起来，不高兴地看着汤母。

“妈你干什么呢？一惊一乍的?”

“你们干什么呢?”

“干了一天活腰疼背酸的，让三妹儿给我按摩呢。”

“先不说她会不会按摩，就这按摩法就叫我看不惯，你一个大男人怎么能让女人在身上踩呢？晦气不晦气?”

董红果臊得无地自容，她低着头不说话。

汤正远说：“妈，这都什么年代了，你怎么还有这种想法?”

“什么年代女人也不能站在男人的头上，回家！你赶紧给我回家!”

汤正远歉疚地看了一眼董红果说：“三妹儿，你睡吧。我走了。”

董红果的行为大大刺激了汤母，她说：“这个丫头真是有手腕，你看她一步一个脚印，这么快就把你拉到她的床上了。”

汤正远不愿意听：“妈，你是糟蹋我呢还是糟蹋她呢?”

“这些日子她一直跟你眉来眼去的，她肚子里那点小九九，我还看不出来?”

“你总把她想那么坏。”

“看你把你妈说的，我有那么大能耐？想谁好她就好了，想谁坏她就坏了？我看着她是为了你好，你妈再硬实还能活几年？妈是不愿意你再受苦受罪。”

“跟她说几句话我就受苦受罪了？”

“她凭啥对你好？凭啥追着你说话？还不是因为你有家业，又是城市户口，没老婆没孩子条件好，她有利可图呗。别看她现在这么上赶着，等目的达到了，她不挑食才怪呢。”

汤正远皱着眉头不说话。

汤母用手点着他的鼻子说：“你不用不听我的话，有你吃亏的时候。”

汤正远觉得董红果为自己受了委屈，他躺在床上翻来覆去地睡不着，黎明时分他起身下地，到店里干活去了。

店里很安静，厨房干干净净一尘不染，汤正远心里感叹，像董红果这样的能干的帮手，真是打着灯笼都难找，母亲为什么就死活看不上她呢？

汤正远洗了手，换了工作服开始揉面。董红果听到动静醒了，她披着衣服出来。

“大哥，你干活怎么不叫我一声。”

汤正远看了她一眼，董红果两眼红肿看得出来刚哭过。

“吵了你觉了吧？我睡不着，你睡你的去吧。”

“我也睡不着，咱俩一起干吧。”

“你这岁数正是贪睡的时候，怎么也睡不着？”

董红果哭了：“孩子他爸在外面有人了，要跟我离婚。”

汤正远说：“你早就该跟他离，干吗给他守活寡？”

“离了，孩子就没爸了。”

“那个爸连一点责任都不尽，让他担着虚名干什么？”

“我命苦。”

“别哭，跟他离了是好事，像你这么贤惠又能干的女人，准能摊上好丈夫，别愁，一点儿都不用愁。”

“大哥，你不嫌弃我？”

她的话很突兀，汤正远愣住了，好一会儿没说出话来。

董红果说：“是我不知深浅，大哥，你千万别跟老太太说，说了，她会把我撵走的。”

汤正远说：“你别这么说，你这么说我心里不好受，我不是不喜欢你，是有点儿不相信。我比你大十几岁，这一条腿还不太利落，你嫁给我不怕人家笑话？”

董红果说："日子是我们俩的，我们过得高兴就行，别人说什么跟我们有什么关系?"

汤正远说："我想想，再让我好好想想，我的脑子转弯慢，你得给我点儿时间。"

董红果问："你嫌我是农村户口?"

"这年月谁还在乎户口?"

"你嫌我带着孩子?"

"这是个麻烦，我妈那就说不通。"

"那就放在四川，每年给寄点儿生活费，咱俩结婚后，我再给你生个儿子。"

汤正远心里一阵颤悠，忍不住伸出带面的手摸摸董红果的脸，他呻吟般地叫了声："三妹儿！你真懂我的心思!"

董红果两眼含泪，紧紧搂住了汤正远的腰。汤正远觉得自己是枚火箭，被董红果点燃，"嗖"地被发射了。他晕头涨脑地把董红果扑倒在案板上，董红果的反应比他还激烈，她钻在汤正远的怀里连哭带笑，连说带叫，眼泪糊了他一身一脸。

早上汤母早早地来到店里，看见店门的栅板没关。吓了一跳，以为进去了贼。她推门进去，顺手抄起竖在门边的扫帚。店里整洁明亮，没有遭过抢劫的痕迹。凭直觉，汤母推门进了董红果的房间。

汤正远和董红果两个人搂着在床上睡得正香，汤母如同当头挨了一闷棍，她颤颤巍巍使尽全身的力气，举起扫帚朝床上砸去。董红果惊叫着跳到地上，意识到身上一丝不挂，她急忙抓起一件衣服披上。

"妈!"汤正远叫了一声。

汤母手指着董红果，嘴唇哆嗦着骂道："妖精！你这个妖精!"

董红果可怜巴巴地看着汤正远，汤正远一把把董红果揽到身后，"妈，你这是干什么?"

汤母骂他："你鬼迷心窍了? 非得这个妖精把你吸干了身子才后悔是不是?"

"妈，我要娶三妹儿。"

"什么?"汤母吃惊了。

汤正远提高了声音宣誓般地大声说："我要娶三妹儿，给我生儿子做老婆!"

汤母嘴唇哆嗦着半天没说出话来，她眼睛一翻朝后倒去，汤正远吓坏了，一把抱住了母亲。

“妈！妈！”

5

大漠落日给关键留了言。

她说：“你一直不上网，你不是躲我，你是在躲你自己……看到我的留言一定给我回话，我有重要的事情要告诉你。”

关键没有给她留言。关怀上线了，他叫了一声：“嗨！老关！”

关键说：“小关，我可把你等来了。”

“爷爷和奶奶都好吗？”

“好，好，整天念叨你呢。”

关怀说：“下次你把爷爷奶奶叫到电脑跟前，我跟他们聊天。”

关键说：“他们年纪大了，熬这么晚身体受不了。”

“老爸，今天我们考算术，我旁边的同学一个劲地看我的题，本来8+9应该等于17，我故意写成9，他就照我的抄了。结果他得了一个三角。

关键哈哈大笑，他有日子没有这么高兴了。

关守家的诊断结果出来了，肺部恶性肿瘤。主治医生告诉关守家，让他赶紧手术。

关守家的态度很坚决，他说：“我不手术。”

魏劲戈说：“手术能延长存活期，对不起，我不应该用这样的词。”

关守家说：“大家都心如明镜似的，你别过虑。”

“会不会诊断错了?”石小余的声音又抖又飘。

主治医生说：“不会，一项错了，不能项项都错，几项检查结果都不好。”

关守家觉得腿软，他慢慢地在椅子上坐下。

魏劲戈劝他说：“手术做得越早越好。”

关守家两只手无力地放在膝盖上，他的目光虚无发软。

“让我想想，让我想想。让我回去再想想。”

石小余不知道是怎么走出医院的，她拉着关守家坐在街心公园的石凳上，两人一声不响呆呆地看着街上的车辆和行人。

关守家说：“人要是能活两回就好了。”

石小余说：“人只能生一次，也只能死一回。”

关守家说：“是啊，如果能活第二回，下辈子我一定好好地对你。”

“干吗要下辈子？这辈子你就应该好好地对我。”

“得了这个病，就别做那个打算了。”

“很多人得了这个病，不都还好好活着吗?”

“你光看见活着的，没看见死去的。”

“我希望你活着，为了我妈我哥我姐和我活着。”

关守家没有说话。

石小余说：“我长这么大从来没叫过一声爸爸。”

关守家不敢看她，他怕他泪水会喷涌而出。

“你不想让我叫?”

“想。”

“你答应做手术，我就叫你。”

“这不是条件。”

“你这个傻老头，你气死我了。”

“你叫吧。”

“我叫一声，你答应一声。”

“行。”

石小余张了下嘴，她没有叫出声来。

“我叫不出来。”

“还没叫呢，你怎么知道叫不出来?”

“爸。”石小余叫了一声，她叫得很生很涩。关守家没有答应。石小余生气了，她提高嗓门又叫了一声：“爸!”

关守家“唔”了一声，他的声音又闷又沉，勉勉强强的。石小余火了，她一口一声爸,越叫,声音越大,直喊得她声嘶力竭,热泪盈眶。行人不知道发生了什么事情,他们停下脚看着这父女俩。关守家急忙拉起号啕出声的石小余走了。

二十

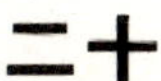

·1·

石若玉听关守家说完他的病，大脑里空白了两秒钟，她冲进卫生间，两只手扶着洗脸池子对着镜子张大了嘴，好不容易才把气息调整过来。

石若玉声音哆嗦着说：“关守家啊，关守家，我上辈子到底欠了你什么，你到了人生最后的时候，还不忘来祸害我一下？”

关守家说：“我离开北京是为你们好。”

“好？好个屁！你走了，让我怎么跟孩子们交待？走解决问题吗？二十几年前你已经走错过一回了，怎么还不接受经验教训？”

“人到了这把年龄就很难接受什么教训，只能一次一次地受惩罚。”

石若玉呜呜地哭着，她哭得头都晕了。

关守家说：“你哭什么？是哭我这个快死的人占了便宜，还是哭你不如我这个快死的人？”

“我哭我自己，我不如你，你想来就来，想走就走，想活就活，想死谁都留不住你，你拿得起放得下，我用什么跟你比？我比不了。”

“知道你是为我好，可手术不解决实际问题，只能延长存活期。”

“多活一天是一天。”

“你不知道这会给你和孩子们带来多大的麻烦？这可不是一天两天的事，你身体不好，孩子们都这么忙。”

“你说的是人话吗？一家人有这么说话的吗？如果得病的是我，你也这么要求我？”

“不会，绝对不会。”

“那你也不能这样为难自己，听我和孩子的，做手术吧。”

关守家不说话。

石若玉说：“咱俩下一盘棋，我赢了，就听我的。”

关守家说：“这不公平，这一辈子我都没下过你。”

“我让你十步棋。”

石若玉嘴上让，眼睛却寸土不让，关守家被逼视不过，只得让步。

石若玉摆上了棋盘，关守家调动了全部的能量，两人下得大汗淋漓，看得出他们都拼命想赢对方。

关键神色慌张推门闯进来的时候，石若玉正把一颗棋子按在关守家的死穴上。

她语气平静地说：“关守家你输了。关键，你爸同意做手术了，你们安排去吧。告诉你姐和你妹妹一声。”

“我姐不在家。”

“去哪了？”

“一个朋友出了车祸，她赶到青山市去了，一两天就回来。”

“谁啊？男的女的？”

“不知道。”

“那你和小余先张罗着吧。”

2

出车祸的是李江湖，关海黎接到电话和大头连夜就赶去了。关海黎一夜间哭干了眼泪。在殡仪馆，他们看到了李江湖蒙着白布的遗体。大头掀开白布，只看了一眼就赶紧把布盖上了。关海黎要看，大头把她推到一边。

“别看了，他的脑袋都撞碎了。”

关海黎腿一软，大头架住了她，关海黎呕吐起来。

交警说，李江湖是酒后驾车，小车钻到大货车的下面，车盖掀了。责任完全在他。他把李江湖的钱包和手机让关海黎辨认。驾驶证和转业军人证上，李江湖咧着嘴冲她笑。

关海黎觉得自己的命真是太差了，别说跟李江湖结婚过日子，刚有了这么个想法，老天爷就从根上给掐断了。第一次婚姻结束的起因，就是汤正远出了车祸，现在李江湖又出了车祸，跟自己有感情关系的人，一死一伤，关海黎不由得不信命了。

大头说：“跟命没有关系，这是巧合。李江湖这个家伙太贪酒，我早就说过他，你这么喝，喝完还开车，早晚要出事，他根本就不听。这不出事了？不认识你，他也得出事。”

“你叫我怎么跟他父母说？多年不回家的儿子突然回家了，然后又暴死在街头，这个事实谁也都接受不了，更别说两个七十多岁的老人，白发人送黑发人，叫他们怎么活？”

“先不要跟二老说，老爷子身体不好，这一说非要了他的老命。就说李江湖出国了，一年半载地回不来。真到了非得报丧的那天，我去。”

汤母住院了，躺在病床上，董红果在医院里忙前忙后地伺候她。汤母不给她好脸色看。中午董红果赶回去做饭，汤正远过来照顾母亲。汤母沉着脸，闭着眼睛不看他，董红果的饭送来了，她才睁开眼睛，让汤正远扶她坐起来。汤正远手脚很重，弄得她“哎哟”一声。

“使那么大劲干什么？抠得我肉疼。”

“我来吧。”

董红果动作轻巧地把汤母扶起来，把白毛巾铺在她的腿上，调羹递到手里。

汤正远心里过意不去，他说："你看每天就是三妹儿回去做饭的时候，我来顶一会儿班，还老是伺候不好，要不饭我做？"

汤母说："你做的饭油太大，我吃不了。"

汤正远看看董红果，董红果悄悄地给他使了个眼色。

汤正远说："妈，我回去了。"

汤母"嗯"了一声，说："回去吧，店里那么多活，别老在我这泡着。"

汤正远惦记店里的活，急匆匆地往外走，在住院处门口，他跟跑进来的关海黎撞了个满怀。汤正远一把抓住了她，她才没摔倒。

关海黎问他："你到这儿来干什么？"

"我妈住院了。"

"我爸也住院了。"

汤正远问："什么病？"

关海黎说："肺癌，明天手术。"

汤正远吃了一惊，看着她好一会儿没说出话来。

"老太太怎么了？"

"血压高。"

"好了吗？"

"想过两天出院呢。"

"你忙吧，我得赶紧去了。"

关海黎急匆匆地跑了。汤正远看着她的背影，心里就又酸又疼，他不明白这到底是怎么一回事。

3

关守家被推进了手术室，石若玉、关海黎、关键、石小余忧心忡忡地等在手术室外面。四个小时过去了，手术还没有结束。

"不是说三个小时就能完吗？"关海黎问。

"可能是手术当中遇到麻烦了。"

"呸！呸！乌鸦嘴。"

石若玉忌讳这样的话。

写着手术中的灯灭了，手术室的门开了，一家人紧张地拥到了门口。关守家被推出来。他脸上戴着氧气罩，难受得伸手四处抓挠着。石若玉一把抓住他的手，她把他的手紧紧地贴在自己的脸上。

“老关，我在这儿呢，孩子们也都在呢。”

关守家意识到是和家人在一起，他平静下来。

医生说：“我们打开胸腔才发现情况不太好，肿瘤长的位置很难完全剔除，还有转移的迹象。你们家属要有个精神准备。”

石若玉身子晃了两下，关键扶住了她。

“妈!”

石若玉强打起精神说：“你们都给我听好了，好好待他，咱们一家人在一起的日子不多了，我们要过好每一天。”

三个儿女轮流给关守家陪床，石若玉变着样给他做各种有营养好消化的饭菜。关守家盼着石若玉来，到了饭时他就眼巴巴地看着门口，直到石若玉拎着保温桶进来。石小余把他扶起来。石若玉一口一口地喂他吃。

“好吃吗?”石若玉问。

“好吃。”

石小余凑过来说：“给我吃一口。”

“回家吃去。”

关守家说：“你给她吃一口。”

石小余嬉皮笑脸地说：“我才不吃嗟来之食呢。拜拜!”

她一阵风似的走了。

“长不大。”

关守家说：“跟你年轻的时候一样。”

“你还记得我年轻的时候?”

“你把我年轻时候忘了?”

“那能忘?”

“还是的。”

“你想过以后吗?”

“想过。”

“说说给我听。”

“早上陪你扭秧歌，送你回家，做饭吃饭，帮孩子们带孩子，然后我躺在病床上，问你，你想过以后吗?”

“从前有个山，山里有个庙……”石若玉笑了。

“不吃了，我得歇一会儿。”关守家疲惫地闭上了眼睛。

石若玉用毛巾仔细给他擦干净了嘴巴。

关键白天公司太忙，抽不出时间陪伴父亲，他干脆晚上来医院睡觉。关守家喜欢儿子用他的大手给自己洗脸洗脚擦洗身子。关键把一切安顿完毕后，关守家睡着了。关键坐在床边看着父亲，一场劫难下来，他明显地老了，两腮塌陷，头发花白。两条浓黑的眉毛在睡梦中皱着。

关键打开笔记本电脑，用无线上了网，儿子关键不在线，也没给他留言，看来冯小沛对他开始严加管制了。QQ 栏里大漠落日给他留了言。

“你很多天没有上网了，看来你是在躲我。你要是上网一定留言给我，我真的有很重要的事要跟你说。”

关键没有留言，他关了电脑。关守家睡得很熟，监视他的各种仪器都处在正常运转当中。关键决定睡一会儿，他伸开两条长腿，摆了个舒服的角度很快就睡着了。

他梦见自己坐在地铁站台的椅子上，等候列车进站。等车的人，一拨又一拨地在他面前走过来，又走过去。列车轰隆隆地驶进站台，他看见年轻时候的关键和姚柒柒在车窗里笑着向呆坐在站台上的中年关键招着手。关键心里“忽悠”一下子，生出来恍如隔世的沧桑感。

突然，列车和站台上的人倏地全没了，只剩下他一个人孤零零地坐在椅子上。他怀疑是在做梦，便使劲地掐自己，剧烈的疼痛感让他跳了起来。

关键的头撞在桌子上，疼得他睁开了眼睛。他看见关守家满头大汗，瞪着一双恐惧的眼睛看着他，他已经说不出来话了。

关键急忙按响急救铃，一阵紧急抢救后，关守家醒过来了。他看见石若玉和孩子们都围在他的身旁。

“过来。”他的手无力地伸向石小余。

长这么大石小余从来没跟他有过任何肌肤之亲，拉着父亲的手，她心里面百感交集。

关守家说：“叫我。”

石小余声音哆嗦着叫了声：“爸!”

“哎。”关守家声音颤抖着答应了。

他说：“昨天晚上我差点过去，一想你叫我爸，我还没好好答应过，说什么我得撑过去。”

关守家疲惫不堪，闭上眼睛喘息着。

石小余的眼泪无声地流着。

关键往外拉她说：“让爸休息，咱们到外面去。”

关守家攥着石小余的手不松开，他费力地说：“你们听着，这个世界什么都能扔下，就是不能扔你要做的事和你喜欢的那个人，那个人你不一定留得住，但感情能留在心里。事情是你自己的，只要你努力，不论将来生活有多么艰难，你做的事最后总能救了你。”

关守家看着孩子们，他的眼神婴儿一样地干净。

关守家的病情，没有像医生希望的那样得到控制，开始脑转移了。他完全像个老小孩，经常妄想他的孩子们背着他在外面做坏事。他大声地骂关键和关海黎，说他们丢了他的人。他睡不着，也没有食欲，人一天天地干瘪下来。石若玉喂他吃饭，关守家转过脸不想张嘴。

石若玉柔声细气地说："芹菜猪肉馅，你最爱吃的。"

关守家摇摇头表示他不想吃。

石若玉说："你疼我不疼？疼就吃一口。"

关守家张开嘴吃了，他努力地嚼着。

"这才是个好老头。"

关守家突然问："海黎呢？"

"去水房打水去了。"

"小余呢？"

"去药房拿药去了。"

"你骗我！她们都逃走了，再也不回来了！"关守家大声哭起来。

关键、关海黎和石小余听到哭声，急忙跑进来。关守家马上不哭了，他乖乖地看着孩子们，像什么事都没有一样。

晚上关海黎要求换下关键，陪父亲一晚上。关键坚决不干。

关守家突然开口了，他说："让你妈陪我一晚上。"

4

处理完李江湖的丧事，就忙着父亲做手术的事，关海黎的脑袋木了，一直缓不过劲来。晚上回到家，看着桌子上李江湖的证件，悲由心生。她按响了录音电话，里面传出来李江湖的声音："刺头，我已经到了，准备明天进山，进了山手机就没信号了，我不给你打电话是环境所致，你千万别多想。说真心话，刚离开你几天就想你了，别嫌我酸，是你那一身毛病招得我泛酸，希望你也想我。"

关海黎一遍一遍地听着，眼泪止不住地往下流。她找出来一瓶白酒，自斟自饮起来。和李江湖在一起的情景，一幕一幕地浮现在眼前。不知不觉的她喝多了。镜子里朦朦胧胧地映出来李江湖的影子，他咧着棱角分明的大嘴冲她笑着，洁白的牙齿在灯光下闪着光。关海黎抬起头眯着眼睛看着他，李江湖从灯影里晃出来，他把手放在了关海黎的肩上。熟悉的温度和重量透过衣服传到她的身体上，关海黎身上的汗毛刷地站了起来，这是梦吗？如果是梦，那太可怕了！李江湖伸出双手去摸关海黎的脸，关海黎的头皮全部炸开，她发出一声撕心裂肺的惊叫。

李江湖一把捂住了她的嘴。

他小声说："你这个人怎么这么不识逗呢？是我！你认不出来了吗？"

关海黎身子抖成一团，她闭着眼睛声嘶力竭地喊着。李江湖搂过她来，死死地吻住了她的嘴，惊叫声被闷在胸腔里。柔软的舌尖，熟悉的味道，让关海黎僵硬的身体瘫软了，李江湖动情地吻着她。关海黎所有的触觉神经都被唤醒了，所有的水分都顺着泪腺喷涌而出。李江湖紧紧抱着关海黎坐在沙发上，他亲吻着她，安抚着她，他让关海黎确信他就是李江湖，李江湖没有死，他还活着。

李江湖进山的那一天，把手包丢了。里面有钱包，手机，身份证还有一些文件，他及时到银行把卡挂失了，这样可以把损失减少到最小的程度。他开去的那辆车，进山不好使，就把它停在宾馆了。谁想小偷知道那辆车是他的，索性连车也一起开走了，是他拿着李江湖的钱包开着李江湖的车把自己撞死了。

说到这里，李江湖哈哈地笑起来。关海黎伸手给了他一巴掌。

"我死的心都有了，你还笑，你是人吗？"关海黎暴怒得像一只母狮子。

李江湖嘿嘿地笑，关海黎一拳一拳往死里打他。

李江湖说："你再打我，我真到外面让车撞死了啊。"

关海黎怕他说出更可怕的话，她用自己的嘴，死死地封住了他的嘴。爱和恨交织在一起，关海黎不知道该拿自己怎么办，她使劲推开了李江湖。

"走吧！你走吧！咱们真的不能来往下去了。"

"为什么？"

"我命不好。"

"说什么呢你？"

"这件事就是一个警告。"

"你怎么迷信起来了？"

关海黎使劲把他推出去，把门紧紧地关上。

外面没动静了。关海黎又悔又痛，呜呜地哭起来。

李江湖一头撞碎了窗子上的玻璃，把身子探进窗子，紧紧搂住了关海黎。

"别哭，我就在这儿。"

关海黎靠在他的胸前，脑袋里轰轰乱响。李江湖在她脸上抹了一把说："看看都是陈年的老泪啊，水龙头似的往下淌。我是唯物主义者，也不许你信命。"

关海黎哭着说："你不许再喝酒了。"

"好，我戒酒。"

关海黎说："你戒了酒，咱们再交往。"

李江湖愣了一下，随即一咬牙，他说："好吧！"

5

关守家的状态特别的好，吃过晚饭，他靠在床上跟石若玉聊天。

石若玉问他："这段时间，你一阵清楚一阵糊涂的你知道吗？"

关守家说："不知道。"

"这会儿心里清亮吗？"

"清亮。"

石若玉把枕头给他弄平整。

"我要小便。"

石若玉把尿壶放进被子里面给他接尿，两个人像过了一辈子的夫妻，谁都没有不好意思。躺在病床上的关守家特别依恋石若玉，她走到哪里，他的眼睛跟到哪里。石若玉给他把氧气管插好了。

"你睡吧，我看着你。"

"你也睡一会儿。"

"我睡不着。"

关守家拍拍自己身边空余的地方说："躺这儿，我给你让点地方。"

石若玉突然害羞了，她不好意思过去。

"你这个表情跟年轻时候一样，过来吧，都这么大岁数了有什么不好意思的？"

石若玉走过去，在他身边小心翼翼地坐下，她给关守家掖好被子，关守家抓住她的手，放到自己的身上。石若玉小心翼翼地抚摸着他的身体。

"那时候你多壮实，腿那么粗，你看看现在瘦成麻秆了。"

关守家笑了，他说："刚结婚的时候，你的小腰才一把粗，你看看现在上下一般粗了。"

石若玉在关守家的身边小心翼翼地躺下，她怕碰到他身上插着的管子，动也不敢动。

"睡一会儿吧。"关守家说。

"我睡不着。"

"刚结婚的时候你那个能睡。星期天我值班，中午回来看见你还在睡，问你怎么还不起来做饭？你说你睡惯了单人床，双人床太大还没爬到床边就又困了。"

石若玉笑。

关守家说："当时叫我那么讨厌的事，现在回忆起来都觉得有意思了。哎，好日子真是叫我自己过丢的，没给你们留下好，这时候还回来拖累你们。"

石若玉说："你是孩子们的爸，是他们的亲人，怎么能用拖累这个词？你给我说说什么是亲人？"

关守家想了一下说："亲人就是心尖上动一下最疼的那一块，亲人就是骨头和骨髓。"

"说的真好。"

"这是二十多年来我的切身体会，因为这个，我才回来找你们。要说人在哪儿都是一辈子，可人是活心，不是活人。心都死了，还要这口气干什么？那不是行尸走肉吗？"

"有口气你就得活着，不为我你得为孩子们。你是不是嫌我老不给你好脸看，跟我赌气啊？"

关守家摇头说："我心里明白，别看咱俩老是水火不相容地吵，其实咱俩都是最关心对方的那个人。"

石若玉动了感情，她说："老关你是个好人，你有六不，不奸，不坏，不贪，不乱，不吹，不拍。你得好好给我活着，活着给孩子们做个榜样。啊？"

"我有点儿饿了。"

"饿了？我给你弄点儿吃的。你想吃什么？"

"给我冲碗黑芝麻糊吧。"

石若玉冲好了黑芝麻糊，她端着碗一口一口地喂给关守家喝。关守家喝完了，她给他擦干净嘴。

"喝了不少，全喝完了。"

"给我把枕头扶正，放平，我要睡了。"

石若玉按照他的要求做了，关守家拉着她的手紧紧地握了一下说："不早了，你也睡吧。"

石若玉躺下了，她很快就睡着了。

6

汤母拄着拐杖在地上来来回回地走着，她在听汤正远说董红果离婚的事情。

汤母说："她说是她丈夫外面有了人要跟她离，没准还是她在外面有了你要跟他离呢。"

汤正远说：“不管谁要跟谁离，反正他一点都不尽丈夫和父亲的责任是不对的。”

“那是她的一面之词，你看见了？”

汤正远被母亲问得卡壳了。

“你就是缺心眼。”

“她对我好，对你也是一百个好，这不是事实？”

“是事实，你看她达到了目的还这样吗？”

“反正她现在已经离了。”

“离了跟你也没关系。”

“妈，我们俩已经住在一块了。”

“啊？！她啥时候溜进屋的？我怎么没看见？”

“你睡着了，我到下面去找她。”

汤母气坏了，她用拐杖点着儿子的脑门子说：“败家呀！你个败家的东西！”

汤正远说：“她说她要给我生个儿子。”

汤母听到孙子心立刻软了，她叹了口气说：“事情已经这样了，你们也别偷偷摸摸的了，找个日子把她娶回家来吧。”

汤正远高兴得连连答应。

汤母说：“娶她是有条件的，你必须到公证处去做财产公证，房子是你的，店铺也是你的，她没有继承权。”

汤正远一怔说：“这不好吧？”

“这是唯一的条件，她不同意就别进老汤家的门。”

汤正远撅着嘴，满脸不高兴。

汤母说：“我为谁？还不是为你？只有这一手能控制住她。这个三妹儿第一次敢离，第二次就更敢离了。你不怕她卷你一半财产跑了？你不怕赔了夫人又折兵？那时候你病在床上她能回来陪你？她可没那么厚道，她不是海黎。”

汤正远眨巴着眼睛看着母亲，他觉得母亲说的也有道理。

天刚亮，石若玉就醒了。她转过脸看看关守家，他微侧着脸一动不动，睡得很熟。细看，他的嘴边糊着一些黑色的东西。石若玉想，昨天晚上吃完东西，擦过了嘴怎么还有芝麻糊？她想伸手给他擦擦，发现关守家的手攥着她的无名指，攥得很紧很死。她使劲抽出米手，伸到他的嘴边擦了一把，发现不是芝麻糊，是淤血。石若玉吓了一跳，手放到他的鼻子下面发现他已经没有呼吸了。

主治医生告诉她说："人已经走了。"

石若玉打摆子一样地哆嗦起来，她说："怨我，都怨我，我睡得太死了。"

医生说："他知道自己大限已到，不愿意再拖累你们，你看，是他自己把氧气管拔下来的。"

看见氧气管紧紧地捏在关守家的手里，石若玉哭了。

"关守家，你活着没样儿，死了也没样儿。连生带死都不要个样子，叫我跟孩子们怎么说？我还活什么劲儿？我活得太没意思了。"

关海黎，关键，石小余赶到医院，他们帮母亲给父亲擦洗干净，换上了衣服。

关键推着父亲往太平间走，关海黎和石小余搀着母亲跟在后边。外面天很晴，太阳很亮。看守太平间的人接过推车，石若玉掀开白单子让孩子们再看他们的父亲一眼。关守家穿一身制服，躺在白单子下面的身子很扁很瘦。他闭着眼睛，嘴微微地张着。关海黎和关键泣不成声。石小余把手伸到了单子下面，拉住关守家的手晃了晃。关守家的手随着她晃了晃。

石小余在他耳边轻声说："爸，咱们回家吧。"

关守家没有回应。

石小余提高了声音，她说："爸，你跟我回家吧！"

关键伸手把她拉开。石小余又扑上去，她声嘶力竭地喊："回家呀！爸你跟我回家呀！"

关键死命地抱住妹妹，石小余连踢带打，关键咬牙忍着。石若玉崩溃了，她浑身瘫软，关海黎死死地抱住了她。石若玉咬着牙站住了，她看着工人推着车进了太平间的门，关守家的白头发在单子外面闪闪发光。关键带头扑通一声跪下了，两个妹妹也跟着跪下了。

太平间的门咣当一声紧紧地关上了。

7

关守家走了，跟来的时候一样坚决。他在这个家里匆匆地走了一圈，又匆匆地去了。

关键伤感落寞地打开了电脑。大漠落日又给他留了言："见到我的留言一定给我回话，我找到了姚柒柒。"

关键脑袋蒙了一下，他看着屏幕打了一行字发上去："请你不要开这种玩笑。"

大漠落日马上回了话："我没开玩笑，你怎么一直不上网？躲我吗？"

关键说："不是躲你，我父亲去世了，我刚处理完丧事。"

"对不起。"

"没关系。"

"我真的找到了姚柒柒。"

"绝对不可能，她已经死了。"

"她没有死。"

"我没有给你讲过她死的事。"

"是，因为我不知道她死这件事，所以才想帮你找找她。我先从她们在内蒙的部队查起，别忘了我也当过兵，我的战友在全国哪里都有。我查到了姚柒柒的父母，然后从他们那里打听到了姚柒柒的消息。我和姚柒柒通了话，她告诉我，她得了骨癌，一条腿被从胯骨那里整个摘除了。万幸的是命保住了。她不愿意这个样子见到你，就把早已写好的遗书寄给了你。"

关键的太阳穴上的青筋砰砰乱跳，他说："你能把她的电话号码给我吗?"

大漠落日说："我找你，就是为了给你她的电话号码。"

关键非常感动，他把自己的电话号码给了她，他说："我愿意跟你做生活里的朋友!"

关键马上打电话给姚柒柒，姚柒柒听出了他的声音，她说："你是关键。"

关键喉头哽咽着，他说不出话来了。

姚柒柒说："别怪我骗你，我得了绝症，随时都可能复发死掉，我不能耽误你。"

关键问她："你一直单身?"

姚柒柒说："我跟谁结婚对他都不公平。"

关键说："我要见你。"

姚柒柒说："我也想见你，不为别的，只为当年那无比珍贵的感情。"

姚柒柒告诉关键，她两天后去上海，途经北京，火车在北京站停留半个小时，姚柒柒在5号车厢，他们可以在站台上见面说一会儿话。

那一天关键又赶上了堵车，红绿灯前排起了长长的车队，交警们有张有弛地在疏导着交通。关键在汽车里急得直按喇叭，车队一动也不动。关键急了，索性弃车而去。

关键在车流里疯狂地奔跑着，他的汗水完全湿透了衣衫。

关键冲进站台的时候，开车的预备铃声已经响了，他顺着窗子跑，一眼看到了把头探出车厢的姚柒柒，她蓬松的长发挽在头顶上，用一根竹签别着，白皙的脸上透着淡淡的沧桑感，看上去依然让人心动。她的手放在窗口，这是一只关键在梦里握过很多次的手，这一次关键紧紧地把它握住了。

“晚了。”他气喘吁吁地说。

“你又晚了。”

“赶上堵车了。”

“跑来的?”

“嗯。”

“时间赶得正好，我不用站在那等你，你也不用看我是怎么样拄着拐杖歪着身子上车的。”

关键说：“你怎么样都是好的。”

姚柒柒看着关键，笑了笑没有说话。

开车铃声响了。

姚柒柒松开他的手。

关键说：“我要到上海去看你。”

姚柒柒冲他摆摆手，不知道是再见，还是拒绝。

火车“哐当”一声动了，关键在下面跟着车走，他一边走一边看着姚柒柒，姚柒柒默默地看着他，她的眸子漆黑明亮。

火车越开越快，姚柒柒把头伸向车窗外，风把姚柒柒的丝巾吹掉落在关键的脸上。关键抓住丝巾站住。火车飞快地往前走，他飞快地往后退，火车很快缩成了一个小黑点儿，瞬间消失了。

关键怔怔地站在那里，姚柒柒像一阵风从他的手里飞出去，只留下一条纱巾在手里，他的心里空得要命。他的一半生命已经留在昨天了，应该结束的必须马上结束了。他要解决矛盾，面对现实。说是这样说，能不能做，他心里一点都没有底。

8

李江湖很长时间没见到关海黎了，想也使劲忍着。他等待着关海黎主动撤销宵禁令的那一天。一天他在街上看到了关海黎，她在人行道上急匆匆地走着，李江湖拦住一帮戴小红帽子的孩子，一人给他们发了一块巧克力，附耳跟他们交待着。孩子们按照他的吩咐齐声喊起来。

“关海黎！关海黎！有个叔叔在想你！”

关海黎吓了一跳，她回头看，她看见李江湖咧着大嘴站在孩子群里笑。行人们纷纷回头看他们。

关海黎又羞又喜，李江湖朝孩子们挥挥手，孩子们一窝蜂跑了。李江湖嬉皮笑脸地走过来。

“我戒酒了。”

“知道，我到你所有喝过酒的地方都去问过。”

“郑岫玉这几天总找我，她要跟我复婚。”

关海黎看着他语气严肃地说：“别指望我会说，只要你觉得好，你就跟她复婚吧，我给让地方。告诉你，门儿都没有！”

李江湖心满意足地大笑，他两手捧着关海黎的脸说：“说得好，我就喜欢你这样说。”

董红果和汤正远结婚了，结婚不久，她就从四川老家把女儿接到北京来了，这个孩子完全不像董红果，既没眼色又没规矩。上蹿下跳，哪的东西都敢弄出来翻腾一遍，她完全不像女孩子。汤正远对她的行为厌恶至极。

“你没事瞎翻什么，你看看把屋子弄得像猪圈似的。”

汤母看了汤正远一眼说：“我怎么说来着？刚结婚几天，就把孩子接来。用不了一年，就得把她爹妈也接来。这叫耗子占地盘，它一点一点地嗑！”她用拐杖恶狠狠地敲了敲地板。

“这是谁？”孩子从一个纸盒子里拿出来照片给汤正远看。

照片上关海黎搂着汤正远幸福地笑着。汤正远脑子像闪电一样亮了一下，他从孩子手里抢过来照片，张着嘴说不出来话。

“海黎，你原来的媳妇，你这脑袋怎么就不开窍呢？”汤母提醒他。

汤正远的眼泪涌了出来。

汤母说：“你看，我就说了三妹儿两句，你至于难受成这样吗？”

汤正远终于想起来他忘了很久的事情，他痛苦地捂着脸蹲在地上哭了起来。

9

魏劲戈出去开会，石小余送他，两人拉着手在街上走，石小余告诉他，杨旭来电话了。魏劲戈说：“这有什么稀罕的？他不来电话了才稀罕呢。”

石小余说：“他明天到北京。”

魏劲戈站住了，他看着石小余问：“你请他来的？”

“是他自己要来的，他说，他要来北京发展。”

“上海适合他这样的男人，叫他老实呆着吧。”

“他要到哪是他的自由，我没有权利管。”

“看来他是要跟我玩真的了。”

石小余晃着小脑袋得意洋洋地说："没办法，谁叫咱有魅力呢?"

魏劲戈说："得意什么? 他不是爱你，是自己心理不平衡，不信你跟他好一个，你跟他好起来，他马上就能把你甩了。"

石小余伸手拦住一辆出租车，递给司机十块钱。

"师傅，你把这个王八蛋拉到桥中间，从上面把他扔河里去。"

司机摆摆手，笑着把车开走了。

魏劲戈拉起石小余的手继续往前走，他说："别以为我离不开你。"

"离得开，你追火车干什么?"石小余问他。

魏劲戈说："那是顺路，是你舍不得我，自己从火车上跳下来的。"

"你亲我干什么?"石小余问。

"法律一贯重证据，证人呢?"

石小余气得一拳一拳地打魏劲戈。

魏劲戈抓住她的手说："敢打我? 你不知道男人是头，女人得跟着男人走吗?"

石小余说："男人是头，那女人就是脖子，脖子不动，你头能扭吗? 是脖子让头来回转的。"

魏劲戈哈哈笑着紧紧搂住了石小余："聪明，你真是聪明!"

关海黎和李江湖结婚了，第二个月她就怀上了孩子，看着检验报告上的结果，她呜呜地哭起来。十月怀胎，头三个月她担心不小心流了产，中间的三个月担心会生出来个怪物，最后的三个月担心孩子呆在她黑洞洞的肚子里视力会受影响。临近产期，她挺着大肚子骄傲地满街走，走到哪都要李江湖陪着。她要把她心里的骄傲展示给所有的人看。李江湖喜欢她这个矫情样，充分给她施展的机会。产期临近了，他和关海黎一起买了所有婴儿用的必需品。看到关海黎挑的全是女孩子穿的衣服，他提出抗议。

"你怎么净买小丫头穿的?"

"我希望生个女儿。"

"我喜欢儿子。"

"生个儿子我就换成女儿。"关海黎故意气他。

"你给我换一个看看?"李江湖冲她瞪起了眼睛。

"这可是你让我换的啊!"

关海黎突然看到了汤正远，他跟董红果一前一后走进了婴儿用品商店。董红果挺着大肚子，她也快生了。

关海黎高兴地跟他们打着招呼。

“你们也有孩子了？什么时候生？”

董红果说：“还有半个月，大姐，你呢？”

关海黎说：“还有一个月，你妈来伺候你吗？”

董红果一脸的不高兴，她说：“老太太不让，说我妈要来就让我们出去租房子住。”

关海黎笑了：“她就那个性格，你就受点儿委屈吧。”

汤正远看着关海黎，这就是跟他生活过十四年的老婆关海黎，现在她身边走着别的男人，她还给他怀上了孩子。汤正远难过得胸膛都快爆炸了。

关海黎笑着问他：“正远，你好吗？”

汤正远嘴唇颤抖着不知道该怎么回答。

石若玉一如既往地天天早上来广场扭秧歌，老耿头也一如既往地追随着她。他的攻势没有一点突破性的进展，石若玉天天把前夫挂在嘴边上。从她嘴里说出来的关守家，浑身上下一条缺点都没有。她在心里把她和关守家在一起度过的日子进行了修改，不好的都去掉，剩下的都是好。想着好，心里总是高兴的。